国家社科基金重大项目"元明清蒙汉文学交融文献整理与研究"（批准号：16ZDA176）阶段性成果；

国家社科基金领军人才项目"中国古代北方民族文学交融与传播研究"（批准号：22VRC196）阶段性成果；

内蒙古自治区直属高校基本科研业务经费项目结项成果；

内蒙古草原英才创新团队滚动团队专项经费资助项目；

内蒙古自治区教育厅一流学科科研专项资助项目；

内蒙古大学双一流、部区合建专项经费资助项目

元明清蒙汉文学交融
文学研究丛书

米彦青 著

制度·思想·文化
历史视域下的清代文学研究

中国社会科学出版社

图书在版编目(CIP)数据

制度·思想·文化：历史视域下的清代文学研究 / 米彦青著. -- 北京：中国社会科学出版社，2024.8. (元明清蒙汉文学交融文学研究丛书). -- ISBN 978-7-5227-3854-3

Ⅰ.I206.49

中国国家版本馆 CIP 数据核字第 2024EC6330 号

出 版 人	赵剑英
责任编辑	宫京蕾
责任校对	季　静
责任印制	郝美娜

出　　版	中国社会科学出版社
社　　址	北京鼓楼西大街甲 158 号
邮　　编	100720
网　　址	http：//www.csspw.cn
发 行 部	010-84083685
门 市 部	010-84029450
经　　销	新华书店及其他书店

印刷装订	北京君升印刷有限公司
版　　次	2024 年 8 月第 1 版
印　　次	2024 年 8 月第 1 次印刷

开　　本	710×1000　1/16
印　　张	18
插　　页	2
字　　数	292 千字
定　　价	108.00 元

凡购买中国社会科学出版社图书，如有质量问题请与本社营销中心联系调换
电话：010-84083683
版权所有　侵权必究

《元明清蒙汉文学交融文学研究丛书》
编辑委员会
（以下按姓氏笔画为序）

主　　编：米彦青

编辑委员：米彦青　邢渊渊　张丽娟

　　　　　张　博　李珊珊

总　序

米彦青

有多种自然生态环境的中华大地，其上的人群在历史上造就和分衍出不同形态的政治—经济—文化秩序，并产生展示多元文化样态的文学作品，这些作品有着深刻的环境清晰度——在中国历史上，没有民族交融的时段是很少的，故而在民族文学交融的视野中，我们可以看到更为完整的中国史。从中发现的"多元一体"中国的历史进程、演化路径和动力机制，更是我们理解中华民族、中华文化的重要切入点。

一

从文化的整体性看，中华文化就是一个随不同时段而广纳不同文化因子，最终形成种族与文化融合的历史。多民族习俗在时代语境中带来的情感、思想、身份认同与美学追求的嬗变，是民族交融在中华民族共同体视域下的显性表征。以元明清时期的蒙汉文化与文学交融为例，蒙古族入主中原之后，中国文学发展的空间与秩序出现了一些重要的转折。此前的中国历史上，从未出现过一个统一的少数民族政权，虽然在北方地区曾有过少数民族统治时期，但统治区域并不完整。而蒙古族建立的元政权改变了汉民族统一中国的历史格局，它和其后由满族建立的清政权都是中国历史上由少数民族建立的大一统王朝。在这样的政治局势下，一直居于中原王朝社会边缘的少数民族士人，通过少数民族政权的号召，走到历史舞台的幕前，成为推动元王朝和清王朝文化发展的新的重要力量。

在元代历史上，族群涵化缓慢演进，形成多元文化与多元文学交融态势，涌现出一大批成就斐然的各族文学名家。蒙古族作为中华大地北方政权大蒙古国及代宋而立的元代的统治民族，蒙古族文学家在大蒙古国和元代文学史上占有重要地位，可是追溯这个王朝的文学创作，都和蒙汉文学交融有密不可分的关系，而用汉语完成的少数民族诗文创作，就是蒙汉文学交融的显在成果。当然，这些成果也或隐或显地保留并显示出民族属性所赋予的文化气质。不惟元代，少数民族汉语创作的文学力量，在明清社会中的少数民族士人与中原汉地士人之间产生的文学互动，对重塑整个时代的文学面貌更产生了积极作用。

2016年，我获批国家社科基金重大招标项目"元明清蒙汉文学交融文献整理与研究"，早在2013年开始构思这个项目时，当我的博士生希望我给毕业论文题目时，我就按照"蒙汉文学交融视域下的元代诗文研究""蒙汉文学交融视域下的明代诗文研究""蒙汉文学交融视域下的清代诗文研究"开始布局学生的学术成果。因为清代文学是我多年耕耘的沃土，也是蒙古族汉语创作研究的富矿，所以在理论及方法层面对学生的要求细化。诸如空间理论研究、制度与文学关系研究、文学传播研究这些方法被逐步运用到他们的毕业论文中，因而就有了这套"元明清蒙汉文学交融研究丛书"的雏形。此次出版的五部著作，都是蒙汉文学交融视域下清代文学研究成果。涉及清朝蒙古族汉语创作这一文学方式，以及在制度史、思想史与新文化史等历史观视域下的研究方法中呈现的清代文学的不同面向，展示了与元前较为纯粹的汉文学大不相同的、具有"特质"意味的文学特点。

清代的蒙古族诗人群体由百余位创作者构成，他们中有诗集存留者63人[①]。蒙古族诗人们主要由三类构成，一是藩部蒙古，如尹湛纳西家族和旺都特那木济勒家族；二是八旗蒙古，如法式善、和瑛、柏葰、倭仁等人，八旗蒙古是蒙古诗人的主体；三是民人，如萨玉衡家族和梁承光家族等。八旗蒙古的先祖大都是随清入关的武职军人，起初定居于京师，随着统治政策的变化，他们中的一些人又被派往不同区域驻防。无论是在京师扎根繁衍还是去往地方戍守蕃息，他们的后嗣多由武转文，其中还有一些人历经数代形成了家族式文学创作。最终，在约270年的漫长清代文学史上，在京师、八旗驻防地的不同空间中建构了繁盛的清代蒙古族汉诗文创作高峰。

蒙古王公与满洲贵族同属清代的统治阶层，通过血亲和姻亲构成的满

[①] 因为文学史料不断发掘，所以本丛书提出的63人与拙作《中国古代蒙古族汉诗研究》叙述略有不同。

蒙一体社会关系网络，成为清代社会文化中的特殊存在。藩部蒙古诗人的代表旺都特那木济勒和贡桑诺尔布父子，系成吉思汗勋臣乌梁海济拉玛的后裔，是卓索图盟喀喇沁右旗世袭札萨克亲王。这个家族对汉诗文的喜爱，源起旺都特那木济勒的父亲喀喇沁色伯克多尔济王爷，后旺都特那木济勒致力于诗歌创作，在其子诗词兼擅的贡桑诺尔布时代达到顶峰。最终，通过祖孙三人的努力，成就了清代文学史上这一独特的蒙古王公文学家族。而乌梁海王公家族积极习练汉诗文的行为也感召了喀喇沁人学习汉族文化。藩部蒙古的文化认同通过汉诗写作得到清晰体认，在京师及驻防地的民族文学交融更是欣欣向荣。

清代蒙古八旗伴随满洲八旗的军事移民构成了驻防各地和拱卫京师的蒙古族移民的主流，且形成了京师及各驻防地的蒙古诗人的主体。蒙古驻防军人进入汉族聚居区后，在清代经历了一个漫长的汉化过程。随着清廷八旗驻防制度的更改，他们在与当地民众交往交流中，逐渐适应了当地汉文化习俗，在交融中求同存异，共生共荣，实现了从驻防到定居，从外来军人到成为驻防地本土人员的转化。文化交融带来文学的繁荣，蒙古驻防诗人主要产生于杭州驻防、京口驻防、荆州驻防、开封驻防、沧州驻防中。至今有诗集留存者16人，分别是杭州驻防瑞常、瑞庆、贵成、三多；京口驻防达春布、布彦、清瑞、爕清、善广、延清、云书；荆州驻防白衣保、恩泽；开封驻防倭仁、衡瑞；沧州驻防桂茂。占留存至今的清代蒙古族汉诗集四分之一。

清朝以"旗""民"分治。民人中产生的蒙古诗人较少，但因为他们是从元代而来的蒙古后裔，其时间性与空间性的交织更为特别。故此，对萨氏家族与梁氏家族做一个特别说明。元代蒙古文人萨都剌兄弟三人，其弟有子名萨仲礼。萨仲礼为元统元年（1333）进士，授福建行中书省检校，入闽任职后，此支脉便定居福州。明清以来，福州萨氏人才辈出，属当地望族。萨仲礼孙萨祖琦为明宣德五年（1430）进士，官至礼部右侍郎兼詹事府少詹事。清代族人中举人进士辈出，且工诗词，多人有诗集传世。如萨玉衡（乾隆五十一年举人）著有《白华楼诗钞》；萨察伦（嘉庆九年举人）著有《珠光集》；萨大文（道光二十年举人）、萨大年（道光二十八年进士）合著《荔影堂诗钞甲乙集》；萨龙田（道光六年举人）著有《湘南吟草》；萨大滋著有《望云精舍诗钞》；萨镇冰（同治十一年毕业于马尾船政学堂，光绪三年被派往英国皇家海军学院学习驾驶）著有

《仁寿堂吟草》。福州萨氏蒙古文人的文学渊源上承自元代的萨都剌，涵括元明清三代，拥有的家族历史记忆不同于清代的蒙古八旗文人，是一个特殊且极具价值的文学创作群体。清代桂林梁氏家族为元世祖忽必烈之后。乾隆四十三年（1778）所修旧谱及同族梁焕奎民国时主持撰修的《梁氏世谱》中皆载梁氏始祖为元世祖忽必烈之后也先帖木儿。明初，凡未跟随元顺帝北归的皇裔为避祸皆改姓氏。五世梁成始进入明朝，六世梁铭以典兵建功被封为保定伯。梁铭之弟梁鉴一支迁至应天府江宁，梁铭子梁进为七世公。梁进因平定贵州苗祸立功，进封爵为保定侯。至清乾隆年间十八世梁兆鹏即梁承光高祖，为广东永安县令。十九世梁垕即梁兆鹏第三子始迁居广西桂林，从此隶籍桂林。梁垕育有三子，分别为宝善、宝书、宝儒。次子宝书即梁承光的父亲、梁济的祖父。近代以来家族中人多投身科举，喜作诗文，形成了蒙古文学家族。如梁承光（道光二十九年举人）著有《淡集斋诗钞》；子梁济（光绪十一年举人）存有《桂林梁先生遗书》；孙梁漱溟为现代新儒家的早期代表人物，著有哲学著作多种。与福州萨氏相近，桂林梁氏蒙古文学家族也是自元代始便进入中原区域。相较于清初入关的蒙古八旗群体，这两个蒙古民人诗人家族已经更为深入地融进了中原文化体系中。

  蒙古族汉诗文创作是典型的民汉文化交融成果。清代蒙古族汉诗文创作不但有时间性也有空间性。从空间上来看，蒙古族汉诗创作有明显的从京师到八旗驻防地方的分布态势。从时间上来看，清初顺康之际，八旗驻防诗人中只有零星创作。乾嘉时期是蒙古族汉诗创作的繁盛期，随着清廷对汉文化学习的深入，在政治中心和文化中心的京师，蒙古族汉诗创作蔚然成风。不过在驻防地诗人的汉诗文创作，一定程度上受到了制度的规约。至嘉道时期，蒙古汉诗创作文学活动渐多，文学写作渐成气候，从京师到驻防地，蒙古族汉诗创作都发生了极大的变化，直至清亡，诗人们的创作热情不减，而且各体文学创作也日臻成熟。

  通观全清的蒙古族汉诗文创作群体，由于这些活跃在京师或者驻防地的诗人，都出生于由武转文的家族，祖先都是弓马骑射的游牧民族，他们身上始终都有蒙古民族的因子在，即使他们的蒙古民族文化特性在诗文中呈现得并不强烈。无疑，这些由草原走向都城的蒙古诗人及其后代，是蒙古民族文化与中原汉文化两种文化重建的结果。清代蒙古族汉诗文创作者的祖先都不以文学、学术见长，而以武勇善战著称。他们的后代由武转文，大抵处于蒙古社会的中层或上层阶级。蒙古社会中的下层阶级为世代生活在草原上的牧民，地位卑下、实力薄弱，不易进入城市，更没有机会接触汉文化。来自不同地域的蒙古族汉诗文写作者，在学术背景和艺术倾向上往往不同，因此即便是在场合性作品中，他们一方面保持着自己的个性，注重个人情感的表达；另一方面也因为他们共有的民族属性和相似的八旗官学教育背景，有着普遍相似的文化价值观念和文学观念。

二

传统华夏文学的文体概念、文本及其经典化经历了一个漫长的演变过程。它从先秦宫廷和乡野涵摄了丰富的政治、文化和民族意蕴的特殊文本走来，逐渐成为儒家文化的精神元典，再上升为士人的精神之光的表达，不断泛化、不断升华为成熟的中国古典学术体系。流动中生成的文学体系，是中国古典精神的核心，也是中华文化的基因库。蒙古民族的文化品格与华夏民族传统的儒家文化紧密契合，因之，蒙古族诗人文化品格的传承也代表了中华民族文化品格的传承。"文化的认同就是经过反思后形成的对某种文化的分而有之或对这种文化的信仰。"[1] 契合于中华民族品格的文化记忆传承彰显了一种超越民族和个体的广泛存在于清代社会的身份认同，一定程度上体现了清代蒙汉文学的深厚交融。

"元明清蒙汉文学交融文学研究丛书"收录五部作品：《制度·思想·文化：历史视域下的清代文学研究》《清代杭州驻防文人诗歌研究》《清代和瑛家族文学研究》《清代博尔济吉特氏诗人研究》《清代蒙古族诗人汉文创作传播研究》，共同组成清代北疆民族语言文化交融与传播研究系列。《制度·思想·文化：历史视域下的清代文学研究》试图拓宽清代文学研究的视界，把清代蒙古族诗人创作群体在庙堂、江湖、边塞等地的创作汇成的声音，纳入众声喧哗的清代文学史中，并在大历史观视域下，运用制度史、思想史、新文化史等历史学的研究方法来解读这个具有民族符号的创作群体，从中梳理出清代蒙古诗人在创作实践中隐现的中华民族共同体建构的问题意识。清代杭州驻防旗人群体与汉城社会的关系经历了由冲突走向融洽的过程。驻防旗人逐渐被杭州悠久醇厚的汉文化底蕴所吸引，进而揣摩、学习，写作了大量的汉语诗歌作品。这些诗歌既具有与汉

---

[1] ［德］扬·阿斯曼：《文化记忆：早期高级文化中的文字、回忆和政治身份》，金寿福等译，北京大学出版社2015年版，第138页。

族文人表达的相似之处，又具有鲜明的族群特征，是清代民族文学融合的范例。《清代杭州驻防文人诗歌研究》以杭州驻防文人诗歌为研究对象，既在历时流变中探讨杭州驻防文人诗歌的演变过程，又由家族文学、地域文学、创伤叙事等视角寻绎其创作的独特性，力图全面揭示这一群体诗歌创作的整体风貌。《清代和瑛家族文学研究》以清代享有盛名的文学、科举世家和瑛家族文学作品为研究对象，在全面系统梳理其家族主要成员的生平、婚姻、仕宦、交游等材料的基础上，从空间理论与诗歌美学的视角，考察和瑛家族的诗歌创作，以社会空间和意象建构等多个维度透视和瑛家族诗歌创作中的时空体验和生命意识，彰显其在清代八旗文学史上重要的地位。《清代博尔济吉特氏诗人研究》将生活在清代不同时期的旗人、民人、外藩博尔济吉特氏诗人视为群体展开研究，遵循他们在满蒙汉文学交融下的文化认同轨迹，以身份、制度、资本、地域等角度来呈现这一氏族诗人群体，试图反映清代博尔济吉特氏氏族诗人群体创作的共性及特点。《清代蒙古族诗人汉文创作传播研究》以传播为视角，依据清代蒙古族诗人的汉文创作活动的迹历，就蒙古族诗人的心态动机、行为方式及世人对诗人形象的接受、影响作了分析讨论。诗人的传播心态指引着传播行为，传播行为也必将反映传播心态，二者交互影响，共同塑造诗人的形象及其作品意义。读者对诗人形象及作品的接受，属于传播效果，是读者对诗人的反馈，包括对诗人的认同、接受，也有否定、怀疑，从而丰富了诗人形象与作品意义。传播从来都是在一定的社会场域中展开的，对场域的思考亦是本书的重点。通过分析这些清代蒙古族诗人的创作传播，可以明显看出他们对汉文化的高度认同，从心态到行为都体现出了蒙汉文化交融的特点。文学传播是文学作品价值实现的过程，也是透过文学理解历史的过程。

清代前期的统治者，基于草原森林部落经验的人生认知，希望子孙们能够保持像他们一样的骑射能力，可是，因为子孙们已经处于华夏化的社会环境中，远离草原森林部落的后辈勋贵阶层整体上的世代变迁，导致统治者刻意保持这种军事能力的努力，难以为继。其实，早在北朝时期，就形成了内迁家族日趋华夏化的潮流，彼时的骑射传承，如王褒所说的"文士何不诵书，武士何不马射"（《梁书·王规附子褒传》），随着斛律光这样因骑射绝佳而迎来充满荣誉的一生后却没有善终的人的逝去，某种程度上印证了武士价值的凋落。及至清代，这个由内迁北境人群缔造的政权,一方面延续着基于统治权力优越感的草原森林边境文化认同,一方面又继承了定都北京后由明王朝而来的华夏化潮流及其文化遗产,在"弯弓""下笔"两个维度上呈现出极为复杂的历史张力。"如果说当事人很少把学习当作放弃与背离,那是因为他们应当掌握的知识被全社会高度赞赏,掌握它们就意味着进入了精英的圈子。"① 这种学习动力和积极性,使得被裹挟于其中的王朝的少数民族诗人群体,无论作出怎样的选择,都会面临着来自反作用力的限制。因之,在长时段的历史时空中,用制度话语、思想话语梳理、分析蒙古族汉诗文创作的起源及兴盛不失为可行的办法。

都邑社会与蒙古诗人的汉语创作范型转化有极大的关系。从京师到驻防城邑社会的视角探讨清代蒙古族诗人的生长时,在社交范围变迁、知识转型、故乡变化的互参之下,能够看到武将出身的这些诗人在进入都城社会后的转换状况,也能发现清代蒙古诗人不只是武职到文职意义上的改变,他们认定的世界观、价值观的改变决定了这个群体有很明显的重科举、汉化的特征,而围绕这些改变带来的美学意趣、生活方式的转换导引了诗人个体及其家族文化品格的改变与文学写作的生成。清代聚居蒙古八旗的都邑之所虽然仅是一城一地,然而它们往往都是一朝(如京师)一区域(如杭州、开封)的政治、军事、文化、经济中心,这里是四方思想汇聚之所、观念交融之地,随人口播迁,在晚近时期,在观念上突破了以往的"华夷之辨",形成了"大一统"思想,即:合"内外"华夷为一家,即"天下一家";合"内外"疆域为一国,即中国;合"内外"文化为一体,即中华文化;合"内外"之心为一心,即国家认同。② 成为对大一统思想之下文化认同的核心地区。因此,清代蒙古诗人群体以都邑为背景,才能够生长、衍变,最终形成具有中华文化特色的清代文学史上的文化景观。

清代蒙汉文学交融景观中最为引人注目的就是个体蒙古家族的文化传承图景。从发生学的逻辑来看,像蒙古文学家族这样的少数民族文学家族在演进中逐渐抛却了民族差异,而沉淀为整个中华民族的文化传承,是铸

---

① [法] P. 布尔迪约、J.-C. 帕斯隆:《继承人——大学生与文化》,邢克超译,商务印书馆 2002 年版,第 26 页。
② 李金飞:《清代疆域"大一统"观念的变革——以〈大清一统志〉为中心》,《中国边疆史地研究》2020 年第 2 期。

牢中华民族共同体意识的生成起点。进入都邑社会的世家大族在联姻的过程中，一方面，壮大了本家族的政治势力与社会影响力，另一方面，家族文化与素养也得以延展。因此，原本独立的各家族通过婚姻网络彼此之间产生勾连，促使家族文学与文化素养的传承与绵延。蒙古士子荣得科名，很多时候都要归功于强大家族间的联姻，促使世家大族间丰富的文化和教育资源的强强联合，推动家族的不断兴旺与繁盛。本丛书中所论及的和瑛家族、杭州驻防瑞常家族，以及养成众多文学家族的博尔济吉特氏族就是显例。

汉语诗词写作是少数民族创作者人生经验方方面面形成的，其间，由摹仿到融入史识，由抒情到借以言志的不断丰富的扩张轨迹处处可见。在少数民族汉语创作者那里，诗词文既是审美的创造，也是知识的生成。推而广之，是从一个时代到另一个时代，从一个地域到另一个地域，通过转换的语言和文字来记录形式、思想和态度流变的所铭记和被铭记的艺术。中国古代文学史上的少数民族汉语创作者与读者一直倾向将文心、文字、文化与家国作出有机连锁，而且认为这是一个持续铭刻、解读生命自然的过程，一个发源于内心并在汉语世界中寻求多样彰显形式的过程。这一彰显的过程也体现在身体、艺术形式、社会政治，乃至自然的律动上。寻绎这些文本的传播机制是蒙汉文学交融研究不可或缺的重要环节。

三

与经典汉文学研究不同，民族文学研究不强调大叙事，不从大师和经典作品的流播着眼。蒙汉文学交融研究在中华民族文学交往交流交融史上，恰如草蛇灰线，经由其触类旁通，必可投射一种继长增成的多民族交融研究范型。因为这是在文学史料尽量完备的基础上致力的思考、想象历史的方式。"元明清蒙汉文学交融文学研究丛书"一方面试图以宏观视野呈现王朝更迭与文明融合视野中的蒙汉文学交融流变；另一方面也试图以微观视野审视特定变化中的文学现象。因此以时间和空间两个维度来绾合两者，从而定格于具体的坐标中。基于此，本丛书不刻意强调民族与王朝叙事线索，更强调17世纪至20世纪近300年间种种跨民族、文化、政治和语言的交流网络，尤其是晚近时期。

有鉴于"元明清蒙汉文学交融文学研究丛书"所横跨的时空领域，丛书写作论纲中提出中国多民族文学的概念作为比较的视野。此处所定义的多民族文学既包括中国汉族之外的文学创作，又以学界传统定位的中国汉族文学为主线，可成为包容两者的另一界面。本丛书的五部作品试图强调在将近三个世纪，文人经验的复杂性和互动性是如此丰富，不应该为单一的政治地理所局限，有容乃大！在这漫长的历史进程里，文学的概念、实践、传播和评判经历前所未有的变化。19世纪末以来，进口印刷技术、识字率的普及、读者群的扩大、媒介和翻译形式的多样化以及职业作家的出现，都推动了文学创作和消费的迅速发展。随着这些变化，中国文学作为一种审美形式、学术科目、文化建制甚至国族想象，成为我们现在所理解的"文学"。"文学"定义的变化，以及由此投射的重重历史波动，的确是中国现代性最明显的表征之一。唯有在更包容的格局里看待民族文学交融的源起和发展，才能以更广阔的视野对中国文学的多重属性多所体会。正如学者所述："晚清时期的文学概念、创作和传播充满推陈出新的冲动，也充满颓废保守的潜能。"[①] 晚近蒙古杭州驻防文人三多就是此期的典型代表。

清王朝的权力中心在京师，因此，王朝政治空间结构的主轴为"南北关系"，长城脚下的都城形成了对中原、草原、东北地区的多方控御。虽然清朝是游牧集团建立起来的政权，但是入主中原后，建立起来的依旧是农耕王朝。而漫长的北部防线，在这个王朝就成为大后方，也是有效突破南北农牧界限的基地。而在这个"大一统"的中央王朝中的蒙古族，文学思想也因之出入于农耕文化和游牧文化之间。随着时间的流逝，当他们受到农耕文化的陶熔日益深厚，则在其笔下也越来越多地彰显农耕文化中的文化记忆。

这五部研究著作，从不同侧面展示了汉文化元素在两百多年清代文学发展史上不断被民族文学诗人再现与建构的过程。从时间流变中、从事件展示中呈现了不同时期诗人作品的风格特征、创制机制与功能效用。从宏观层面来看，蒙汉交融文化对于文学的影响深远而且广泛，这五部著作从普通的语言文字、饮食风俗与文化习惯到内在的身份建构、认同实现、圈层凝聚等各有体现；从微观层面来看，着眼经典诗人（如法式善、和瑛、瑞常等）的家族文学书写、博尔济吉特氏族众多诗人试帖诗、咏物诗书写等发人深省。他们不仅从所熟悉的话语与精神的幽微层面进行再现与分

[①] 《导论："世界中"的中国文学》，王德威主编：《哈佛新编中国现代文学史》，张治等译，四川人民出版社2022年版，第6页。

析,而且也通过深邃的反思性(如法式善的诗途与仕途的层叠演进)与文化再确认(如杭州驻防在百余年间从杭州的客者到主人身份转化中蕴蓄的深度文化认同)作创新性建构。整体而言,这五部作品是在民汉文学交融文献资料深度整理基础上进行的研究,这种研究彰显出了中华优秀传统文化在少数民族诗人群体中的发扬光大与兼容并蓄。

以民族文学交融为定位的文献整理与文学研究,是一种超越于对大师、经典、运动的文学介入方式,是更加关注大时代中民族、政治、社会与文学的研究方式,也是对文学传统、王朝主导者权力话语想象的微妙延伸。"元明清蒙汉文学交融文学研究丛书"不能也不会自外于传统文学论述框架,但希望采取不同方式探讨中国古代文学发展的来龙去脉。这就意味着我们需要对耳熟能详的话题,诸如中国"文学"概念的演化、"文学史"在不同情境的可行性和可读性,以及何为"中国"文学史的含义,进行认真重新探讨。

清代是中国历史上发生重大变革的时代。近古军事、经济、思想及其带来的学术新变,共同影响着文学思潮的走向。社会各阶层思想观念激荡中触及的制度溯源,在社会空间里多层次多角度地借文学的各种体式得以舒张。于是,在农耕文化和游牧文化,乃至中西方思想的碰撞和传统与现代观念的交汇中,一方面,文学思想、文学观念乃至语言文字都在渐进式地改变;另一方面,清代多族士人所共有的使命意识、文学担当与民族身份在其思想意识中重新整合,其中华民族多元一体格局下的国家认同和民族认同得以明晰和强化。多民族的文学交融映射出他们的心灵世界与精神空间,共同成就了近三百年华夏大地上的中华民族文学书写,一定程度上展示了这一漫长历史时期政治制度、诗学思想与文化空间的历史嬗变。特别是充盈其间的蒙古族文人的汉文创作,无论其拥有的数量还是独具特色的文学成就,毋庸置疑,在中国文学史上具有不可替代的重要地位。

中国文学是由56个中华民族成员共同创造的文学,各民族经过长久以来的交往交流交融,形成了中国文学多民族属性及其历史发展规律的基本原则。在这一原则指导下形成的中华多民族文学史观,注重各民族文学在中华文化认同中的呈现,也成为研究中国文学的逻辑起点。坚持中华多民族文学史观对民汉文学交融文献进行的全面整理和深入研究,能够清晰再现中华多民族之间在中国古代交往交流交融的历史轨迹和整体面貌,能够正确理解文化认同下中华各民族文化的互动、共进的演化规律。因此,以蒙汉文学交融文献整理成果为切入点进行的文学研究，可以管窥中国文学的多元发展面向。

清代多族士人共慕中原文化，又把他们独有的特质带入中原文化，使中原文化持续获取新质，在共同的创造中涵融浑化，和合为一，推进中原文化的新变。客观认识并揭示这两个认同，特别重要。揭示多族士人的国家、政权认同，认识中华民族共同体的源远流长。揭示多族士人的中原文化认同，认识中华文化多元一体的丰富多彩。元明清蒙汉文学交融文献整理与研究是揭示文化认同与创造的重要课题。而建立在清代蒙汉文学交融文献整理基础上的文学研究丛书具有双重意义：一是学术的意义，它记录了中国近古史上的民汉文学交融的文献整理与文学研究的炼成史，以及两个民族的精神生活史，对中国多民族文学交融具有重要的示范意义；二是文学的意义，它透过文学史料，体现了民族交融视域下文学的本质，传递出一种中华民族凝定中的昂扬向上的精神。那么，蒙汉文学交融的文学研究路径就此变得非常重要。在中华多民族文学史上，蒙汉文学交融视域下的元明清文学具有重要地位，以往的研究，尤其在蒙古族汉语创作方面虽然逐渐呈现蓬勃局面，但这一领域的研究若想有新的突破，必须重新调整思路。

如何研究清代文学，可能离不开观念与方法两个关键词。如果观念没有改变，只在旧有的中国文学的格局中去谈，则囿于成见，会屏蔽民族文学的森然之象。而只有在中华多民族文学史观观照下，才能拓展视域，寻找研究方法。因为民族文学创作者的创作水平普遍较低，而本人的文献保存意识又不强，所以对民族文学的研究若从本体研究入手常常会感其匮乏，但文学是人学，元明清历史本就是多民族写就，政局变动中的制度确立、思想激荡，乃至大历史与小历史的本身，无不与"蒙古人"相关，多民族文学创作自然就是绕不过去的存在。近古的政治格局、文化措施等方面，举创颇多，从制度层面、思想层面谈论近古的民族文学，以及新文化史视角下谈论近古文学，都是期望能借以窥见清代格局中的民族文学之宏富，怎样影响中华民族多元一体格局的形成和发展。

"元明清蒙汉文学交融文学研究丛书"，是建立在民族交融文献整理基础上的文学研究，也是重大基础理论问题的思考之作。而其中蕴涵的铸牢中华民族共同体意识建构，也是国家战略层面的政治问题。在文学史料中发掘中华民族共同体形成历史的研究理路与中华民族共同体认同发生机制的深刻揭示理路，是本丛书研究的核心和关键问题。坚持马克思主义历史唯物主义方法论进行中华文化认同与中国古代北方民族文学交融研究，有助于铸牢中华民族共同体意识研究的深化，对中国特色民族学理论体系和话语体系建设大有裨益。从中华民族共同体文学史的角度审视中华民族形成的历史，不仅会深化中华民族多元一体格局的研究，也会加深我们对中华民族形成历史的认知。能够按照文化自信自强的要求建设好中华民族共有精神家园。

2024.7

目　录

绪　论 ……………………………………………………………(1)
第一章　乾嘉盛世的多民族文学交融 ……………………………(10)
第一节　乾嘉时期蒙汉文学交融基本状况 ………………(11)
第二节　蒙汉交融视域下的乾嘉诗坛创作 ………………(22)
第三节　蒙汉交融视域下的乾嘉诗坛诗学思想 …………(32)
第二章　乾嘉时期"边功"的文化记忆与诗歌的文学想象 ………(40)
第一节　"边功"生产的历史空间内涵 …………………(40)
第二节　"边功"创作的生命体验与文化认同 …………(50)
第三节　"边功"创作的诗人心态与诗歌品格 …………(59)
第三章　道咸同变局中的中华民族文学 …………………………(66)
第一节　关于国变的民族文学担当 ………………………(66)
第二节　变革时代的使命意识 ……………………………(72)
第三节　思想诉求的驱动：走向意识形态的经学批评 …(76)
第四章　道咸同驻防的"诗史"书写 ……………………………(84)
第一节　京口驻防诗人 ……………………………………(85)
第二节　京口驻防诗人的"诗史"书写 …………………(88)
第三节　京口驻防诗人的杜甫接受 ………………………(96)
第五章　晚清政局中的光宣文坛气象 ……………………………(100)
第一节　光宣时期蒙古族创作中的晚清政局 ……………(100)
第二节　满蒙汉文人交游与"觉世之诗"的创作 ………(109)
第三节　"西学东进"与光宣时期的蒙汉诗学思潮 ……(113)
第六章　晚近蒙古王公汉语创作"局势" …………………………(122)
第一节　岁月静好：道咸同光变局中"局外人"的优游 …(123)

第二节　与时俱进：变局中"局内人"的热望 ………………（131）
　　第三节　进退失据："局内人"到"局外人" ………………（137）
第七章　八旗子弟的原乡疏离感与"文学事件" ………………（143）
　　第一节　文学事件的生成：原乡的陌生感 ………………（144）
　　第二节　文学事件的裂变：原乡的异质感 ………………（149）
　　第三节　文学事件的消除：乡心之安放 …………………（155）
第八章　驻防制度与驻防文学的规约和演进 ……………………（160）
　　第一节　满汉分居制之旗城建置与营志诗文 ……………（160）
　　第二节　八旗营葬制与驻防"乡思"之"乡"变 ……………（165）
　　第三节　驻防文学镜像下驻防安养制度的消解 …………（171）
第九章　科举制度的拓殖与八旗文学的交融 ……………………（179）
　　第一节　八旗科举制度的萌发与清前期八旗崇文风尚的生成 …（179）
　　第二节　八旗科举变局成长期与八旗文事繁盛 …………（188）
　　第三节　科举制度消融期与中华民族文化认同确立 ……（199）
第十章　都邑社会对蒙古文学家族的影响 ………………………（210）
　　第一节　文学场域转换与蒙古家族文人的社交扩展 ……（211）
　　第二节　都邑文化与蒙古文学家族的文学生产 …………（219）
　　第三节　都邑社会与蒙古文学家族的汉诗范型转化 ……（226）
第十一章　草原丝绸之路诗歌思想质素与发展趋势 ……………（236）
　　第一节　北疆草原丝绸之路的主题表达 …………………（237）
　　第二节　北疆草原丝绸之路创作的身份认同 ……………（245）
　　第三节　草原丝绸之路的艺术生产方式 …………………（251）
参考文献 ……………………………………………………………（257）
后　　记 ……………………………………………………………（271）

绪 论

一

  中国两千多年文学史的积淀，为清代文学文体样态的齐备提供了丰富的创作资源。这一文学现象及其成就在中国文学史上赢得了应有的一席之地，也从未远离过中国古代文学研究者的视线。然而，在清代诗歌研究的诸多重要成果中，却鲜见一批蒙古族汉诗创作者在文学史上的身影。清朝是中国历史上最后一个封建王朝，经历了从鼎盛到衰败、从辉煌到没落的历史变迁，直至消亡。特别是晚近，尽管王朝大厦在历史大变局中风雨飘摇，然而，在接受近三百年的儒文化的浸染中，制度变迁、思想转化、文化交融，如同一股强劲的暴风雨荡涤着社会的各个层面。文化认同、民族认同在人们的观念中渐进凝定，也为清代满蒙八旗文士的汉诗创作提供了丰富的思想资源和更为广阔的创作空间。清代满蒙八旗文士大多有入仕经历，然而，因其传世别集较少、文学播迁有限，故而未能受到文学史的青睐，所获得的关注度较低。但若从"中华民族多元一体格局"的角度看，他们的作品是少数民族文学与汉文学交融的显例，是文化认同的明证。因而，无论是对文学还是文化学而言，民族文学交融视域下的清代文学研究具有不言而喻的重要价值。

  文学研究经历了漫长的历史时期，"诗文历史化"作为探讨清代文学学术化、体系化的一个切入角度，在以往的研究中已经得到验证。要检视清代文学的整体特色，尤其是其学术特质，还需要有更为宏大的视野和论述框架。在作家创作与文体、类型、格律、意象等角度细致分析文学作品这些固有的清代文学研究模式之外，细致检视和论析作家创作与文学史、政治史、边疆史等发展的关系，或许能梳理出更具诠释力和概括力的诗学脉络。民族文学交融是一个宽泛的话题，本书主要从蒙汉文学交融入手，这样的研究，是在以中华民族多元一体格局下审视中国清代文学史编写的基础上进行的研究，是具有学术价值的。为此，应立足于多民族文学史观的理论基点，重新审视中国古代文学多民族、多传统的特征，打破单一民族文学研究的固有范式，重视民族交融所引动的社会、文化变迁中带来的文学观念的改变。对这一文学观念改变的系统研究，涉及文学本质观念、文学特征观念、文学创作观念、文学批评观念等基本问题，有助于扩大文学范围，拓展研究领域，将有力地推动中国古代文学研究和民族文学研究的深入。本书在民族文学交融基础上，取资于制度史、思想史、文化史，借以构建多民族文学交融视域下的民族文学发展的框架，从而确立富有新文化史特色的文学研究范式。这对于中国古代文学或者少数民族文学研究来说，都应能添补不少可以深入考察的视点。

本书所论只是对清代少数民族文学与汉文学交融的思想谱系与制度涵化的一个较为粗浅的勾勒，只要真正沉潜进清代文学纵深，透过令人眼花缭乱的历史话语所构织出的重重帷幕，回到中国社会、文化、文学的价值生成的历史时空，当会发现其中还有大量的理论关系值得去研究。比如，八旗文学的发展动力、八旗文艺审美理想、文学外部研究与内部研究之界定标准等理论问题，其实也都与清代多民族文学交融的价值观有着内在的理论关联。因此，由多民族文学交融进入两百多年的清代文学理论的思想场域，在学术视野上是一个很有意义而且很有必要的选择，这种研究更加有助于从思想层面和文化层面把握和理解中华多民族文学交融研究的特质和理论贡献，也能为当下的中华民族文学建设提供有益的历史经验和直接的思想材料、文化材料，从而将中华多民族文学研究推进至新的思想境界与历史高度。

二

将清代文学尽量还原到文学发生的场域中，在其制度、思想、文化变革的时空背景下进行研究，以此拓展中国古代文学研究和民族文学研究视域。如何研究清代尤其是近代变局中的民族文学，可能离不开观念与方法两个关键词。如果观念没有改变，只在旧有的中国文学的格局中去谈，则囿于成见，会屏蔽民族文学的森然之象。而只有在中华多民族文学史观观照下，才能拓展视域，寻找研究方法。由于民族文学创作者的创作才能与文献留存意识所限，对民族文学的研究若从本体研究入手常常会感其匮乏，但文学是人学，清代历史本就是多民族写就，政局变动中的制度确立、思想激荡，乃至正史与笔记、杂传中写就的"大历史"与"小历史"的本身，无不与"旗人"相关，多民族文学创作自然就是绕不过去的存在。近代的政治格局、文化措施等方面，举创颇多，从制度层面、思想层面谈论清代的民族文学，以及新文化史视角下谈论清代文学，都能借以窥见清代中华民族文化版图中的民族文学之宏富。

清代是古代文学大盛的朝代。经历一个多世纪的康乾盛世后，道光时期是中国历史上发生最重大变革的时代。西方世界在进入工业革命后快速发展并且极欲改变世界格局，古老中国从期冀因循守旧到不得不变革图强。从鸦片战争开始，到甲午战争、庚子国变等一系列标志性的事件，使国家面临更为严峻的内忧外患，近代经济、思想及其带来的学术新变，共同影响着文学思潮的走向。社会各阶层思想观念激荡中触及的制度溯源，在社会空间里多层次多角度地藉文学的各种体式得以舒张。于是，在中西方思想的碰撞和传统与现代观念的交汇中，文学思想、文学观念乃至语言文字都在渐进式地改变，变局中士人所具有的使命意识、文学担当与民族身份在其思想意识中重新整合，其中华民族多元一体格局下的国家认同和民族认同得以明晰和强化。多民族的文化交融构建了他们的心灵世界与精神空间，丰富了时代变局中的中华民族文学书写，特别是近代蒙古族诗人的汉文创作，无论其拥有的数量还是独具特色的文学成就，在构建中国文学多民族性的进程中，扮演着不可替代的重要角色。中国文学是由56个中华民族共同创造的文学，这是正确认识中国文学多民族属性及其历史发展规律的基本原则。在这一原则指导下形成的中华多民族文学史观，成为研究中国文学特别是近代文学的逻辑起点。

从政治形态看，中国很早就已经凝成一个统一的国家。中国文化，就是一个随不同时段而广纳不同文化因子，最终形成种族与文化的融合的历史。"民族界限或国家疆域，妨碍或阻隔不住中国人传统文化观念一种宏通的世界意味。"[①] 因此，近代变局中的外来入侵和历史上的少数民族统治中原，殊途同归之处在于，对中华文化而言，都只是意味着新元素进

---

① 钱穆：《中国文化史导论》，商务印书馆1996年版，第149页。

入，"只引起了中国社会秩序之新调整，宗教新信仰之传入，只扩大了中国思想领域之新疆界"。① 在现代"民族"概念出现之前，多民族士人的身份依旧是古代文学研究者所关注的一个视点。从国语骑射到满汉一家，从旗民分治到中华民族共同体，在历史转型的变局中，八旗中最重要的构成"满洲"与"蒙古"，就是现代意义上的满族和蒙古族，只是前者较之现代意义上的满族之外还有多种其他民族融入，而后者较为单一。多民族士人在时代语境中经历的情感、思想、身份认同与美学追求的嬗变，是阐发其在中华民族共同体视域下文学研究的普遍性意义的前提。自秦以来，历史上各个王朝都曾致力于思想和文化上的"大一统"。中国各民族经历了五千多年的历史变迁，并同其他文明保持交流互鉴，最终共同铸就了中华民族共同体。中华民族共同体意识是我们这个民族源远流长的根本所系。每一次民族大融合都促进了国家"大一统"和中华文明大发展。

坚持中华多民族文学史观对中国近代文学，尤其是对"民汉"文学交融文献进行的全面整理和深入研究，能够清晰再现中华多民族之间在中国古代交往交流交融的历史轨迹和整体面貌，能够正确理解文化认同下中华各民族文化的互动、共进的演化规律。只有以中华多民族文学史观来审视中国近代文学，才能"再现中华文学的整体风貌，才能为构建新世纪中华文学史宏大叙事的理论体系奠定坚实基础"②。坚持中华多民族文学史观，不仅会深化中华民族多元一体格局的研究，也会更新和加深我们对中国近代文学形成发展演变历史的认知；不仅是对既有知识的更新，也是一种知识再生产。而对这种知识的生产和传播，将为铸牢中华民族共同体意识从文化认知上奠定坚实的基础。

三

社会变革必然推动传统研究方式与方法的转变。马克思说："我们判断一个人不能以他对自己的看法为根据；同样，我们判断这样一个变革时代也不能以它的意识为根据。"③ 因此，我们面对近代中国大变革局势下

---

① 钱穆：《中国文化史导论》，商务印书馆1996年版，第151—152页。
② 刘跃进：《元明清蒙汉文学交融研究论文集序》，载米彦青主编《元明清蒙汉文学交融研究论文集》，中国社会科学出版社2016年版，第2页。
③ [德]马克思：《〈政治经济学批判〉序言》，《马克思恩格斯文集》第2卷，人民出版社2009年版，第592页。

的文学事件，应坚持历史唯物主义方法论，在社会空间中关注这一历史时期的民族文学。

首先，应在政治制度变革中研究清代民族文学。清朝是以武力取代衰败的明朝赢得天下的，立国之初，为了化解各种矛盾，基本沿袭明代制度，科举制就是其中重要的取士制度。然而，清朝逐渐由武功转向文治，继而走向鼎盛后，在京师或者要地驻防的八旗子弟在制度层面如何安置就变得很重要。为此，清廷推行了八旗安养制度与八旗科举制度。在近代民族文学研究中，通过对制度与文学的考察，循满、蒙八旗精神与心灵世界的变化轨迹，体察草蛇灰线伏于其间的晚近民族、国族①与中华民族共同体意识之形成，是重要的研究视点。

清朝入关后，将八旗集中戍卫京师及分驻战略要地，八旗安养制度应运而生。驻防八旗满汉分居体制、营葬体制与旗籍体制是八旗安养制度的核心组成。满汉分居制度之旗城建置，使满城成为典型的城市空间三维统一体，生活在满城的驻防八旗在驻防地安顿身心，自觉书写守家记忆之营志诗文。营葬制度与旗籍制度的变化，曾使驻防八旗的故乡发生了根本性改易，勾连驻防"乡思"之"乡"变，并因之拓展了驻防文学题材。驻防文学中的营志诗文，在驻防制度的追忆中，揭示出了八旗驻防规训的弊端，这种弊端正是大清覆亡的序曲。驻防八旗安养制度引动的驻防八旗心理动因，循安家、守家与覆亡序曲一线结构于驻防八旗文学创作中，在近代变局中愈加清晰。虽然这只是近代文学的一端，然而作为制度的产物，驻防文学的书写题材、体式、艺术风貌，都在近代文学史上呈现了其特质，是中华文学书写中不可或缺的成分。第八章的"驻防安养制度与驻防文学的演进"将制度与文学结合，考量清代八旗安养制度下的驻防蒙古文学，是拓宽蒙古八旗汉文创作研究的广度和深度的尝试之道。

科举制度的推行使八旗子弟在清代中期开始形成文士群体及其文化意识形态。并把"大一统"的中央帝国权力渗入自上而下的知识官僚体系中。八旗驻防是八旗体系中一个独特且重要的组成部分。它属军事建制，以武途为重，因此，八旗驻防人走科举入仕一途屡遭阻滞。即便如此，在驻防旗人和地方官员的共同推动下，驻防科举最终在嘉庆十八年（1813）完成了本地化进程。由此，驻防旗人与驻地汉族士人能够共享教育环境，在

---

① 参见许纪霖《国族、民族与族群：作为国族的中华民族如何可能》，《西北民族研究》2017年第4期，第10—20页。

近代史文化层面上真正拉开驻地旗、民交流的序幕。如杭州驻防三多组织"红香吟社""苹香吟社",参与郭曾炘、郭则沄所结之"蜜园吟社"驻防科举考试内容源自儒家四书五经,因而驻防士子在儒学话语的主导下渐趋"儒化"。这一"儒化"过程拓展了驻防士子诗歌创作的思想内涵,也使他们的价值取向与驻地汉族士子趋于一致。驻防旗人诗歌创作的内容风格及情感内蕴因科举出仕带来的地域流动而呈现多维化图景。八旗驻防科举制度在驻防旗人文学创作生成和延续的连动过程中起了重要推动作用,不期然地形塑着诗歌,也对巩固清朝统治和培养中华民族共同体意识作出了重要贡献。第九章的"科举制度的拓殖与八旗文学的交融"从清代驻防八旗科举参与方式的流变与诗歌创作入手,或从近代科第文化空间探讨少数民族的汉诗写作,都是研究近代变局中科举制度与文学的范式。

八旗安养制度与科举制度的推行,在满蒙八旗与汉族士人文化同一性进程中起了重要推动作用。共性的汉字文化、儒家文化,与全社会共同遵从的律令制度,使"旗民分治"在近代变局中日渐形同虚设,而多维度多层次的交往交流交融,使中华民族的全体成员在面对外国入侵加剧,濡染与受容面向改观,凝练了中华民族共同体意识。

其次,应在思想史观照下考察近清代民族文学。共同体意识是以"你中有我,我中有你"的中华民族多元一体的集体记忆和集体意识为基础的。站在今天的角度看,清代文学的上半段上承古代,下半段开启现代,又与国外文学密切相关,是一个特殊的时代,清代多民族士人留存的别集文献,基本都以汉语写就。这些作品不仅是某个民族的记忆,也是中华文明共同体的集体记忆。蒙古族诗人用汉语创作了大量的文学作品,既接续了本民族的传统,又把过去和现实紧密联系起来。这样的记忆与时代思想紧密联系,在民族、国族和中华民族的萌发中,不同民族身份思想者以民族记忆驱动时代思想碰撞与交流。作为反映时代之音的文学思想,自然也浑融有各民族的声音,导时代文学潮流。故此,以蒙古族文学思潮为切入点,可以观察大清王朝在乾嘉、道咸同、光宣几个不同时段中,主流文学思潮影响下的民族文学演进。光宣时期,任职边疆的蒙古族诗人创作的诗歌,有补于世人对清廷处理东北亚问题的了解,蒙汉诗人共同对清廷昧于内外形势发出批判的声音,与满蒙汉文人间多种形式的诗学交流,共同形成了多民族文化共同体意识,也构成了光宣诗坛"觉世之诗"的主体。以诗证史的同时,"晚清政局中的光宣文坛气象"一章意图复原蒙汉文学交融背后涌动的诗学乃至于社会的思潮。"道咸同变局中的中华民族文学"指出，清初士人深入剖析的华夷之辨随着西方坚船利炮的侵入发生改变，"夷"不再是指中华境内少数民族，而是对外国侵略者的称呼，多民族文人共同成就时代变局中的中华民族文学书写。在近代文学研究中，若能从大清王朝的时间流变中整体观察文学思潮的演变，及演变中的民族文学思想是如何渐进式地融入中华一体的文学思潮中，就会更清晰地体察到多元一体文学观的生成。所以，在历时性与共时性互融的视域中反思并溯源"乾嘉盛世的多民族文学交融"，则可了解蒙汉文士在雅集、创作、诗学思想等方面如何融合无迹，亦可体察乾嘉诗坛诗人对汉文化圈、蒙古文化圈、多民族交融文化圈的理解。

在思想史观照下进行的蒙汉文学思潮研究，能够使近代文学创作的思想内容得以展开，也使思维主体在历史文化语境中的处境得以显露，从而可以进一步深化近代格局中的多民族文学交融研究。蒙古民族的文学创作是中华文学圈的重要构成。蒙古族文化曾对传统中原农耕文化产生巨大的冲击，影响所及贯穿元代及其后的明清文学思想、题材、风格等的变革与发展。深入发掘蒙汉两个民族交融升华为共同的价值观和共同的行为举止中，蒙汉文学交融研究起到了决定性的作用。

在中国近代社会嬗变的阵痛中，社会转型、观念革新、西方各种思潮涌入，使中国学术界打破万马齐喑的局面而经历了一场凤凰涅槃般的洗礼。思想的变革必然带来学术的活跃。彼时的一批先行者无论是何民族，胸中涌动着的都是对中华文化的热情与自信，并滋养了中国近代知识人的主体意识。因此，研究清代文学就必须研究清代思想，只有在社会思潮中把握文学思潮之脉络，才能认知多民族文学思想，为认识中华民族这一统一国家内部文化的多样性和历史多样性需要提供新的研究角度。

从时代文学思潮的研究视角切入谈中华民族文学史的建构，是基于这样的认知：近代的民族文学研究需要将宏观与微观结合起来，也需要将历史和现实结合起来，突出对中华民族的认同。但只有在中华文学思潮的视野下，才能避免民族文学研究局限于狭窄一隅，而置身于历史洪流和宏大中华版图中，从而找准民族文学研究的定位。而当下的民族文学研究就是秉承了这样的思想研究传统，在文学思想视角下重新审视某些文学史问题，意图拓展中国古代文学研究领域，并促进和带动多民族文学视域下的民族文学研究。

最后，应在新文化史中探究清代民族文学。中国清代文学研究应立足于对中华文学史料的挖掘、梳理、研究，在此基础上打破学科壁垒，以更为宏阔的学术视野和更高的学术境界，在铸牢中华民族共同体意识的过程中，实现其历史价值、文化价值、现实意义。

清代是知识、思想和信仰发生深刻变革的时代，因为少数民族作家本身的创作水平所限，对于变局中的清代民族文学研究，研究维度如果侧重于本体研究，或者艺术的、内部结构的审美研究，并不能完全揭示其文学作品的研究意义。但当我们把研究视野拓宽，侧重于民汉文学交融的外部关系研究，着眼于更广阔的时空场域中定位民汉文学交融的意义点，会有不同的感受。

20世纪70年代后期，肇始于法国的"新文化史"（又称"社会文化史"）取代"新史学"成为西方史学界的新宠。"在新文化史家看来，'文化'并不是一种被动的因素，文化既不是社会或经济的产物，也不是脱离社会诸因素独立发展的，文化与社会、经济、政治等因素之间的关系是互动的；个人是历史的主体，而非客体，他们至少在日常生活或长时段里影响历史的发展；研究历史的角度发生了变化，新文化史家不追求'大历史'（自上而下看历史）的抱负，而是注重'小历史'（自下而上看历史）的意义，即历史研究从社会角度的文化史学转向文化角度的社会史学。"[①] 新文化史研究视角给清代民族文学研究带来的生机是显而易见的。

以社会空间视角观照中国古代诗歌创作，已成为中国古代诗学研究的一个重要维度。近代变局中，士人若想大有作为，必须走入权力中心，因此从仕进空间对诗歌创作传播的作用谈诗人如何利用诗歌回应仕进空间中的权力关系，可以尝试探讨时代文化影响下的社会空间与文学的关系；从社会空间和意象建构等多个维度透视民族诗人诗歌创作中的时空体验和生命意识，可见八旗诗人向中华文化靠拢，进而成为中华文化代言人的路径。蒙古八旗诗人具备的高度文化认同、国族认同，彰显出他们是中华民族共同体意识的受益者，同时又是推动者。而从方法论上说，以空间理论对古代文学诗歌创作的跨界研究，表现出文学研究理论视界的开阔品质。对近代诗歌研究领域的拓展、对中国古代诗歌研究的理论建构具有重要的诗学意义。

---

① 陈恒：《新文化史·卷首语》，《新史学》第4辑，大象出版社2005年版，第1页。

游牧文化与农耕文化的互动融合始终是中国北方民族史研究的核心所在。两者之间的撞击引动文化交汇的火花,从而丰富各自的文化因子。中华文化之所以能够作为一个文明实体从古代留存至今,首先来自中原文明的稳固性及汇聚力,自身不断地发展壮大。此外,少数民族带来的异质文化对中原文明形成碰撞冲击,从而逼视出新的文明质素,致使中华文化不断经历新生。在交融的过程中,中原文化与边疆文化因政权主导者的不同,在空间维度下、在社会变迁中呈现差异。当下,家族文学研究进入瓶颈期,近代的多民族文学家族,大抵都有深厚的政治背景,"晚近蒙古王公汉语创作'局势'"一章,就将变局中地处边疆的少数民族文学家族放在动态的社会变迁中考察。"八旗子弟的原乡疏离感与'文学事件'"一章,则以"文学事件"为视角,总结出八旗诗人中存在的一种共同创作感受——"原乡疏离感",探讨了由此折射出的民族与社会心态记忆,最终将研究旨意指向近代文学中隐现的中华民族共同体意识构建脉络。这样就将近代中华民族共同体意识研究落在了实处,并且可以为研究诗人群体的社会心态记忆提供借鉴。

清代的多民族士人,因其在历史场域中的独特的社会身份,虽然在文学创作中鲜有能引动时代潮流者,但从集体记忆、社会认同、心态史等视角深入挖掘多民族士人及作品呈现的文学意义和历史意义,就会发现群体镜像自能烛照彼时的历史时空。这也是新文化史研究方法给近代的民族文学研究领域导入的宽泛格局。

关注清代的政治制度、思想资源乃至社会历史心态情感等新文化史叙述方法,是基于民族文学创作本身质量的情形而言的。清代的民族文学研究应当更加重视文化内涵的阐释及其文学创作的写作历史社会影响。民族文学研究要建构新文化批评理论,就要打通内部研究与外部研究间的隔阂,既坚守文学审美,也关注精神品质及文化省察与批评,关注文学作品的思想性,挖掘文学作品和文学批评中蕴含的精神品质。在历经40年的各民族学者们的治学之路的求索,严谨的朴学传统与现代科学方法相结合的学术理念、打破学科壁垒与强化问题意识的学术观念、关注社会现实与强调理论升华的学术境界,铸就了从事清代民族文学研究者的学术精神。当我们用多民族文学史观和历史唯物主义方法去研究近代变局中的民族文学研究,就能深入了解清代史上的政治、思想与文化景观,建构有效的中国清代民族文学交融创作研究理论。

第一章

乾嘉盛世的多民族文学交融

清室初起兵时，内蒙古首先归附，清室利用其武力与明抵抗，中叶以后，准噶尔猖獗，清廷利用外蒙古赛音诺颜部之武力击退准噶尔，因此，清廷极力优待蒙古。有清一代，计有皇后四人，皇贵妃一人，贵妃一人，妃七人，侧妃、庶妃各一人出自蒙古族①，清室公主、郡主也多嫁于蒙古人者。故有"清皇室实爱新觉罗氏与博尔济吉特氏之合组体"②之说。清室以满族入主中国，立国之初，就设八旗官学，让八旗子弟学习满汉书，而八旗亦在全国驻防。京师八旗及各省驻防八旗旗人与汉族杂居，日久习于汉俗。满蒙汉交融因之在清代成为一种文化现象。

蒙汉文化交融，元明清以来日益深入，蒙汉文学的交融也得到了长足的发展，丰富和发展了中华文学的内容。蒙古族作家使用汉文创作最早始于元代的伯颜，至清末的贡桑诺尔布，计有200余人。汉族作家从元代至清末，有700余人创作了表现蒙汉文学交融的作品。清代是中国古代文学集大成的时期，作为文学主体的诗歌在蒙汉文学交融视域下的蒙古族文学创作中占有举足轻重的地位，有清一代从事汉诗创作的蒙古族诗人百余人，有诗集行世者50多人，创作时间从顺治间到清末绵延不绝。乾嘉时期有诗集传世者计有梦麟、博明、国栋、景文、法式善、和瑛、松筠、文孚、白衣保等，虽然人数不多，但诗歌创作数量、题材、体式、写作技巧、在诗坛的影响力、诗集纂刻、诗歌理论主张等都是后世无法比拟的，因此，选择此期蒙古族汉语诗歌创作分析作为多民族交融视域下的乾嘉诗坛演进的突破口便具有代表性的意义。

---

① 赵尔巽等撰：《清史稿》，中华书局1976年版，第8895—8932页。
② 王桐龄：《中国民族史》，吉林人民出版社2013年版，第551页。

第一节　乾嘉时期蒙汉文学交融基本状况

乾隆认为："天下者，天下人之天下也，非南北中外所得私。舜，东夷；文王，西夷；岂可以东西别之乎？"① 因此，乾隆在位60年，每年分春秋两次命大臣祭祀历代帝王庙，而自己也在乾隆九年（1744）二月②、乾隆二十九年（1764）三月③、乾隆四十年（1775）二月④、乾隆四十八年（1783）三月⑤、乾隆五十年（1785）二月⑥、乾隆五十四年（1789）三月⑦亲祀。其中，乾隆二十九年（1764）三月以重修工成亲诣行礼，并制重修历代帝王庙碑文。乾隆五十年（1785）二月制祭历代帝王庙礼成恭记，中有言"夫历代者，自开辟以来君王者之通称。……我皇祖谓非无道亡国被弑之君皆宜入庙者"。

"历代帝王庙"位于北京西城区阜成门内大街路北。明嘉靖十年（1531）始建，原址为保安寺。清康熙六十一年（1722）十一月议修，雍正七年（1729）重修。是明清两代皇帝崇祀历代开基帝王和历代开国功臣的场所。乾隆几经调整，最后将祭祀的帝王由三皇开始确定为188位。乾隆四十九年（1784）七月二日，高宗颁谕，命廷臣更议历代帝王庙祀典，提出了"中华统绪，不绝如线"⑧的说法，由此，清朝以汉族帝王为自己祭祀对象的行为，进一步强化了大清入关后就确定的中华一体的观念。⑨ 乾隆的政治理念风行天下，对于乾嘉诗坛的文学思想产生了深远影响。就北方民族而言，乾嘉时期的满蒙汉文学话语融通之状貌尤为突出。

---

① 《群庙考》，《清朝文献通考》卷119，浙江古籍出版社2000年影印版，第5888页。
② 《高宗纯皇帝实录》，《清实录》第11册，中华书局1985年版，第712页。
③ 《高宗纯皇帝实录》，《清实录》第17册，中华书局1986年版，第883—884页。
④ 《高宗纯皇帝实录》，《清实录》第21册，中华书局1986年版，第51页。
⑤ 《高宗纯皇帝实录》，《清实录》第23册，中华书局1986年版，第761页。
⑥ 《高宗纯皇帝实录》，《清实录》第24册，中华书局1986年版，第423页。
⑦ 《高宗纯皇帝实录》，《清实录》第25册，中华书局1986年版，第920页。
⑧ 《高宗纯皇帝实录》，《清实录》第24册，中华书局1986年版，第218页。
⑨ 如顺治六年（1649）"从古帝王以天下为一家，朕自入中原以来，满汉曾无异视"（《世祖章皇帝实录》）；康熙四十八年（1709）"朕向待大臣、不分满汉"，康熙五十二年（1713）"朕灼知汉蒙古之心、各加任用。励精图治、转危为安"（《圣祖仁皇帝实录》）；雍正六年（1728）"天之生人，满汉一理。其才质不齐，有善有不善者，乃人情之常。用人惟当辨其可否，不当论其为满为汉也"，雍正十三年（1735）"夫人主君临天下，普天率土，均属一体。无论满洲、汉人，未尝分别"（《世宗宪皇帝实录》）。

满蒙文人积极地有建设性地投入到以汉族文化为核心的文学创作和古代文论的理论建构之中。在这样的语境中,乾嘉时期的蒙古族诗歌创作观念、诗歌创作题材、诗歌创作体式以及诗学理念皆与乾嘉诗坛的诗学立场、表现方式互通互融。

文人雅集是蒙汉文人诗语融通的主要方式。乾嘉间的蒙古族诗人中,法式善(1753—1813)以其在馆阁之中最久而广交天下文士。翻检其诗集,对于文人间交游,有着详密的记载。即以乾隆四十五年(1780)为例,早春微寒之时,翰林院庶吉士秦潮邀约法式善、吉善、邹雨泰、图敏、图钦诸人小聚,嗣后法式善赋诗纪念。① 四月九日在京城风尘雾霾数日之后,终于迎来一场清新小雨,法式善应曹锡龄之邀,陪翁方纲和王宗诚诗酒小聚、泛舟春水,写下《四月九日曹定轩侍御邀陪翁覃溪先生及王莲府编修泛舟二闸》② 诗。不久,芍药花开,法式善又应英和之邀,与翰林院同事王正亭、谢振定、萧大经前往丰台赏花。花香鸟影、诗酒流连,友朋间的欢愉令不善饮的法式善也微醺。③ 六月三日,夏令时节最美的荷花盛放,法式善邀请老友谢振定、萧大经、英和在曙光初露的清晨来他居住的海淀观赏荷花,感受夏日清晨长河的风动水碧莲香,嗣后,以210字的一首排律④描述了晨光美景中的诗友欢会。这年的八月二十三日,法式善又邀丁荣祚、方炜、许兆椿、颜崇汸、吴鼎雯、程炎、郭在途、初彭龄由长河至极乐寺茶话,并赋《中秋后七日邀同丁蔚冈方碧岑许秋岩颜酌山吴朴园程东冶初颐园郭谦斋由长河至极乐寺茗话》⑤。除了这般赏玩遣兴、诗歌记述之外,同僚联床夜话也是文人间常见情景,《澄怀园与汪云壑修撰程兰翘编修夜话》⑥ 一诗记载了是年的一个秋夜法式善和汪如洋、程昌期在词臣寓所澄怀园夜谈的佳话。

乾嘉年间的多民族文人雅集中,满蒙文人出于对汉文化的倾慕和想要融入汉文学圈的渴望介入其中,而汉族文人则是基于对身处统治地位的满

---

① 《秦端崖司业招同竹坪晓屏两祭酒时泉学士暨令兄漪园编修集延绿草》,法式善:《存素堂诗初集录存》卷1,国家图书馆藏嘉庆十二年(1807)王塘刻本。
② 法式善:《存素堂诗初集录存》卷6,国家图书馆藏嘉庆十二年(1807)王塘刻本。
③ 《煦斋公子招同王正亭侍讲谢乡泉编修萧云巢学博丰台看芍药》,法式善:《存素堂诗初集录存》卷1,国家图书馆藏嘉庆十二年(1807)王塘刻本。
④ 《六月三日邀芍泉云巢煦斋长河晓行看荷花遂至极乐寺》,法式善:《存素堂诗初集录存》卷1,国家图书馆藏嘉庆十二年(1807)王塘刻本。
⑤ 法式善:《存素堂诗初集录存》卷2,国家图书馆藏嘉庆十二年(1807)王塘刻本。
⑥ 法式善:《存素堂诗初集录存》卷2,国家图书馆藏嘉庆十二年(1807)王塘刻本。

蒙士人的迎合考虑，两厢凑泊下，建立在共同的文学爱好基础上的满蒙汉族文人聚会融合无间。不过，友朋聚会诗文切磋在交通不够发达的年代并非常态，因此，蒙古族诗人们在乾嘉诗坛演进中，或以搜集诗作的方式、或以与文坛知名文士相切磋、或奖拔后进、或同僚酬唱等方式促动诗歌发展。

法式善是乾嘉诗坛演进中不可或缺的人物，自乾隆四十五年（1780）登进士第后，三入翰林，一擢祭酒，再陟宫坊，皆官至四品即左迁。政治上的失意是文坛之幸，他生平以诗文为性命，主持坛坫者30年，将毕生精力投入对乾嘉诗坛诗人诗作的编纂揄扬中。"士有一艺之长，莫不被其奖进。"①"虽鸿才硕彦，务得片言赏识，便足增价。于单寒之士，尤加意怜恤。"②在乾嘉诗坛上，法式善就是文学传播者。他家居净业湖畔，家藏万卷，多世所罕见者，好吟小诗，颇多逸趣。家筑诗龛三间，凡所投赠诗句，皆悬龛中。对文学士子，即或尚未成名者，他都能礼贤下士。以数年之力编众人诗《湖海诗录》六十余卷。对此，时人铭记于心，"梧门先生法式善风流宏奖，一时有龙门之目，己卯岁余应京兆试，先生为大司成，未试前余避嫌未及晋谒，先生已知其姓名，监中试毕，呼驺访余于金司寇邸第，所以勖励期待之者甚厚。下第出都，犹拳拳执手，望其再蹋省门"③。有时，法式善也会向同人主动索诗，张维屏《国朝诗人征略·听松庐诗话》载："时帆先生索余诗，欲选入《诗龛及见录》，余方欲改定数十篇，觅人写正与之，会偕友南旋，匆促未果。后因便寄去一帙，未及闻先生归道山，令嗣亦下世，所寄诗不知入目否？"④在法式善的努力经营下，诗龛成为乾嘉诗坛多民族诗人创作汇集之处。

诗作汇编是有意识地保存诗歌创作之举，而参与创作可以更直观地介入诗歌的律动。乾嘉诗坛诗人与法式善有诗唱和者492人⑤，人数众多，数量众多，举凡略有名于当时者，无不在其诗集中留下刻痕。法式善与汉族诗人百龄（菊溪）、满族诗人铁保（冶亭）曾并称三才子，彼此间诗文

---

① 易宗夔：《新世说》卷2，上海古籍书店1982年版。
② 王豫：《群雅集》卷20，国家图书馆藏嘉庆十二年（1807）刻本。
③ 郭麐：《灵芬馆诗话续》卷5，国家图书馆藏嘉庆二十一年（1816）孙均刻本。
④ 张维屏：《国朝诗人征略初编》（二），明文书局1985年版，第594页。
⑤ 统计数字出自《存素堂诗初集录存》《存素堂诗二集》《存素堂续集》《存素堂诗稿》诗作。

唱和很多，法式善曾写下《次菊溪编修韵》①《雪后冶亭侍郎招同菊溪侍御芝岩编修暨阆峰阁学集石经堂和冶亭韵即效其体》② 等诗歌，无论赏景、忆旧、探病，或只是小酌，举凡日常生活之情境皆在他们的唱和诗中可寻，而这些诗作也是惺惺相惜之情感记录。吴锡麟（榖人）是法式善的同事，二人同为国子监祭酒，交往中无任何民族界限，可谓一生挚友。法式善委托吴锡麟审定自己的诗集、文集，并且写序。在吴锡麟告假南归后也时时以诗代简，殷勤致意，两人唱和作品多达近 30 首③。

乾嘉诗坛领袖与法式善都有着千丝万缕的联系。法式善从翁方纲游十数年，并先后任职于《四库全书》馆。和袁枚没有见过面，但两人书信往来非常密切，对彼此的诗歌创作也多有品评。不过，兼有诗人和学者双重身份的法式善，并不因为熟悉翁方纲的重视创作主体的学问修养的"肌理说"而在诗作中卖弄学问，对袁枚的"性灵说"也是求同存异，认为既要重视创作主体的性情，也不能随心所欲。

梦麟（1728—1758）④ 是乾隆初年的蒙古族诗人，在政事之余勤于创作，并有不俗的成就。他给江南汉族文士的赠诗，是他超越民族界限揄扬拔擢后起之秀的记录。王昶（琴德）是乾隆年间著名诗人，官至刑部侍郎，年长梦麟三岁，然而却是梦麟典试江南时的门生⑤，梦麟与王昶亦师亦友，梦麟曾作《古诗四章喜王勤德过》赠与王昶，诗中有"愿折珊瑚枝，持谢知音难"⑥之语，从中可以看出梦麟视王昶如朋友、知己，并勉励其"努力崇明德"。在《长歌赠陈生宗达》诗中也表达了类似的意愿："轶尘孤往奋仙翮，近今豪杰王与桑。来殷凤喈迄琴德，盘拿变灭龙腾骧。"诗后自注：王即芥子（王太岳），桑即弢甫（桑调元），来殷即曹仁

---

① 法式善：《存素堂诗初集录存》卷 1，国家图书馆藏嘉庆十二年（1807）王塘刻本。
② 法式善：《存素堂诗初集录存》卷 2，国家图书馆藏嘉庆十二年（1807）王塘刻本。
③ 法式善和吴锡麟是一生知交，两人无论是同题酬唱、同赴邀约，还是借景抒怀等，都有诗歌记录，诗如《吴榖人编修题诗拙作后次韵》《冶亭侍郎招同翁覃溪先生平宽夫宫詹余秋室集》《湖上晚行偶作短歌索兰雪和》等。
④ 字文子，一字瑞占，号谢山，又号午塘、耦堂、喜堂，姓西鲁特氏，蒙古正白旗人。祖籍科尔沁，七世祖博博图率七十余户来归清太祖努尔哈赤，即授牛录额真之职。其后，历代为官，父宪德官至工部尚书。乾隆乙丑进士，后改庶吉士，散馆授检讨。历任日讲起居注官、侍讲学士、广西乡试副考官、国子监祭酒、提督河南学政、内阁学士、户部侍郎、江南乡试正考官、提督江苏学政、工部侍郎、兵部侍郎、蒙古镶白旗副都统、军机处行走、翰林院掌院学士等。
⑤ "典乾隆癸酉南乡试，予得出其门下。"王昶著，周维德校点：《蒲褐山房诗话新编》，齐鲁书社 1988 年版，第 39 页。
⑥ 梦麟：《大谷山堂集》卷 5，清乾隆刻辽东三家诗钞本。

虎，凤喈即王鸣盛，琴德即王昶。诗中表现出对这些后辈的极力赞许和期待。对于梦麟的悉心栽培，王昶感言："先生尝作古诗四章赠与，其推许如此，而白首无成，良自愧尔。"①王昶八十高龄辑刻《湖海诗传》，卷十收录梦麟诗歌46首，以怀人思旧。王昶极为推尊梦麟的诗歌创作，"先生乐府力追汉魏，五言古诗则取盛唐，七言古诗于李、杜、韩、苏无不有仿，无所不工"②。事实上，王昶的诗风也大体如此，如袁枚所言："王兰泉方伯诗，多清微平远之音。拟古乐府及初唐人体，最擅长。"③毫无疑问，这与二人平日间的相互交流密切相关。王昶与黄文莲（芳亭）等并称"吴中七子"。他曾推荐"吴中七子"中的王鸣盛、吴泰来、钱大昕、曹仁虎、赵文哲以及张策时（熙纯）、严冬友（长明）等人给梦麟，④梦麟在力所能及的范围内都给予奖拔，士林对此称颂不已。"司空卓荦沉塞，苍劲雄浑。如蛟龙屈蟠，江河竞注。阮吾山云：'沈宗伯以学胜，司空以才胜。'定论也。视学江苏，所赏拔如王西庄、钱竹汀、吴企晋、曹来殷、赵升之、张策时、严东有辈皆成大名。宜士林至今犹思之也。"⑤杨锺羲《雪桥诗话续集》又载："文子司空校士金陵，赏上元涂逢豫文，欲偕之吴淞阅试卷，以母老辞，荐严冬有以自代。司空作三绝句怀之，有'锦样六朝随水去，夕阳愁煞庾兰成'。"梦麟怀涂逢豫的三绝句如今在梦麟诗集中已无从寻觅，但"锦样六朝随水去，夕阳愁煞庾兰成"的佳句却侥幸保存下来，梦麟爱才惜才可见一斑。梦麟还曾写有《独坐列岫亭怀吴企晋》⑥《古诗二章示王祖锡张策时赵损之兼寄曹来殷》⑦《短歌行试院中秋与王芥子萨原庵饮酒作》⑧等诗篇，和门生后进或一起宴饮唱和，或同游共乐，或思远怀赠。梦麟还曾为《媕雅堂诗集》作序，序中对赵文哲的诗才大加赞赏。而这些人也不负梦麟所望，曹仁虎

---

① 王昶著，周维德校点：《蒲褐山房诗话新编》，齐鲁书社1988年版，第39页。
② 王昶著，周维德校点：《蒲褐山房诗话新编》，齐鲁书社1988年版，第39页。
③ 袁枚著，王英志校点：《随园诗话》补遗卷1，江苏古籍出版社2000年版，第436页。
④ "既进谒，历询南邦人士。予以凤喈、企晋、晓徵、来殷、升之、策时、东有为对。未及视学江苏，取来殷诸人，悉置之首列，而于凤喈辈推奖不遗余力。"王昶著，周维德校点：《蒲褐山房诗话新编》，齐鲁书社1988年版，第39页。
⑤ 王豫：《群雅集》，国家图书馆清嘉庆十二年（1807）刻本。
⑥ 梦麟：《大谷山堂集》卷5，清乾隆刻辽东三家诗钞本。
⑦ 梦麟：《梦喜堂诗》卷6，国家图书馆藏乾隆刻本。
⑧ 梦麟：《梦喜堂诗》卷3，国家图书馆藏乾隆刻本。

诗才横溢，"以文字受主知，声华冠都下，屡典文衡"①。赵文哲"于文无所不工，尤以诗词明天下"②。钱大昕更以能诗名噪翰林院庶吉士馆，与纪昀有"南钱北纪"③之目。梦麟礼贤下士，而他奖拔的士人也对他多有感念，据王昶《户部侍郎署翰林院掌院学士梦公神道碑》记载，梦麟的《大谷山堂集》六卷就是由吴泰来刊刻传世的。

对于梦麟的艺术造诣，生前身后士人都多有品评。梦麟在"赢得孤寒啼泪多"④的短暂生命中在政事繁忙之余有可观的文学创作，时人认为他"清矫不凡"⑤，也不算谀辞。沈德潜在《国朝诗别裁集》小传后附以评语："乐府宗汉人，五古宗三谢，七古宗杜韩，虽不能至，心向往之，不必议其不醇也。近日台阁中无逾作者。倘天假以年，乌容量其所到。"⑥评语可谓实评，并无夸虚之辞。从评语可看出梦麟已经过世，作为盖棺定论的评价，既委婉地指出了诗作的渊源与不足，又说出梦麟诗作在当时台阁中无人能出其右的地位，并表示感叹和惋惜。在《大谷山堂集》序中则说："先生具轶伦之才，贯穿百家，其胸次足以包罗众有，其笔力足以摧挫古今，而能前矩是趋，志高格正。"高度赞颂了梦麟的才学、胸襟和笔力、格调。法式善认为，七言歌行这种诗歌体式非常适合"天才奇纵"⑦的梦麟。廖景文《罨画楼诗话》引《漫画居诗话》也说："梦文子司空麟，诗如天马行空，不受羁靮，五七古尤为擅长。"张维屏《听松庐诗话》则说："午塘先生未弱冠而入词垣，未三十而跻入座，且屡掌文衡，进参枢务。而其为诗，五言则萧廖澄旷，七言多激楚苍凉，方处春华之时，已造秋实之境，盖得于天分，非人力所能与也。"⑧林昌彝

---

① 赵尔巽等撰：《清史稿》卷485，列传二七二，中华书局1976年版，第13381页。
② 李元度：《国朝先正事略》卷42，岳麓书社2008年版，第1223页。
③ 钱大昕：《竹汀居士年谱》乾隆二十一年（1756）第二十九条，钱庆曾续补：《中国近三百年学术史参考数据》（5编），崇文书店1974年版。
④ 郭曾炘《杂题国朝诸名家诗集后》有"岱岳刊诗绝顶摩，南金东箭尽收罗。午塘短折同容若，赢得孤寒啼泪多"之语。郭曾炘：《匏庐诗存》卷7，《徂年集》（下），《清代诗文集汇编》第787册，上海古籍出版社2010年版，第158页。
⑤ 朱庭珍：《筱园诗话》，郭绍虞编选，富寿荪校点：《清诗话续编》（下），上海古籍出版社1983年版，第2372页。
⑥ 沈德潜：《国朝诗别裁集》（下），中华书局1975年影印本，第525页。
⑦ 法式善：《梧门诗话》卷1，《梧门诗话合校》，张寅彭、强迪艺编校，凤凰出版社2005年版。
⑧ 张维屏：《听松庐诗话》，《张南山全集》，岭南丛书排印本，广东高等教育出版社1993年版。

《海天琴思续录》:"七言激楚复悲凉,五字萧寥又老苍。朔气关云奇句在,敲残铁板唱斜阳。"① 晚清徐世昌《晚晴簃诗汇·诗话》则再次肯定了梦麟的成就"午塘年仅三十一而殁,其诗已足名家"②。梦麟跨越民族、等级的隔阂对汉族才士的奖拔,当时或后世多民族诗人对他的诗作的品评,在繁荣清代诗学的同时,也将不同民族间诗学观念中的碰撞、交流、吸纳、认同的轨迹和整体面貌清晰地展示在世人面前,对于正确理解中华民族多元一体文化格局下乾嘉诗坛演进有着重要意义。

博明(1718—1788)③少承家世旧闻,加以博学多识,精思强记。于经史、诗文、书画、艺术、马步射、翻译、图书源流,以及蒙古、唐古忒文,均贯串娴习。他与翁方纲既是同乡,乾隆丁卯又同举乡试,壬申同中会试,同出桐城张树彤先生之门,又同选庶常,同授编修,同直起居注,同修《续文献通考》,同教习癸未科庶吉士,同官春坊中允。后来两人皆外放,翁方纲视学粤东,博明视察粤西。翁方纲寄诗给博明。博明去世时,翁方纲恰好出使江西,闻之不胜悲悼之情。④ 其后,博明的《西斋诗辑遗》刊行,翁方纲题诗二首云:"'艺苑蜚声四十年,凄凉胜草拾南天。玉河桥水柯亭绿,多少琼瑶未得传。''香浓雪沍怆人琴,给事频年感旧心。留得梅葊诗话在,淮南烟月讯知音。'"博明一生宦海颠簸,因在翰林最久,所以后人常称其为西斋洗马。他临终前将自己所著两种杂著托付于老友邵楚帆(自昌),十多年后,邵楚帆和广泰在嘉庆辛酉将该书刻于广陵节署。

博明性情疏放,才华横溢,乾嘉诗坛许多文士对其赏爱有加。乾隆二十七年(1762)的进士戴璐熟知博明为人,曾云:"博晰斋明……博闻强识,于京坻掌故,氏族源流,尤能殚洽。老年颓放,布衫草笠,徒倚城东,醉辄题诗于僧舍酒楼。有叩其姓氏者,答云:'八千里外曾观察,三十年前是翰林。'又云:'一十五科前进士,八千里外旧监司。'性情可称

---

① 林昌彝:《海天琴思续录》,北京师范大学图书馆藏同治三年(1864)林氏广州刊本。
② 徐世昌:《晚晴簃诗汇》,民国十八年(1929)退耕堂刊本。
③ 字希哲,一字晰斋。博尔济吉特氏,隶满洲镶蓝旗,两江总督邵穆布孙。乾隆壬申进士,后散馆授翰林院编修,寻充办翰林院事。历任洗马充办事官、出守广西庆远府、云南迤西道、兵部员外郎、凤凰城权使等。
④ 翁方纲:《〈西斋杂著〉序》,博明:《西斋杂著二种》,国家图书馆藏嘉庆六年(1801)刻本。

洒脱。"① 赵文哲曾赠诗博明，"天子重循吏，畴咨界大藩。粤西接滇南，军兴正纷繁。君乃得平调，万里移朱幡"（《赠博晰斋观察即题水石清娱画卷》)②。王昶也极为推崇博明诗作，曾这样评价其才华："使君才似萨天锡，曾向蓬瀛看画壁。竭来按部抵邪龙，十八溪流轰霹雳。"③ 博明也曾写下《和王兰泉赵璞庵见怀韵兼寄钱冲斋》④ 与朋友们酬唱。除了"吴中七子"中的几位，博明与乾隆朝的文士乐槐亭、苏汝谦、陈作梅等唱和诗也很多，郭则沄《十朝诗乘》和杨锺羲《雪桥诗话》都对博明的才华予以肯定。

文士诗友超越民族、超越权力的诗作往往是见情见性之作，博明一生随性，保存下来并非完璧的诗集中酬唱之作最多，可见他的内心中对于文友间的话语融通是很看重的。

松筠（1754—1835)⑤ 诗作散佚较多，目前在诗集中能看到写给满汉族文士祁韵士、徐松、富俊、富伦泰等人的诗歌，但并不多。阿桂、长龄、明瑞、和珅则在边疆政务文牍中与松筠打过交道，松筠诗文中略略提及。祁韵士在戍伊犁期间受伊犁将军松筠之命，创纂《新疆识略》《西陲要略》《西域释地》等。徐松在遣戍伊犁期间，发现新疆入版图数十年视同畿甸，而未有专书，于是详述有关新疆的建置、控扼、钱粮、兵籍等事成书，由松筠奏进，赐名《新疆识略》。松筠文友中，与其同民族同官边疆的和瑛无疑是他文学、政事交往最多的士人，和瑛现存诗集中有与松筠唱和的诗作17首，如《和松湘浦司空咏园中双鹤元韵》⑥《对月怀湘浦制军》⑦《端阳书怀寄前藏湘浦司空二首》⑧ 等，不过，松筠残集中留下的与和瑛唱和的诗作很少。杭州驻防满洲正黄旗人福申在嘉庆二十三年（1818）出使杜尔伯特，途经察哈尔时拜访了在此任都统的松筠，写下《至察哈尔松湘浦相国厚遇作此志感》，诗云："山斗倾怀久，瞻颜过所

---

① 戴璐：《藤阴杂记》卷6，北京古籍出版社1982年排印本。
② 赵文哲：《娵隅集》（中），上海图书馆藏乾隆间刻本。
③ 王昶：《寄博晰斋八叠前韵》，《春融堂集》，清光绪十八年（1892）刻本。
④ 博明：《西斋诗辑遗》卷2，国家图书馆藏嘉庆六年（1801）刻本。
⑤ 字湘浦。姓玛拉特氏，蒙古正蓝旗人。最初以翻译生员入仕，后考授理藩院笔帖式，由此起家，曾任库伦办事大臣、吉林将军、乌鲁木齐办事大臣、伊犁将军、察哈尔都统、两广总督。
⑥ 和瑛：《易简斋诗钞》卷2，国家图书馆藏清道光初刻本。
⑦ 和瑛：《易简斋诗钞》卷2，国家图书馆藏清道光初刻本。
⑧ 和瑛：《易简斋诗钞》卷2，国家图书馆藏清道光初刻本。

闻。饮和醇似酎，被德暖如熏。礼乏琼琚报，情偏骨肉殷（与先祖至好，待余如子侄焉）。此行真不负，依恋转难分。"满蒙旗人之间代相延递的厚谊可见一斑。后又写有《余定于十七日出口松湘浦相国饯行席有烧猪戏吟一绝仿昭君扶玉鞍作》。嘉庆二十五年（1820）松筠因罪降职被贬为骁骑校，当年秋天新帝登基，看到年迈的松筠，不胜悲恸，君臣二人相对而泣，不久后松筠又得以重用。福申《庚辰冬日上松湘浦相国》中有"至今走卒知名字，半载何妨暂左迁""一寸丹忱何处诉，朝朝暮暮泪长流""对泣殿廷无别语，此心要可质先皇"，虽然是描述松筠的心迹，但二人间的深厚情谊也就此见出。松筠周围形成的多族文人交游圈，为他学习汉语诗歌创造了良好环境。文学的社会功用也在最大程度上发挥着。

和瑛（1741—1821）[①]是一生勤于笔墨的封疆大吏，公事之暇，和朋友忙于酬唱。在他的现存诗作中，和他唱和最多的除了松筠，就是曾官四川总督的满洲正红旗人和琳，两人有《卫藏和声集》，[②]酬唱一百多首，和瑛还曾写有《前藏书事答和希斋五首》[③]及《送别和希斋制军之蜀十首》[④]，在这些诗作中追忆了两人情谊，并且对藏地和四川的风俗民情山川景色多有描述。蒙满文士的交游，因其民族属性的相似性、阶级身份大抵对等、共同秉持对汉文化的倾慕，故在诗歌唱和、情感交流中较少滞碍。吴俊（蠡涛）是和瑛的知交，常常写诗给和瑛，和瑛也写下《喜吟碧山房竹胜往年次吴蠡涛方伯韵》[⑤]等诗回赠友人。除此之外，与和瑛时相唱和的汉族诗人还有李世杰（云岩）、孙士毅（补山）、王澍（恭寿）、沈琨（舫西）、颜检、吴慈鹤等，都是一时名士，江西士人吴兰雪还为和

[①] 原名和宁，字太菶，号太庵（亦作泰庵），姓额尔德特氏，蒙古镶黄旗人。乾隆辛卯进士。历任户部员外郎、张家口税务监督、理藩院内馆监督、安徽太平府知府、颍州府知府、庐凤道、四川按察使、安徽布政使、四川布政使、陕西布政使、蒙古镶黄旗副都统、内阁学士兼礼部侍郎、理藩院右侍郎、正白旗蒙古副都统、工部右侍郎、工部左侍郎兼正红旗满洲副都统、户部左侍郎、仓场侍郎、安徽巡抚、山东巡抚、叶尔羌帮办大臣、喀什噶尔参赞大臣、理藩院右侍郎、正红旗汉军副都统、吏部右侍郎、镶蓝旗满洲副都统、乌鲁木齐都统、陕甘总督、大理寺少卿、盛京刑部侍郎、热河都统、礼部尚书兼镶红旗满洲都统、兵部尚书、热河都统、工部尚书兼正黄旗汉军都统、翻译乡试正考官、兵部尚书加太子少保衔、礼部尚书兼镶蓝旗满洲都统、兵部尚书、军机大臣上行走、文颖馆总裁官、崇文门监督、正黄旗领侍卫内大臣阅兵大臣、上书房总谙达、刑部尚书、内大臣充翻译会试正考官。
[②] 和琳、和宁：《卫藏和声集》，中山图书馆藏清钞本。
[③] 和瑛：《易简斋诗钞》卷1，国家图书馆藏清道光初刻本。
[④] 和瑛：《易简斋诗钞》卷1，国家图书馆藏清道光初刻本。
[⑤] 和瑛：《易简斋诗钞》卷1，国家图书馆藏清道光初刻本。

瑛诗集作序。和瑛一生喜好汉文化，于易学有深入研究①，除了与仕途中结交的友朋诗酒唱和、互相品评赏析文学创作之外，和瑛生前身后都不乏关于他的创作的评述。

在蒙古族诗人和乾嘉诗坛文士的互动中，我们可以清晰感知，他们的诗学观念、诗作语言、思维方式早已与儒家诗学立场融合无迹。诸如提倡温柔敦厚的诗学理念、重视文学的教化功能等。他们与汉族诗人在创作中的思维方式也无所区分，俱是感悟灵妙，意境深远，葆有生命的律动。而当他们的诗集刊刻流传后，乾嘉文坛对他们的接受更加具体。

梦麟的诗集，名曰《大谷山堂集》，现有八种刻本。藏于国家图书馆善本室的应为原刻本，刻于乾隆年间。原刻本无序跋文，共六卷，每卷首写有"建业门人严长明编"，卷后有"门人青浦王昶上海张熙纯赵文哲嘉定曾仁虎同订""华县门人王鼎恭誊"写字样。这些人也都是梦麟任职江南时拔擢的汉族士子。《梦喜堂诗》是乾隆间六卷刻本，前有沈德潜序，"吴门穆大展镌字样"，每页十行十九字，与《大谷山堂集》对读，《梦喜堂诗》存诗242首，分《石鼎集》《乙览集》《南行集》三卷，中有27首诗《大谷山堂集》无，而《大谷山堂集》中又有87首《梦喜堂诗》无。沈德潜的序文在概括性地对梦麟诗歌创作、诗学思想做出评价的同时，也可以看出对于蒙古族诗人使用非本民族文字创作的赞许及包容态度。

博明的经史书画等的考订文字，皆收于笔记散文《凤城琐录》和《西斋偶得》中，而诗歌方面的成就则存于两部诗集《西斋诗辑遗》和《西斋诗草》中。《西斋诗辑遗》三卷，由其外孙穆彰阿刊于嘉庆六年（1801），北京大学藏《西斋诗草》抄本卷首次页有王昶题四首七绝。博明志耽风雅三十余年，所为诗绝不止于此。法式善曾说："惜缣素零散，古刹墙壁间，尚有存者。余采《诗话》，载其壬午典试粤东咏古四诗，略见一斑而已。"② 当《西斋诗辑遗》编成待梓时，翁方纲为之题有二首七绝，点明此辑遗乃凄凉胜草，其未得流传的佳篇正复良多的事实。

法式善曾参与编纂武英殿分校《四库全书》，著有《存素堂诗初集》24卷、《存素堂诗二集》8卷、《存素堂诗稿》2卷、《存素堂试帖诗》1

---

① 著有《读易拟言内外篇》《经史汇参上下编》《读易汇参》《易贯近思录》，编有《风雅正音》等著作。

② 法式善：《八旗诗话》，张寅彭、强迪艺编校：《梧门诗话合校》，凤凰出版社2005年版，第512页。

卷、《存素堂文集》4卷、《存素堂文续集》2卷、《梧门诗话》《陶庐杂录》《清秘述闻》等。目前国内可见的刊本都是萍乡王塽嘉庆十二年（1807）在湖北德安所刻。无论单行本还是合集本均有作者原序、同时期文人序跋（如袁枚序）、画像、赞等。

和瑛一生创作颇丰，而且种类繁多。文学作品有《西藏赋》一部，《太庵诗稿》9卷、《浠源诗稿》（不分卷）、《易简斋诗钞》4卷，并编有诗歌总集《山庄秘课》。《太庵诗稿》亦作《太庵诗钞》，为自订稿本①。《浠源诗稿》是其所编《天山笔录》三部中之一②。《易简斋诗钞》四卷，清道光三年（1823）刻本，九行十八字白口双边单鱼尾白纸本，收诗576首。卷首有当时被尊为"浙西六家"之一的吴慈鹤撰于道光三年（1823）的一篇序文。

同为边疆大吏，松筠著述种类也颇为繁富，但诗作较之和瑛少很多。现藏北京图书馆的《松筠丛书》，五种六卷，凡四册，系嘉庆道光间刻本。民国时期，北平文殿阁印行的国学文库本，又题作《镇抚事宜》，亦名《随缘载笔》，并注明为家刻本，刊于嘉庆二年（1797）至道光三年（1823）间。

乾嘉诗坛的这五位诗人，法式善、和瑛都是自己安排诗集刊刻，并请与自己交好的汉族文士写序；博明、松筠的诗集是家族后人刊刻，由汉族文士题诗作序跋；梦麟壮年去世，由他拔擢的汉族士子精心刊刻并请当世名人作序。因此，在他们的诗集编纂、刊刻乃至传播中，蒙汉交融得到了集中体现。与汉族诗人相比，乾嘉诗坛的蒙古族诗人诗集不是精英文学，但在文学史上的意义却非常重要，相比诗歌创作的静态分析，诗集刊刻是动态流传，传播中关涉的政治与文学、文学与文化等多方面的价值更可彰显。蒙古族在蒙汉交融视域下对乾嘉诗坛演进所做的贡献，改变了汉族士人的少数民族汉文创作水平低下的认知，刺激了坊间编纂、评析蒙古族诗学的风潮，进一步激发了诗坛中华多民族文学认同。

---

① 和瑛：《太庵诗稿》，中山大学图书馆藏稿本。
② 和瑛：《天山笔录》，中研院历史语言研究所傅斯年图书馆藏稿本。内收诗37首（包含组诗），有20首诗《易简斋诗钞》不存，其他17首存于《易简斋诗钞》卷3中，诗名也不尽相同。

第二节　蒙汉交融视域下的乾嘉诗坛创作

乾嘉诗坛是一个诗人众多、流派纷呈的时代，舒位编纂《乾嘉诗坛点将录》，以水浒一百零八头领录诗人，王昶编《湖海诗传》，收录自康熙五十一年（1712）至嘉庆八年（1803）诗人614位，选诗46卷，约4500首诗歌。然而，这一时期政治上的高压统治和经济上的繁盛，也导致清初诗歌中葆有的那种"真气淋漓"[①]诗作渐趋减少，而醇雅之诗风弥漫诗坛。即便如此，乾嘉诗坛作品依然有创作题材广泛与艺术探寻伴行、践行儒学为核心的主题创作与"盛世悲音"形成的特点。

一　创作题材广泛与艺术探寻伴行

继清初遗民诗潮的写作之后，乾嘉诗坛诗作进入了相对静谧、舒缓的写作氛围。承传诗史旧有写作题材，咏史怀古诗、写景诗、题画诗、论诗诗、纪游诗、闲适诗都在这一时期得到了继续发展。洪亮吉、毕沅、赵翼、张问陶、王昶等人对上述题材皆有可观之作。其中纪游类诗作在精神质素和艺术探寻上较之前有了很大的发展。

乾嘉时期疆域广大，而诗人因诸种原因游边者增多，创作了大量的纪游诗。毕沅、洪亮吉、王昶、和瑛、杨揆等诗人在诗歌题材的开拓性、艺术风格的多样性、诗作体式的繁富性，以及诗人的生命体验方面，都为乾嘉纪游诗注入了新的质素。

毕沅"性好游览山水，为诗益多且工"[②]，更因宦海奔波，行迹遍及吴、越、豫、鄂、黔、鲁、湘、甘、陕、晋、冀、蒙、新各地，所到之处均有诗歌纪游。无论是秀美风物还是壮阔景象都在笔底有所呈现。"天山凉月重阳雪，总与诗人助壮怀"（《自题秋月吟箑集》）是其对奇崛山水有助诗材的最好表达。所作长篇歌行如《自兰州至嘉峪关纪行诗一百韵》《古玉门关》《蒲海望月歌》《博客达山歌》《鸣沙山》等，皆能自铸伟词，力拓异境，让人耳目一新。除了单篇之作外，毕沅尤其喜好用大型组诗的形式来进行创作，如《西山纪游诗二十首》《春和园纪游诗二十四首》《绚春园即景十首呈望山先生》《盘山纪游诗六十首》《山行杂诗十

[①]　严迪昌：《清诗史》，浙江古籍出版社2002年版，第185页。
[②]　徐世昌：《晚晴簃诗汇》卷89，民国十八年（1929）退耕堂刊本。

二首》《游终南山十五首》《访唐王右丞辋川别业二十首》《重游终南山》《嵩岳纪游诗六十首》《涉沅十九首》《衡岳纪游诗六十首》《红苗竹枝词二十首》，等等。另如《灵岩山人诗集》第三十三卷《玉井搴莲集》，整卷均为关中纪行之作，实际上也就相当于大型组诗。由于采取联章组诗的形式，其作品就更易以宏大的气势给读者带来深刻的印象。① 同为江苏诗人，性格豪放不羁的洪亮吉，也常行走四方，留下了大量的纪游之作。其诗歌风格具有尚新、尚奇、尚真的特点，被贬伊犁的遭际，让他借西域风光，吐露了"东望嘉峪关，中怀渗如结"（《安西至格子墩道中纪事》）的抑郁之情与"他时逐客倘得还，置家亦象祁连山"（《天山歌》）的豪迈之气。洪亮吉这些特点也体现在其任职贵州学政，在乌江流域度过三年所作的乌江流域诗歌之中。

乾隆五十六年（1791），廓尔喀贵族再次大举入侵西藏，占据了聂拉木、济咙等地，一直攻到日喀则，班禅七世被迫逃往前藏，清政府派大将军福康安等进藏反击。福康安奏请杨揆为从军记室，杨揆就此写下一百三十余首"青藏高原诗"。诗人从西宁出发，走过日月山、青海湖、通天河、星宿海、昆仑山、热索桥、雅鲁藏布江、鹿马岭、丹达山、黎树山、嘉玉桥等山川诸胜，写下了一首首逸响伟辞、卓绝一世的诗章，展现了一轴轴青藏高原风景图画。② "禁旅风行远，军书火急传。天寒听陇水，出塞正溅溅"，"重来更结束，腰下带吴钩"（《辛亥冬，予从嘉勇公出师卫藏，取道甘肃，时伯兄官灵州牧，适以稽查台站驰赴惶中取别，同赋十章以示三弟》），溢露了他那种为国去战的豪壮之情。《病仆吟》《军行粮运不济，士卒饥苦》等诗，表现了对士卒苦难遭遇的同情和对统治者的批判。诗人对青藏高原独特奇妙的物产风情如皮船、索桥、藏纸等也进行了描写。

和瑛科举入仕五十余年，宣力三朝，抚绥封圻，足迹遍及南北，因老成勤慎，谥为"简勤"。其间在藏八年，先后驻节新疆七年，任职边地的十五年给他赢得了"久任边职，有惠政"③的声誉，也为他提供了丰富的诗材。和瑛作有纪游诗231题250多首，西域诗45首，其他诗作40余

---

① 杨焄：《毕沅与乾嘉诗坛》，《古代文学理论研究（第三十四辑）——中国文论的思想与情境》，2012年，第337—338页。
② 赵宗福：《论杨揆的青藏高原诗》，《青海师范大学学报》1988年第3期。
③ 赵尔巽等撰：《清史稿》卷353，中华书局1976年版，第11282页。

首，合计 340 多首。这些描写边疆风光及少数民族风情的诗作是和瑛诗集中最能体现民族特色的见情见性之作。日常写作，蒙汉族诗人的题材内容中很少能看出他们的民族差异，但当蒙古族诗人去往能够唤醒自己民族意识的边疆地区，来自民族血脉中的那种发散自由，就会让他们无拘检地挥洒才情。"朔风潩泼霜天高，弱水冻涩流沙焦。行人到此缩如猬，况复西指瀚海遥……"（《甘州歌》）① 展示了边疆的荒寒；"博达神皋拥翠鬟，行人四望白云间。遥临地泽千区润，高捧天山一掬悭。弥勒南开晴雪罽，穆苏西接古冰颜。钟灵脉到伊州伏，为送群峰度玉关"（《巩宁城望博克达山》）② 呈现了边疆的静美。边塞之美，是由奇风异俗共同构成的。"怪道花门节，刲羊血溅腥。翔鸡充羹里，娄故震羌庭。酉拜摩尼寺，僧喧穆护经。火祆如啖蜜，石橄信通灵。"（《观回俗贺节》）③ 是一幅典型的民俗图；"初识关山险，人争脚马拖"（《大关山》）中的脚马，则是边地特有之物④。《渡象行》《题路旁于阗大玉》《获大白玉》《突厥鸡诗》又可以欣赏到新疆的一些不为中原所有的"于阗玉""象""突厥鸡"等物产。而和瑛"突厥鸡"的写作源起，更隐含西域风情之神秘性，"天聪七年，沙鸡群集辽东，国人曰：辽东向无此鸟，今蒙古雀来，必蒙古归顺之兆。明年，察哈尔来降。乾隆癸酉、甲戌，连年冬月，京师西北一带，此鸟群来万计，次年，准噶尔来降。"⑤ 和瑛诗作中对西域风光的独特描述是久居中原的汉族士人倍加关注的，其《嘉平月护送参赞海公统军赴藏》《题乌沙克塔拉军台路旁大玉》《洗筲》都被后人摘记下来详考写作原委。⑥

---

① 和瑛：《易简斋诗钞》卷 3，国家图书馆藏清道光初刻本。
② 和瑛：《易简斋诗钞》卷 3，国家图书馆藏清道光初刻本。
③ 和瑛：《易简斋诗钞》卷 3，国家图书馆藏清道光初刻本。
④ 和瑛诗中自注云："土人以铁齿束足底名脚马"，《易简斋诗钞》卷 3，国家图书馆藏清道光初刻本。
⑤ 杨钟羲：《雪桥诗话》，北京古籍出版社 1989 年版，第 327 页。
⑥ "乾隆季年，选进和阗所产大玉凡三，最巨者青色，重万觔。次者葱白色，重八千觔。又次者白色，重三千觔。人畜挽拽以千记。嘉庆 4 年二月，运至乌沙克塔拉军台，有诏截留勿进，遂委道旁。载玉四轮车亦毁弃於此。回汉欢呼，永渺盛德。和简勤纪诗二首云云。盖持节西行途中见玉而作""和简勤生时，星家言其有十万里驿马，果历使穷边，两经谪戍，遍涉前、后藏及天山、轮台、渠犁、车师之境。其《洗筲》诗云云。咏兆文襄西征事也。洗筲在叶尔羌城东七十里，文襄督战经此，被围粮绝，忽掘地得窖米；久之，弹亦绝。逆蕃所放鸟枪，悉中大树，得铅弹数万。迨援军掩至夹攻，遂奏大捷。"龙顾山人纂，卞孝萱、姚松点校：《十朝诗乘》卷 13、卷 9，福建人民出版社 2000 年版，第 508、351 页。

和瑛的诗不只对新疆、西藏这样的民族地区的自然风光有所记录，对历史和文物古迹也有翔实的描述。如他在西藏时写的《喜闻廓尔喀投诚大将军班师纪事》，描写乾隆年间平复驱逐尼泊尔入侵者推诚服输以象交好的情形；《金本巴瓶签掣呼毕勒汗》叙述金瓶掣签选达赖、班禅事件；《大招寺》《小招寺》《布达拉》不仅描写了藏地著名寺庙的壮观景象，还介绍了建筑的由来与唐代吐蕃松赞干布和文成公文成亲的史实，"唐公主思念长安，故造小招东向"。特别是《木鹿寺经园》这首五律，通过写木鹿寺经园中多种文字的佛经，赞扬了各民族的文化交流。和瑛在嘉庆二年（1797）任驻藏大臣，入藏地八年，对西藏的佛教寺庙、官制风俗、物产地界，他考核綦详，写下《西藏赋》一卷。身为边疆重臣，在其西藏任上，他曾多次会晤班禅并作诗纪事。如写于乾隆五十九年（1794）的《晤班禅额尔德尼》①，写于嘉庆元年（1796）的《班禅额尔德尼共饭》《班禅额尔德尼燕毕款留精舍茶话》《留别班禅额尔德尼》②，等等。这些诗不但展示了藏地独特的饮食风俗，而且更是清朝对西藏进行管辖的史证，"燕飨款洽，历历如绘，洵杰作也"③，被认为是生动的西藏风物图。他在新疆时写的《宿库车城》描述了库车作为古龟兹国所在地的千佛洞、唐壁经、汉城垒等文物故址。七言古风《题巴里坤南山唐碑》，介绍了古高昌国故址和高昌国的134年兴衰历史，描写唐代统治期间新疆地方割据势力的兴衰以及中央王朝平定反叛、刻碑记功的过程，"岂知日月霜雪今一家，俯仰骞岑共惆怅"，诗人赞扬唐王朝的平叛武功，无疑是在借古咏今，强调维护中华统一的信念。和瑛诗作从多维角度通过对边地政治与宗教、文化与文学的融通描绘，将乾嘉时期多民族融合的人文精神和民族气质自觉地融入诗歌创作中，创作出宏阔雄健、富含多民族风情的诗歌。

和瑛足迹广远，十几年间行走十几万公里，因之诗材丰富，举凡山川景物、风土人情，无事不可入诗，其灵动高妙的笔触，对民族团结的翔实记录，对民族风情发自内心的喜爱与亲近感，使他的这类诗作明显有别于同时代的汉族诗人诗作。他曾作有176句和200句的两首长篇纪游诗，后

---

① 和瑛：《易简斋诗钞》卷1，国家图书馆藏清道光初刻本。
② 和瑛：《易简斋诗钞》卷2，国家图书馆藏清道光初刻本。
③ 郭则沄：《十朝诗乘》卷13，福建人民出版社2000年版，第509页。

人以为"诗述诸边风土,可补舆图之缺"①。

毕沅、洪亮吉、杨揆、和瑛等汉蒙诗人以其丰富的边疆纪游经历和才情写就的边塞题材的诗作,扩大了自唐代以来得到成熟和发展的中国边塞诗的写作范围和创作深度,拓展了清代文学的创作题材,而王昶等诗人对于蒙古族地区风俗风情的叙写,更为蒙汉交融视域下的中华多民族的清代文学史留下了浓重的一笔。

王昶曾经"北至兴桓"②,因此对蒙古族风俗风景多有描述。他曾写有《诈马》③《教駣》④《榜什》⑤《相扑》⑥等有关蒙古族习俗的诗作,恐时人不解,在诗前都用小序做了解释。如"诈马为蒙古旧俗,今汉语俗所谓跑等是也,然元人所云诈马实咱马之语,蒙古语谓掌食之人为咱马,盖呈马戏之后,则治筵以赐食耳。扎萨克于上行图木兰进宴时择名马数百列,二十里外结发尾去羁鞯,命幼童骑之以枪声为节递施传响,则众骑齐骋腾越山谷,不逾晷刻而达。抡其先至者赏之"。其"突如急箭离弓鞘,捷如快隼除鞲条。……应节直上侪猿猱,先者怒出追秋飙。后者络绎惊奔涛,耳畔但觉风刁骚。势较晷刻争分毫,或越林莽登山椒。二十里外恣逍遥,御筵黄屋苍天高。……"诗语灵动欢快,读之则对蒙古族沿革已久的"诈马"和"诈马宴"有了了解。再如"教駣,《周礼》所载,今惟蒙古熟悉其法,谓之骑额尔敏达騍马,三岁以上曰达騍额尔敏,则未施鞍勒者也,每岁扎萨克驱生马至宴所散逸原野诸王公子弟雄杰者,执长竿驰蓺之,加以羁鞯腾踔而上,始则怒驰逸骋,豨突人立,顷之乃调习焉"。诗云:"塞垣生马犹生龙,瞬息百里腾长空。麒麟谁能赤手捕,蕃王王子真骁雄。长竿一丈如飞虹,扠身直上披花骢。马惊且怒作人立,奋迅一跃无留踪。云沙飒飒烟濛濛,山移谷立秋涛冲。或蹄或啮无不有,倏起倏落焉能穷。须臾力尽势稍息,俯首始受金羁笼。朱缨玉辔纷玲珑,归来振策何雍容。圉人太仆尽欢羡,真足立仗长杨宫。是时大搜置颜东,天闲十二相追从。兰筋碨礧森方瞳,更命考牧搜名骢。花门万骑声隆隆,降精天驷宁难逢。呜呼降精天驷宁难逢,莫使大野夜夜嘶霜风。"描写形神毕肖。

---

① 符葆森:《国朝正雅集》卷15,清咸丰七年(1857)京师半亩园刻本。
② 王昶:《湖海诗传自序》,《春融堂集》卷41,清光绪十八年(1892)刻。
③ 王昶:《春融堂集》卷8,清光绪十八年(1892)刻本。
④ 王昶:《春融堂集》卷8,清光绪十八年(1892)刻本。
⑤ 王昶:《春融堂集》卷8,清光绪十八年(1892)刻本。
⑥ 王昶:《春融堂集》卷8,清光绪十八年(1892)刻本。

"榜什"则是蒙古乐器名称,今不传。按照王昶的叙述,与笳、管、筝、琵琶、阮、火不思都不相同,是酒宴时在筵前鞠躬演奏的。"相扑"则是相沿至今的一项体育运动,其起源依旧是为筵宴助兴。王昶还分辩此项运动在清有练习健士之用,"谓之布库,蒙古语谓之布克,脱帽短裤,两两相角以搏之仆地为分胜负"。在诗人笔下,"一人突出张鹰拳,一人昂首森貙肩。欲搏未搏意飞动,广场占立分双甄。猛虎掉尾宿莽内,苍雕侧翅秋云巅。须臾忽合互角觚,挥霍掀举思争先。……"相扑勇士的腾挪奋扑如在目前。除了着意于蒙古风俗,王昶也有很多描述塞外风光的诗作,或状沙漠寒夜,"沙惊圆月暗,风挟怒泉流""霜寒嘶病马,沙碛伏明驼"(《八月十五日夜进哨》)①;或述秋风塞上,"短衣茸帽晓迎风,塞雁行行映碧空"(《木兰围中和申光禄笏山韵》)②、"千林黄叶飐秋风,残日初沉暮霭空"(《再次前韵》)③,不一而足。其以蒙语为标题的登高吊古之作《噶颜哈达》④,更是呈现了蒙汉话语融通下的乾嘉诗坛创作新风尚。

乾嘉时期,大量的中原人士出塞来到蒙古地区,因此,除了王昶,还有多人在诗作中描述蒙古地区风景风俗。他们的诗作,有以蒙古地区地理名物景观为意象而作的,如成都人嘉庆辛酉举人汪仲洋之《燕然山》⑤、无锡人乾隆壬申进士顾光旭之《五原》⑥、吴县人乾隆庚子举人王錞之《绥远城遇雨》⑦;有来到塞外引动乡愁和怀古之情的,如昆明人乾隆丁卯举人杨永芳之《送李翼兹进士出塞省亲》⑧、钱塘人乾隆壬申进士周天度之《奄旦处也时朔雪被野人马衣裘满目寒色怅然兴感作怀古四篇》其四⑨。更多的诗人往往以古题为名写作,如桐城人乾隆壬戌进士姚范的《塞下曲》⑩,写的是"万里交河春草绿,十年明月戍楼多"的相思儿女的情怀;浙江山阴人乾隆庚辰进士平定金川时遇难的吴璟之《塞下曲》⑪,

---

① 王昶:《春融堂集》卷8,清光绪十八年(1892)刻本。
② 王昶:《春融堂集》卷8,清光绪十八年(1892)刻本。
③ 王昶:《春融堂集》卷8,清光绪十八年(1892)刻本。
④ 诗题后自注:"噶颜蒙古语谓古战场,哈达山也。"王昶:《春融堂集》卷8,清光绪十八年(1892)刻本。
⑤ 徐世昌:《晚晴簃诗汇》卷116,民国十八年(1929)退耕堂刊本。
⑥ 徐世昌:《晚晴簃诗汇》卷81,民国十八年(1929)退耕堂刊本。
⑦ 徐世昌:《晚晴簃诗汇》卷81,民国十八年(1929)退耕堂刊本。
⑧ 徐世昌:《晚晴簃诗汇》卷79,民国十八年(1929)退耕堂刊本。
⑨ 徐世昌:《晚晴簃诗汇》卷81,民国十八年(1929)退耕堂刊本。
⑩ 徐世昌:《晚晴簃诗汇》卷77,民国十八年(1929)退耕堂刊本。
⑪ 徐世昌:《晚晴簃诗汇》卷89,民国十八年(1929)退耕堂刊本。

有对烽火塞上的想象；而上海人乾隆丁丑进士曹锡宝的《秋日塞上杂咏》其一①，则对塞上秋日的高古之气极尽描摹，其"雄关高并太清连，终古风云壮北燕。山自朔庭环九域，城联辽海控三边。牧羝沙暖空榛莽，饮马泉清绝瘴烟。盛代即今虚斥堠，秋光满目覆平田"之诗语，读后有秋气塞垣两相高之感；曾修成《彰德府志》的卢崧的《秋塞吟》②呈现的则是"大漠秋空百草肥，牛羊腾趠驼马威。春不祈年秋有报，卧波山插番人旗"的水草肥美的塞上景象。诗人在末句中表现的"相看都是太平客，高吟一曲秋风来"，也是中华各民族百姓的心声。塞上景色是美丽的，风俗也是新异的。无锡人乾隆丁巳进士王会汾《札克丹鄂佛浴营观蒙古骑生马歌》③，以灵动之诗笔描绘观蒙古健儿操演舞马戏的场面。六安诗人夏之璜伴随卢见曾军台效力，曾亲住穹庐，其"踢踏穹庐曲似弓，膝支为几草忽忽。书成春月秋蛇体，诗在柴烟粪火中"④是对草原毡房中生活的真实写照。塞外风情在引动中原汉族诗人诗思的同时，也激发了乾隆皇帝的创作欲望，他亲身出塞后曾写下三首《过蒙古诸部落》及《科尔沁》，其"猎罢归来父子围，露沾秋草鹿初肥"与"小儿五岁会骑驼，乳饼为粮乐则那"的记述，敏锐地捕捉游牧民族的生活特色。

在对蒙古地区风物的描述中，胡汉和亲是历代诗人们的永恒话题，乾嘉诗坛也有多人书写这一题材。如芜湖人乾隆癸未进士韦谦恒之"红颜安社稷，青史至今存"（《王昭君》）⑤，表彰女子为国尽忠；无锡人乾隆丁未进士顾钰之"不恨妾身投塞外，却怜汉室竟无人"（《昭君怨》）⑥，用女子的口吻抒发对汉廷无能的悲叹；秀水人乾隆癸酉举人庄肇奎《无题》其一⑦之"舞衣歌板飘零尽，羞说明妃自有村"，反诘杜甫《咏怀古迹》（群山万壑赴荆门），表达诗人对昭君"花自飘零水自流"的喟叹；蒲城人著名文士屈复之"阴山一去紫台空，环佩何劳怨朔风。汉帝六宫

---

① 徐世昌：《晚晴簃诗汇》卷88，民国十八年（1929）退耕堂刊本。
② 徐世昌：《晚晴簃诗汇》卷88，民国十八年（1929）退耕堂刊本。
③ 徐世昌：《晚晴簃诗汇》卷74，民国十八年（1929）退耕堂刊本。
④ 夏之璜：《塞外橐中集》，中国人民大学图书馆藏清乾隆间刻本。
⑤ 徐世昌：《晚晴簃诗汇》卷92，民国十八年（1929）退耕堂刊本。
⑥ 徐世昌：《晚晴簃诗汇》卷105，民国十八年（1929）退耕堂刊本。
⑦ 徐世昌：《晚晴簃诗汇》卷81，民国十八年（1929）退耕堂刊本。

春草碧，只今谁在画图中"（《明妃》）①，则是对昭君出塞之举的肯定；嘉定人嘉庆乙丑进士时铭《题明妃出塞卷子》②四绝句，通过想象昭君的塞外生活表达和亲对安边之功；浙江山阴人胡天游《赋得明妃三叠》其一③则感喟美人飘零塞外。

乾嘉诗坛汉族文士对塞外蒙古风情的描写，体现了蒙汉文化交流和文学方面的互动，丰富了清代文学。这些诗歌记录了胡笳的旋律里和歌舞、赛马的欢乐中的草原游牧民族对人生的体味和对自然的欢愉，承载了汉族文士在面对草原文化空间时对存在意义的思考，为乾嘉诗坛增添了宝贵的草原审美艺术，以及地域环境和民族风俗的史料。

二 践行儒学为核心的主题创作与"盛世悲音"形成

乾嘉年间的著名诗人，大多写有关注儒家伦理教化之作，无论是沈德潜、翁方纲、钱载、赵翼、洪亮吉、王昶、舒位、张问陶、张维屏、包世臣、陈寿祺、梦麟、松筠、汪中、黄景仁这样以现实主义的民生写作闻名者，还是纪昀、钱大昕、袁枚、孙原湘、厉鹗、法式善、博明、和瑛这样以闲适诗、写景诗见长，偶有关心民瘼之作品者。儒学是汉族诗人的性命之学，因此，践行之不过是士人安身立命之本，但蒙古族诗人若能以身心去体察并付诸诗行，还是值得关注的。

梦麟是乾嘉诗坛蒙古族诗人中感悟灵动、意境深邃，颇能彰显生命律动的诗人。《清史稿》云："梦麟早年负清望，参大政，方驾遴税，惜哉。"④所谓"早负清望"者包括两个方面，一是政绩，二是诗歌创作上的成就。《清史稿》置梦麟于列传，属于政界大臣一类。而李元度的《国朝先正事略》却将他归于文苑传⑤，重其文化上的贡献。国子监祭酒和翰林院掌院学士，这两个清要之职只有通儒才得以担任，梦麟以21岁官祭酒，31岁署掌院学士，他的才华在整个清代诗坛上也是非常突出的。

梦麟诗集《大谷山堂集》《梦喜堂诗》，存诗350多首。其中，以歌

---

① 徐世昌：《晚晴簃诗汇》卷72，民国十八年（1929）退耕堂刊本。
② 徐世昌：《晚晴簃诗汇》卷118，民国十八年（1929）退耕堂刊本。
③ 徐世昌：《晚晴簃诗汇》卷72，民国十八年（1929）退耕堂刊本。
④ 赵尔巽等撰：《清史稿·梦麟本传》，列传91，中华书局1976年版，第10504页。
⑤ "梦麟，字文子。蒙古人。乾隆十年进士。官至工部侍郎。工诗。乐府宗汉人。五言古诗宗三谢。七言古诗宗杜韩。皆能具体。一时台阁中无出其右者。惜早逝。未竟其才。"李元度：《国朝先正事略》卷42，岳麓书社2008年版，第1223页。

行体写就的现实主义诗歌所占比重最大。在诗集中，梦麟的《河决行》《鳌阳夜大风雪歌》《沁河涨》《舆人哭》《哀临淮》《悲泥涂》诸篇，诗人选择或冷峻、或豪骤、或跌宕的意象，呈现出生活于"乾隆盛世"的劳工、舆夫等疲于奔命，朝不保夕的众生世相图，以深广的力度、颇具典型性的生活场面来反映现实。

梦麟的诗歌显示他承载了沉重的社会责任感。当为朋友送行时，他询问"使君何以筹苍生"（《送何西岚出守凉州》）；同僚宴请时，席间他高谈"君不见，东南其亩稼与禾，高坟潦退茎穗罗。卑壤浸渍犹盘涡，河声昨夜奔前坡"（《检沁楼宴歌》）；独居四望时，他期盼"顾祝百室盈，吾亦心安居"（《园居夏夜》）。梦麟倾听着盛世下的悲吟，常常感受到苍生在灾难到来时候"天地深恩在，苍生痛哭存"（《从谒景陵》）的无助。梦麟以关注社会民生的态度和愤世嫉俗的感情，燃烧自己的内心，写作了大量伤时忧世、体恤百姓的诗篇。在整个蒙古族诗史上，似梦麟这样身居高位而如此关注百姓生活的诗人是罕见的。正如沈德潜在《大谷山堂集》序中所言："诗凡若干卷，皆奉使于役，经中州江左，成于登临校士余者，凭吊古迹，悲闵哀鸿，勖励德造，惓惓三致意焉。准之六义，比兴居多，盖得乎风人之旨矣。至平日歌天宝，咏清庙，矢音卷阿，铺张宏体，扬历伟绩，应有与雅颂相表里者。"[①] 梦麟以其《大谷山堂集》在乾隆诗坛上崭露了头角。"四方才俊，揽其所作，无不变色却步。"[②] 可见影响是颇大的。

梦麟的诗歌完全体现出儒家诗学立场，他所尊崇的诗歌讽教传统、儒家兴观群怨的思想，与汉族诗人没有区别。有学者称，蒙古人对汉诗不感兴趣，没有专门译过诗作。蒙古译者有时把诗句撇开不译，但也常常以诗体译出；或运用蒙古诗歌特有的字首同音法，或以不明确分行的押韵散文形式加以表述。[③] 这种景况大约在蒙古族聚居的纯蒙语运用地区有之，而在广大的中原地区定居的蒙古族早已对汉语运用熟练如母语，汉诗成为他们表达思想感情的良好载体。大量地使用汉语创作诗歌，阐发文学思想和

---

① 沈德潜：《大谷山堂集序》，梦麟：《大谷山堂集》，清乾隆刻辽东三家诗钞本。本小节所选梦麟诗均出此集。
② 王昶：《户部侍郎署翰林院掌院学士梦公神道碑》，《春融堂集》，清光绪十八年（1892）刻本。
③ ［苏］李福清作，田大畏译：《中国章回小说与话本的蒙文译本》，《文献》1982年第4期，第116页。

文化见解，是他们自觉融入以汉族文化为核心的文坛的一种方式，同时，在日渐娴熟的汉语使用中，他们自觉进行着彰显个人生命价值的诗性语言的表达。这说明，当蒙古族诗人以汉族语言文字来表达其独特的民族心理和人生经历的时候，儒家诗歌理论早已经潜移默化地指导着他们的诗歌创作了。

与和瑛一样，松筠亦为边疆大吏。松筠曾于乾隆五十年（1785）往库伦治俄罗斯贸易事，事历八年。乾隆五十九年（1794）和道光二年（1822），两次出任吉林将军。其间又在驻藏办事大臣任上供职五年。从嘉庆五年（1800）至十八年（1813），先后三次任伊犁将军，在此西陲总统之区整整度过九个春秋。此外，还历任察哈尔都统、两广总督之职。其宦海生涯五十二年，一半以上时间都在边疆。故《清史稿》称他："尤施惠贫民，名满海内，要以治边功最多。"① 松筠的诗作主要有《西招纪行诗》一卷，《丁巳秋阅吟》一卷，及《绥服纪略图诗》。虽然是封疆大吏，但松筠始终能关心黎庶，他以自己的所见所闻，如实地记述了藏族人民不堪忍受繁重的徭役赋税，背井离乡为乞丐的凄惨景象。"昔有千余户，今惟二百强。壹是苦征输，荡析任逃亡。……伊昔半逃亡，往往弃田间。甘心为乞丐，庶得稍安舒。乃因差徭繁，频年增役夫。出夫复不役，更欲折膏腴。凡居通衢户，乌拉鞭催呼。耕牛尽为役，番庶果何辜！"诗人在自注中解释说，萨喀、桑萨、偏溪三处原有百姓一千余户，牛羊亦本繁孳，因赋纳过重，人口日有逃亡，以至三处仅剩296户百姓，牛羊较前只有十分之二。诗人认为对藏地百姓应当视为同胞，"欲久乐升乎，治以同胞与"（《曲水塘》）。"荒番遮道诉，粮赋累为深。昔户今推派，有田无力耘。可怜兵火后，复值暴廷频。"（《还宿邦馨》）兵燹罹祸，民不堪命，大多数人背井离乡，少数留下者更是苦难深重。统治者毫不因人口减少而减少徭役赋税，反而把原数摊派在留存者身上，人民挣扎在死亡线上。诗人把现实所见如实道来，无疑是对西藏僧俗统治者的有力鞭挞、控诉。松筠的诗作描述对象虽有民族地区特征，但最终却是传达儒家诗学力量和社会意义，究其实质，与汉族诗人的文学思想并没有区别。不过，他的诗作为清代诗歌史补叙了少数民族地区百姓的生活风貌，一定程度上可补史阙。

---

① 赵尔巽等撰：《清史稿》，中华书局1976年版，第11113页。

相较和瑛重在宏大叙事的西藏纪游诗，松筠更着意的是具体而微的描写，但其对儒家兴观群怨的诗学观念领会实践更为深厚。

汪中、黄景仁是乾嘉诗坛盛世不遇的典范性诗人，他们因为长期沉沦社会下层，在现实的体会中，把个人的生命体察与天赋之诗才相结合，诗歌中颇能开拓人生经验表达的深度。他们才高而不为世用，所以在现实中葆有的耿直秉性与落拓境遇、才高位卑相偶合，使得反映社会现实的诗歌创作整体上看来是质直的，"汪中诗大量运用汉魏晋诗中常用于比兴以抒发艰辛、不遇、迟暮、悲愤的物象，如惊风、野草、飞蓬、豫章、清露、落日、倦鸟、孤鸟、黄鹄、霜雪、秋风，等等，借以抒发自己的感情"[①]。而书写"咽露秋虫、舞风病鹤"[②]般凄美诗行的黄景仁，却以特立独行的萧瑟秋意和悲秋意蕴成为乾嘉诗坛上最闪亮的天才诗人。

似汪中和黄景仁这样的个体写作者，他们以疏离于主流诗坛的姿态，行走在康乾盛世的光环之外，但他们写就的"盛世悲音"作品，使自己永久地存留于乾嘉诗坛；梦麟、松筠等蒙古族诗人生活在康乾盛世的光环之内，但他们在作品中表现出来的对于民生疾苦的高度关注，客观上展示了盛世悲音，也在乾嘉诗坛上为自己争得了一席之地。因此，在蒙汉交流视域下对乾嘉诗坛创作进行多维度的研究，才能使清代诗歌史更加丰富。

第三节　蒙汉交融视域下的乾嘉诗坛诗学思想

乾嘉诗坛诗学十分发达，不仅诗学著作繁盛，而且在著述种类、批评实践、理论范畴和体系，乃至思想深度等方面都达到了清代诗史的高峰。相较于汉族诗坛，蒙古族诗歌创作产生的时代较晚，诗学批评理论在元明仅仅萌芽，入清才开始加速发展，在蒙古族诗学发展的进程中，汉族诗学的影响十分明显，乾嘉诗坛蒙古族诗学理论的兴起、繁荣是与汉族诗学理论整体繁荣的大背景分不开的。汉族诗论或直接或间接、或显或隐地对蒙古族诗学观念、诗学批评、诗学理论产生着影响。

乾嘉时代，神韵说余响犹在，性灵、肌理、格调三说并行，以沈德潜为代表的"格调说"，重视儒家的诗教功能，认为诗歌的政教功能先于审

---

① 赵杏根：《论江都诗人汪中》，《扬州大学学报》1998年第5期，第25页。
② 洪亮吉：《北江诗话》卷1，王云五主编：《丛书集成初编》，商务印书馆1935年版。

美功能，强调"温柔敦厚"①"怨而不怒"②的艺术风格和审美标准，"格调说"带有强烈的儒家正统思想的色彩，把传统的诗教发展到一个新阶段。含蓄蕴藉是"格调说"的艺术表现方式，沈德潜认为，"直诘易尽，婉道无穷"③，"事难显陈，理难言罄，每托物连类以形之。郁情欲舒，天机随触，每借物引怀以抒之"④，通过委婉含蓄、"比兴互陈，反复唱叹"⑤的表达方式，才能达到"其言浅，其情深"⑥的诗作效果。特别是反映民生疾苦的怨刺之诗，更应借含蓄委婉以隐藏其直露的批判锋芒，如果"质直敷陈，绝无蕴蓄"⑦，则是"以无情之语而欲动人之情"⑧，自然十分困难了。溯流诗史，沈德潜认为，"唐诗蕴蓄，宋诗发露"⑨，主张"不读唐以后书"⑩，故此，他对诗必盛唐的前后七子十分欣赏，而对明清以来的公安、竟陵、钱谦益乃至王士禛学王孟韦柳俱表不满。从而使其"格调说"带有明显的复古倾向。沈德潜所选《古诗源》《唐诗别裁》《明诗别裁》《清诗别裁》不仅体现了"格调说"的美学要求，在辨析源流、指陈得失方面也不乏精辟的见解，故能风行一时，扩大了"格调说"的理论影响。

流风所及，乾嘉诗坛追随者众，如"吴中七子"等人，都服膺"格调说"。梦麟没有诗学专著，像同时代的很多人那样，他的诗论主张也体现在他的论诗诗中。其七言歌行《长歌赠陈生宗达》纵览中国诗歌源流，

---

① 沈德潜著，霍松林校注：《说诗晬语》卷上，郭绍虞主编：《原诗 一瓢诗话 说诗晬语》，人民文学出版社1979年版，第191页。
② 沈德潜著，霍松林校注：《说诗晬语》卷上，郭绍虞主编：《原诗 一瓢诗话 说诗晬语》，人民文学出版社1979年版，第191页。
③ 沈德潜著，霍松林校注：《说诗晬语》卷上，郭绍虞主编：《原诗 一瓢诗话 说诗晬语》，人民文学出版社1979年版，第190页。
④ 沈德潜著，霍松林校注：《说诗晬语》卷上，郭绍虞主编：《原诗 一瓢诗话 说诗晬语》，人民文学出版社1979年版，第186页。
⑤ 沈德潜著，霍松林校注：《说诗晬语》卷上，郭绍虞主编：《原诗 一瓢诗话 说诗晬语》，人民文学出版社1979年版，第186页。
⑥ 沈德潜著，霍松林校注：《说诗晬语》卷上，郭绍虞主编：《原诗 一瓢诗话 说诗晬语》，人民文学出版社1979年版，第186页。
⑦ 沈德潜著，霍松林校注：《说诗晬语》卷上，郭绍虞主编：《原诗 一瓢诗话 说诗晬语》，人民文学出版社1979年版，第186页。
⑧ 沈德潜著，霍松林校注：《说诗晬语》卷上，郭绍虞主编：《原诗 一瓢诗话 说诗晬语》，人民文学出版社1979年版，第186页。
⑨ 沈德潜：《清诗别裁集》凡例，中华书局1975年版，第3页。
⑩ 沈德潜著，霍松林校注：《说诗晬语》卷下，郭绍虞主编：《原诗 一瓢诗话 说诗晬语》，人民文学出版社1979年版，第250页。

指陈沿革，品评风格，还明确表达了对沈德潜"格调说"的赞赏："归愚老人沈宗伯，浸淫卷轴铺云肪。采兰餐菊撷英秀，咀涵齿颊回甘香。"① 诗中还有"掀腾万派涌真气，挽近奚必皆寻常""挥斥八极就绳墨，法随言立堂哉皇"等语。梦麟诗论强调在继承传统的基础上，博采众长，创造自己的风格，体现了他崇尚"温柔敦厚"主张的诗学思想。这一思想在他为赵损之《嫏雅堂诗集》所撰写的序文中也有体现。序文首先据《周礼》，阐述了传统诗教，对诗之"六要"加以概括总结，谓："惟出于正，是以直陈之为赋，曲陈之为比、为兴，无所之而不宜。诗有六要，归于雅焉可知矣。"他还就赵损之的创作特点与传统诗教的关系提出自己独到的见解。认为赵诗"大略据经史为根柢，循古人为矩镬，取丛书稗说为辅佐。又本诸萧闲真澹之志，故发于音者或殚谐慢易，或廉直劲正，如栾铣然，石播柞郁之不形也；如皋陶然，长短疾舒之悉中也。可谓广大而静，疏远而信，恭俭而好礼，于大小雅有和焉者已"②。

梦麟是在清代诗坛上较早关注诗歌批评的蒙古族作家。他在乾嘉诗坛汉族主流诗学思想的影响下，诗作极重风雅比兴的传统和温柔敦厚的诗教，同时，由于北方文化的熏陶、民族气质的影响，使梦麟在诗歌美学追求上，倾向于阳刚美风格。松筠也曾论诗，他认为，"诗之为道，原本性情，亦根柢学问，非涉猎剽窃，仅事浮华而已"③。又在《西招纪行诗》自序中说："夫诗有六义，一曰赋，盖敷陈其事而直言之也。"其见解本于诗的经学阐释学说，表现在创作上，明显地突出了诗歌的政治伦理教化意义，关心时政的美刺态度卓然可见。梦麟、松筠的诗学观，都深受"格调说"影响，可见沈德潜学说在乾嘉诗坛上是兼容多种民族文化、民族精神和民族审美传统的。

袁枚的性灵诗论，对有清以来各家诗说都痛加针砭，他反对复古思想，否定仿唐模宋，以诗书考据作诗，用僻韵，古人韵作文字游戏的种种束缚性灵的形式主义诗风，他认为模拟古人就会"满纸死气，自矜淹博"④，认为"抱韩、杜以凌人，而粗脚笨手者，谓之权门托足。仿王、孟以矜高，而半吞半吐者，谓之贫贱骄人。开口言盛唐及好用古人韵者，

---

① 梦麟：《大谷山堂集》卷6，清乾隆刻辽东三家诗钞本。
② 梦麟：《嫏雅堂诗集序》，赵损之：《嫏雅堂诗集》，乾隆间刻本。
③ 松筠：《〈静宜室诗集〉序》，盛昱编：《八旗文经》，国家图书馆藏光绪刻本。
④ 袁枚著，王英志校点：《随园诗话》补遗卷3，江苏古籍出版社2000年版，第469页。

谓之术偶演戏。故意走宋人冷径者,谓之乞儿搬家。一字一句,自注来历者,谓之古董开店"①。他认为论诗贵变,"责虽造物有所不能"②,"唐人学汉、魏,变汉、魏,宋学唐变唐"③ 就在于时代使然,"不得不变也"④。诗贵变,故不能以古今定诗之优劣。不能盲目颂扬古人,"未必古人皆工,今人皆拙"⑤。故论诗标准只有工拙,"而无今古"⑥,凡工者皆抒发性情,独写性灵,一脉相传。因此,袁枚从创作的主观条件出发,强调创作主体必须具备真情、个性、诗才三方面要素,认为"性情"就是"性灵",就是诗人的心声,是诗人性情的流露,"诗人者,不失其赤子之心者也"⑦,"自《三百篇》至今日,凡诗之传者,都是性灵"⑧,古今诗人流派风格各异,但优秀的诗人诗作必定表现真性情。格调说也主张"诗贵性情"⑨,不过这一性情是指诗歌的思想内容,要求言之有物,诗作要选择关乎人伦日用及古今成败兴亡的重大题材,这样的诗作才能产生"理性情、善伦物、感鬼神、设教邦国、应对诸侯"⑩ 的巨大的社会反响。反对诗歌"嘲风雪、弄花草"⑪。对性情的看法,也决定了"格调说"反对在诗歌中写男女之情,而"性灵说"则充分肯定男女之情在诗中的地位。

同为性灵诗学家,与袁枚、蒋士铨并称"乾隆三大家"的赵翼也反对复古,反对分唐界宋,但他更强调"诗贵变"的观点,强调诗的发展、

---

① 袁枚著,王英志校点:《随园诗话》卷5,江苏古籍出版社2000年版,第112页。
② 袁枚著,周本淳标校:《小仓山房诗文集》下册,上海古籍出版社1988年版,第1502册。
③ 袁枚注,周本淳标校:《小仓山房诗文集》下册,上海古籍出版社1988年版,第1502册。
④ 袁枚注,周本淳标校:《小仓山房诗文集》下册,上海古籍出版社1988年版,第1502册。
⑤ 袁枚注,周本淳标校:《小仓山房诗文集》下册,上海古籍出版社1988年版,第1502册。
⑥ 袁枚注,周本淳标校:《小仓山房诗文集》下册,上海古籍出版社1988年版,第1502册。
⑦ 袁枚:《随园诗话》卷3,江苏古籍出版社2000年版,第55页。
⑧ 袁枚:《随园诗话》卷5,江苏古籍出版社2000年版,第110页。
⑨ 沈德潜著,霍松林校注:《说诗晬语》卷上,郭绍虞主编:《原诗 一瓢诗话 说诗晬语》,人民文学出版社1979年版,第188页。
⑩ 沈德潜著,霍松林校注:《说诗晬语》卷上,郭绍虞主编:《原诗 一瓢诗话 说诗晬语》,人民文学出版社1979年版,第186页。
⑪ 沈德潜著,霍松林校注:《说诗晬语》卷上,郭绍虞主编:《原诗 一瓢诗话 说诗晬语》,人民文学出版社1979年版,第186页。

进化创新。认为随着时代的不断变化,纵然古代诗歌已经有了厚重的积累,诗人们仍然可以通过创新推进诗歌向前发展。其论诗绝句历来盛传:"李杜诗篇万古传,至今已觉不新鲜。江山代有人才出,各领风骚五百年。"①"预支五百年新意,到了千年又觉陈。"②"词客争新角短长,迭开风气递登场。自身已有初中晚,安得千秋尚汉唐。"③ 这些诗论坚持文学进化论的进步见解,对于张扬独抒性情、重视创新的"性灵说"的影响,十分有力。

乾嘉著名诗人张问陶的诗论与"性灵说"相吻合,"文章体制本天生,只让通才有性情。模宋规唐徒自苦,古人已死不须争"④,反对模拟;"天籁自鸣天趣足,好诗不过近人情"⑤"诗中无我不如删,万卷堆床亦等闲"⑥,主张诗歌应写性情、有个性。李调元也力主"诗道性情"⑦"立言先知有我,命意不必犹人"⑧。孙原湘诗受袁枚的影响颇深,主性情,认为性情是"主宰",格律是"皮毛"。"性灵说"影响深远之时,诗坛上很多诗人的创作或隐或显地体现这一诗学理念。和瑛一生诗歌创作千余首,但没有明确的诗歌理论,然其《诗囊》所提出的调和唐宋、不盲目崇拜古人的观念就贴合"性灵说"的理路。

翁方纲认为,神韵肤浅,格调死板,性灵空疏,故倡"肌理说"以补救:"为诗必以肌理为准"(《志言集序》)⑨。所谓肌理,包含义理、文理,具体而言就是"考订训诂之事"(《蛾术集序》)⑩。翁方纲认为,诗人应该用学问作根底,以使诗的骨肉充实,质实丰厚,与"词章之事

---

① 赵翼:《论诗》,郭绍虞主编:《万首论诗绝句》第2册,人民文学出版社1991年版,第453页。
② 赵翼:《论诗》,郭绍虞主编:《万首论诗绝句》第2册,人民文学出版社1991年版,第453页。
③ 赵翼:《论诗》,郭绍虞主编:《万首论诗绝句》第2册,人民文学出版社1991年版,第454页。
④ 张问陶:《论诗十二绝句》,郭绍虞主编:《万首论诗绝句》第2册,人民文学出版社1991年版,第639页。
⑤ 张问陶:《论诗十二绝句》,郭绍虞主编:《万首论诗绝句》第2册,人民文学出版社1991年版,第640页。
⑥ 张问陶:《论文八首》,郭绍虞主编:《万首论诗绝句》第2册,人民文学出版社1991年版,第637页。
⑦ 李调元著,詹杭伦、李时蓉校正:《雨村诗话校正》,巴蜀书社2006年版,第13页。
⑧ 李调元著,詹杭伦、李时蓉校正:《雨村诗话校正》,巴蜀书社2006年版,第26页。
⑨ 翁方纲:《复初斋文集》卷4,李彦章校刻本。
⑩ 翁方纲:《复初斋文集》卷4,李彦章校刻本,第48页。

未可判为二途"(《蛾术集序》)①。义理、文理、学问三者合一,就是"肌理说"的论诗标准。因此,翁方纲特别欣赏江西诗派,其"肌理说"也为近代宋诗运动开了先河。

乾嘉是诗学兴盛的时代,"格调说""肌理说""性情说"与之前诗坛盛行的"神韵说"余响并存,诗家对此莫衷一是。为了跟从主流文学观念对诗歌创作的导引,作为乾嘉八旗诗坛盟主的法式善力图以调和的方式对袁枚的"性灵说"进行改造。因此,他提出的"性情说",一方面借鉴了性灵说的文学理论,另一方面强调具体的诗歌创作中对王士禛"神韵说"的推尊。《梧门诗话》是法式善历时多年所撰成的一部诗话著作。在这部诗歌理论作品中,法式善评点了清代乾嘉诗坛的众多诗人诗作,提出了自己的以学问修养为基础,以个体性情为核心,以蓦写王孟韦柳的神韵为依归的诗学理路②,并通过评点、为他人诗文集作序等途径将这一理论广为传播。法式善还有《八旗诗话》一部,以点评八旗诗人诗作为主。法式善在《梧门诗话》中对女性诗歌的有意识搜集,《八旗诗话》中对旗籍诗人的表彰,这都是"袁枚所不及的"③。这两部著作表明法式善在蒙汉文化认同的大背景下,秉持自己的民族融合的独立立场,发出自己的兼容并包的文学批评的声音。仔细审读会发现,法式善对乾嘉诗坛诗语评点重在美学审读,并把对当时诗坛诗风的看法融入其中,这些都显示了法式善深厚的文学素养和对时代风潮的把握能力,也体现了其积极参与乾嘉诗坛演进的个性价值。法式善"对袁枚性灵诗学的修正、对当代诗歌历史的记录及对女性诗歌的观照,是其诗学最值得注意的倾向,它们同时也是与嘉、道诗学的主潮相一致的取向。在这个意义上,法式善诗学也可以说是代表着乾隆诗学向嘉、道诗学过渡和转型的一个典型个案,而法式善本人作为乾、嘉之际京师有影响的批评家,在清代诗学的这个重要转折中有意无意地发挥了举足轻重的作用"④。

除了法式善,乾嘉年间的蒙古族诗人们大多没有诗论专著,然而通过他们的诗歌作品,依旧能看出他们的文学思想和政治理想。谛视乾嘉诗坛蒙古族诗人们的诗学理念可以发现,他们将中国传统文化的精神视为自己

---

① 翁方纲:《复初斋文集》卷4,李彦章校刻本,第48页。
② 米彦青:《从〈梧门诗话〉看法式善的唐诗观》,《内蒙古大学学报》2010年第2期。
③ 蒋寅:《法式善——乾嘉之际转型的典型个案》,《江汉论坛》2013年第8期,第41页。
④ 蒋寅:《法式善——乾嘉之际转型的典型个案》,《江汉论坛》2013年第8期,第43页。

思想的来源之地，从根本上认为，自己的创作是中华民族文学的一部分，而无任何民族隔阂，对自己生活时代的诗学思想，他们也都能撷其长，取诸己用。他们的诗学思想体现了乾嘉诗坛多民族诗人间密切的诗学交流和文学创作理论的互动，影响着清代诗歌发展的轨迹。而乾嘉诗坛的主流诗学思想，经过蒙古族诗人的接受、揄扬、辨析，也得到进一步的彰显。

综前文所述，在清政权或高或低的职能部门任职的中上层士人，构成了清代乾嘉诗坛蒙古族诗人创作的主体。他们的文学价值观念，主要受其为了更好地生存所依赖的政权话语体制的影响，尤其是主流文学社会舆论所造成的精神追求、价值取向等方面的影响。事实上，有清一代的统治者，在追溯历史文化根源时，并不强调自己的异族身份，而是认为自己亦是身处中原历史一脉当中。顺治九年，"命满汉册文诰敕兼书满汉字。外藩蒙古册文诰敕兼书满洲蒙古字。著为令"①。康熙五十二年（1713）追述往事，认为"当吴三桂叛乱时、已失八省、势几危矣。朕灼知满汉蒙古之心、各加任用。励精图治、转危为安"②。雍正诏言"天之生人，满汉一理。其才质不齐，有善有不善者，乃人情之常。用人惟当辨其可否，不当论其为满为汉也"③。《大清高宗纯皇帝实录》记载，乾隆数次下诏强调各民族一律平等，一视同仁。④ 产生这种历史感受的主要原因之一，是满洲贵族早在入关前，就开始了对儒家文化的认同和学习，早在崇德元年（1636），皇太极改后金为清的当年八月，就曾"遣官祭孔子"⑤，崇德二年（1637）十月，"初颁满洲、蒙古、汉字历"⑥。顺治元年（1644）冬十月福临在北京登基后，即宣告"以孔子六十五代孙允植袭封衍圣公，其五经博士等官袭封如故"⑦。并下诏"文武制科，仍于辰戌丑未年举行会试，子午卯酉年举行乡试"⑧。因而在他们的诏告中不断出现的对于历史记忆的分享，一方面是为新的政权寻找政治依据，另一方面也是属于这

---

① 《世祖章皇帝实录》，《清实录》第3册，中华书局1986年版，第492页。
② 《圣祖仁皇帝实录》，《清实录》第6册，中华书局1986年版，第504页。
③ 《世宗宪皇帝实录》，《清实录》第7册，中华书局1986年版，第1100页。
④ 《高宗纯皇帝实录》乾隆十一年、十二年、十三年、四十九年诏令。
⑤ 赵尔巽等撰：《清史稿》卷3，中华书局1976年版，第57页。
⑥ 赵尔巽等撰：《清史稿》卷3，中华书局1976年版，第62页。
⑦ 赵尔巽等撰：《清史稿》卷4，中华书局1976年版，第88页。
⑧ 赵尔巽等撰：《清史稿》卷4，中华书局1976年版，第90页。

个时期的文化诉求。

汉代以来，文学创作出现民族化、社会化的趋势，与之相应，文学创作的重心也逐渐下移，少数民族汉语创作作为"中华多民族文学"的意义愈益突出。其中，在蒙古族汉语创作者符号背后，更多的则是蒙古族诗人们相似的在汉文化圈成长背景、兼通满蒙汉多种语言并由科举入仕的文化身份、家族中有对汉文化学术传承传统（如法式善家族、和瑛家族）、心理上对乾嘉主流诗坛研究对象和问题与汉族文士焦点趋同。自然，话语融通背景下的乾嘉诗坛的蒙古族诗人，应该构成乾嘉诗坛文学发展的重要组成部分，他们的诗学理念，追步乾嘉主流诗坛，这个特征，可以从其创作中寻绎到。因此，在当下研究乾嘉诗坛蒙汉民族融合视域下的演进，既是一种跨越蒙汉文化语境的学术研究，也是蒙汉文化间视点、立场的交融，更是主流文学学术领域和多民族文学创作领域如何解决文化问题的对话与交锋，这种跨文化的交融，不仅使思想内容得以展开，也使思维主体在历史文化语境中的处境得以彰显。对于蒙汉文学交融研究的进一步深化和某些文学史问题的重新审视具有重要的学术价值，能够拓展中国古代文学研究领域，促进和带动多民族文学交流。

蒙汉交融视域下的乾嘉诗坛诗歌创作，反映了对汉文化圈、蒙古族文化圈、多民族交融文化圈的理解，以及作为独立存在的蒙古族汉诗创作者在这三种文化圈交织的空间里的存在意义。

第二章

乾嘉时期"边功"的文化记忆与诗歌的文学想象

边疆是大清王朝空间的边,而时间的边就是新旧交替。清代前期外侵未至,然内部民族矛盾、阶级矛盾导致的疆域变化斗争如影随形。武将们在西南、西北、东北、东南等边地保疆安民的同时,用自己的诗笔呈现了边疆文化与中原文化在空间维度下的差异、展示了康乾盛世的帝国雄姿。这些边疆诗作主题迥异于同时代的书斋文士之作,也有别于其他朝代的边疆诗作。清代的这些来自"边功"创建者们的直面书写,是他们对王朝军事实力的展示、对时代变迁中边疆风俗的观察,以及与王朝政治的深度绾结。"边功"诗人随着时代发展而日益凝定的文化认同,对于大清王朝的巩固有着重要作用,因此,本章拟集中于乾嘉盛世的蒙古八旗"边功"创立者的文学作品来管窥清代的"边功"文化记忆与诗歌的文学想象的关系。

第一节 "边功"生产的历史空间内涵

春秋以来的"大一统"观历经数朝,在清朝依旧延续。乾隆四十九年(1784)七月二日,高宗颁谕,命廷臣更议历代帝王庙祀典,提出了"中华统绪,不绝如线"[①]的说法,中华一统不仅体现于王朝政治一统,也体现在疆域一统、文化一统、经济一统中。就疆域而言,乾隆皇帝在位60年间,开疆戍边,建立"十大武功"。这十大武功分别是:两次平定准噶尔叛乱、一次平定回部叛乱、两次平定大小金川叛乱、绥靖台湾、招降

---

① 《高宗纯皇帝实录》卷1210,《清实录》第24册,中华书局1985年版,第219页。

缅甸、安南、两次平定廓尔喀。除此之外,乾嘉时期为了巩固西藏地区、陕甘地区、东北地区,时常有战事发生,战事结束后,绥靖边地也很重要,大大小小的"边功"就此诞生。"边功"的获取者,显然都是武人,但因高宗对汉诗写作的宣导作用,乾嘉以来八旗武人以诗纪事就成为常态。因而,"边功"的成就场域常常也是文学写作的空间,武将在此召唤着历史与记忆,呈现对所写对象鲜明真切的感受与思考。

一 西南边功

始于明朝永乐帝时期的"改土归流"政策,在清雍正帝时期达到高潮。雍正四年(1726),云贵总督鄂尔泰在西南大规模进行改土归流,到雍正九年(1731)基本完成。撤掉了土司,废除了土司制度,改由朝廷派遣的流官直接管理,土司一律内迁为民,加强了中央对西南的控制。但金川地区一直到乾隆时期还是在土司的管治之下。大金川,位于今四川省西北部,大渡河的上游,即今阿坝藏羌自治州金川县,因出产金矿而得名。这里地形崎岖复杂。小金川,位于今四川省西北部,发源于邛崃山,向西流到丹巴附近入大金川,小金川沿河产砂金。大、小金川地区近控川边,远扼西藏、青海、甘肃等藏族地区,因而其战略地位极为重要。乾隆十一年(1746),大金川土司莎罗奔屡生事端,无视四川总督的调解,进攻小金川等地的土司,这显然是对朝廷权威的挑战,历时29年的乾隆朝平定大小金川之战就此开始。战争从乾隆十二年(1747)持续到乾隆四十一年(1776),前后有两次大的战役。第二次战役始于乾隆三十六年(1771),大小金川进攻邻近土司,与清军交战。乾隆帝下诏二征金川。清廷先派温福统兵进剿,兵败未果,改任阿桂为帅,战事持续5年,最终平定了大小金川,诛戮滋事土司索诺木等人。乾隆朝的两征金川,标志着从明中期开始的"改土归流"政策终于取得了成功,稳固了清廷在西南地区的统治。

多年的征战中,作为彼时清军主力的驻防八旗被频繁调动。乾隆三十八年(1773),荆州驻防被调征金川,52岁的白衣保[①]以参军协领的身份随军出征。所谓"平羌水畔三除岁"(《和静庵秋夕见怀元韵次章兼述旧游盖不忘穹庐夜话时也》),正如诗人自注"余癸巳秋从征金川至丙申春

---

① 白衣保(1722—1799),字命之,号鹤亭,又号香山,蒙古镶黄旗人,荆州驻防。有《鹤亭诗稿》4卷。

凯旋军中，凡三度岁"①。三年战事在历史的长河中只是一瞬，在诗人诗集中也只占一隅，然而，"短衣匹马客天涯，独对东风感岁华。孤馆有时闻塞笛，乱山何处访梅花。不妨藉草沽蛮酒，随意燃炉试蜀茶。珍重匣中三尺剑，壮怀好向故人夸"（《军中作》）的书写，让我们感受到的不只是武者的壮怀激烈，更有诗人的诗情史意。白衣保在《鹤亭诗稿》卷四留下的《军中作》《次韵赠静庵》《军中五日》《秋夜四首》《晓行》《移驻妖树坪即事》《将归与沐静庵夜话》等诗，使读者更加清晰地了解战争中的将官如何忠勇奋战、如何思念家乡，诗笔记载下的三年西南边陲征战生活，其间的家国情怀蕴藉有力。

相比四川，同属西南边陲的贵州虽然僻远，偶有苗民起义，但总体尚属和平，因此用心治理属地，使之富强繁盛就是地方官的"边功"所在。乾隆四十一年（1776），国栋赴京陛见高宗，写下"夜郎三载听芦笙，真见当年怀葛情。最是难忘新雨后，雪崖洞口劝农耕"（《丙申仲夏将入觐赋诗志别》）②，三年西南偏安，古夜郎国所在的贵州百姓淳朴，新雨后劝耕虽然只是地方官偶行的日常事务，但依旧可以见出这里的边地风貌。

二 西北边功

乾隆二十四年（1759），新疆统一，大一统局面告成。在此前后，乾隆或作诗文，"重熙累洽诚斯日，保泰持盈亦此时"（《元旦试笔》其二）③，或发上谕，"惟益励持盈保泰之心，夙夜信切，永兢此意，愿与中外臣民共之"④，集中表达了他对清朝进入"全盛"时期的判断和对臣工后辈须因循守成这一基本为政方针的要求。

乾隆五十五年（1790），和瑛由四川按察使调陕西布政使，乾隆癸丑（1793）冬，和瑛被授予副都统衔，充西藏办事大臣。在他就任前夕，乾隆十大武功中的最后一件完成，清廷平定了廓尔喀两次侵藏。乾隆五十六年（1791），廓尔喀入侵后藏，洗劫扎什伦布寺，清廷派福康安、海兰察平叛，次年三月（1792）福康安大军抵达后藏，八月叛乱最终平定。和

---

① 白衣保：《鹤亭诗稿》卷4，清道光十六年（1836）刻本。本章所引白衣保诗歌均出此卷，不再注。
② 国栋：《偶存诗抄》，清嘉庆二年（1797）刻本。
③ 弘历：《御制诗二集》卷75，景印文渊阁《四库全书》第1304册，台湾商务印书馆1983年版，第403页。
④ 《高宗纯皇帝实录》卷599，《清实录》第16册，中华书局1985年版，第700页。

瑛在前往西藏路上听闻消息，写下五律《喜闻廓尔喀投诚大将军班师纪事》① 六首，就是对这一史事的记载。其一之"无量浮屠国，岩疆震廓酋。一年陈劲旅，万里馈军筹"，赞扬王朝劲旅一年平叛。其三之"绝壁垂徽引，军悬咫尺应。援枹才一鼓，束马会超乘。夜冒天梯雨，山推月窟冰。元戎最神速，翊赞矧机庭"，赞扬军队作战勇敢。其五之"法门原不二，身毒半袈裟。国史传宗卡，元僧衍萨迦。未教过玉垒，那许渡金沙。木石看烧却，怀荒更逐邪"，补史之阙。末句诗下自注：红教喇嘛沙玛尔巴拘衅伏诛。其寺在锡巴井，事定后毁寺迁其徒众。将正史中没有详载的叛乱中发生的小事，以诗歌形式记录下来。而早在乾隆五十六年（1791），和瑛写下《嘉平月护送参赞海公统军赴藏四首》，他在属地护送海兰察大军过境，也表达自己对于海兰察率军由青海入藏平叛的喜悦之情。其四之"百骑巴图鲁，千员默尔庚。雕弧随月满，长剑倚霜鸣。失策凭垂仲，抛戈耻戴绷。由来古佛国，持护仗天兵"，在对大清军队勇武赞赏的同时，也申明西藏是王朝疆域不可分割的部分。

  和瑛是清史上有名的边疆重臣。科举入仕为宦凡五十年，屡迁屡谪，屡谪屡迁，足迹遍及南北。其间在藏八年，先后驻节新疆七年，任职边疆的十五年在他的整个仕宦生涯中为时最长，其政绩彰著于边陲，他虽然没有亲自统兵作战，但新疆、西藏反叛势力在乾嘉时期与清廷的摩擦不断，作为负有绥靖使命的封疆大吏，他的"边功"更多体现在日常事务中。如："护理陕西巡抚、布政使和宁奏，前因进剿廓尔喀，往来文报紧要。陕省地方安设正腰各站，添派员弁，多备马匹。现军务已竣，文报渐稀，先经将各站减彻一半。兹据四川督臣知会，川省各台，奏准裁彻。陕省事同一例，拟即全行彻回。得旨嘉奖。"②"谕军机大臣等，据和宁奏唐古忒番民，刃毙廓尔喀商民，审明正法一摺，所办甚是。此案噶尔达因向穆吉赖索讨房租不给，两相争闹，噶尔达辄用小刀将穆吉赖刃伤殒命。前藏为各部落番民聚集之所，似此逞凶毙命，自应立正刑诛，以彰国宪。和宁于审明后，即将噶尔达正法所办尚为迅速。但穆吉赖，系廓尔喀商民，在藏贸易今被内地番民刃伤致毙。将来便中不妨将此案情节厓略，告知拉特纳巴都尔。俾知天朝法律森严，中外一体毫无枉纵，自必益深敬畏，于藏地

---

① 和瑛：《易简斋诗钞》，国家图书馆藏清道光初刻本。
② 《高宗纯皇帝实录》卷1435，《清实录》第27册，中华书局1985年版，第195页。

更为有益。将此谕令知之。"① 战事频繁时，军需装备往来调动需要跟上，战争结束又需要及时裁汰，唯此，才能保证边疆日常生活的安宁。当然，边地民风剽悍，处理大小边民冲突也是边疆大吏的工作职责。和瑛的"边功"不似其祖先，并非是在战场上获得的，而常常在战争之外，然而，旨归与战争之内者一样，都是保境安民。《清史稿》称他"久任边职，有惠政"②，显然对他的"边功"是认可的。

和瑛子壁昌在西北的足迹较之父亲更为广远，道光七年（1827）壁昌从那彦成赴回疆前往喀什噶尔办理善后事宜。道光九年（1829），擢头等侍卫，充叶尔羌办事大臣。道光十一年（1831）二月，壁昌任喀什噶尔参赞大臣。十月，为第一任叶尔羌参赞大臣。道光十四年（1834）二月，署正黄旗汉军副都统，充乌什办事大臣。九月，调任凉州副都统。道光十七年（1837）十一月，调任阿克苏办事大臣。道光二十年（1840）三月，任察哈尔都统。十二月，任伊犁参赞大臣。道光二十二年（1842）三月，任陕西巡抚离开新疆。在新疆二十余年，任职南疆在他的仕宦生涯中为时最长。道光六年（1826）张格尔在南疆叛乱，清廷命伊犁将军长龄与陕甘总督杨遇春等领兵平叛，收复叛军占领的喀什噶尔、英吉沙尔、叶尔羌、和阗四城。一年后张格尔兵败被擒杀。壁昌写于道光七年（1827）的《出嘉峪关口占其初出也》就是对这一事件的记录。诗云："山环沙绕玉门关，嘉峪云横不见山。山壮关壮人亦壮，驰驱万里如等闲。去春三帅天戈启，克复四城轻弹指。只因遁走元恶回，封章告捷君不喜。悬爵待赏授方略，先声不战追贼魄。生擒首逆张格尔，佳哉效顺伊萨克。酬庸拜爵自天申，宵旰从今慰帝心。善后熟筹安边策，愿随边镫报知恩。男儿壮志无定止，东西南北惟君使。孰云西域多劳苦，自古公侯出于此。"除了称颂将士们的忠勇外，末句也表达了不辞劳苦安边定邦之决心与封侯西域之愿景。这首古体诗歌，纯用白描手法，表达了作者对平定叛乱、国家恢复安定统一的喜悦，和自己出行西域建立边功的企望，语言自然朴直。次年，对边庭已有了解的壁昌，在重阳佳节登高写下七律《戊子重九登徕城最高亭》："白云高与雪山飞，九日登临望翠微。虎士功成天马壮，龙沙猎罢塞鹰归。雁横天外传秋信，鸭曝池边趁夕晖。匪地戎羌欣乐利，久安长策仰宵衣。"张格尔叛乱在这年得到彻底平定，诗人意兴

---

① 《高宗纯皇帝实录》卷1480，《清实录》第27册，中华书局1985年版，第768页。
② 赵尔巽等：《清史稿》卷353，中华书局1976年版，第11284页。

高昂，以豪壮之笔盛赞"虎士功成"。这首七律意境浑融，西域意象鲜明，无论是白云、雪山、塞雁、寒鸭这样的自然景物，还是虎士、天马、龙沙、出猎这样的边庭人文景观，乃至匝地戎羌这样的民族用语，久安长策这样的政治术语，都能在诗歌中得到恰如其分的表达。

西北地区不只是新疆、西藏的疆域稳定维系着大清的国土安危，青海是其间密不可分的组成，所以海兰察入藏从青海进入，而和瑛此后在西藏、新疆度过的 15 年，也曾经青海数趟。在他之后到来的蒙古族"边功"记录者就是文孚了。"终南塞天地，历遍马蹄间"（《奉使西晋喜逢方葆岩中丞》）①，嘉庆四年（1799），35 岁的文孚从那彦成赴陕西治军需。在这首诗后，他自注："乙未岁，余偕中丞随释堂大司空剿陕匪，戎马驱驰终南诸山中入阅月"，乾嘉时期虽然尚有盛世余荫，但陕甘之乱平定后，跟着又有川楚之乱。八旗士子则依旧在戎马倥偬中记述"边功"。嘉庆十三年（1808），44 岁的文孚二月听诏，与光禄寺卿钱楷驰往山西审案，钱楷写下的"素心昕夕共关山，应胜戎衣匹马间。尔我劳生蚤负巨，承恩未许乞清闲"（《小憩尧城庙次壁间诗韵四首简文秋潭副使》其四）②，虽然表述的是友情，但涵含诗行间的确是"边功"创立间歇的征程辛劳。文孚与钱楷曾同为军机章京，相交多年。朋友告辞后，三月文孚充西宁办事大臣，授正蓝旗汉军副都统。青海的肃杀广袤与文孚的蒙古族血脉相结合，使得此时文孚的很多诗作都在吟咏战功，咏古诗也多在歌颂名将，如《周将军遇吉》《秦良玉》等，但他心里依然明白安定天下还是需要文治："九重若访安边策，循吏由来胜甲兵"（《观青海图作两首》）"守险莫如德，古贤有遗铭"（《青海塞上作》）。据《清史稿》载：文孚疏言："青海蒙番，重利轻命。自来命盗诸案，一经罚服，怨仇消释。若必按律惩办，不第犯事之家仇隙相寻，被害者心反觖望，相习成风，不可化诲。溯蒙、番内附以来，雍正 11 年大学士鄂尔泰等议纂番例颁行，声明俟五年后始依内地律例办理。乾隆年间叠经展限，兹复奉命详议。臣以为番、民纠结滋扰，或情同叛逆，或关系边陲大局，自应从严惩办。若其自相残杀及盗窃之案，向以罚服完结，相安已久。必绳以内地法

---

① 文孚：《秋潭相国诗存》，《清代诗文集汇编》第 468 册，上海古籍出版社 2010 年版，第 733 页。引文均出此，不再注。
② 钱楷：《绿天书舍存草》卷 6，清嘉庆二十三年（1818）阮元刻本，第 78 页。

律,转恐愚昧野番,群疑滋惧,非绥服边氓之道。"[1] "边功"并非只有战事才能显现,绥靖边地亦是盛世和平时期"边功"创立者的主要事务。"不到椎牛地,安知汗马劳"(《青海二首》),显示了文孚体察民情,因地制宜治理边疆地区的才能。在政务之余,文孚任西宁办事大臣时写下了《丹噶尔行馆》《宿东科尔寺》《过日月山》《观青海图作两首》《晚到哈尔海图》《青海二首》《青海塞上作》《塞上遇润圃二佺却赠》。其《青海塞上作》从历史的时空中叙述青海的地理位置及战略重要性,写出青海目下的安宁及德政的重要性。诗云:

秋风吹白草,大地动边声。雪岭峙四围,万古冰峥嵘。中有吐蕃幕,梗化肆狰狞。眈眈视邻族,弱肉强者并。烽火达临洮,刁斗连年惊。蔓延汉唐世,挟诈屡劫盟。间亦有良帅,牵制掩厥能。妖氛荡赤日,流患到前明。圣人御九五,命将选豪英。秘殿授奇计,谈笑破连营。神速掣雷电,青海缚巨鲸。杀人如芟草,黄流与血争。头颅挂树杪,白杨啾啾鸣。塞月澹无光,髑髅昏夜行。剿抚无遗策,恩威得其平。诸酋心始服,膜拜肝胆倾。王道杀止杀,虎狼成编氓。迄今近百载,边徼乐春耕。无復知帝力,蠢灵荷生成。往年恃僻远,螳臂忽一撑。天戈才奋指,狐兔奔纵横。强梁未转眄,疾风扫残蝇。菲才承乏此,午夜心怦怦。幸当惩创后,魑魅尽潜形。单于归旧地,浪静海光青。牛羊夜不收,穹庐酪浆盈。团坐群为欢,琵琶入霜清。我欲叩九阍,片语尽愚诚。守险莫如德,古贤有遗铭。朝廷正百官,茅檐欣向荣。遐荒不毛地,无足论重轻。

三年湟中岁月后,文孚被召,离别时写下:"西望红岩峙百寻,防秋古塞气萧森。马嘶壁垒黄流健,笳振旌旗碧海沉。万里松啾游子泪,三年风雨远臣心。筹边自愧无长策,敢道离家岁月深。"(《余承乏湟中三载兹蒙召还遂成四律志别》其一)念念不忘的依旧是无长策筹边,可见西北边备在大清疆域之重,在"边功"创立者心中之重。

松筠曾于乾隆五十年(1785)往库伦治俄罗斯贸易事,事历八年。乾隆五十九年(1794)和道光二年(1822),两次出任吉林将军。还曾任

---

[1] 赵尔巽等:《清史稿》卷529,中华书局1976年版,第5928页。

盛京将军、热河都统,其间又在驻藏办事大臣任上供职五年。从嘉庆五年(1800)至十八年(1813),先后三次任伊犁将军,在此整整度过九个春秋。此外,还历任察哈尔都统、两广总督之职。其宦海生涯52年,一半以上时间都在边疆。故《清史稿》称他:"尤施惠贫民,名满海内,要以治边功最多。"[①] 松筠的诗作主要有《西招纪行诗》一卷、《丁巳秋阅吟》一卷及《绥服纪略图诗》,都是记录他在西北边功的,而他在东北地区任职时间也不短,"边功"亦可见于同时代人之诗作。

三 东北边功

东北是大清龙兴之地,乾嘉年间的这里,较之西北、西南地区,就显得和平很多。因此,乾嘉文武之才来到这里处理的政务,与战事并无关联。

乾隆五十九年(1794),文孚随松筠来吉林处理事务,写下《乾隆甲寅余随湘浦参知谳案吉林草木蒙茸之区尚多道光戊子使车再来满目牛山矣又闻伯都讷围场近已招垦惟三姓等处四场尚存乃服前人用意深远》,在赞美辽东风俗淳朴、兵农本不分的古制对于大清政权形成中所起作用的同时,也对东北拓垦、流民日多带来的社会问题有了自己的思考,并在诗末提出为官需要常守筹国计。诗云:

> 长白灵秀钟,天授丰镐地。圣人有四海,更重根本治。龙蟠山河形,虎啸风云契。辽东多将才,淳朴无一嗜。春耕畜妻孥,秋狝习武备。兵农本不分,超然合古制。破阵弦如雷,能令贼胆悸。节钺班师还,论功赏延世。承恩画凌烟,褒鄂丰神异。白首挂冠归,倚杖课农事。买牛教子孙,优游升平岁。例禁无稽民,荷锄不得至。既防浮华染,且恐精锐坠。圣训诚煌煌,宸翰千载记。近年守土官,因循遂小惠。流寓日以多,驱之渐不易。禾黍望连阡,已成积重势。或云姑升科,聊以佐经费。所益在皮毛,所伤在元气。往往成法更,铺张眼前利。谁能挽狂澜,言之堪裂眥。幸闻有四城,围场在郊次。犁锄尚未加,草木云霞蔚。寄语良将门,好奋长风志。复我弧矢威,勉作干城器。谨书告后贤,常守筹国计。

---

① 赵尔巽等:《清史稿》卷342,中华书局1976年版,第11113页。

边功诗作,在一定程度上,也是告诫后世的史识。

吉林作为八旗根基之所,民风崇武,正如诗人所述:"不耐学书识姓名,六钧弓力尚嫌轻。一声霹雳惊空谷,长白山前射虎行。"(《吉林健儿吟》其二)游猎起家的吉林健儿,身手矫健,"一骑骅骝飞草上,不歼麋鹿不回头"(《吉林健儿吟》其一),在京师八旗子弟与都邑驻防中的八旗子弟都以参加科举为荣,崇文风尚盛行的乾嘉时期,吉林健儿依旧守护武人本色,这是写"边功"的作者不曾想过的问题,但显然,诗人也以功成名就的将业为不世之业,所以文孚在东北一再写下的"网散霜鳞集小市,猎还山雉满征鞍"类的诗作,字里行间闪烁的是他内心对于祖业的敬意。《国朝龙兴东土名将如云二百年来英才辈出今行辽阳道中遥瞻昔贤故里敬成一律》《伯都讷道中》《齐齐哈尔偶成》都表达了这样的情愫。

清代武将多好诗文的文学氛围对蒙八旗儒将白衣保、国栋、文孚、松筠、和瑛、璧昌等人的创作具有一定的影响。他们虽然是少数民族将领,但从小接受中原文化的熏陶,具有较高的文化素养。上文引用的他们创作的古近体诗,除了可以看出其受传统儒家思想影响外,全诗出语豪迈,格调刚健,深合"儒将"本色,尽显大清国威,可知乾嘉八旗边将确有一定的文学创作和鉴赏能力。

有清一代,边塞战争接连不断,涌现了很多的神勇名将,而乾嘉时期不同边疆空间迁转的这批"边功"记录者,自有其不可替代的特殊意义。他们处于大清由盛转衰的节点之上,也亲手推动着盛世王朝历史的车轮滚滚前行。他们创造并记录了大清最后的鼎盛繁华。他们的大大小小的边功记录及文学创作改变了中国古代史上盛唐之后边塞诗的创作风貌,彰显了八旗将士与军幕文士的诗歌气象与人生轨迹。

在历史的时空中谈论"边功"诗作,边塞诗自然是不可规避的话题,而且无论从何种意义上来看,他们的写作都会被纳入边塞诗中。乾嘉诗坛创作边塞诗者颇多,包括乾嘉时期的大家吴兆骞、纪昀、毕沅、王昶等,都有边塞诗传世。但大量的军功制造者加入创作队伍而呈现出边塞诗的繁荣,这一特点是迥异于历代边塞诗的。故而就创作主体而言,清代边塞诗的作者有八旗将士、军幕文士和一般诗人的不同,因此对于战争的认识,诗歌的表现也就产生了很大的差异。这样的差异在边塞诗最为繁荣的盛唐就屡见不鲜。作为盛唐时期的著名边塞诗人,高适入幕哥舒翰,岑参入幕封常清,高适和岑参都曾是军幕文士,他们的诗作都是战争状态和军幕生活的真实记录，而以李白、杜甫为代表的非军幕文士写作的边塞诗则以泛咏边塞与战争见长，他们的诗作因为缺乏真实的情感体验，故而诗作中多一些理性的思考和对政策的批判，这些状况在历代的边塞诗中都存在，乾嘉时期也不例外，但有所不同的是，乾嘉的"边功"写作者，都是文武兼备之才，即便是像文孚这样随那彦成办理军需去往西北边疆者，因为作为八旗子弟，弓马骑射于他们，即便是参加文闱考试，也是必须先要检验的。故而他们并不仅仅作为军幕文士而存在，他们的边塞情结与过往的边塞诗人或者与彼时的边塞诗人在程度和趋向上是存在一定差异的。

考察乾嘉时期稳定新疆、平叛西藏与大小金川战争等重大政治事件发生前后，诗坛"边功"书写者书写背后的历史意识与国族精神，可以发现乾嘉时期这类"边功"创立者们，如同汉代的李广、苏武，唐代的哥舒翰、封常清们一样，他们在旧史记忆和现实政治之间，显示出强烈的政治隐喻和现实观照，但因为汉唐将领的悲剧结局，使他们的诗歌艺术感染力与乾嘉边功成就者的书写大为不同，展现出历史对照模式下的文学张力。乾嘉边事不断，以国栋、文孚父子，和瑛、璧昌父子，松筠、白衣保等蒙古诗人为代表的边将身份发生了巨大变化，从此也影响了边塞诗的发展方向。白衣保先人从龙有功，世授云骑尉，他在乾隆元年（1736），年十五时，蒙恩入国子监学，27岁由京城镶黄旗蒙古印务章京升授荆州镶黄旗蒙古佐领，次年（1749）至荆州就任，在乾隆癸巳至乙未（1773—1775）年间随军参加平定大小金川战役，他是典型的战时武将。乾隆七年（1742），21岁的国栋考中进士。历任四川潼川蓬溪县知县、四川重庆府涪州知州、陕西西安府知府、安徽庐凤道、贵州按察使、贵州布政司、臬司，山西、安徽布政使，浙江按察使，浙江布政使等职，其间于西南边陲任职十年。乾隆四十八年（1783年），以61岁之龄赴阿克苏任办事大臣。65岁卒于任上，国栋是蒙古八旗中的第一个进士，在武将勋名家族中他以文才特出，不以战功显赫立身，但乾嘉盛世中的边陲依旧需要有人默默治理，边功从来都不是只有战事才能获取。国栋子文孚，由监生考授内阁中书，充军机章京。授内阁学士，历山海关副都统、马兰镇总兵、锦州副都统、军机大臣等。道光年间加太子太保，晋太子太傅，拜东阁大学士后转文渊阁大学士，以疾请解职，优诏慰谕，许罢直军机。十六年（1836），致仕。二十一年（1841），卒，赠太保，谥文敬。一生仕途比较顺畅，偶或降职。其间在西北边地近十年，在东北边地三年有余。文孚是文武全才。松筠、和瑛都是守卫新疆、西藏的名臣,两人都曾在西北边陲戍守近二十年。乾隆三十七年(1772)松筠19岁时由翻译生员考补理藩院笔帖式踏入仕途,道光十四年(1834),命以都统衔休致,六十余年的仕宦生涯中曾任职新疆十二年、西藏五年、内外蒙古六年、东北五年,在大清的西北、东北、正北边陲立下无数"边功"。和瑛子璧昌由工部笔帖式保送引见,签升河南怀庆府阳武县知县、孟县知县、枣强县知县、开州知州、天津府知府。道光九年(1829)擢头等侍卫,充任叶尔羌办事大臣起,先后任喀什噶尔参赞大臣、叶尔羌参赞大臣、正黄旗汉军副都统、乌什办事大臣、凉州副都统、阿克苏办事大臣、正白旗蒙古副都统、察哈尔都统、伊犁参赞大臣。道光二十二年(1842)任陕西巡抚,后任福州将军。道光二十三年(1843)署两江总督。道光二十四年(1844)十二月实授。咸丰三年(1853)太平天国北伐军逼近京津,受命任巡防大臣。诚如杨锺羲评曰:"起家县令,洊擢监司。三出峪关,经营西域,守孤城,知兵最深。旋镇八闽,开府江左。"① 璧昌在西域近十五年,以其显赫功绩,入清史守疆名臣之列。

因为身份的确立与乾嘉盛世余威,这些"边功"记录者大抵都有比较好的心态。因此,从"安史之乱"后边塞诗中挥之不去的悲壮的怒吼、凄凉的哀怨、迷茫的叹息,因为大清盛世"边功"将领的写作参与,重新让位给了似盛唐边塞诗所表现出来的宏伟的气魄、高昂的格调、开阔的胸襟、远大的抱负。使中国边塞诗在古代文学史终结之前重新展示了一个高峰。但是,仅从历史的时空中来看待"边功"诗作,其内涵的昭示尚有重史之处,从文学的层面上,"边功"的文化记忆与诗歌的文学想象才更加凸显。

第二节 "边功"创作的生命体验与文化认同

蒙古族为马背上的民族,其赫赫武功广为人知,乾嘉创建并记录"边功"的儒将祖上多凭借军功起家。白衣保进身由军职,松筠、和瑛之父祖均担任过武职,文孚、璧昌因祖上军功显赫世代簪缨。这些儒将立有"边功"后,其整体走向大致有二:有的因承平日久逐渐偃武修文,并成

---

① 杨锺羲:《雪桥诗话》,北京古籍出版社1989年版,第494页。

为科举世家,和瑛、璧昌家族正是其代表。有的屡立边功,多有显宦,且绵延时期更为长久,国栋、文孚家族是其代表。探寻乾嘉时期这些"边功"诗作的创作者,或为边疆大吏,或凭军功立威,均能优游于翰墨,用传统的诗词文赋创作了大量文学作品,充实了民族文学内容,也反映了蒙汉民族文化之交流。从这一意义上说,八旗士子因任职边地而写作的文学作品,其文学价值远超他们的试帖诗与交游诗等。那么,如何认识这些"边功"创立者饱含文化记忆与文学想象的文学书写呢?

首先在表现内容上,清代蒙古族的"边功"文学书写充实,扩大了古代山水、纪行、边塞文学的版图。边疆是可以让这些"边功"创立者安身立命之地,这里的宦海奔波是给他们带来成就感和意义感的生命活动。边地的时空迁转中,"边功"创立者们得以饱览边疆风物,体味域外风情,他们的"边功"诗作中,也含有大量的公务余暇的山水纪行诗作。这些作品因地制宜,自然与同时代人诗作中以中原风土为主要描摹对象的创作主题不同,格局亦不同。

和瑛科举入仕五十余年,宣力三朝,抚绥封圻,足迹遍及南北,因"老成勤慎,宣力三朝……予谥简勤"①。和瑛之诗全景式描绘了边地政治宗教、山水风土乃至文化与文学的融通,和瑛在边疆留诗370首,其中西藏210首,新疆66首,东北94首。这些描写边疆风光及少数民族风情的诗作依旧能体现出和瑛的"边功"写作特色。"朔风溋溋霜天高,弱水冻涩流沙焦。行人到此缩如猬,况复西指瀚海遥……"(《甘州歌》)展示了边疆的荒寒和不畏荒寒的"边功"创立者;"博达神皋拥翠鬟,行人四望白云间。遥临地泽千区润,高捧天山一掬悭。弥勒南开晴雪圃,穆苏西接古冰颜。钟灵脉到伊州伏,为送群峰度玉关"(《巩宁城望博克达山》)。呈现了边疆的静美和偶尔在静美风景中休憩的边疆将士;"怪道花门节,刲羊血溅腥。翔鸡充羧里,娄故震羌庭。酉拜摩尼寺,僧喧穆护经。火祆如啖蜜,石橄信通灵"(《观回俗贺节》)。写出了边疆的典型民俗风情及风俗参与者们安享的民族团结之景况。"初识关山险,人争脚马拖"(《大关山》)中的脚马,则是边地特有之物②。《渡象行》《题路旁于阗大玉》《获大白玉》《突厥鸡诗》又可以欣赏到新疆的一些不为中原

---

① 李桓:《国朝耆献类征初编》第20册,明文书局1985年版,第741—742页。
② 和瑛诗中自注云:"土人以铁齿束足底名脚马。"《易简斋诗钞》卷1,国家图书馆藏清道光初刻本。

所有的"于阗玉""象""突厥鸡"等物产。

和瑛边塞诗中不只对自然,而且对历史和文物古迹也有详尽的描述。他的这些诗扩大了自唐代以来得到成熟和发展的中国边塞诗的写作范围和创作深度。如他在藏时写的《喜闻廓尔喀投诚大将军班师纪事》,描写乾隆年间平复驱逐尼泊尔入侵者推诚服输以象交好的情形;《金本巴瓶签掣呼毕勒汗》描写金瓶掣签选达赖、班禅的情形;《大招寺》《小招寺》《布达拉》不仅描写了藏地著名寺庙的壮观,还介绍了其建筑的由来与唐代吐蕃松赞干布和汉女文成公主成亲的史实,"唐公主思念长安,故造小招东向"。特别是《木鹿寺经园》这首五律,通过写木鹿寺经园中多种文字的佛经,赞扬了各民族的文化交流。和瑛在西藏任上,曾多次会晤班禅并作诗纪事。如和瑛写于乾隆五十九年(1794)的《晤班禅额尔德尼》,写于嘉庆元年的《班禅额尔德尼共饭》《班禅额尔德尼燕毕款留精舍茶话》《留别班禅额尔德尼》。他在新疆时写的七言古风《题巴里坤南山唐碑》,介绍了古高昌国址和高昌国 134 年的兴衰历史,描写唐代统治期间新疆地方割据势力的兴衰以及中央王朝平定反叛、刻碑记功的过程,强调维护祖国统一的信念更为突出鲜明,诗末说:"岂知日月霜雪今一家,俯仰骞岑共惆怅。"诗人赞扬唐王朝的平叛武功,无疑是在借古咏今。《宿库车城》写了库车作为古龟兹国所在地的千佛洞、唐壁经、汉城垒等文物古址。这类诗还有《叶尔羌城》《哀叶尔羌阿奇木阿克伯克二首》等。和瑛这些诗作具有"补舆图之阙"[1]的价值,而有补史料正是"边功"写作的一大特色。因此,和瑛在其诗作中蕴含的文化记忆功能,与其文学想象之才性,都凝贮于"边功"诗作中而被存留。

和瑛在边疆任职时间较长,乾隆五十八年(1793),以副都统衔充西藏办事大臣,在藏凡八年。嘉庆七年(1802),遣戍乌鲁木齐,寻充叶尔羌帮办大臣,调喀什噶尔参赞大臣。嘉庆十一年(1806),复出为乌鲁木齐都统,在新疆七年。此外,还曾任陕甘总督、盛京将军。和瑛不仅对边塞文化建设做出了贡献,而且扩大了中国边塞诗的写作范围和创作深度。他的诗作从多维角度通过对边地政治与宗教、文化与文学的融通描绘,将乾嘉时期多民族融合的人文精神和民族气质自觉地融入诗歌创作中,创作出宏阔雄健、富含多民族风情的诗歌。

---

[1] 云峰:《蒙汉文学关系史》,新疆人民出版社 1994 年版,第 145 页。

松筠是与和瑛一样戍守西藏、新疆多年的封疆大吏。《西招纪行诗》是乾隆六十年（1795）松筠任驻藏大臣在西藏期间所作纪行诗。自序云："余因抚巡志实，次第为诗，共八十有一韵。""乾隆六十年乙卯夏四月，巡边，自前藏启程，经曲水，过巴则、江孜，共十日行抵后藏，由札什伦布走刚坚喇嘛寺、彭错岭、拉木洛洛、协噶尔，过定日、通拉大山，共行十一日至聂拉木，又由达尔结岭西转，经过伯孜草地、巩塘拉大山、琼噶尔寺。南转出宗喀，共行六日至济咙，仍旋宗喀东北行十日，还至拉孜，入东山。一日至萨迦沟庙，自庙北行二日，出山，仍走刚坚寺，还至札什伦布，往复略也。"① 自序中所载松筠巡边所经之地所用时间翔实，如果按来时的速度回到拉萨，这次巡边共用了五十余日。可知，"抚巡志实，次第为诗"的《西招纪行诗》的写作也应是五十日左右。《西招纪行诗》为考察乾隆时期西藏地理人文难得的第一手资料。如诗中有涉地名诗句"曲水岩疆道"，后注："曲水，地名。自前藏西南行一日宿业党，又行一日宿曲水。曲水者，东西双溜纡回湍激，故名。此地东来之水曰藏江，其源出拉萨东北，西来之水曰罗赫达江，其源出冈底斯雪山，二水汇此，曲折东南，由工布入南海冈底斯，即所谓鹫岭是也。山在藏之西北极边萨喀阿哩布陵境上。"有对藏地佛教僧人的评价，如"佛本慈悲，岂独不慈悲，札什伦布而失圆通，盖福善祸淫鬼神之所为也，佛与鬼神合其吉凶，又焉能偏袒札什伦布。缘前辈班禅为藏地活佛，知积财而不知抚恤所属，是活佛欠圆通，遗患于身后，致有祸淫之报，噫！惟活佛尤应使知福善祸淫之义"。此为对年少的七世班禅丹贝尼玛有儒家情怀的赞扬，自注："余至后招与班禅会晤，见其年少而通经，性颇纯素，毫无尘俗之态。询悉所得布施，不多积贮，喜为施济所属，僧俗无不感仰，此其能结人心之仁政也。"《西藏巡边记》完成于乾隆六十年（1795）。详载了当时松筠巡边所行路线、山川险要、沿途见闻等。

松筠初任藏地大臣，留心文教农事，政绩卓著，其长诗《西招纪行诗》及《西藏巡边记》为乾隆六十年（1795）巡边记录藏地事务的纪实诗文。其好友祁韵士《万里行程记》诗云："灌溉新开郑白渠，沃云万顷望中舒"，自注云："伊犁旧无旗屯，嘉庆甲子，松湘浦先生创为疏垦，

---

① 松筠：《西招纪行诗》，清嘉庆道光间刻本。

岁收稻麦甚多。"① 可见对于松筠的"边功"时人深切感知，而松筠《西招纪行诗》亦云："后之君子，奉命驻藏者，庶易于观览，且于边防政务，不无小补。"② 作为"边事"记录者，松筠对于自己的"边功"深以为然。后人亦云："卫藏自康熙季年设王宫，以大臣镇之，打箭炉外悉设邮站。和泰庵《西藏赋》外，松湘浦、颜惺甫尚书有《纪事图》诗，王我师、马若虚诸人则从事幕府，作为篇什。"③

《丁巳秋阅吟》是松筠嘉庆二年（1797）巡边时写的纪行组诗。诗云："惟前则综述，后则分论，自注复述其经过，不独明其里程，亦可得知巡边抚恤情况。"诗如"游牧固安生，因何武备轻……练兵申纪律，制税养升平"（《达木观兵》），明确反映大清对西藏武备的看重；"秋阅江孜讯，蛮戎演战图，炮声发震旦，鼓气跃争驱。锐拔惟蛰进，雄师在今呼，百年虽不用，一日未应天。训练能循制，屏藩足镇隅。赏颁嘉壮健，感激饮醍醐"（《江孜》）④，描述了驻藏部队演习的威武之姿。《绥服纪略图诗》一卷，撰写于道光三年（1823），是松筠宦迹生涯、任职边疆的又一诗集。其自序云："余仰承知遇，既寄封圻之任，复膺专阃之司，八载库仑，两镇西域，又尝驻节藏地，周历徼外，爰采见闻。""余既作西招纪行图，缘述北漠库伦所事而兼采西南沿边见闻，复得八十有一韵，名之曰绥服纪略图诗。"程振甲为《绥服纪略图诗》作序，云："……疆臣之经理其地者，类皆留意抚循。于山川能说、登高能赋之旨未遑也。我湘浦先生起而修之于伊犁，已有成书。于俄罗斯复得八十一韵。允文允武，渊乎懿哉。是诗之行也，将见习国书者，人写一本进之。汗其汗征言于国之黄发日，中国有大圣人何往归至，中国之贤侯大夫美政事能文章，何往左右之？夫乃知风人之旨与仁人之言感人深也。又岂区区为掌故计哉？"⑤ 恰如序言所述，似松筠这样美政事能文章的大清"边功"创作者。

道光十一年（1831），壁昌在叶尔羌、喀什噶尔两地间奔波。二月，壁昌任喀什噶尔参赞大臣。十月，为第一任叶尔羌参赞大臣，驻地自喀什噶尔移驻叶尔羌。壁昌写下《辛卯嘉艺城筹边作》，诗云："从征来异域，

---

① 祁韵士著，李广洁整理：《万里行程记》（外五种），山西人民出版社1992年版，第229页。
② 松筠：《西招纪行诗》，清嘉庆道光间刻本。
③ 杨钟羲：《雪桥诗话续集》，北京古籍出版社1991年版，第484页。
④ 松筠：《丁巳秋阅吟》，清嘉庆道光间刻本。
⑤ 松筠：《绥服纪略图诗》，清乾隆朝刻本。

秉节守羌戎。洁拟达班雪，雄称戈壁风。恩威万里布，忠信百蛮通。地广资民佃，天高待物丰。久安无善策，生聚有奇功。屯戍兵堪备，何如定远翁。"东汉班超投笔从戎，随窦固出击北匈奴，又奉命出使西域，在三十多年的边塞岁月中，平定了西域五十多个国家，为汉帝国的建构做出了巨大贡献。封定远侯，世称"班定远"。班超成为后人心中的楷模，汉后诗人常在诗作中以投笔从戎的班超表达自己内心追求功成名就的情愫，壁昌也不例外。道光二十年（1840），时任阿克苏参赞大臣的壁昌，奉诏离开南疆①，写下《温宿奉召还都》，诗云："十五年前别帝居，归来边况竟何如。满车所载无他物，半是刀矛半是书。"末句彰显了这个守边重臣既是书生又是武人的本色。然而，十二月壁昌又受命回到南疆②，并接连写下两首和玉门关相关的诗作。其《四出玉门操至五凉复为伊犁参赞》云："玉门初出兮浩气凌云，玉门初返兮戈壁蒙尘。玉门再出兮天意回春，玉门再返兮旱海沙深。玉门三出兮壮志犹存，玉门三返兮衰老临身。玉门四出兮再鼓精神，玉门四返兮调抚青门。"《入玉门志感》云："守边十八载，八度玉门关。戚友多不见，家园别后艰。老妻添白发，稚子改童颜。丁年初奉使，皓首始生还。"道光丁亥初次奉使来到西域的诗人，十八载岁月，八次度过玉门关。而刚刚辞别南疆又从家园重返的心境无论如何都是有些苍凉的。所以诗人对着这座象征边塞的关镇，发出沉重的人生喟叹。不过，这样的心绪是暂时的，次年，作为伊犁参赞大臣的壁昌就上奏清廷，"伊犁三道湾续垦地亩，共交三色粮二万四千石"③。

与和瑛相比，壁昌对建立边功的重视程度远超诗文写作，因此，创作数量相对也少了很多。仅著有《星泉吟草》一部，收诗98首，另还有《题担秋图》《画虎歌》存世，共留诗百首。时人称其著有《壁参帅诗稿》，惜未见传世。在现存的百首诗歌中，十几首西域诗作占比虽然只有十分之一多，却见证了壁昌生命中重要的年轮。"筹边兼战守，画策寓兵农"（《病中口占》）是其南疆生活之常态。壁昌是一位注重兵备的官吏，他根据其亲身体验，著有《叶尔羌守城纪略》《守边辑要》《牧令要诀》

---

① 《大清宣宗成皇帝实录》道光二十年三月条："以阿克苏办事大臣壁昌，为察哈尔都统。"

② 《大清宣宗成皇帝实录》道光二十年十二月条："赏察哈尔都统壁昌都统衔，为伊犁参赞大臣。"

③ 据嘉业堂钞本影印《清国史·壁昌列传》第9册卷107，中华书局1993年版，第733页。

《兵武闻见录》等书。其中,在福州将军任上追忆守疆事略写就的《叶尔羌守城纪略》的史料价值尤高。因为其所写不仅是战事,且记载了南疆善后的措施,如叶尔羌屯田等,可与《清宣宗实录》《清史稿》《叶尔羌乡土志》等有关史料相印证。所载的有关史事较《圣武记·回疆善后记》要详备得多。《守边辑要》是道光十一年(1831)所写,内容为玉素甫叛乱时维吾尔族人们的反应、守御叶尔羌的方法及一些善后主张。当时就誊写分发南八城,供大臣参阅,后曾在西安等地传播。后与《叶尔羌守城纪略》合刊传世。

壁昌承其父文学遗传,诗风清新自然。论诗主张"吟咏性灵",写于道光丁亥春天的《星泉自序》曾云:"夫诗者,岂易言哉?自《三百篇》删定,兴赋比无体不全,至情至性出于自然,此诗之祖也。后历代乐府,及唐宋诸大家,又无美不备,发泄殆尽。而当代之诗人,吟咏性灵,又不可胜数。似我辈原不必言诗,以不作为高,然而有不得已者。幼年之窗课,壮年之阅历,此中有喜怒哀乐、忧思恐惧,不可无记也。因次第录存一帙,藏诸行箧,独居时偶尔翻阅,可以自鉴,第不堪为外人道耳。"① 对于"惯写性灵诗,懒赋风月景"(《心中耿》)的诗人来说,以自然之真情真性写自然、人文之景色物象,是凝合儿时窗课和壮年阅历的最好方式。

除和瑛、松筠、壁昌之外,其他蒙古"边功"创立者同样用诗笔描绘着中华的广袤版图,他们用汉语诗文,将蒙汉文学的交流深度推向了华夏各地。文孚曾任职青海,其诗集中留有《晚到哈尔海图》《青海二首》《青海塞上作》《观青海图作二首》等作品,描绘了前人诗笔下罕见的青藏高原。乾隆五十六年(1791),廓尔喀贵族再次大举入侵西藏,占据了聂拉木、济咙等地,一直攻到日喀则,班禅七世被迫逃往前藏,清政府派大将军福康安等进藏反击。福康安奏请杨揆为从军记室,杨揆就此写下一百三十余首"青藏高原诗"。诗人从西宁出发,走过日月山、青海湖、通天河、星宿海、昆仑山、热索桥、雅鲁藏布江、鹿马岭、丹达山、黎树山、嘉玉桥等山川诸胜,写下了一首首逸响伟辞、卓绝一世的诗章,展现了一轴轴青藏高原风景图画。②

"边功"创作者在无意识中把大清历史与民族意识在边疆叠合认知并进而形成了独特的延续性。因为或通过武力战事或通过绥靖管控下的边地

---

① 壁昌:《星泉吟草》,咸丰间稿本。
② 赵宗福:《论杨揆的青藏高原诗》,《青海师范大学学报》1988年第3期,第87—88页。

是清廷化育下的边地，或源出蒙古八旗或源出满洲八旗、汉军八旗，甚而中原汉族军士，是边地共同的主宰者，是规约边地百姓生活的管理方，所以当面对疆域边地时，管理者的一方与被管理者的一方，无论民族身份、阶层身份都有大的范围，某种程度上，叠合认知后的这个区块中的管理者们的思想与见地与王朝的政治倾向是同一的，这种同一性在见诸于诗文后不期然地形成了文化认同与疆域认同。

"边功"创立者们记录下的史事与诗史是乾嘉武者对诗情史意的追索，他们把对边地的文化记忆和文学的想象融通交汇，让事件得到最好的展示。

"模糊一枕还乡梦，慷慨千军出塞歌。"（《秋夜四首》其一）即便战事激烈中，白衣保也不忘写下看到的异乡异俗。他的七律《移驻妖树坪即事》记载了平叛的插曲，诗云："陆多仄径水多滩，峡地无如此地宽。一道流泉穿树白，四山晴雪照人寒。环篱筑土成新垒，列肆屠羊具晚餐。已见罗平妖鸟尽，捷书指日到长安。"不过，更有意味的是诗前小序，叙述了事情的成因。"妖树者，即促浸之风水树也，树在勒乌围之西，朗谷之北，孤丘耸起，一树挺生，贼众岁时祭祀，男女罗并，盖借其荫庇焉。王师至，伐其树，移荆兵驻于此。嗟乎！索诺木以一土司敢于抗拒天朝者，非惟恃其险远，抑亦溺信妖妄，谓风水萃于斯地，天兵不能飞越也，一旦尽其根株，势若拉朽，尚何风水之有哉！目为妖树，谁曰不宜？斯盖凶渠授首之兆欤？志以此，供识者一笑耳。"滋事土司索诺木以岁时祭祀巨树，就以为其可以荫庇信徒，蛊惑众人。清廷荆州兵驻扎此地后，伐倒"妖树"，斩截妖术。诗人记叙此事，宣谕王师力量，透过此诗此序，也让后人看到彼时民间信仰如何在巫术边上行走。

当西南地区的白衣保斩断"妖树"，断绝小金川的滋事土司索诺木蛊惑百姓之所时，西北边陲的和瑛写下的《突厥鸡诗》也让读者明了在边疆风物中不同寻常的"边功"隐喻。据说和瑛"突厥鸡"的写作源起，是因为"天聪七年，沙鸡群集辽东，国人曰：辽东向无此鸟，今蒙古雀来，必蒙古归顺之兆。明年，察哈尔来降。乾隆癸酉、甲戌，连年冬月，京师西北一带，此鸟群来万计，次年，准噶尔来降"[1]。即便是像和瑛这样颇有文才的汉语诗人，边功依旧是最让他萦怀的。所以，此种突厥鸡的

---

[1] 和瑛：《易简斋诗钞》，国家图书馆藏清道光初刻本。

神秘性必然会围绕国家安宁、叛军被招降出现。

海登·怀特指出:"多数历史片段可以用许多不同的方法来编造故事,以便提供关于事件的不同解释和赋予事件不同的意义。"① 戍边诗人的"边功"写作因其生产者的历史地位,决定了他们的记述大抵与大大小小的历史事件有关。"事件之于诗史不是研究目的,目的在于探究事件关涉者'诗人'这一主体的心理感兴,事件诗史本质上是情感史,终极所归仍在于文学性。在事件诗史的研究中如果能够将'人'和'事'的情感特质发掘出来,使诗歌的文本特征、艺术美感——更多的是悲剧美和孤独感——得以鲜明呈现的话,那么作为一种理论和方法无疑具有探索和实践的价值。"② 白鹤亭以忠勇称,于公家事竭尽所能,但仕途困顿。《鹤亭诗稿》富谦序云:"癸巳随征金川,又缘兵家事革官,先生乃誓众激以忠义,率三百敢死士由北路冒险直进,身受重创,绕至西路毁巢擒渠,以功复旧任。"《荆州驻防八旗志》载:"乾隆间,金川乱,将军兴肇奉命带兵协剿,保以协领参军务,至刮耳崖,巉屼窄逼,上出云霄,人从怪石中蛇行,稍欹侧,头面触岩,血浕滴,众莫敢进。保率前锋穆克登扪萝越他山,尽得其险隘,绘图呈将军,且陈方略,一鼓平之。"③《荆州府志》中的相关记载与此大致相同。"雁到曾无蓟北书,囊空那有荆州绢。自惭刻楮费三年,岂比精金经百炼。忆昔从军雪岭西,鸟道微茫通一线。寄身常在锋镝间,蹈险乘危忘足跰。那知万里复生还,甲子初周设家宴。"(《予六十初度谭晓墀有诗见赠兼惠酒米依韵奉答并邀小酌是日微雪》)颔联叙述的就是这一记载。

"边功"创立者写就的边塞诗歌,是从戍边角度出发来观察边疆,以及自己踏勘的疆域万物是如何生长的,他们的文字中呈现的是生命体验的世界。因此,关于清代前期边功诗歌的研究不应以"以诗证史"为目的,而因重点关注事件背后的创作主体,挖掘诗歌文本的文学性和情感性,了解创作者的心态与诗歌的艺术特质、诗歌品格,最终回归文学本体研究,才是本章的写作目的。

---

① 转引自张京媛编《新历史主义与文学批评》,北京大学出版社1993年版,第164页。
② 罗时进:《基于典型事件的清代诗史建构》,《江海学刊》2020年第6期。
③ 希元、祥亨等纂,马协弟、陆玉华点校注释:《荆州驻防八旗志》,辽宁大学出版社1990年版,第205页。

第三节 "边功"创作的诗人心态与诗歌品格

中国古代诗歌史上的诗人大多敏感、孤独、脆弱、悲伤，我们在清代大多数的文士中看到的去往边地的诗人都是脆弱失败的诗人，尤其是行止在陌生的西域边陲，如"渐惯骑乘病也痊，可知命合戍穷边"[1]，边塞文学版图也因此趋于平面化、单一化。乾嘉的武功诗人们异于同时代诗人的部分，恰是值得我们注意的地方，是边塞文学创作中的另一种资源。乾嘉时期这一既为武将亦是诗人之群体，他们作为诗人的品质常常令我们在阅读时感到陌生，他们穿越庙堂、行过边地，最终都在笔下的诗作中找到了心灵的安宁之所。从这群诗人笔下我们感到的是自信、勇敢、骄傲、充满能量和希望。

他们也有偶然书写痛苦与焦虑的诗作，但更多时候，生活苦痛只在这些诗人的字里行间一闪而过，较少作为诗集主体。这样的他们并非掩藏了日常的自我，而是因为军旅生涯带给他们武功和自信。他们常常以士兵的勇敢对待痛苦。他们的诗作具有某种英雄性。他们也似乎在有意识地寻找英雄性。在英雄主义视角下，日常生活的痛苦也变得可以忍受。"随处移居得暂留，异乡土俗亦相投。蔓菁人馈甘于芥，氆氇裁衣暖胜裘。入险岂知今出险，无愁那用酒消愁。青葱一树须臾耳，风水何曾得到头。"（白衣保《秋夜四首》其二）偶尔，他们也会有"晚年学得安心法，不读兵书读道书"（白衣保《雪夜二首次襄亭韵讳明赟》）的喟叹，但这只是生命中的最轻微的叹息。白衣保在《次韵赠静庵》写作中，颈联"英姿飒爽夸秋隼，懒态浮沉笑海鸥"以两种禽鸟入诗，以英姿飒爽的"秋隼"对比懒态浮沉的"海鸥"，一"夸"一"笑"这两个动词，将在边地建功立业的武将风姿与内地随俗俯仰的世人情态鲜活地展示于笔底。

和瑛在藏地八年，其间走过无数险峻山地，但他面对困境大抵都是乐观的，在"晓渡三坝山，俯仰如桔槔。兀坐篮舆中，冰珠生睫毛"的寒苦之境，当"革橐出腊脯，银瓶倾玉醪。小酌据胡床，亦足以自豪"之时，诗人还能保持"幽人快奇兴，莫当寒虫号"（《小歇松林口》）的心态。在《中渡至西俄洛》时，诗人面对"冰窖"一般的冷冽山水间，而

---

[1] 卢见曾：《五十二岁生日》，《清代诗文集汇编》第 268 册，上海古籍出版社 2010 年版，第 115 页。

且此间“多劫盗”，作者依旧能够有“粲一笑”的乐观心态。诗人在严寒中，依旧对诗歌写作葆有旺盛的精力，“砚冻墨不濡，指直笔敧倒。今夜莫吟诗，吟诗定郊岛”（《宿头塘》）。其《秋阅行》写在湖广苗匪作乱之时，更是带有飒爽英气之中的诗情史意。诗云：

边风猎猎霜天高，色拉山下熊罴嗥。司空风度羊叔子，书生说剑良足豪。当夫一鼓作军气，双甄飞翼张旌旄。瞎巴上马诩神速，笼官箭箙齐悬腰。志目中眉射者笑，骈头赤帻关乌号。火阵丰隆走列缺，铁围震叠江翻涛。更有步卒贾余勇，勃卢跳荡转猿猱。吁嗟自古土蕃称强族，盍稚百种西陲骄。东鱼通兮南六诏，北达青海连河洮。往代控驭失其道，盟碑建树拉萨招。我朝声教暨瀛海，版图隶极坤维交。蛮碉椎髻皆赤子，皈依象教投漆胶。折幔幢遮忍辱铠，摩顶立地抛屠刀。教以孱弱数百载，虎皮羊质逢豺獢。金刚振臂兼瞀瞅，黎轩善眩惊愚了。乌鬼蛮俗固应尔，但恨取民如茧缫。而今坐镇两儒服，柔坯刚瓻归甄陶。筹边那徒振军旅，要使普陀无屯膏。口钱賨布减拂庐，荒陬绝徼无鸣鼙。庶几仁义为干橹，保障胜于穷六韬。昨日廓使初入境，叩关脱剑齐垂橐。海隅重译朝天去，氐贡还迈西旅獒。独有五溪椠瓠种，釜鱼尚瘁贤韦皋[①]。阅武归来独俯仰，摩围阁望云山遥。

对于廓尔喀被打败后使臣的谦恭，以及西藏在大清版图中任何侵略者都不能将其动摇的决心一览无余。

和瑛书写边疆时表现出“控弦边塞”的豪迈心境，“方今四海为一家，白霫黄番尽赤子。勃律廓喀不设险，无人敢窥虎落鄙”，“我朝山海效灵日，启关不费天戈指。巍巍帝阙望陪京，柳往雪来户闼耳。今我叱驭沈阳道，不复候繻凭一纸。唏嘘往代夸武功，笑渠未见辽东豕”（《出山海关作长歌》）等，清代的“边功”创获者们，笔下都有这样的边疆书写文字。疆域的拓展，引起了诗歌书写的变化。他们以将士的豪情书写内心的诗情。乾隆年间的疆域不只是大清版图中最辽阔的时期，也是中国历史上之最，行走在自己奋斗得来的土地上，这些“边功”建立者不只有自豪感，更有对于疆土的体认、突破了关隘的限制，他们在诗中展现了关外的勃勃生机，对清代构建的四海为一家、天下大一统的局面进行歌颂，展现了清代诗歌的独特之处和耐人寻味的一面，在他们的笔下，家国情怀

第二章　乾嘉时期"边功"的文化记忆与诗歌的文学想象　　61

通过"边功"创立中的怀乡诗得以勾连。

　　八旗将士在边地保疆，但武人的生活中并非只有战事，在时间的缝隙里他们的情感会不由自主地回望过往，而空间也就在卫国之地的边疆与思乡怀人的故乡间流转。

　　金川战役中，白衣保曾在《军中五日》里写下在军中度过"天中节"的景况。天中节是端午节的别称。白衣保随军入金川，不能在家度过端午节，然而家园的记忆是清晰的。所以他在首联明言"又是天中节，军中景物殊"，颔联也呼应了首联，以"夏雪裘为葛，秋霜剑是蒲"说明军中的不同之处。值得注意的是颔联，"谁萦长命缕，不佩辟兵符"以疑问句式和反语强化了"长命缕""辟兵符"，这些是萦绕在诗人心中的端午节必佩之物。长命缕，又称"五色缕"，原是一种五色丝绳，由汉代朱索演变而来，为过端午节时的门户饰物。《后汉书·礼仪志》曰："五月五日朱索五色印为门户饰，以难止恶气。"① 后用于缠臂，以示辟邪。《太平御览》有"五月五日以五彩丝系臂，……一名长命缕，一名续命缕，一名辟兵缯，一名五色丝，一名朱索"② 的记载。宗懔《荆楚岁时记》曰："以五丝系臂，名曰辟兵，令人不病瘟。"③《新镌古今事物原始全书》也提到荆楚："以五彩丝系臂，辟兵鬼气，一名长命缕，今百索也。"④ 白衣保早年从京师来到荆州驻防，从此诗中可以看出，他不但熟悉荆楚风俗，而且引以为故乡风物了。作为荆州驻防八旗将领，他的军中故乡纪怀诗作，较之清人"旧内谩悬长命缕，新宫徒贴辟兵符"（吴伟业《宫扇》）的习用，显然更多了真切的怀想。

　　白衣保用诗笔写下的故乡风物怀想成为文化记忆中的取景框，他让诗歌的想象有了安放诗心的空间。而这空间和时间交织的经纬不期然地打磨出了乾隆年间"武功"中的一帧画图，国之壮怀激烈的悲情与家之长沟流月去无声的安宁既矛盾又和谐地共存其间，让惨烈的武人建功之所有了一霎间的温暖底色。几十年后，行走在东北宦途中的文孚，也曾发出"久客稽鸿信，长途倦马蹄。乡关何处是，日落蓟门西"（《黑龙江道中》）的慨叹，表达的情感与白衣保殊途同归，都是家、国间的挣扎与

---

① 王先谦：《后汉书集解·礼仪志中》，民国王氏虚受堂刻本。
② 李昉等：《太平御览》卷31，中华书局1960年版，第1册，第147页。
③ 宗懔：《荆楚岁时记》，民国景明宝颜堂秘笈本。
④ 徐炬：《新镌古今事物原始全书》时令卷2，明万历刻本。

守护。

乾嘉时期"边功"卓著的诗人们以追求吟咏性灵、情感真实为其诗学理念,诗歌格调刚健乐观质朴。这些诗歌品质的养成与边地与征战杀伐有着千丝万缕的联系,戍守边地的经历在乾嘉武将诗人群体的诗歌演进中起了重要作用。

杨锺羲曾这样评价国栋诗歌:"国云浦,博尔济吉特氏,官至安徽布政使,有《时斋偶存诗钞》,子秋潭相国文孚所刻,李雨村称其'关心花有恨,革面镜无情'及《京口晚眺》'飞云排铁瓮,怪石控银涛'之句,予谓不如《立春前三日雪》云:'雪犹当腊得,春已破寒归'为近自然。"① 铁保《熙朝雅颂集》收国栋诗 15 首,转引李调元评价,录之如下:"云浦官蓬溪令,入乡试闱,成都张翯、中江孟邵皆出其门。连捷翰林。幕客孙大濩贺句云:'南楼风月思前度,西蜀文章迈等伦',谓此也。其《壮岁》句云:'关心花有恨,革面镜无情',《京口晚泊》云;'飞云排铁瓮,怪石控银涛',上联见笔力之健,下联见音节之高。"② 可见国栋身后的评论家已经注意到了他的"边功"诗作的诗歌艺术特质,这样的存在于诗作中的生命律动自然与边疆的勃发生机是分不开的。

白衣保纵情山水,雅好诗文。白衣保《鹤亭诗稿》自识:"……所幸于役四方,周览名胜。泛江淮、浮洞庭、探巴蜀汉沔之胜,穷冉駹邛笮之奥,他如牦牛徼外,足迹所临,率有记录。岁月即久,笔墨遂多。暇日,汰其繁冗,次其年月,抄写成帖,犹存二百余首。"白衣保身为驻防八旗,随军征战,在山河岁月中辗转的经历拓展了他的视野,也触发了其诗情,他把随手写就的诗歌裁汰整合后留存二百余首传世。友人秦维岳序对白衣保的才华虽有溢美之词,但也写出了彼时世人的感受。"……白君鹤亭以乐天之才,当景宗之任。家居东北而尽览西南之胜。其为诗清和圆美,令人神怡意悦,有雅歌投壶、翩翩儒将之风。求之于古人而不可多得,而况于后世耶!藉令白君以文人入世,与青衿胄子、学士名儒角逐骚坛。……而后之读者将因诗而求君之韬略,徘徊慷慨,想见其为人,其殆风雅之英雄,即乘风破浪之志。"③ 白衣保论诗主性情,喜好唐音,其诗学主张在他为孙谔《在原诗集》所作跋文中看得非常清楚:"诗至极真方

---

① 杨钟羲:《雪桥诗话》,北京古籍出版社 1989 年版,第 259 页。
② 铁保:《熙朝雅颂集》,赵志辉校点补,辽宁大学出版社 1992 年版,第 1221 页。
③ 白衣保:《鹤亭诗稿》,道光十六年(1836)刻本。诗集的序、跋皆出于此,不另注。

能极妙，诗之真即性情之真也。诗真性情则诗与人合而为一矣，非诗自诗人自人也。古人之诗多肖其为人，彼李之豪，杜之老，王孟之澹逸，温李之香艳，各肖其性情。"① 拖克西图为白衣保所作跋中亦有"夫诗以道性情，孔子言诗归本于事父事君，人苟忠孝，性成辞气，必无近鄙倍者"。可惜白衣保作为一名武将，未有意识地对诗学理论进行深入探讨，他的诗重性情、慕唐音的诗学思想是源于创作的，后在法式善那里得到发扬光大，并于乾嘉诗坛主流诗学思潮相统一。《鹤亭诗稿》富谦序有"（白衣保）生平爱慕唐太傅白乐天，故又号香山"之语。符葆森《国朝正雅集》引《听松庐诗话》句"鹤亭参领佳句颇近唐音"②。法式善《梧门诗话》卷十三有"白衣保鹤亭诗无尘埃语，如'鹤曳孤云至，龙驱急雨来''乱水客争渡，夕阳僧独还''鸟梦荒林月，牛耕古墓烟'，《芳树窝》云：'秋深湿浓影，叶叶随风堕。山人倦扫除，抱膝树根坐。'皆有辋川余音。"③ 白衣保还写有寄太白之作，如《秋浦怀太白》："几年梦想江南路，今日孤舟泊秋浦。江边女儿唱吴歌，歌声那似猿声苦。且将斗酒慰吟身，镜里休悲白发新。欲吊谪仙何处是，九华云外碧嶙峋。"白衣保对于唐音的追摹已为时人所共识。白衣保亦有怀陶公之作，表达其志。如《过彭泽有怀陶公》："昔读陶公诗，今过彭泽县。微官苦拘束，松菊堪留恋。拂衣归衡门，南山正当面。乞食适谁家，饮酒还自劝。高风杳千载，三径何人践。太息林田荒，寒潮排沙岸。"《饮酒作乐》亦此趣。白衣保诗作选用意象大抵清淡圆润，诗歌整体呈现清新恬淡风味。关于白衣保的诗歌创作风格，正如秦维岳序所言："为诗清和圆美，令人神恬意悦，有雅歌投壶，翩翩儒将之风。"

"中国文艺传统里一个流行的意见：苦痛比快乐更能产生诗歌，好诗主要是不愉快、苦恼或'穷愁'的表现和发泄。这个意见在中国古代不但是诗文理论里的常谈，而且成为写作实践里的套板。"④ 在钱锺书看来，诗歌主要用来抒发郁结，而且这样的诗容易写好。这是他对中国传统诗学"兴观群怨"中提取出来的"诗可以怨"这一特色的阐发。《诗品·序》有言："嘉会寄诗以亲，离群托诗以怨，至于楚臣去境，汉妾辞宫；或骨

---

① 孙谔：《在原诗集》，《清代诗文集汇编》第 293 册，上海古籍出版社 2010 年版，第 19 页。
② 符葆森：《国朝正雅集》卷 15，清咸丰七年（1857）京师半亩园刻本。
③ 法式善：《梧门诗话合校》，张寅彭、强迪艺编校，凤凰出版社 2005 年版，第 372 页。
④ 钱锺书：《诗可以怨》，《七缀集》，三联书店 2002 年版，第 116 页。

横朔野,魂逐飞蓬;或负戈外戍,杀气雄边,塞客衣单,孀闺泪尽;或士有解佩出朝,一去忘反,女有扬蛾入宠,再盼倾国。凡斯种种,感荡心灵,非陈诗何以展其义?非长歌何以骋其情?故曰:'诗可以群,可以怨。'使穷贱易安,幽居靡闷,莫尚于诗矣!"① 在钟嵘的叙述中,骨横朔野,魂逐飞蓬、负戈外戍,杀气雄边,正是戍边之士面临的状况,理当诗写郁结之情。边塞诗歌中因此写郁结者代不乏人,然而乾嘉时期的这些蒙古族诗人却是一个醒目的反例群体,他们的边塞诗中罕有自己的郁结之情,多把个人品质和个人悲喜与国家的命运绑缚。

松筠的诗学思想没有专书记载,松筠《静宜室诗集》序曰:"诗之为道,原本性情,亦根底学问,非涉猎剽窃,仅事浮华而已。"② 其在《西招纪行诗》论诗学观点:"夫诗有六义,一曰赋,盖敷陈其事而直言之也。"③ 显然松筠认为诗当写性情,当笃实问学,看重实事求是,务去浮华。事实上,这些"边功"诗作者们都葆有这样的诗学特质。作为封疆大吏,松筠始终能关心黎庶,他以自己的所见所闻,如实地记述了藏族人民不堪忍受繁重的徭役赋税,背井离乡为乞丐的凄惨景象。"昔有千余户,今惟二百强。壹是苦征输,荡析任逃亡。……伊昔半逃亡,往往弃田间。甘心为乞丐,庶得稍安舒。乃因差徭繁,频年增役夫。出夫复不役,更欲折膏腴。凡居通衢户,乌拉鞭催呼。耕牛尽为役,番庶果何辜!"诗人在自注中解释说,萨喀、桑萨、偏溪三处原有百姓一千余户,牛羊亦本繁孳,因赋纳过重,人口日有逃亡,以至三处仅剩296户百姓,牛羊较前只有十分之二。诗人认为,对藏地百姓应当视为同胞,"欲久乐升乎,治以同胞与"(《曲水塘》)。"荒番遮道诉,粮赋累为深。昔户今推派,有田无力耘。可怜兵火后,复值暴廷频。"(《还宿邦馨》)兵燹罹祸,民不堪命,大多数背井离乡,少数留下者更是苦难深重。统治者毫不因人口减少而减少徭役赋税,反而把原数摊派在留存者身上,人民挣扎在死亡线上。松筠认为:"安边之策莫如自治,非独济咙、聂拉木番民应派廉洁营官管理,所有前后藏属各营官第巴皆能教以廉洁自持,善抚百姓,又何他患邪?"④ 诗人把现实所见如实道来,无疑是对西藏僧俗统治者的有力控

---

① 钟嵘:《诗品集注》,曹旭集注,上海古籍出版社2011年版,第56页。
② 盛昱:《八旗文经》,国家图书馆藏光绪刻本。
③ 松筠:《西招纪行诗自序》,《西招纪行诗》,清嘉庆道光间刻本。
④ 松筠:《西藏巡边记》,小方壶斋舆地丛钞第三帙本。

诉、鞭挞。松筠的诗作描述对象虽有民族地区特征，但最终却是传达儒家"诗可以观"的诗学力量和社会意义，观风俗知薄厚。松筠的诗作为清代诗歌史补叙了少数民族地区百姓的生活风貌，用文字书写"边功"。

相较和瑛重在宏大叙事的西藏纪游诗，松筠更着意的是具体而微的描写，但其对儒家兴观群怨的诗学观念领会实践更为深厚。无论和瑛还是松筠，他们都是紧紧地凝视自己时代的人，是感知时代的光明、感知时代的豪情的人。

乾嘉"边功"诗人汉诗因为有发自内心的昂扬，整体的气韵是敞开的。从诗作的意脉来看，有很焦虑、不安的情绪的流溢，但信徒般的使命感有时候消解了那种内在的不安。情感之潮的冲击是隔了几百年之后的我们在阅读时都很难不被裹挟的。这些补充史志的来自记忆的文字，在印证着生命体验里最为幽微的部分。具有精神自新的可能性。他们在退出文学场域的地方进入了真正的文学地图，不妨说是不在场的在场者，是他处的思者。这些都曾经生活在京师的武者，又都立下了"边功"并写下了边疆的赞颂之歌。

在"边功"书写者那里，所忠于之朝廷与所记录"边功"之文字语言在政治威权与文化同质性上是有机统一体。对支配的热衷和对征服的欲求而实现的伟大与荣耀的渴求，熔铸了他们与生俱来的满蒙民族文化或者说八旗文化，但当他们用汉语写作这样的方式去记录时，记录中早已将民族文化和共同语言融合在一起，因为记录"边功"的汉诗，作为"边功"创造者们的灵魂纽带和思想的载体，既是他们戎马倥偬中最大乐趣的媒介，也是读者的疆域认知的介质。较之盛唐的边塞诗，这些尚不成熟的心灵絮语，大多是在一种直觉下完成的，道义承担下的苦楚被朴拙的言说，弥散在诗作的文字周边。他们的作品常常有同质化的结构，情绪的流动极其相似。汉语在这时充当了共同母语的角色，以便让所有阶层的读者在其中产生真正的相互理解、共同的爱国主义情感。

第三章

道咸同变局中的中华民族文学

王国维在论及清代学术时，有一个通俗形象的说法，即"国初之学大，乾嘉之学精，道咸以降之学新"①（《沈乙庵先生七十寿序》）。道咸同时代是中国古代史上发生最重大变革的时代。西方世界在经历了中世纪的蒙昧之后，快速发展并且极欲改变世界格局，而古老中国还期冀因循守旧。中西冲突不仅体现在政治、经济、军事的争端中，文学思想也在渐进式地改变。"华夷大防"的最终解体并不是清朝立国后由皇权话语代相沿递所致，而是中西之争占据思想舞台的结果。思想启蒙初露端倪，对经学和诗学理念都形成了冲击，诗歌创作也随之改变。作为清代少数民族主体的蒙古族，和其他民族诗人一样，对这样的变化有着敏锐的感知，思想界沉思后发出声音，而诗人们在创作问学中体味并呈现着时代的变化。本章拟以道咸同时代的蒙古文学思潮为视角，探讨时代变局中的中华民族文学书写。

第一节　关于国变的民族文学担当

道咸同诗坛在 54 年间计有蒙古族汉语创作文人 28 人②，其中有著作传世者 24 人③，与道光以前的 177 年中产生的蒙古族汉语创作文人数量相等。此期诗作，不仅量大，而且诗歌内容与现实紧密关联，既展示了时代变局中蒙汉文学的融合无间，又追步文学思想的变迁。

---

① 方麟选编：《王国维文存》，江苏人民出版社 2014 年版，第 707 页。
② 此处统计的蒙古族汉语创作文人大多生于嘉道年间，于道光年间中式，至晚卒年在光绪初年。
③ 计有：柏葰、达春布、花沙纳、谦福、那逊兰保、清瑞、布彦、倭仁、瑞常、瑞庆、銮清、桂茂、贵成、壁昌、托浑布、恩麟、柏春、恩成、来秀、锡缜、恭钊、梁承光等 24 人。

梁启超曾言："龚、魏之时，清政既渐陵夷衰微矣。举国方沉酣太平，而彼辈若不胜其忧危，恒相与指天画地，规天下大计……故虽言经学，而其精神与正统派之为经学而治经学者则既有以异"①，"举国沉酣太平"实是乾嘉境况，道咸同之际的国政已经不容士人乐观。故而在蒙古族士人群体中，诗人无论身处庙堂还是江湖，"恒相与指天画地"，开始在创作中体现忧危。

柏葰②是道咸间任职最高的蒙古族诗人，诗作《今夏英夷扰浙沿海骚动朝廷命将出师荡平有日闱中以采薇之诗戎车既驾四句命题想见圣心宵旰之不忘矣仍迭前韵预奏凯歌》③写于1842年夏④，虽然这是一首颂圣诗，但从诗题中依然可以看出面对英国入侵浙江沿海的军情，清廷从上至下积极应对。诗云："海氛南望镇迷漫，声讨应同玁狁观。小丑跳梁藏水国，元戎佩印出天官。请缨路近人思旧，挟纩恩深士不寒。瑞雪况占收蔡兆，伫听三捷报澜安。""玁狁"即猃狁，原指我国古代北方少数民族，但柏葰诗中显然是指入侵英军。本诗的可贵之处，不仅让我们看到以柏葰为代表的清王朝高官诗作对国事关心的一面，也让我们看到以满族为主体满蒙联姻建立的清王朝，此时已经俨然以中原王朝汉文化中心自居，将以英国为代表的入侵中国的西洋人视如北方蛮族，抱有强烈的敌视态度和坚定的反击之心。因此，顺康雍乾以来皇权话语宣导的中华一体的信念，到道咸同时期，已经奏效。此时，在区分夷夏的口号下，开创了以汉文化为中心的中华本位立场，而中华区域内的胡姓各族，皆一律成为华夏之正宗。华夷之辨与变，柏葰在这首诗中，不自觉地加以表达，恰呈现了历史转折时期的士人独特心态。

---

① 梁启超著，朱维铮校订：《清代学术概论》，中华书局2016年版，第116页。
② 柏葰（1795—1859），原名松葰，字静涛，号听涛、泉庄。巴鲁特氏，蒙古正蓝旗人。道光六年（1826）进士，历任翰林院侍讲学士、内阁学士、礼部、刑部、吏部、户部侍郎、总管内务府大臣、左都御史、兵部尚书、户部尚书、军机大臣、文渊阁大学士。著有《薜菻吟馆钞存》10卷、《自订年谱》1卷、《守陵密记》1卷、《奉使鄂尔多斯驿程记》1卷、《奉使朝鲜驿程记》1卷。
③《薜菻吟馆钞存》卷3，《清代诗文集汇编》第622册，上海古籍出版社2010年版，第64页。
④ 这首诗前有《辛丑十月考试恩监闱中步龚季思宗伯守正原韵》，后有《壬寅孟夏由香山卧佛寺游翠微山诸胜》，辛丑为1841年，壬寅为1842年，诗句"元戎佩印出天官"后有小注"以冢宰奕公经为扬威将军"，查《清实录》，奕经被封为扬威将军是在1841年9月，10月到达浙江，所以诗题中"今夏"应该是1842年夏天。

女诗人那逊兰保①《庚申冬寄外时在滦阳》云："漫道相思苦，从悲行路难。烽烟三辅近，风雪一袭寒。去住都无信，浮沉奈此官。亲裁三百字，替竹报平安。"②咸丰八年（1858），那逊兰保的丈夫恒恩被授宗人府副理事官，咸丰十年（1860），英法联军攻陷北京，恒恩随咸丰帝逃至承德避暑山庄。《清史稿·文宗本纪》载："（咸丰）十年庚申……六月夷人犯新河，官军退守塘沽。七月，大沽炮台失守……僧格林沁退守通州。八月洋兵至通州……瑞麟等与战于八里桥，不利。命恭亲王奕䜣为钦差大臣，办理抚局。上幸木兰……驻跸避暑山庄。九月，抚局成……十月，诏天气渐寒，暂缓回銮。"滦阳乃承德别称③，承德与北京相距不过230千米，但在战火连天、交通阻隔的年代，丈夫久无家信，自然会令诗人忧心忡忡。诗作虽然是常见的闺阁相思题材，但因为恰逢清国被英法联军侵扰，闺中女子的思夫就写出了超越闺阁题材的诗情史意，并且保留了咸丰时期第二次鸦片战争中官员家庭对战争思考的文献资料。

庚申年是中华民族史上灾难深重的一年，火烧圆明园的悲伤至今弥散不去。面对西洋入侵，素来被视为富贵闲人的那逊兰保，开始关注国事，《送潇俊二兄奉使库伦故吾家也送行之日率成此诗》中有句："……天子守四夷，原为捍要荒。近闻颇柔懦，醇俗驢其常。所愧非男儿，归愿无有偿。"④那逊兰保之子盛昱在《芸香馆遗诗·跋》中叙述母亲"中岁喜读有用书，终年矻矻经史，诗不多作"到"内事摒挡，外御忧患，境日以困"⑤。西方列强入侵给士人带来的心灵困境，是没有民族和性别之分的。

---

① 那逊兰保（1824—1873），字莲友，博尔济吉特氏，自署喀尔喀部落女史。漠北喀尔喀蒙古土谢图汗部中右旗人，出身该旗扎萨克郡王世家，系多尔济旺楚克之女，宗室副都御使恒恩室，祭酒盛昱母。有《芸香馆遗诗》。
② 那逊兰保：《芸香馆遗诗》，《清代诗文集汇编》第719册，上海古籍出版社2010年版，第604页。
③ 夏征农、陈至立主编，大辞海编辑委员会《大辞海·中国地理卷》："河北承德市的别称。因在滦河之北，故名。"上海辞书出版社2012年版，第790页。
④ 那逊兰保：《芸香馆遗诗》，《清代诗文集汇编》第719册，上海古籍出版社2010年版，第599页。
⑤ 那逊兰保：《芸香馆遗诗》，《清代诗文集汇编》第719册，上海古籍出版社2010年版，第606页。

第三章 道咸同变局中的中华民族文学

道光年间，英国商人向中国走私鸦片日益猖獗。裕谦①认为："鸦片烟上干国宪，下病民生，数十年来银出外洋，毒流中国，患甚于洪水猛兽。""方今最为民害者，惟鸦片烟一项，流毒既广，病民尤烈。"② 指出严厉查禁鸦片"尤为目前急务"③。裕谦的想法与当时主张严厉禁烟的林则徐不谋而合，他们各自在辖地严厉打击鸦片走私。道光十三年（1833），裕谦任荆宜施道时，缉拿烟犯1000多名；道光十八年（1838），在江苏按察使任内，严查漕船在上海口岸和长江走私烟土，并在城乡各地张贴布告，限期销毁烟具，逾期从重惩罚；道光十九年（1839），时任江苏巡抚的裕谦禁烟成效显著，使江苏禁烟成果仅次于广东。道光二十年（1840）五月鸦片战争爆发，六月英军占领虎门后，强占定海，进犯江浙地区。当时，裕谦以江苏巡抚兼署两江总督，他反对妥协，奏请添铸火炮，建造炮台，带领军民加强江苏沿海防御，坚持抵抗侵略。八月英军兵船环绕崇明，裕谦督率镇将埋伏兵勇，军民团结一致。道光二十一年（1841）八月二十六日凌晨，英军两路舰队同时进犯金鸡山和招宝山。裕谦临危不惧，是日晚以身殉国。裕谦杀身成仁，为世人景仰。裕谦分析战局，认为"前此定海之失陷，本属开门而揖，以后广东之被扰，更系自受其愚，并非该逆实有强兵猛将，实能略地争城，至定海之迟久不复，坐待缴还，由于赏罚不明，机宜屡失，以致士气不振，民心解体，并非无路进攻，不能制其死命"④。作为前线领兵之将，其对大清军队乱象的认知有裨时局，但对英国侵略者的轻视实属不智。反映了中西碰撞之初的士人，虽然内心激荡，但由于视野拘束，尚不能清醒意识到中西器、识之差异，以为"逆夷尚不过疥癣之疾，洋盗几可为心腹之患"⑤，这种以中原老大自居、视四方为夷而轻蔑之的心态，在道咸同初期的士林群体中有着

---

① 裕谦（1793—1841），原名裕泰，字鲁山，号舒亭，内蒙古察哈尔镶黄旗人。出身于将门世家，曾祖一等公班第，祖父察哈尔都统巴禄。嘉庆二十二年（1817）进士，历任翰林院庶吉士、礼部主事、员外郎。道光六年（1826）任湖北荆州知府，后调武昌府知府，升荆宜施道。道光十四年（1834）任江苏按察使，十九年（1839）任布政使，又署江苏巡抚，不久实授，成为独当一面的封疆大吏。有《勉益斋偶存稿》《勉益斋续存稿》。
② 裕谦：《勉益斋续存稿》卷13，《清代诗文集汇编》第579册，上海古籍出版社2010年版，第598页。
③ 裕谦：《勉益斋续存稿》卷15，《清代诗文集汇编》第579册，上海古籍出版社2010年版，第679页。
④ 杨家骆主编：《鸦片战争文献汇编》第4册，鼎文书局1973年版，第227页。
⑤ 第一历史档案馆编：《鸦片战争档案史料2》，天津古籍出版社1992年版，第739页。

普泛性。①。

道光时期的第一次鸦片战争，使东南沿海数以百万计的官民被卷入战火中。裕谦督军杀敌，以身殉国。而镇江驻防出身的燮清②，则耳闻目睹了家乡成为战场的景况，并以诗笔据实记载。如《五月十八日西城守夜》《六月十四日》《六月十四日避难》《挽京口都护海公死节诗》《乱后入城》③等。《五月十八日西城守夜》写于镇江之役的前夜："报到烽烟警，城添守夜兵。何当天暂暖，堪爱月偏明。挂号灯连影，传更不断声。可怜闺里梦，一夜几回惊。"④《六月十四日避难》记载镇江之役的惨烈："炮声如雷火如屯，咫尺交锋人不见。兵微贼众势难敌，七昼夜中铁瓮陷……遂令城内百万家，一时逐尽人烟绝。"亦描述歹人趁火打劫："一波未平一波起，可怜奇祸不单行。凶顽更比鬼子惨，亦有生理与水溺。"生民多艰，燮清的母亲在逃难中丧命："哀哉老母殉难亡，此语一听断肝肠。生我不能全母命，终天抱恨呼苍穹。所幸老父弟与子，三人俱各无损伤。时盼天军军未下，贼类剿灭还侵疆。"⑤燮清目睹了英国侵略军的暴行和中国守军的英勇悲壮，写下《挽京口都护海公道光壬寅死节诗》，歌颂副都统海龄。"海公大义世无比，壮心一柱中流砥""胜负兵家是常事，生死一念报君王""贼众不能敌，七日七夜战城隍""人臣大节能无亏，精忠直与日月贯"⑥，都是称颂海龄率领守军顽强抵抗侵略者的诗句。海龄（？—1842），郭络罗氏，满洲镶白旗人。春元《京口八旗志》有其传："海龄，字蓬山，山海关驻防……历升西安、江宁、京口等处副都统。任京口未久，英人违约，窥伺上海……公喝令举火，将尸焚毁，遂向北谢恩，跃入烈火，亦自焚死……朝廷表其临危授命，大节无亏，敕建专祠，

---

① 如"外夷奇器，其始皆出中华；久之中华失其传，而外夷袭之。王伯厚《小学绀珠》载薛季宣云：'晷漏有四，曰铜壶、曰香篆、曰圭表、曰辊弹。'按：辊弹即自鸣钟，宋以前本有之，失其传耳。粤东温伊初先生诗云：'西夷制器虽奇巧，半是中华旧制来。'此论得之。余谓浑天仪、自鸣钟，中国人皆能为之，何必用于外地乎？他日洋烟绝其进口，并西夷所制器物，勿使入内地焉可也"。林昌彝著，王镇远、林虞生标点：《射鹰楼诗话》卷3，上海古籍出版社1988年版，第43页。

② 燮清（1813—？），字秋澄，奈曼氏，汉姓项，京师正黄旗蒙古籍。以先世驻防，嘉庆十八年（1813）生于京口。曾任蓝翎同知衔候选知县。有《养拙书屋诗选》。

③ 诗人所写日期皆是阴历，与公历相差月余。

④ 燮清：《养拙书屋诗选》，国家图书馆藏民国二十五年（1936）项氏晚香堂影印本。

⑤ 燮清：《养拙书屋诗选》，国家图书馆藏民国二十五年（1936）项氏晚香堂影印本。

⑥ 燮：《养拙书屋诗选》，国家图书馆藏民国二十五年（1936）项氏晚香堂影印本。

予谥昭节。"① 道光壬寅（1842）七月，英军舰队侵入镇江江面，英军由城西北登岸后，一队佯攻北门，一队猛攻西门。驻防清军在副都统海龄率领下与敌人展开激烈巷战，终因寡不敌众，镇江府城陷落。《镇江府立青州驻防忠烈祠碑》记载官兵死节事更为详细："六月十四日，天将午，火箭齐发，东、西、北三城楼俱被焚烧，贼乘势攀跻。他守兵以千数皆震慑，独青州兵奋勇格杀，至血积刀柄，滑不可握，犹大呼杀贼。呼未已，而贼之由十三门登者，已蜂拥蚁附而至，犹复短兵相接，腾掷巷战，击毙贼且数十百人，直至全军尽溃，力不能支，始夺门以出……"② 战争结束半年后，燮清返回故居，作《乱后入城》："妖星已落聚残兵，父子妻儿快入城。旧日家乡今又见，半年飘泊泪都倾。逢人尽道别离苦，隔世难抛生死情。满眼蓬蒿藏白骨，长江流恨几时平。"③ 战争的伤痛不仅是诗人，也是无数东南沿海城郭父老的锥心之痛。④

镇江之役一周年后燮清又写下《六月十四日》："去年此月局一变，黑雾夭星时时见"，"去年去日死未卜，今年今辰生有辰"。⑤ 死者长已矣！但"英夷"带给时代的思考才刚刚开始。不同民族、性别的士人在长歌当哭的东西碰撞中，殊途同归。中原华夏的大清帝国面对西夷、东夷的入侵，渐渐消泯中华民族体内的隔阂。甲申鼎革之变后陈恭尹写下的"海水有门分上下，江山无地限华夷"（《厓门谒三忠祠》）这样视汉满为华夷的诗句，至此已不复存在。

蒙古族文学家从不同角度和地域叙述历史，他们的抒情特色和民族记忆融入变局中的中华民族的文学书写中，彰显自身的特色。若将其置入更广阔的道咸同时代的文学史中，更可见出他们的文学担当。其实，鸦片战争后的晚清诗人，无论是何民族，共同写就的是抗击西方侵略的彰显民族气节、家国情怀的诗歌。这是时代赋予他们的使命意识所致。

---

① 春元纂：《京口八旗志》，载马协弟、陆玉华点校：《杭州八旗驻防营志略、绥远旗志、京口八旗志、福州驻防志（附琴江志）》，辽宁大学出版社1994年版，第484页。
② 镇江市地方志编纂委员会：《镇江市志》，上海社会科学院出版社1993年版，第1759页。
③ 燮清：《养拙书屋诗选》，国家图书馆藏民国二十五年（1936）项氏晚香堂影印本。
④ 如朱琦长篇叙事诗《感事》《王刚节公家传书后》《九月朔日集万柳堂宴姚石甫丈》，张维屏《三元里》《三将军歌》，张际亮《浴日亭》，孙鼎臣《君不见》，王柏心《春兴六首和蔗泉》等。
⑤ 燮清：《养拙书屋诗选》，国家图书馆藏民国二十五年（1936）项氏晚香堂影印本。

第二节　变革时代的使命意识

近人汪辟疆在《近代诗派与地域》中曾指出："夫文学转变，罔不与时代为因缘。道、咸之世，清道由盛而衰，外则有列强窥伺，内则有朋党之迭起。诗人善感，颇有瞻乌谁屋之思，《小雅》念乱之意，变徵之音，于焉交作。且世方多难，忧时之彦，恒志意经世有用之学，思为国家致太平。乃此意萧条，行歌甘隐，于是本其所学，一发之于诗，而诗之内质外形，皆随时代心境而生变化。"① 乾嘉以来，随着承平日久及文字狱綦严，"载道"思维在诗学世界的影响消解。人们慢慢习惯于从微观的语境中来认识社会生活的价值，并形成了一种日常生活观，大量的诗作展示普通个体的日常生活和丰盈独特的生命体验，个体存在的价值在形而下的世俗意味中提炼。诗人们在这样的日常生活观支配下，顺康之际或聚焦社会或历史的重大问题，或尊崇宏大而理性的群体性生活，或反思个体生存的理性意义，这些具有诗史性的书写对于乾嘉时期的诗人变得不再重要。然而，道咸同时期的诗人们，随着外国侵略的到来，逐渐开始意识到，日常生活尽管是一个不可忽略的审美领域，但个人化、碎片化的私人生活，在面对巨大的社会动荡时，因其在经验化的表象上所具有的高度同质化特征，相较于从宏观的历史语境中来认识生活的集体生活观，思想内容终究是单薄的。因之，道咸同时期形成两大创作潮流：一种是在传统诗歌的框架内，兴起了宋诗派的路子，发扬光大，并且与诗坛其他流派推波助澜，至光宣时将古典诗学整合集成推向高潮；另一种则是在萌动的启蒙新观念的指导下，开始摸索突破古典诗歌旧框架的形式，将新异的文学思想，汇入新的诗歌题材中，力图转变体裁，发动诗坛的大变革，这一路径，至光宣时转而倡导诗界革命，创立了新的诗歌格局。其中，后者所宣导的启蒙新观念，就源出魏源等人诗歌中展示的鲜明的对时代的观察。"魏源正是在今文经学经世、变法观念的影响下，面对当时中国三千年未有之变局，写下一系列政论文章。"② 其实，不惟政论文章，似魏源、龚自珍这样的人物，他们思想

---

① 汪辟疆：《汪辟疆文集》，上海古籍出版社1988年版，第283页。
② 武道房：《魏源今文经学影响下的古文新变及其历史意义》，《文学评论》2018年第3期。

开放，关注边事，留心时政，也是那个时代以诗歌表现诗人心志、睁眼看世界的启蒙人物。戊戌变法失败后，保守派陈夔龙上奏慈禧太后说："咸丰、同治之间，士大夫践魏源、何秋涛、徐继畬等余习，专言时务，而以诸子文饰之，学派又为之一变。履霜集霰，寖淫至于康有为、梁启超二逆，变本加厉，丧心病狂，乘朝廷力求自强之际，悚以危言，竟欲删改圣经，崇尚异学。浮薄之士，靡然从风，佉卢旁行之字，几遍天下，一若不通外教、不效西人，举不得为士者。士风至此，败坏极矣。实为古今奇变，非圣无法罪通于天。"① 这段话虽基于反改革的极端保守立场，但也很清醒地看出从魏源至康、梁之间学风、文风的递进关系，道出魏源对后世学风、文风有巨大影响的事实。龚、魏掀起的以今文家的孔子为权威、以今文经学作掩护，鼓吹改革的政论风气，发展至康有为、梁启超形成高潮。②

经学与诗学理念，在道咸同时代的士人中大抵都是相通的。诗人的创作也或隐或显地冀望能够表现时代中的新气象。恭钊③仕于同治年间，正值清国兴洋务、求自强方启之时，与外国列强关系、贸易之交往于其诗作体现一斑，以诗证史，摹写亲所见闻。恭钊《轮船畅 恤民艰也》有"机器灵捷资水火，出没骇浪惊涛间"④ 之句，写轮船之便；"南洋五口北三口，纳税输金耳目新。泰西人商三十载，中华失业万千人"⑤，又揭露其税务繁多，以致国民失业；《洋债盛 虑财匮也》中"一分囊橐二分债，销尽腰缠巨万金。沪上人人长袖舞，多财大腹都称贾"⑥，写商人资金雄厚；"贫民仰屋愁生计，典衣质物三分利。债局纷开宇宙间，取携方

---

① 朱寿朋：《东华续录（光绪朝）》卷158，第178页，《续修四库全书》影印本第385册。
② 武道房：《魏源今文经学影响下的古文新变及其历史意义》，《文学评论》2018年第3期。
③ 恭钊（1825—1893），字仲勉，号养泉，满洲正黄旗人，博尔济吉特氏。曾官甘肃西宁道、甘凉道、湖北牙厘总局会办、江汉关道等。有《酒五经吟馆诗草》2卷，《酒五经吟馆诗余草》1卷。
④ 恭钊：《酒五经吟馆诗草》，《清代诗文集汇编》第701册，上海古籍出版社2010年版，第75页。
⑤ 恭钊：《酒五经吟馆诗草》，《清代诗文集汇编》第701册，上海古籍出版社2010年版，第75页。
⑥ 恭钊：《酒五经吟馆诗草》，《清代诗文集汇编》第701册，上海古籍出版社2010年版，第76页。

便都如意"①，则写典当行带给百姓生活的便捷。恭钊生活跨越道咸同光四朝，因此在其诗集中也收录了《电线通》《铁路开》等描述光绪间才开通的有线电报及铁路运营情况，新科技对清国军事、政治及百姓生活的影响。道咸同时代中国同西方在器识层面的接轨，最终推动了光绪朝对新科技的弘扬，促成了戊戌维新变法。②

时代风云际会中的人物，面对新事物新思想去书写记录时，大多是诗家本能而为。如若有幸参与重大政治事件的处理，也只是想要尽责尽心。唯其如此，当岁月更迭，回溯其间的诗或史，才感到平实中的不凡与可贵。咸丰年间是继第一次鸦片战争后中华外交史上最为纷繁芜杂的时期。考之咸丰史事，"夏四月丙午朔，谭廷襄奏俄人不守兴安旧约，请以乌苏里河、绥芬河为界，使臣仍请进京。得旨：'分界已派大员会勘，使臣非时不得入京，驳之。'戊申，俄人请由陆路往来，英人、法人请隔数年进京一次，诏不许。己酉，诏许俄之通商，不许进京。戊申，诏谭廷襄告知英人、法人，减税增市，俟之粤事结日，彼时再议来京。辛亥，谭廷襄呈进美国国书，诏许减税率、增口岸，仍不许入京。乙卯，英、法兵船入大沽，官军退守。命僧格林沁备兵通州。辛酉，英、法船抵津关。命大学士桂良、尚书花沙纳往办夷务。乙丑，英、法兵退三汊河，与俄、美来文，请求议事大臣须有全权便宜行事，始可开议。桂良等以闻，诏许便宜行事。丙寅，命僧格林沁佩带钦差大臣关防，办理防务。庚午，英船开出大沽。桂良等奏英人之约於镇江、汉口通商，长江行轮，择地设立领事，国使驻京。上久而许之。"③ 英、法、美、俄等西方国家挟武力而来，要求扩大通商、减税、使臣入京，清廷在犹疑中许可前两项，但对于国使驻京，则"上久而许之"，这思量许久之中必定是有无尽的委屈在的：不敢违逆又不肯放开政治谈判尺度。也因此，奉命谈判的清廷使臣，在其间的

---

① 恭钊：《洒五经吟馆诗草》，《清代诗文集汇编》第 701 册，上海古籍出版社 2010 年版，第 75 页。
② 《清史稿·德宗本纪》："光绪十五年……八月乙亥，命李鸿章、张之洞会同海军署筹办芦汉铁路。"《清德宗实录》："振兴庶务，首在鼓励人材。各省士民著有新书，及创新法，成新器，堪资实用者，宜悬赏以劝。或试之实职，或锡之章服。所制器给券，限年专利售卖。其有独力创建学堂，开辟地利，兴造枪炮厂者，并照军功例赏励之。"《清史稿·德宗本纪》："命三品以上京堂及各省督抚、学政举堪与经济特科者。颁士民著书，制器暨创兴新政奖励章程。命中外举制造、驾驶、声光化电人材。戊寅，诏各省保护商务。"
③ 赵尔巽：《清史稿》本纪二十，中华书局 1976 年版，第 746 页。

折冲樽俎就会加倍犯难。礼部尚书花沙纳①等人于咸丰八年（1858）四月二十一到津，这是初次与英法美会晤，各中曲折。五月，花沙纳与英、法、美等国签约，英法美等国退兵。花沙纳奉旨赴上海，会同两江总督何桂清议税则。"六月，复命带钦差关防前赴江苏，于十几日启程。会同巡抚何桂清妥商税则事宜，旋以英船退出天津海口，奏奖天津官绅各员，从之。"② 九月，西方侵略者不满所获利益，攻入县城并藉此挟制，花沙纳与桂良奉命抵达上海，与他们会晤。

在第二次鸦片战争中，花沙纳作为外交使臣，在朝廷与英法联军间折冲樽俎，尽力保全帝国尊严，减少国家财产损失。花沙纳所负有的使命意识与其政治地位紧密相关。在对外交往中他秉承朝廷指令，据理力争，妥善处理，就个人而言无非是在尽职尽责，但因为时代与国家赋予他的成命，必定会使他的使命感超过普通士人，而且他也就有了不一样的担当。时至今日回看花沙纳在处理与英法美各国第二次鸦片战争期间的外交事宜，并无不妥，他处理政务的能力由此可见一斑，在此间所付出的心血也是毫无疑问的。有幸处于这样重大的政治事件的核心，是很可以令当事人大书特书的。然而耐人寻味的是，检索花沙纳诗集与日记，并无一语涉及这一重大史事。揣度其情，是因为不能写还是认为不值得写呢？花沙纳喜欢写诗或日记。道光十五年（1835）奉旨典试云南，他著有《滇辀日记》，逐日记录了由北京出发至云南，沿途里程，山川名胜，城镇馆驿，地理沿革，以及科场考试情况，均有可供史家研究参考之处。道光二十四年（1844），朝鲜王妃金氏卒，继室洪氏立为妃，陈请清朝册封，花沙纳遂有东使朝鲜之行。他著有《东使纪程》记述此次出使经过之作。自道光二十五年（1845）旧历正月下旬花沙纳奉上谕起，至同年旧历五月下旬回京复命止，对沿途里程、山川名胜、古迹遗址、城池馆驿、风俗民情、天时寒暖，析其源流、究其沿革；即对设官分职、衣冠服饰、朝仪礼节、馈赠仪物，亦都多有记述。两次事件都有大量诗作记述。由此看来，他对引动自己心绪的事件习惯用日记或诗歌记述。但对作为外交使臣处理

---

① 花沙纳（1806—1859），乌米氏，字毓仲，号松岑，谥号"文定"，蒙古正黄旗人。祖父德楞泰，父亲苏冲阿，兄长倭什讷，一门武术。道光壬辰进士，曾任翰林院掌院学士、工部尚书、户部尚书、吏部尚书等，监修《清实录》。著有《东使吟草》《出塞杂咏》《韵雪斋小草》《沇园集》《滇獸纪程》《东使纪程》。

② 王锺翰：《清史列传》卷41《花沙纳传》，中华书局1928年版，第3246页。

与西洋诸国的重大事件事后却不置一词，只能理解为他觉得不值得提起，这是必须要认真完成的日常工作。

变局中的蒙古族士人，无论身处何种境地，在写下心绪的诗文中，都隐然记得这并非本族群内的讲述，他们早已意识到：失去政治历史格局的变动记录是苍白而狭隘的。他们的使命意识具有特定时代的普泛性和共通性。而这种心态，也反映出道咸同时期士人承担的使命意识，实是其思想诉求的驱动作用所致。

第三节 思想诉求的驱动：走向意识形态的经学批评

咸同时期，西北边疆战事频仍，农民起义和少数民族暴动此起彼伏；东部沿海地区，西方殖民者的入侵，造成海疆不定的局面。在思想界、文化界，清初以来的文化专制主义政策绵延至此已形成了自我拘束、眼光狭隘的风气。内困外焦之中，急需要有人在封闭的牢笼中开出一个洞来输入新鲜的时代之氧气。"在这种情况下，龚自珍、魏源为首的经世派以今文经学为武器，借重公羊学重振清初顾、黄、王等人提倡的'学以致用'精神，将人们的眼光由书本引向社会现实，极大地促进了人们在思想上的解放。"[1] 龚、魏倡导的经学研究不同于清前期的"为经学而治经学"，关注国家政局变化、与社会现实紧密相连是其显著特点。而"经世致用"也成为道咸同时期学术思想"新"的一端，并逐渐引动了学术界的经世思潮。

同治初年，清廷崇尚"正学"，大量登进"正人"，李棠阶、吴廷栋、倭仁应诏入京得以重用，时人称：三人立朝辅政。"海内翕然望治，称为三大贤"[2]。《清史稿》载："同治元年，（倭仁）擢工部尚书。两宫皇太后以倭仁老成端谨，学问优长，命授穆宗读。倭仁辑古帝王事迹，及古今名臣奏议附说进之，赐名《启心金鉴》，置弘德殿资讲肄。倭仁素严正，穆宗尤敬惮焉。寻兼翰林院掌院学士，调工部尚书、协办大学士。疏言：'河南自咸丰三年以后，粤、捻焚掠，盖藏已空，州县诛求仍复无厌。朝廷不能尽择州县，则必慎择督抚。督抚不取之属员，则属员自无可挟以为

---

[1] 齐思和：《魏源与晚清学风》，原载《燕京学报》第 39 期；杨慎之：《魏源思想研究》，湖南人民出版社 1987 年版。
[2] 方宗诚：《柏堂集后编》卷 13，光绪年间志学堂家藏版，第 7—8 页。

恣睢之地。今日河南积习，只曰民刁诈，不曰官贪庸；只狃于愚民之抗官，不思所以致抗之由。惟在朝廷慎察大吏，力挽积习，寇乱之源，庶几可弭。'是年秋，拜文渊阁大学士，疏劾新授广东巡抚黄赞汤贪诈，解其职。"[1] 经世思潮注重的是学以致用，学问能够真正解决现实社会中的实际问题，以期起到实用的济世功效。倭仁[2]在任上整顿吏治、反对贪腐，他与其他理学家一道，关心现实，迫切要求改革社会现状，对于理学的"救世"意义，寄望殷切。倭仁早期习"王学"，与李棠阶、王检心等河南同乡关系甚密，以阳明心学入理学之门。后期因唐鉴、吴廷栋之故，思想转向程朱理学。并于此时结识曾国藩。其弃王学而改程朱之后，至此确立其终身学派立场，是为"尊朱黜王"。其黜王观点择其要录有二：其一，王学根本错误为"认心为性"，其二格物致良知论。其理学思想总结为：一曰立志为学，二曰居敬存心，三曰穷理致知，四曰察己慎动，五曰克己力行，六曰推己及人。此六条为倭仁《为学大指》思想精要，也是其为学之方。倭仁从唐鉴问学后，与窦垿、何桂珍、吕贤基、方宗诚、何慎修、朱琦等文人交谊甚密，互相切磋学问，日益精进。乾嘉以来，在学术界占据统治地位的考据汉学，在社会上影响深远。埋首故纸堆中，对社会现实不闻不问的学风严重束缚了人们的思想。倭仁等倡导践行的理学思想与汉学不唯取径不同，在救治社会时弊方面更是大不相同。作为帝师，他经常箴规皇帝。同治八年（1869），上疏皇帝大婚宜崇节俭，同年支持醇郡王奕譞奏请皇太后允许皇帝"升座听政"，得旨允准。倭仁等人勇于面对现实的勇气，极大地鼓舞了当时及后来的知识分子。理学的经世致用经过咸同间理学名臣曾国藩、倭仁等人的提倡，在晚清"中兴事业"的发展中得到了实际验证，恰如徐世昌所言："文端好读宋五子书，曾文正方官京朝，与吴竹如、宝兰泉、涂朗轩诸公共相礱切，笃学砥行……论者谓转移风气，成同治中兴之政，文端实开其先。"[3]

"圣学勤修立德基，辑熙敬止允怀兹。辰居端拱兹徽奉，乙览光明古鉴持。曾考典谟求制治，更咨枢轴听陈词。东平入告深嘉纳，庶事惟康上

---

[1] 赵尔巽：《清史稿》，中华书局1976年版，第11737页。
[2] 倭仁（1804—1871），字艮峰，谥文端，乌齐格里氏，蒙古正红旗人，河南驻防。道光九年（1829）进士。曾任翰林院掌院学士、工部尚书、文渊阁大学士、文华殿大学士、同治帝师，卒赠太保，入祀贤良祠。
[3] 徐世昌：《晚晴簃诗汇》卷135，民国十八年（1929）退耕堂刊本。

理期。"① 倭仁一生崇尚程朱理学，修其身，立其行，有古大臣之风，为当时理学大儒，是士人之楷模。他的诗作格律高浑，受到诗坛同光体的影响，接纳了宋诗的骨力、理致包容，一改唐诗的情韵和兴象，在意象、遣词、句式、章法四个层面都不同于乾嘉时期的蒙古族诗人创作。其《车中有感》云："千载惟将晚节看，论人容易自修难。羡他松柏森森翠，独立空山耐岁寒。"② 以松柏岁寒而后知品性自况，表达了自己砥砺心性矢志修身的决心。诗境迥不似后人品评"雅近唐贤"③。方濬师《蕉轩随录》记载时人对倭仁的观察："公见人极谦谨……公佩戴之物，率铜质硝石，无贵重品。朝珠一串，价不过数千，冬夏均不更换。袍惟用蓝，绝不用杂样花色。一生寒素，至无余资乘轿，罗顺德尚书辄叹为'操守第一人'。"④ 倭仁一生谨重简朴，标榜理学也践行理学，为世人钦佩。曾国藩盛赞倭仁："不愧第一流人。其身后遗疏，辅翼本根，亦粹然儒者之言。"⑤ 倭仁生前身后凡与其有所接遇之人，无不叹服其操守。"仁为理学，操行甚严，馈遗纤毫不入其门。"⑥ "文端笃守程朱，以省察克治为要，不为新奇可喜之论，而自抒心得，言约意深，晚遭隆遇，朝士归依，维持风气者数十年，道光以来一儒宗也。"⑦ "其人笃实力行，专以慎独为工夫，有日记，一念之发，必时检点，是私则克去，是善则扩充，有过则内自讼而必改，一念不整肃则以为放心。"⑧ "倭艮峰体不逾中人，而洒然出尘，清气可挹。"⑨ "哲人云亡，此国家之不幸，岂独后学之失所仰哉！"⑩

倭仁理学以恪守程朱为要，认为行孔孟之道，遵循程朱亦步亦趋即可，其《倭文端公遗书》谓："道理经程朱阐发，已无遗蕴。后人厌故喜新，于前人道理外更立一帜，此朱子所谓硬自立说，误一己而为害将来者

---

① 倭仁：《倭文端公遗书》，光绪元年（1875）六安求我斋刊本。
② 倭仁：《倭文端公遗书》，光绪元年（1875）六安求我斋刊本。
③ 金武祥：《粟香随笔》："古艮峰相国倭仁……为近时理学名臣，笃守程朱之学……有古大臣风度……把酒细评论，格律高浑，七言皆工稳清丽……统计所存本不及一卷也。"埽叶山房石印本。
④ 方濬师：《蕉轩随录》，中华书局1995年版，第393页。
⑤ 《曾国藩全集·书信》，岳麓书社1987年版，第7476页。
⑥ 费行简：《慈禧传信录》，神州国光出版社1953年版，第469页。
⑦ 周骏富辑：《清代传记丛刊·清儒学案小传》，明文书局1993年版，第239页。
⑧ 周骏富辑：《清代传记丛刊·道学渊源录清代篇》，明文书局1993年版，第769页。
⑨ 易宗夔：《新世说》，上海古籍书店1982年版。
⑩ 周骏富辑：《清代传记丛刊·近世人物志》，明文书局1993年版，第85页。

也，可为深戒。"① "仁子道理，经宋儒阐发无余蕴矣。学者实下功夫，令有诸己可也。"② "程朱论格致之义至精且备，学者不患无蹊径可寻，何必另立新说，滋后人之惑耶？"③ "夫学岂有异术哉？此道经程朱辨明，后学者唯有笃信教求。"④ 倭仁重因循守旧，轻思辨创新，其理学思想具有鲜明之保守特征。同治六年（1867），恭亲王奕䜣拟在同文馆增开天文算学馆，以倭仁为首联名反对，是为"同文馆之争"。史载："同文馆议考选正途五品以下京外官入馆肄习天文算学，聘西人为教习。倭仁谓根本之图，在人心不在技艺，尤以西人教习为不可；且谓必习天文算学，应求中国能精其法者，上疏请罢议。於是诏倭仁保荐，别设一馆，即由倭仁督率讲求。复奏意中并无其人，不敢妄保。寻命在总理各国事务衙门行走。倭仁屡疏恳辞，不允；因称疾笃，乞休，命解兼职，仍在弘德殿行走。"⑤《同治朝筹办夷务始末》对双方论辩都有记录。"（奕䜣云）务期天文算学，均能洞彻根源……举凡推算格致之理，制器尚象之法，钩河摘洛之方，倘能专精务实，尽得其妙，则中国自强之道在此矣。"⑥ "（倭仁云）夷人教习算法一事，若王大臣等果有把握，使算法必能精通，机器必能巧制，中国读书之人必不为该夷所用，该夷丑类必为中国所歼，则上可纾宵旰之劳，下可申臣民之义愤，岂不甚善！"⑦ 同文馆之争的结果是两败俱伤。朝廷支持恭亲王等人，用行政手段压制和打击了倭仁等人的反对意见，勉强设立了天文算学馆，但由于倭仁等人的反对，造成了强大的社会压力，同文馆招考正途人员学习天文算学计划严重受挫。最后，学生只好与在同文馆内学习外国语言文字的八旗学生合并，所谓天文算学馆已经名存实亡。

咸同时期的"经世致用"思想影响不仅在经学，实为儒家用世思想在特定历史背景下的具体化，它以急迫的态势激发着士人内心的民族情感。从张力论的角度看，意识形态是对社会角色的模式化紧张的模式化反

---

① 倭仁：《倭文端公遗书》，光绪元年（1875）六安求我斋刊本。
② 倭仁：《倭文端公遗书》，光绪元年（1875）六安求我斋刊本。
③ 倭仁：《倭文端公遗书》，光绪元年（1875）六安求我斋刊本。
④ 倭仁：《倭文端公遗书》，光绪元年（1875）六安求我斋刊本。
⑤ 赵尔巽：《清史稿》，中华书局1976年版，第11737页。
⑥ 《同治朝筹办夷务始末》卷48，第2页。
⑦ 《同治朝筹办夷务始末》卷48，第10页。

应，它为由社会失衡造成的情感波动提供了一个象征性的发泄口。① 道咸时期的中西冲突导致社会失衡，产生情感波动。反应在意识形态中，就有文化紧张与个体心灵紧张两个维度。恭钊、那逊兰保们反映的是个体层面的心灵紧张：在亲友们由外侮而带来的自身命运的变化中，他们意识到了个体生命和中外对抗政治事变的某些牵连，然而如何化解还是不可知的。倭仁反映的是社会转型期的文化紧张：在对如何御外侮的认知上，是发扬理学的灿烂光辉由强内而御外侮，还是发展洋务由器物的转变而强内来御外侮？倭仁等人认为，理学依旧是社会最需要的最普遍的文化导向。洋务派认为他们的主张是社会最可行的实用导向。这些争斗中，主导者的民族身份无足轻重，社会意识形态凝聚在"中""西"两个方向上。华夷大防逐渐解构，中、洋之辩或者中学、西学之争成为社会意识形态之主体。成为"中学为体、西学为用"思想之肇端。

中西碰撞给道咸同时期的士人带来的内心激荡从长远的历史角度来看，超越清初的鼎革之变，它改变了几千年来士人传承的传统思维。中西交汇的冲击迤逗的民族情感，在现代人的悬想中纠葛繁多，但对时人而言，确是很自然的中国对西方世界侵扰的反应。无论是庙堂上的中西冲突：倭仁等理学家与洋务派之争，花沙纳数次接受朝命处理与洋人的冲突争端；还是边境风云：裕谦禁鸦片、蘷清战争诗录，都表明两次鸦片战争虽然历时短暂，但社会大动荡严重冲击国人的自信心，文坛风气遽变，也带来一些实质性的变化，诗文创作理念上更加贴近迅速走向近代化的社会形势。而士人在政治上的激进思想，将文学与政治变革的关系结合得更加紧密。无论是乾嘉汉学，还是咸同理学，内核都是儒学一元。但道咸同时代的外侮，在逐渐改变儒学的主导地位，胡汉融通、思想多元的文化格局开始引动。道咸同之前，"夷夏大防"的立场始终存在，但到了道咸同时期已经发生了实质性的变化，不是汉民族与其他少数民族之大防，而是中华民族与外来西方或东方民族之大防了。

道光间，兼办福、厦两口通商事宜的徐继畬②，对清朝的封闭大有感触，潜心了解世界。道光二十八年（1848）秋刊行《瀛寰志略》。该书以

---

① 参见［美］格尔茨《文化的解释》第八章"作为文化体系的意识形态"，译林出版社2008年版。

② 徐继畬（1795—1872），号松龛，山西五台县人。鸦片战争时任福建汀漳龙道道员，积极布防抗英。战后道光帝召见并委以福建布政使，迁福建巡抚。

图为纲,有地球全图和各州、各国、各地区分图43幅,共介绍了一百多个国家和地区。徐继畬试图通过介绍世界地理,唤起国民从天朝大国的迷梦中醒来,正视当下的"古今一大变局"。他催生的近代早期的开放观念深刻影响了魏源编写的《海国图志》①。《海国图志》的编写过程,也是魏源思想成长的过程。这期间,魏源对"夷"的认识有了极大的变化。"夫蛮狄羌夷之名,有明礼行义,上通天象,下察地理,旁彻物情,贯串今古者,是瀛寰之奇士,域外之良友,尚可称之曰夷狄乎?圣人以天下为一家,四海皆兄弟,故怀柔远人,宾礼外国,是王者之大度。旁咨风俗,广览地球,是智士之旷识。"②魏源敏锐地察知变局,在《海国图志》序言中明确提出"师夷之长技以制夷"③的主张,所师者仅"长技",于此可以见出魏源是坚守"器变道不变"的立场的。"器变"仅只是"用"变,"器变"是顺势而变,"道"则是立国之根本,魏源在极力维护传统的"道"。魏源等人的这一认知,最终经由谭嗣同等人的努力,在认识上历经洋务派的学习西方器物层面阶段后,进入了思想观念层面,最终指向制度层面。"立中国之道,得夷狄之情,而架驭柔服之,方因事会以为通"。④而所谓"立中国之道,得夷狄之情"者,就是在中体确立后,以西学为用。"器变道不变"成为中国近代化的思想潮流。

道咸同时期的思想者,无论是经学家还是文学家,一方面要捍卫中国传统文化,另一方面又在前人的文化选择上进行艰难而卓越的探索,实现了自身从"鄙夷"到"师夷"的重大转变,挑战传统华夷之辨的文化价值观,最终促进了以华夷之辨为标志的近代嬗变。谭嗣同、张之洞等人最终证实了只有缩小中西文化比较中更深层的思想观念层面的差距,才能让后来者更得以直面"华夷之辨"的本质,使"中学为体,西学为用"观念深入人心。在这一大背景下,晚清近代文学展开多彩画图。

---

① 早在鸦片战争以后,道光二十一年(1841)八月,魏源在京口受林则徐之嘱托,开始编著《海国图志》,次年十二月魏源在林则徐请人译述的《四洲志》基础上,广搜材料,辑撰为《海国图志》50卷本,道光二十七年(1847)增至60卷。咸丰二年(1852)又把《海国图志》增补为百卷本,其中辑录了《瀛寰志略》关于美国、英国以及瑞士为西土桃花源等许多按语、材料。

② 魏源:《魏源全集》第7册,岳麓书社2004年版,第1866页。

③ 在《海国图志》序言中,魏源提出"善师四夷者,能制四夷;窃其所长,夺其所恃"。魏源:《魏源全集·海国图志》(原叙),岳麓书社2004年版,第4页。

④ 《谭嗣同全集》,中华书局1981年版,第206页。

"古人之世倏尔为今之世，今人之世倏尔为后之世，旋转簸荡而不已，万状而无状，万形而无形。"①"万状而无状，万形而无形"的流风，恰如弥散在社会空气中的思想因子，经学、文学中的细小流变表面看是思想的碎片，但聚拢来却可看出那时的人心和社会的变迁。道咸同时期，随着西方列强的入侵，"夷"的含义逐渐发生变化，由专指中国境内及周边的少数民族逐渐变成了对西方侵略者蔑称的一个概念，"四夷异族"发展为"番鬼蛮夷"。当倭仁、曾国藩等经学家践行以理学中兴中华之本体的努力，经由徐继畬、魏源等思想者体用分离的思路，再到晚清由张之洞表述为"中体西用"②，华夷之辨最终指向了华、夷之"变"。

领土性的主权意识是基于坚实的陆地来部署国家疆域的空间秩序。大清是以内部空间治理为主的理性帝国，当受到了对无远弗届的外部不断拓进的西方国家的威胁时，最初的反应必定是坚守。建立在农耕基础上的封建国度，通过内部之"华"与外部之"夷"世界的截然划分，来获得实现一种对自我的安置。但社会关系的多样化和交换性，与固着于内在修身提供的安定但难免趋于静止的生活被侵扰，西方世界由船炮等器物带来的召唤，使士林阶层的先觉者最终无所顾忌地抛弃既有的一切投身历险，他们在求生存的本能驱遣下打开的是一个朝向未知世界无尽探索的深度空间，由此获得解放的科学技术和精神力量最终指向的是流动、自由的现代文明。晚清学术界的风气，无论是倡经世以谋富强，还是崇今文以谈变法、究舆地以筹边防，都是龚自珍、魏源那一辈人倡导光大、指出前路的。但在其间，个体民族士人的努力也是足迹清晰的。无论是蒙古族的柏葰、那逊兰保、裕谦、燮清、柏春、恭钊、花沙纳、倭仁，满族的春元、海龄、奕绘、恒恩等人，都和同时期的汉族士人一同发出声音、写下诗行，对诗人而言，他们对时代变动中的多样描写，不仅是一个生活空间的新寄托，既有可能找到某种慰藉，也有可能孕育着新希望。在那个变幻不居的时代里，一种文学思想的提倡和反馈，如果符合时代发展的需要，就很容易做到相互呼应汹涌如潮。这种文化交流，培育出了中国最早的先进思想者，培育出了近代文学的第一批启蒙者，对于古典诗学创作的冲击是巨大而深远的。近代中国文学思潮的迅速成形在很大程度上得益于道咸同

---

① 龚自珍：《定庵文集·释风》，商务印书馆 1935 年版，第 9 页。
② 参见《〈劝学篇〉序》，张之洞：《张之洞全集》第 12 册，河北人民出版社 1998 年，第 10063—10066 页。

时期的诗学和经学批评引动的思想界的风云际会。

以道咸同时期的蒙古文学思潮为视角,就为认识中华民族这一统一国家内部文化的多样性和历史多样性提供了一种新的研究角度。毕竟,"真正的历史对象根本就不是对象,而是自己和他者的统一体,或一种关系,在这种关系中同时存在着历史的实在以及历史理解的实在"。① 这就要求我们在审视中华民族文学书写的时候,既要以汉民族文学为主,也要走出狭隘的只谈论汉民族文学的记忆和经验,这样才可能建构出真正的中华民族多元一体文学书写格局。

---

① [德]加达默尔:《真理与方法:哲学诠释学的基本特征》,洪汉鼎译,上海译文出版社1999年版,第384—385页。

第四章

道咸同驻防的"诗史"书写

杜甫因其入乎尘世的深沉感，展示了博大的精神之美，受到当时及后世不同民族诗人的尊崇。中国诗学中一直有"大"家与"名"家之分。所谓"大"，不仅在艺术层面，更着眼于人生境界上有大气魄、大担当、大情怀。总之，"大"诗人往往能超越个人一己私情私心的拘限，并从尘俗价值的笼罩中升华出来，而葆有更为高远深沉的精神追求与涵养。王国维曾列举中华诗史上的大诗人："三代以下之诗人，无过于屈子、渊明、子美、子瞻者。此四子者，苟无文学之天才，其人格亦自足千古。故无高尚伟大之人格而有高尚伟大之文学者，殆未之有也。"[1]

杜甫作为唐代关注民生、心怀国家的伟大诗人，全然不顾遭际丧乱、颠沛流离的人生坎坷境遇，将己身的蹇顿困苦置之度外，把对生命的全部热情倾注在对国家丧乱、人民流离的呐喊与书写当中。其诗作的伟大写实精神与悲天悯人情怀引起人们的强烈共鸣。晚唐时期，出现称赞杜诗为"诗史"[2]的记载。清代道光咸丰年间开始遭逢世间未有之大变乱，诗人作品中对杜甫的接受成为清诗史上引人注目的现象。故此，本章拟通过对京口驻防诗人的杜诗接受研究，探讨时代变局中的跨民族"诗史"书写的传承，及其蕴涵的蒙汉文学交融在中国文学精神和中华文化传统生成中的积极作用。

---

[1] 王国维：《文学小言》，《王国维文学论著三种》，商务印书馆2010年版，第219页。
[2] "杜逢禄山之难，流离陇蜀，毕陈于诗，推见至隐，殆无遗事，故当时号为'诗史'。"孟棨等：《本事诗·续本事诗·本事词》，上海古籍出版社1991年版，第18页。

第一节 京口驻防诗人

　　八旗蒙古驻防诗人是清代八旗驻防与所在地汉文化融合而产生的诗人群体。既包括世居驻防地的诗人，也包括由驻防起家而仕宦京师或他地的诗人。八旗杭州驻防、荆州驻防、开封驻防、京口驻防、吉林驻防中，都曾产生蒙古诗人群，并留存有鲜明驻防地域特色的诗歌作品。他们是八旗文学创作的中坚力量，也是清代文学的重要组成部分。

　　清朝建立之初，在重要的战略城市都部署了八旗驻防旗营，清代八旗驻防有四大类："曰畿辅驻防兵，其藩部内附之众，及在京内务府、理藩院所辖悉附焉；曰东三省驻防兵；曰各直省驻防兵，新疆驻防兵附焉；曰藩部兵。"① 京口驻防设于顺治十二年（1655）。其实，早在顺治二年（1645）清军南下后即在南京设置江宁驻防，以八旗重兵屯驻东南中心的江宁（南京），不过未尝在毗邻江宁的京口派驻旗兵。终顺治一朝，清廷在江南的统治并不稳固。顺治十一年（1654）正月，南明鲁王政权将领张名振、张煌言率水师突入长江京口江面，登金山望祭明祖陵。清政府为加强对沿海、沿江的防御，于第二年初夏派石廷柱率汉八旗一部驻防京口。顺治十六年（1659）六月，郑成功、张煌言联军攻入长江，连克瓜洲、镇江，兵锋达南京近郊，其间江南、江北反正城市总计29座，极大地撼动了清廷在江南的统治。七月，郑成功在南京城下为清军所败，登舰退出海口。清廷看到处于江河交汇地镇江城的战略重要性，即于当年九月"复设重镇，命都统刘之源挂镇海大将军印，统八旗官兵共甲二千副，左右二路水师随八旗驻镇江，镇守沿江沿海地方"②。跟着，"乾隆二十八年裁汰京口汉军，由蒙古官兵一千六百四十四员名移驻京口，是为京口驻防之始"③。京口驻防归江宁将军兼辖，每年春、秋两次，例由江宁将军来京口阅兵。自乾隆中叶至清末，在京口驻防的都是蒙古八旗兵。"自是以来，无或损益，兵民相安，不异土著。武备既饬，文教聿兴，百余年间，

---

① 赵尔巽：《清史稿》卷130，中华书局1976年版，第3864页。
② 春元纂：《京口八旗志》，载马协弟、陆玉华点校《杭州八旗驻防营志略、绥远旗志、京口八旗志、福州驻防志（附琴江志）》，辽宁大学出版社1994年版，第479页。
③ 爱仁：《重修京口八旗志》，1927年钞本。

科第名流，联翩而起。"①

京口有悠久的历史文化和文学底蕴，"镇江山川奇丽，甲于江左，诸名胜诗文最足相副"②。有清一代的京口诗坛名家众多，绽放出独有的风采。八旗驻防后，八旗官学设立。随着时间推移，在汉文化深入影响下，至清中期，京口驻防者之中产生了大批从事汉文创作的蒙古族诗人。京江向有蒙汉文化交融传统，京江前七子是嘉道年间京口诗坛的代表诗群，他们交游广泛，与京师诗坛名家蒙古族诗人法式善往来频繁，拉开了蒙汉诗人交融的序幕。道咸同光时期，京江七子与京口驻防蒙古族诗人清瑞、燮清、延清、伊成阿、达春布、爱仁、春元等交流密切，并且随着京口驻防诗人入京为官，这种交流展延为京口地方诗坛与京师诗坛的多族士人往来。诗人间频繁的诗文酬唱极大地激发了京口至京师的蒙汉诗歌创作互动，推动了蒙汉诗学思想交流，进一步促进了蒙汉文学与文化的融通。

镇江独特的地域优势孕育出丰富多彩的京口文化，尚文之风盛行，影响了京口各族文人的创作。因京口驻防蒙古族诗人在清诗史上不彰，特查列简介如下：春元，生卒年不详，汉姓怀，字凤池，蒙古镶红旗人，举人出身，列为候补直隶州知州。主纂的《京口八旗志》"文苑"一节，记载了京口蒙古诗人的姓氏及诗集名。为京口驻防诗人研究提供了重要文献资料。伊成阿，生卒年不详，字退斋，蒙古泰楚特氏人，累官至右翼协领。著有《晏如草堂诗集》一卷，③今已散佚。清瑞（1788—1858），汉姓艾，字霁山，翁鄂尔图特氏，蒙古正白旗人。嘉庆九年（1804）16岁补府学生员，逾二十岁无心科举，赋闲在家，专习古文词，尤肆力于诗。著有《江上草堂诗集》二卷。达春布，生卒年不详，汉姓石，字客山，蒙古镶黄旗人。著有《客山诗存》一卷。布彦（1803？—？），原名布彦泰，汉姓刘，字子交，一字泰如，蒙古镶红旗人。道光二十年（1840）庚子科进士，三甲79名，分发直隶，历署新乐、巨鹿、武强、清河、三河等县，补通州知州。其任州、县地方官，"皆以廉能称"，后以事被劾，改授馆职，由都察院笔帖式历升詹事府右赞善，降补户部云南司主事。著有《听秋阁诗钞》。燮清（1813—？），字秋澄，奈曼氏，汉姓项，蒙古正黄

---

① 春元纂：《京口八旗志》，载马协弟、陆玉华点校《杭州八旗驻防营志略、绥远旗志、京口八旗志、福州驻防志（附琴江志）》，辽宁大学出版社1994年版，第477页。

② 《乾隆镇江府志》，江苏古籍出版社1991年版，第284页。

③ 赵相璧：《历代蒙古族著作家述略》，内蒙古人民出版社1990年版，第199页。

旗人。燮清初为八旗官学生员，后由于军功，被保举为知县。著有《养拙山房诗钞》一集、《养拙书屋诗选》二卷。善广，生卒年不详，汉姓怀，字子居，蒙古镶红旗人，伊普抒克氏。咸丰十一年（1861）举人，同治十年（1871）进士，任内阁中书，同治十二年（1873）加侍读衔，光绪五年（1879）科受卷官，光绪八年（1882）署乍浦理事同知，光绪十一年（1885）科同考试官，光绪十二年（1886）代理西安县知县，十月补浦江县知县。为官勤政爱民，有颂声。所辑《浙水宦迹诗钞》为盈川士民感念留别唱和之作。延清（1846—?），字子澄，号小恬，一号梓臣，蒙古镶白旗人。同治十二年（1873）举人，同治十三年（1874）联捷成进士。授工部都水司主事。延清曾祖珠隆阿、祖德庆、父连元三代均为京口驻防领催。堂曾伯（叔）祖顺禄曾考中武举人，任过驻防旗兵前锋。堂伯（叔）祖泰山于咸丰三年（1853）死于与太平军的战斗中。延清妻文氏为前护理京口掌印副都统文光侄女。著有《奉使车臣汗纪程诗》《庚子都门纪事诗》《锦官堂诗草》《锦官堂诗续集》《来蝶轩诗》《前后三十六天诗》《锦官堂赋钞》等。爱仁（1857—?），字泽民，号金声，蒙古正黄旗人。光绪十五年（1889）已丑科进士。考选翰林院庶吉士，散馆任河南内黄、夏邑知县。爱仁出身于八旗军人世家，祖上于清初入关，任过正黄旗参领，南下后驻防江宁，至高祖台布禄始自江宁移驻京口。父魁昌曾任京口驻防正红旗骁骑校。爱仁家族既是军人世家，也是地方科举家族，编纂《重修京口八旗志》。云书（1873—?），清瑞之孙。汉姓艾，字企韩，号仲森，蒙古正白旗人，京口驻防附生，光绪举人，光绪三十年（1904）甲辰恩科进士。喜吟诗，曾参与"梦溪吟社"，著有《沈水清音集》《关外杂诗》《汉隐庐诗钞》《梦溪吟社》等。

京口教育发达，长期以来拥有府学、县学、书院等教育场所，镇江官学记载最早可溯至北宋时期，"镇江有学，在州之城东南隅，经始于太平兴国八年，后五十七年，新而广之者，文正范公也"①。至清代，民办书院大规模兴起，如杏坛书院、去思书院、鹤林书院、宝晋书院、京江义学，等等。这些书院既讲学，又刻书、藏书。与此同时，京口八旗官学兴盛。蒙古族诗人在八旗官学堂和京口各书院中学习，极大地提高了自己的文化水平。

---

① 汪藻：《浮溪集》卷19，中华书局1985年版，第214页。

优美的地理环境、淳朴的风土人情和悠久的人文传统，养成了京口诗人"吟咏不辍"的人文风尚。蒙汉士人交游频繁，使京口驻防诗人与汉族诗人文化观念同一。清瑞居所称"种葵吟馆"，与京口文人常雅集于此，唱和赋诗，如其《初春招同野云寄槎弢庵暨应地山夫子集种葵吟馆分赋》一诗，就描绘了"种葵吟馆"文人雅集的盛况。道咸同光时期的京口驻防诗人中，燮清、延清二人，一代表世居京口之驻防诗人，另一代表京口驻防起家之诗人，均有富含时代气息之文学史料诗作，且具有极高的艺术价值，以此二人为代表，可见晚近中西碰撞变局中京口驻防诗人诗歌创作的特色，也可管窥彼时遍及全国的少数民族驻防诗人诗作中蕴涵的中华一体文化思想。

第二节　京口驻防诗人的"诗史"书写

京口文化向以闲适、隐逸为主题。但第一次鸦片战争的炮火打破了东南沿海的平静，京口作为重要的军事要塞，当战火从浙江蔓延至江苏后，京口首当其冲。驻防诗人的闲逸生活就此无存。

鸦片战争爆发，百姓饱受战火摧残。镇江众多士人用诗笔记载了这场战争，驻防蒙古诗人燮清亦将现实的苦难熔铸在笔端，通过《五月十八西城守夜》《六月十四日避难》《挽京口都护海公死节诗》《乱后入城》《六月十四日》等纪实诗作反映了第一次鸦片战争，表达了自己的反帝爱国思想。[①] 其歌行体长诗《六月十四日避难》，以自己一家在战争中逃生的经历完整记载了壮烈的镇江之役。诗云：

[①] 《重修京口八旗志》卷6选燮清《养拙诗选序》，中有"迄今十余年来所集稿，亦有五百余首……凡旧作中有干于时事者皆删之不录……咸丰壬子秋八月序于养拙书屋之南窗"。咸丰壬子即咸丰二年（1852），说明咸丰二年（1852）之前的十余年中燮清所写就的关乎时事的诗作都已删去，而咸丰二年（1852）刊印的燮清诗集在"翌年（即1853年）城破毁版"，现存的《养拙书屋诗选》为燮清堂侄延钊征访后再行刊刻之作，诗集中仅存有五首时事诗。查燮清在鸦片战争中对于时事格外关心，可推测燮清集中的时事诗原应占据一定比例。燮清为何删去时事诗，原因尚不明确。不过，同时期的汉族镇江诗人杨棨对于镇江战役曾有全程记录，载于其《蝶庵诗抄》第8卷、《出围城记》及《镇城竹枝词》中。对镇江守城官员没有效仿扬州，从民间富户处筹集银两，作为赎城费，求得英军答应不进攻属地之举，颇为不满。同时，杨棨虽然也有称颂副都统海龄殉身抗英之作，但依旧也有认为旗人官兵临战前对民众进行打压，为了除"汉奸"而纵兵杀人事件。据此推测燮清时事诗中可能也有此类实录记载，所以被他删去。

炮声如雷火如电,咫尺交锋人不见。兵微贼众势难敌,七昼夜中铁瓮陷。我军虽溃以死期,沿街散巷犹争战。一战再战兵力竭,疆场都变为鬼域。危乎孤军无救援,海公以死尽臣职。中流柱倾我心悲,忠臣义士同流血。谁云长江险,火轮楼船能飞渡。谁云铁瓮牢,震天巨炮能熔铸。呜呼将才无其人,军民难保金汤固。此时城中无生理,男妇束手以待毙。谁知狂孽惟贪饕,珠宝珍奇是所喜。不戮人民只掳金银,守护北门查放行人。妇女蓬头跣足,男子蒙垢蒙尘。老幼拥塞而走,鬼分黑白以巡。遂令城内百万家,一时逐尽人烟绝。一波未平一波起,村镇豪强争剪截。可怜奇祸不单行,虎口才脱入狼舌。凶顽更比鬼子惨,强夺不与手足断。亦有瘗埋与水溺,杵击锄伤不忍看。呼天不应地不灵,有泪无声空泛澜。眼中流血腹中饥,瓜菜生嚼泉水咽。闻说官渡聚残兵,携妻负子黑夜行。敝衣破屦双足穿,一步一跌进荒营。此时忽遇父与弟,一家痛泪哭失声。哀哉老母殉难亡,此语一听断肝肠。生我不能全母命,终天抱恨呼穹苍。所幸老父弟与子,三人俱各无损伤。时盼天军军未下,贼类剿灭还侵疆。①

在这首叙事诗中,前十句诗人先叙述战争残酷,再写守城军民的艰难,歌颂了将领海龄的英勇事迹。其间两次换韵,以急迫的语气写出战场局势的瞬息万变。接下来的八句抒情,先用两句抒发对将士流血的敬重之情,再以六句一韵叹息战争中生命脆弱、来犯者的武器先进,舒缓的语气中凝贮无力扭转战局的无奈悲感。诗作后半段三十八句连贯叙述英军入城后的情形及战争时期趁火打劫的土匪罪恶,并痛诉因兵燹而死的母亲给亲人带来的巨大悲伤。《六月十四日避难》以英军入侵镇江、诗人全家逃离镇江的一日之遇为核心,通过诗人的所见所闻写就。诗题点出时间、事件,诗作在叙述事件的一个片段后抒情,然后又接着叙事,这样抒情的单一性和叙述的连贯性既形成了深婉绮曲的意脉,又造成了这首诗自然流畅的文气。这首诗作是典型的叙事类诗歌,并以其写实性成为记录鸦片战争变局中镇江百姓生活实景的史料。

镇江失守后不到一月,清政府与英国侵略者签订了屈辱的《南京条约》,战后的城市到处是废墟残垣,百姓心灵遭受巨大创伤。镇江战役一

---

① 燮清:《养拙书屋诗选》,1936年项氏晚香堂影印本。

年后，燮清回归故里，面对愁云笼罩的父老乡亲，诗人写下"君不见人之生死不可期，昨朝欢聚今朝离。又不见世之安危莫能测，去岁仓皇今岁怡。去年此月局一变，黑雾夭星时时见。夷船蚁聚进吴淞，枪刀火炮压江面。人民离散兵力穷，绕城沿河尽火攻"与"半载归来人烟少，对此荒凉欲断肠。天阴往往闻鬼哭，战死无人葬白骨。愁云黯黯雨霏霏，日暮昏夜无人出。哀号不断声盈耳，父子兄妹各有死。使我一听泪一垂，此仇不报实可耻。人生百年终须过，何须此身与城破！死者成仁生者羞，生可悲兮死可贺"（《六月十四日》）①的诗句。这首以时间命名的叙事诗夹叙夹议，诗人回忆一年前之惨痛经历，表达出自己情愿赴死、不愿苟活的决心，赞颂了"杀身成仁"的生命价值观。透过燮清诗行，回溯一年前的战役，"十四日巳刻，群夷登岸，鸟枪一发，参赞提督兵即退，知群夷攻北城"②。城外军民抗战失利后退却，英军进攻镇江城，梯城而入，城内驻防英勇抵抗，发生极为激烈的巷战，《草间日记》记载："夷人登城，是取书院所贮修城长梯十数张，蚁附而上，时城中以青州兵为军锋，奋勇向前，枪炮竞发，夷人堕梯者纷纷，乃略无退阻，攀堞者愈众，旗兵怖而走，青州兵众寡不敌，死者十七八，城遂破也。"③

面对强敌，镇江军民同仇敌忾，奋起抵御外寇。百姓组织了乡勇，配合驻军保卫家乡。全城官绅、百姓捐银、铁、铜，兴修城池、铸造大炮、制作火筏，以备作战。然兵寡敌众，纵使青州兵英勇抵抗，也无力挽回败局，满洲副都统海龄看大势已去自缢而亡。英勇的镇江驻防将士，在六月十四日的战斗中确实展示了"杀身成仁"的豪情！故镇江诗人杨棨《壬寅六月纪事》中有如下记述："援兵先后集，劲旅独青州。壮士能前进，将军爱退休。大旗都已偃，一队使孤留。力尽犹巷战，遗骸惨不收。"④《镇城竹枝词》也写道："云梯一搭上城头，火箭横空射不休。若问何人能死战，最怜兵苦是青州。"⑤《出围城记》又云："青州兵与之力

---

① 燮清：《养拙书屋诗选》，1936年项氏晚香堂影印本。
② 杨棨：《出围城记》，载齐思和等编《中国近代史资料丛刊·鸦片战争》第3册，上海人民出版社1957年版，第43页。
③ 朱士云：《草间日记》，载齐思和等编《中国近代史资料丛刊·鸦片战争》第3册，上海人民出版社1957年版，第80—81页。
④ 杨棨：《蝶庵诗钞》卷8《壬寅六月纪事》，《清代诗文集汇编》第556册，上海古籍出版社2010年版，第156页。
⑤ 杨棨：《镇城竹枝词》，载齐思和等编《中国近代史资料丛刊·鸦片战争》第4册，上海人民出版社1957年版，第712页。

战，夷鬼被杀伤数百人，青州兵亦死二百多人，实皆敢死士，惜乎！"①《钞刻江苏镇江府建立青州驻防忠烈祠碑文》亦载："六月十四日，天将午，火箭齐发，东、西、北门三城楼俱被焚烧，贼乘势攀跻。他守兵以千数皆震慑，独青州兵奋勇格杀，至血积刀柄，滑不可持，尚大呼杀贼。呼未已，而贼之由十三门登者，已蜂拥蚁附而至，犹复短兵相接，腾掷巷战，击毙贼且数十百人。直至全军尽溃，力不能支，始夺门以出……"② 镇江战役中，除部分逃走旗兵外，上阵杀敌的驻防士兵几乎全军覆没。在面对外来入侵者时，镇江蒙古驻防以其忠勇展示了中华民族如何共同抵御外侮。

青州兵英勇杀敌的形象，也被后人铭记。"镇江是鸦片战争中英军攻击诸要点设防最为薄弱的，而镇江之战却是鸦片战争诸战斗中抵抗最为激烈的。英军投入的兵力最多，但没想到，遭到的损失也最大，共有39人毙命，130人受伤，还有3人失踪。"③ 这一数字今天看来并不算多，但在当时相当于虎门、厦门、定海、镇海、吴淞诸战役英军死伤的总和。道光皇帝听说镇江的战况后，感慨喟叹道："朕之满洲官兵，深堪悯恻。"后来，恩格斯在《英人对华的新远征》一文中描述中英镇江战役的过程曾说："这些驻防旗兵总共只有1500人，但却殊死奋战，直到最后一人……如果这些侵略者到处都遭到同样的抵抗，他们绝对到不了南京。"④ 燮清与他同时代的镇江诗人们用诗笔记录下的战况，让世人真切了解镇江史志中短缺的战争细节，其"诗史"价值毋庸置疑。

满蒙八旗将士面对外侮忠勇抗英史事，充分说明在面对西方列强时，中华各民族士人的人生观和价值观趋同；俟后，各族士人对此事件的描述和评论趋同。那么，可以认为，从清代初年开始，历代清帝持续推行的"中华一体"观念至此已经被广泛接受并践行。有一个事例可以就此再做些补充。与燮清同时期的镇江汉族诗人杨棨《出围城记》中载有副都统海龄为了除"汉奸"而纵兵杀人事件。"汉奸对夷匪言，副都统误以为对满洲、蒙古言，凡他邑人在城中习懋迁者、充工役者、

---

① 杨棨：《出围城记》，载齐思和等编《中国近代史资料丛刊·鸦片战争》第3册，上海人民出版社1957年版，第43页。
② 邢其典、张景孔主编：《青州市志》，南开大学出版社1989年版，第1091页。
③ 茅海建：《天朝的崩溃》，生活·读书·新知三联书店1995年版，第443页。
④ 《马克思恩格斯全集》第12卷，人民出版社1962年版，第190页。

作僧道者、为仆及行乞者以非土音，皆被缚去……而里巷中晓行者、暮行者，与夫行城下者，不问何人，胥用鸟枪击毙……副都统即疑满城皆是汉奸。"① 国难当头，战事在即，担心有奸细混入其中，禁阻难民随意出城，这是历代战局中都不乏其事的。但京口驻防副都统满族海龄，在镇江城的汉族百姓中大肆捕杀，而所捕之汉奸，俱为汉族，一时间在镇江城中造成极大的恐怖和混乱。所谓"都统差人捉汉奸，各家闭户胆俱寒。误投罗网冤难解，小教场中血未干。夷人听得反惊魂，说是黎民没处奔"②。充分说明，在抓汉奸事件中存在阶层观念，当时在镇江驻防的军队主体是蒙古族，除此之外，只有个别满族高官，而从实际情形看，满蒙旗人不在汉奸之列。因之，清廷的旗民分治政策虽然到清中期并不像清初那么分明了，但并不是说驻防官兵心中已经消泯旗、民之分，在重大事件发生时，依旧还能看得出来此一观念存在之根深蒂固。但杨棨所述"汉奸对夷匪言"，结合蘷清诗作，这样的记载，反映了两个问题，一是此际的士人认定中华民族之外的侵略者为"夷"，那么与之相对的所有中华帝国境内民族都是"华"；二是满族都统也将西方侵略者视为"夷"，那么与之相对的包括自身在内的所有民族都是"华"，无论汉满蒙士人，约定成俗地认为"华""汉"一体，所以在面对西方侵略者时要抓的是"汉奸"，而非"蒙奸"或"满奸"。

所以，当面对西洋入侵的第一次鸦片战争时，东南沿海地区士人心中已经形成的共识得以呈现：华夷之辨不复为中华帝国境内的汉族与少数民族对立之争。似清初王夫之、黄宗羲那样激烈的民族对立之言论③在士人群中已不可想象。民间士人认知层面的"道咸同之前，'夷夏大防'的立场始终存在，但到了道咸同时期已经发生了实质性的变化，不是汉民族与其他少数民族之大防，而是中华民族与外来西方或东方民族之大防了"④，

---

① 杨棨：《出围城记》，载齐思和等编《中国近代史资料丛刊·鸦片战争》第3册，上海人民出版社1957年版，第42页。
② 杨棨：《镇城竹枝词》，载齐思和等编《中国近代史资料丛刊·鸦片战争》第4册，上海人民出版社1957年版，第712页。
③ 王夫之"天下之大防二，中国、夷狄也，君子、小人也"。王夫之著，舒士彦点校：《读通鉴论》卷14，中华书局2013年版，第383页。黄宗羲"中国之与夷狄，内外之辨也。以中国治中国，以夷狄治夷狄，犹人不可杂之于兽，兽不可杂之于人也"。黄宗羲《留书》，沈善洪主编：《黄宗羲全集》第11册，浙江古籍出版社1993年版，第12页。
④ 米彦青：《时代变局中的中华民族文学书写——以道咸同时代蒙古文学思潮为视角》，《民族文学研究》2019年第1期。

成为深入人心之显性观念。

燮清叙事诗中展示的他的生命中的重大事件，恰好也是国家民族面临的重大事件。这样的跌宕起伏，于个体、于国家民族都是灾难深重、不可不记的。燮清是道光咸丰年间世居京口的蒙古诗人，比燮清出生晚了三十多年的蒙古诗人延清，则是京口驻防起家，后因仕宦入京者。延清遭遇了世纪之交的"庚子事变"，并且承袭了京口驻防诗歌创作中的"诗史"传统，用诗笔记录了京城变局，留下近四百首诗，成为京口驻防诗人中最具代表性的现实主义诗人。

光绪庚子年（1900），八国联军大举入侵京师，主政者仓皇出逃，侵略者烧杀抢掠、无恶不作，史称"庚子事变"。时延清留驻京师，目睹此情此景，记事抒其愤慨之怀，成诗389首，结集为《庚子都门纪事诗》。时人云："庚子之变，蜩螗沸羹，近今罕有。士大夫奔走僵踣、枕藉沟壑者不可胜数，而吾友延子澄独屹然不少动，未尝跬步出国门。迨事稍定，则裒其三十年前所为七十二候诗并武清杨竹士茂才所为笺注，将留以付诸手民。嗟乎！子澄何若此之好整以暇乎？吾因是而服子澄之有守矣。子澄当辇毂震惊之秋，感怀时事，得诗三百余首，当时目为诗史，同人已怂恿付梓。"[①] 张宝森是延清好友，乱后感慨延清大难临头时以诗消忧之淡定（其实这也是千百年来士人面对不能逃避之艰困境况时的解忧常态），并提及延清有三百余首已付梓被目为"诗史"的诗作，这就是《庚子都门纪事诗》。延清友人汪凤池记录延清成书过程更为详尽："道、咸以来，泰西各国寖强，天主教遂盛于中国，吾民从之者日益夥，大抵良少而莠多，教士一概护之。于是教民之莠者，怙势横恣，凌侮平民。有司率多庸懦，民讼之官，百不一直，往往不胜其忿而激成事端。故近年闹教堂之案日益多，而终不致燎原者，畏泰西炮火之烈耳。奸人乘此创为能避炮火之术，以诱愚民。于是山东界连直隶各州县，纠聚日众，以义和团为名，日事焚杀，不问良莠，惟教民是仇。朝廷谓小民虽自作不靖，亦彼教有以激之，故不忍遽加剿洗，意甚厚也。希旨者遂以团民为可恃。其论始自近习小臣，继而贵戚耆旧并为一谈。而一二柄臣遂欲招徕团民，以御外侮。驯至激怒全球，数月之间，京师不守，乘舆西狩。自来构祸之亟，罕有甚于此矣。夫覆巢之下，安有完卵？士夫遭此，不走则死，不死则辱，古今大

[①] 张宝森：《锦官堂七十二候试律诗·序言》，延清《锦官堂七十二候试律诗》，《清代诗文集汇编》第765册，上海古籍出版社2010年版，第60页。

例也。乃联军入城，初不妄煞，纵掠止三日，即申禁约，安慰士民，若自处于宾客而代主人守望者，以需和议之成。民犹是本朝之民也，臣犹是本朝之臣也，自来遭变之奇，又莫创于此矣。余同年友柏紫丞水部得《都门纪事诗》三百余首，无所讳，无所饰，所谓直书其事，而义自见者。杜陵遭天宝之乱，即所见闻，形诸歌咏，论者推为诗史。紫丞此作，其亦同此志也夫。"①

两人记述详略不同，但相同地都认为延清诗作可与杜甫之作相提并论。究其由，对于列强入侵，国家民族蒙难之际，延清以诗笔忠实地记录了他所观察到的史实。大战在即的北京城人心惶惶，而东交民巷使馆区更是一派肃杀气氛。"交民东巷望，楼阁何巍巍。使馆相枅比，五色分悬旗。大小一车载，双轮驾骖騑。平时不相扰，征逐游帝畿。乃自失和后，森严皆戎衣。桥据玉河北，增兵防四围。往来断车马，广陌行人稀。肇端有祸首，当与争是非。奈何殪公使，厥罪唯吾归。从兹互攻击，弹雨晨夕飞。"开战后，最高统治者仓皇出逃，北京城很快就陷落了。"回戈去睥睨，炸炮轰云霄。悠悠旆旌偃，岌岌楼橹摇。凶锋及一试，额烂头还焦。乞降固非计，万众魂已销。督战不闻命，白旗空际飘。东隅四门启，敌进如春潮。草木失依附，难藏狐鼠妖。穷搜遍城社，遇者何曾饶？衣并积尸委，杵随流血漂。池鱼尽殃及，岂止城门烧？"②延清用自己详赡的诗笔记录了国破家亡、百姓流离失所、无处依傍的苦况，把"庚子事变"期间国将不国的历史存留下来，百年后读来都令人心灵激荡。

杜甫的诗歌是包含了个人悲剧生命人格实践的作品。这样的作品随时光的流逝会焕发出更为久远的生命含义与抒情魅力。当朝代变动、历史因革的时期，人们就会发现，置身民众、历史与现实社会生活中的杜甫，无论从人格力量还是社会价值上，都比其他唐代诗人更有生命力。这表明，以生命实践参与并见证诗歌写作的意义，要比在单一的个人主义意义上建立写作的意义更有价值。延清有着坚定的政治理想和人生信念，他的文学思想是植根于他对文学本质的理解以及对社会、国家的责任感，绝非简单

---

① 延清：《庚子都门纪事诗》，《清代诗文集汇编》第765册，上海古籍出版社2010年版，第148页。
② 延清：《庚子都门纪事诗》，《清代诗文集汇编》第765册，上海古籍出版社2010年版，第152—154页。

地由个人的遭遇所激发。《庚子都门纪事诗》在写作上能够寓史于诗：内容题材与时事政治有关，创作手法采用杜甫史诗笔调，则翕然具一代之文献，成为后世论庚子之役的重要依据。延清在"庚子事变"后大规模的诗作中，倾泻出其感时忧国之热情。诗人延清在"庚子事变"中的纪实性写作，成为他实践参与历史事件并将个体生命价值与时代风会有机结合的典范。

燮清、延清等人的纪事诗作的底蕴是一段段中华民族抵抗外侮的血肉筑成的历史。他们面对西方入侵、华夷之辨更迭，产生种种无可奈何的选择。他们早已经自认为是汉文化执持者，因而对己身所承担的对文明兴废的忧患感，由他们的诗中透露出来。在这种主动的承担中，他们的文字在不知不觉中已经体现了写作者个人主体意识展露转而到写作对象群众主体意识呈现的过程。也就是从个人抒情诗式的表达转轨到所谓"诗史"性的表达。钟嵘《诗品·序》："凡斯种种，感荡心灵，非陈诗何以展其义？非长歌何以骋其情？故曰：'诗可以群，可以怨。'"从某种程度上看，燮清、延清们是把八旗士人阶层吟风弄月、闲情偶寄的抒情书写转移到日常生活里，转移到当下历史实践的过程当中，转移到他们书写中华民族苦难的纪事诗中，已经成为他们承接、看待历史的方式，回应历史的过程，他们的书写过程是个体诗人逐渐理解群体重要性的过程，亦即从"诗可以怨"的书写转向"诗可以群"的层面。而一己的"诗可以怨"还只是个人史，但上升到"诗可以群"之后，就成为"诗史"，可以成为踵武杜甫之诗歌。

在年鉴学派史学家布罗代尔著名的多元时间论中，短时段属于个体时间，其对应的历史是事件史；中时段为社会时间，对应情态史；长时段为地理时间，对应结构史。[①] 在这一理论框架中，燮清、清瑞笔下的"镇江战役"、延清笔下的"庚子事变"都是个体事件，但这两种事变串联之中贯穿始终的都是抵御外侮，有着明显的因果连续性。就道咸同光宣五朝民族危机日益加重、政局反复动荡整体看来，则是很明显的情态史。晚近清朝的政治情态，就是在这样连续不断的循环往复中成为多民族诗人作品中的"史料"。

---

① 参见［法］布罗代尔《资本主义论丛》，顾良、张慧君译，中央编译出版社1997年版，第173—204页。

第三节　京口驻防诗人的杜甫接受

　　杜甫"诗史"声誉，自晚唐五代、宋、元、明，至清日隆。历代诗人在解读、认知、传播过程中，不但增述杜甫"诗史"的内涵，也增加了杜诗的生命力。作为杜诗的跨民族接受者，清代蒙古族诗人以崇敬者的姿态追忆、摹写经典，无疑在接受学上有着重大意义。正是京口驻防诗人燮清、延清，通过自己的诗史写作记录下来的第一次鸦片战争和庚子事变，使清代蒙古族诗人和他们的诗史类作品进入了读者的视野。这是清代跨民族诗人与杜甫间相隔近千年的对话，他们将经典传承以不同"事境"的诗作形式记录下来，成为杜诗更久远传播的推动者。

　　"事境"一词宋代已出现，在明清诗学中逐渐凸显。清方东树云："凡诗写事境宜近，写意境宜远。近则亲切不泛，远则想味不尽。"[1] 借助方东树"事境"这一概念，用来形容自杜甫以来的"诗史"性质的咏史诗作之诗境，可谓恰切。此种诗境因是诗人书写身历或目睹之眼前境，是对某一时空中以"事"为中心的整体情境的呈现，事件的要素或过程、人物的行为与情感，以至相关的事物与风景等均涵括在内，有着鲜明的叙事性。至于主观感受与思想情志，或是隐藏到事境的背后，又或是作为具体情境的一部分，被纳入事境中去。一定程度上，叙事性是咏史诗的基本属性。所谓"搅碎古今巨细，入其兴会"[2]。如延清《书感用杜少陵喜达行在所第一首韵即借"辛苦贼中来"句衍为四首》[3]，其一云："恨不从西狩，銮舆那遽回。忧危元（玄）鬓改，蒙难素心灰。此日关山隔，何时道路开？朝天唯有梦，辛苦贼中来。"诗下自注曰："七月二十一日城破后，闻两宫出狩。本拟追赴行在，嗣以道途梗塞，不克成行，坐困危城，偷生人世，不禁愧愤并交也。"彼时两宫是皇权的象征，延清企望追赶他们的踪迹，诚如安史之乱后杜甫追赶肃宗至行在。其二云："患难何能共？甘言别主回。燕归辞故垒，蠹去胜残灰。豢养憎他负，樊笼乞我开。还乡应自慰，辛苦贼中来。"诗下自注曰："城破后，奴仆均辞去。"

---

[1] 方东树：《昭昧詹言》，人民文学出版社1961年版，第504页。
[2] 王夫之：《明诗评选》卷2，文化艺术出版社1997年版，第65页。
[3] 延清：《庚子都门纪事诗》，《清代诗文集汇编》第765册，上海古籍出版社2010年版，第157页。

其三云:"自汝城西去,愁肠萦九回。平安闻竹报,岑寂拨松灰。日月愁边过,乾坤乱后关。倚闾亲望慰,辛苦贼中来。"诗下自注曰:"东城自五月十七日以来,既受义和团之欺凌,又被武卫军之抢夺。余家密迩,岌岌可危。因于七月中旬令儿妇挈孙男女辈避之西城母家。城破后四日,年儿前往探看,翌早方回,知尚帖安,余心稍慰。"

"更难奇变皆诗料,史笔雄争老杜编。"① 庚子事变前后,无论是个体还是国家的命运都发生了巨大的变化,在延清的诗中,他通过对自己家人的关切的描写,展示了诗歌的真实的艺术描绘,确如杜甫在安史之乱后历尽艰辛见到家人的真切表达,这不但无损于诗人的形象,反而达成了诗史式诗歌的艺术张力,使诗史与历史有了功能性层面上的区别。燮清、延清的诗史类诗歌因多用赋法而详悉明畅,语言叙述性强。他们的"诗能包括史事,一语胜人千百者"②,从某种意义上来说,他们是现实生活中的"咏史者"。诚如学者所言,"咏史诗者,即以诗歌的形式或体裁,表达史事、史意与史识,史笔自在其中。所谓咏史,不仅仅咏古事,咏近事今事,而具历史意义者,亦是咏史"。③ 从杜甫安史之乱后的纪事诗到燮清记述镇江之役、延清记述北京庚子事变,咏史诗也是咏事诗,现实生活中的诗情史意就此在他们的"诗史"之作中传承播迁。

咏史诗与叙事密不可分。咏史诗所构筑的诗境,就是事境。对应的思想意识与美学风格,俱与所咏之人、所咏之事密不可分。因此,"对于咏史诗而言,尊重其包含的叙事性,探索其事境的特色及内在生成机制,是逼近其艺术本质的一条可行路径"④。清人周济对此有很透彻的表达。他说:"感慨所寄,不过盛衰,或绸缪未雨,或太息厝薪,或已溺己饥,或独清独醒,随其人之性情学问境地,莫不有由衷之言。见事多,识理透,可为后人论事之资。诗有史,词亦有史,庶乎自树一帜矣。若乃离别怀思,感士不遇,陈陈相因,唾沈互拾,便思高揖温、韦,不亦耻乎!"⑤ 咏史诗重在体味历史人物,书写历史事件,呈现具体历史情境。

---

① 延清:《庚子都门纪事诗》,《清代诗文集汇编》第765册,上海古籍出版社2010年版,第184页。
② 法式善:《梧门诗话》卷11,张寅彭、强迪艺编校《梧门诗话合校》,凤凰出版社2005年版,第327页。
③ 汪荣祖:《史学九章》,生活·读书·新知三联书店2006年版,第196页。
④ 周剑之:《诗与史的互文:咏史诗事境的生成》,《文艺研究》2018年第12期。
⑤ 周济著,顾学颉校点:《介存斋论词杂著》,人民文学出版社1998年版,第4页。

诗人因眼前事而兴感，书眼前事而寄慨，所寓多为对当下人物日后也必成为历史人物的见解态度或历史鉴成，叙事性极为鲜明。

燮清的镇江之役之作和延清的庚子之难之作，都具有鲜明的纪实性、叙事性的特点。燮清在镇江之役后携家带口辗转逃离镇江，母亲在逃难中丧命，半年后才重归家。这一年是燮清生活的转折，也是其诗歌创作的重要转折，艰苦流离给诗人带来磨难，但迫其直面时代变局，写下"诗史"之作，而这些作品也成为燮清诗集中成就最高的部分。其中歌行体《六月十四日》二十一韵、《六月十四日避难》二十八韵。围绕庚子之难，延清一共创作了百余首诗，连章组诗更多达二组五十七首。《纪事杂诗》三十首中他写了京城的义和团运动，《都门杂咏》二十七首揭露时事、抨击朝政。这种酣畅淋漓的组诗，从诗题中就可看出是一气呵成。符合叙事诗丰富集中的内容表达，事境鲜明。这样的诗歌写作手法，是杜甫流离陇蜀的诗史之作的主要构成。杜甫曾写有10组52首连章组诗，创作总量更达到120多首。葛立方曾云："老杜当干戈骚屑之时，间关秦陇，负薪采梠，哺糒不给，困踬极矣。自入蜀依严武，始有草堂之居，观其经营往来之劳，备载于诗，皆可考也。"① 杜甫这些诗作受到后代学者的注意，不但是因为杜诗高超的艺术性，更源于"备载"而"皆可考"的叙事性、纪实性组诗。

燮清的镇江之役书写，延清的《庚子都门纪事诗》，均详陈个体人生遭际，蕴涵了展现大历史的可能，但这种可能要变为现实，对诗人本身参与社会历史的深度有很高的要求。诗人不仅要经历丰富，而且在思想上要有深切的社会关怀，有深厚的主体情志。而这些都是京口驻防诗人所具备的。

丹纳说过："如果一部文学作品内容丰富，并且人们知道如何去解释它，那么我们在这作品中所找到的，会是一种人的心理，时常也就是一个时代的心理，有时更是一个种族的心理。"② 京口驻防文人的杜甫接受，充分展现了清代道咸同时期蒙古族文学创作的独特面貌和发展历史，呈现了那一时期蒙汉文学文化的汇聚、融通的历史过程，再现了蒙汉文学交融

---

① 葛立方：《韵语阳秋》卷6，中华书局1985年版，第50页。
② ［法］丹纳：《〈英国文学史〉序言》，载伍蠡甫主编《西方文论选》下册，上海译文出版社1979年版，第241页。

的整体风貌。京口驻防文人对杜甫的追慕,是蒙古族文人心向汉文化的明证。"没有什么能够比心态研究更能指出个人的集体性一面了,确切地说,分析一种心态就是分析一种集体性。"① 京口驻防诗人的汉诗创作,阐明清代中华文学和中华文化的形成、发展和演变绝非汉民族一个民族所能承担与完成的,而是由众多民族共同参与和共同促成的。

杜甫诗歌的新变与唐代时势变化是紧密联系在一起的。从杜甫开始,唐诗由飞扬向沉静转化,由追求神韵到追求学问转化。这一点经中唐、晚唐而至宋代,清晰可见。清诗对于杜甫以来到两宋诗歌有着明显的继承与发展。京口诗坛蒙汉文学交融互鉴,驻防诗人在诗坛主流影响下,兼采各家,融会贯通,以指导自身创作。京口驻防诗人在儒家文艺观的影响下,对唐人,尤其是杜甫诗情有独钟。清瑞熔铸前代,在《和赵芸浦给谏草堂祠谒杜工部像韵》中说:"一字不忘唐社稷,半生空走瀼西东。手扶大雅超先辈,力扫浮华是国风。"② 认为诗歌应力扫浮华,清平雅正,温厚和平,肯定杜甫诗,推崇唐诗。爕清、延清的"诗史"之作,更是追慕杜甫,在他们对前贤的接受中,既可以看出嘉道时代确是各种社会政治思想碰撞的时代,也可看出诗坛唐宋熔铸,由唐向宋过渡的诗学思潮。而在这其中的蒙古族诗人们,早已在时代潮流的裹挟下,将自身融入多元一体的中华民族行列,共同书写时代变局中的"诗史"。

---

① [法]保罗·韦纳:《概念化历史》,载[法]勒高夫等主编《新史学》,姚蒙编译,上海译文出版社1989年版,第97页。
② 清瑞:《江上草堂诗集》,1917年铅印本。

第五章

晚清政局中的光宣文坛气象

虽然晚清经济、思想与学术上的新变从鸦片战争开始,但光宣时期的甲午战争、庚子国变等一系列标志性的事件,使国家面临更为严峻的内忧外患,激烈变化的政治思想影响文坛文学思潮的走向。这种时局下的少数民族诗人书写的晚清边疆保家卫国心声和忧生念乱的情怀,以及交织其间的民族关系和各族诗人们在频繁的雅集唱和中同气相求的诗作,必定会在一定程度上展示此期的诗学思想变迁。清代是中国古代文学集大成的时代,作为文学主体的诗歌在蒙古族汉文创作中占有举足轻重的地位,光宣时期从事汉诗创作的蒙古族文人二十多人,有诗集行世者十九人,计有果勒敏、锡珍、桂霖、恩泽、云书、恒焜、延清、瑞洵、世荣、衡瑞、三多、善广、那苏图、升允、博迪苏、崇彝、旺都特那木济勒、贡桑诺尔布、成堃等。人数众多,诗歌创作数量、题材、体式、写作技巧、在诗坛的影响力、诗集纂刻、诗歌理论主张等也都在一定程度上异军突起,因此,当这样众多的蒙古族汉诗创作者汇入晚清诗学世界中,必然会对中华多民族视域下的光宣诗坛演进起到积极意义。

研究此期蒙汉文学交融及其对当时社会现实的反映,不仅有利于全面把握当时文学发展的脉络,而且有利于挖掘文学与现实的结合点,为当下提供有益的思考。

第一节　光宣时期蒙古族创作中的晚清政局

光宣时期,西北、东南、东北,乃至蒙古边疆连年有事。这一时期的蒙古族诗人,对清廷忧危局势下的边事多有书写,在记录历史、表达心绪的同时,也把对政局的看法和民族关系的考量展现出来。

晚清蒙古族诗人大多生长于京师或者通都大邑，相较蒙地，他们更加熟稔农耕文明社会中的种种规制。对于他们而言，草原或胡人仅是血脉中存留的信念，而不是日常生活中的气息。延清先世为京口驻防，他出生于人文荟萃的镇江，师从硕儒高鹏飞，幼即饱读诗书，儒家经典对他产生了深远影响。历仕同治、光绪、宣统三朝凡38年。光绪三十三年（1907），延清奉使出行车臣汗祭奠病故车臣汗部郡王衔扎萨克多罗贝勒蕴端多尔济。车臣汗在喀尔喀之东计23旗，今外蒙东部，东界黑龙江。行走在蒙地的延清，对眼前的景物有着如内地汉人一般的新奇。"怪石惊沙气象麤，不平沙路极萦纡。数家寥落闻鸡犬，四野安闲绝鼠狐"①（《过陀罗庙作两用宝文靖公诗韵》其二），是戈壁气候、迂曲沙路引动诗人诗情；"雨泽遇方少，风霾大漠昏。遑知耕种利，游牧抵田屯"②（《早发海流道中》），是对晚清拓垦蒙地的实录；"望中无一木，多木语无稽。地辟三春冷，天围四野低。沙虫经雪化，塞马逐风嘶。候馆荒凉甚，啾啾冻雀栖"③（《闲眺用宝文靖公诗韵》），则是诗人此行对草原春来晚的无数次叹写中的一篇。但蒙地的行走还是唤醒了诗人心中蛰伏的民族性，他在诗歌中一再表白"我亦金源巴里客，龙沙数典未全忘"④（《正月二十一日奉旨派出翰林院侍讲学士延清前往车臣汗部致祭钦此恭纪七律四首》其一），"千年桑梓名难考"⑤（《小住张垣日盼翻译不至率成》），而诗句后边的注释"余系镶白旗蒙古籍巴哩克氏，第未知究属蒙古何部落耳"，"余系镶白旗蒙古巴哩克人，究不知属内外蒙古何部落，待考"等语，则从一个侧面反映了诗人对自身民族属性源出的焦虑。这样的焦虑，或者说这样的反躬自省，是他们面对族人、面对无能为力的困境时不由自主会生发出来的。瑞洵"学书莫喻安邦略，尚武尤无悍圉才。我愧成吉斯汗裔，

---

① 延清：《过陀罗庙作两用宝文靖公诗韵》（其二），《奉使车臣汗记程诗》卷2，《清代诗文集汇编》第765册，上海古籍出版社2010年版，第106页。
② 延清：《早发海流道中》，《奉使车臣汗记程诗》卷2，《清代诗文集汇编》第765册，上海古籍出版社2010年版，第108页。
③ 延清：《闲眺用宝文靖公诗韵》，《奉使车臣汗记程诗》卷2，《清代诗文集汇编》第765册，上海古籍出版社2010年版，第109页。
④ 延清：《正月二十一日奉旨派出翰林院侍讲学士延清前往车臣汗部致祭钦此恭纪七律四首》（其一），《奉使车臣汗记程诗·自题》，《清代诗文集汇编》第765册，上海古籍出版社2010年版，第89页。
⑤ 延清：《小住张垣日盼翻译不至率成》，《奉使车臣汗记程诗》卷1，《清代诗文集汇编》第765册，上海古籍出版社2010年版，第103页。

竟令弃甲笑重来"①,就是另一个显例。

晚清处于西方列强进入中国、东西方思想激烈碰撞的特殊时刻。满蒙诗人由于特殊的政治出身,较一般汉族诗人具有更加丰富的社会、政治经历。他们的诗歌中,必然对这种特殊经历有所回忆与记录。锡珍②曾祖父和瑛,祖父壁昌,是乾嘉道时期的著名诗人。他少承家学,勤力汉学。在锡珍现存的诗歌中,既有对出使东亚、赴台的记录,也有勤劳王事的家国情怀。这对于我们了解当时中国在东亚的国际地位具有重要的史料价值。

满蒙诗人中有很多是镇守边疆的重要功臣,他们的诗歌是晚清边塞政治的实录。西北、东北及正北地区是晚清抵御沙俄、日本入侵、反对外蒙古分裂的重要地区,蒙古族诗人在此戍边统御的同时,写下了大量反映国家关系外交政策民族矛盾的边塞诗歌,较为突出者有恩泽③、三多等。在黑龙江任上,恩泽曾抵御日军,驱逐俄官,争划边界线。《庚寅春校阅边军历宁姓各城兼之省垣旋珲后再赴黑顶子道经俄卡一路得此》记载了其亲历的光绪十六年(1890)中俄边交的一个场面:"远夷异地亦人情,道出郊疆解送迎。揭帽伛偻三致敬,抽刀两立意多诚。"④ 两国使者彼此脱帽致敬,解刀以示诚意。俄国为了展示尊重,还聘请了龟兹马队来缓解气氛,但诗人心中仍抱有警惕之心,认为俄国殷勤接待的主要目的是侵吞清朝的国土。但此次外交的结果十分顺利,双方并无任何争执,诗人也以为两国的关系不必咄咄相逼,除了武力征服,也可在和平的前提下建立平等外交。身处晚清危局中,作为边臣的恩泽折冲樽俎实为不易,然谤多誉少,令时人叹惋不平。王闿运曾为恩泽诗稿作序,序中有言:"阿当全盛时成拓土之功,公当艰难时仅有保境之名,然亦谁能为公悲也?"⑤ 王闿

---

① 瑞洵:《再成察哈尔军台出居庸关有感》(其四),《犬羊集》,《清代诗文集汇编》第787册,上海古籍出版社2010年版,第665页。
② 锡珍(1847—1889),字席卿,号仲儒,蒙古镶黄旗人。同治六年(1867)举人,次年登进士第,改翰林院庶吉士,同治十年(1871)散馆授编修。光绪八年(1882)奏陈整顿八旗学校。九年(1883)充总理各国事务衙门大臣。十一年(1885)至天津与法国使臣换约。遗著《锡席卿先生遗稿》为著者自订稿本,其中文学创作数种,如《奉使朝鲜纪程》(附诗草)、《使东诗草》、《渡台纪程》(附诗草)、《使东琐记》等,收各种体裁的诗歌近二百首。
③ 恩泽(? —1899),字雨三,噶奇特氏,蒙古镶蓝旗人,荆州驻防。以军功由佐领擢协领,曾任巴里坤、乌鲁木齐领队大臣,最高至吉林副都统、黑龙江将军。著有诗稿《守来山房蘽鞭馀吟》,存诗二百六十余首。
④ 恩泽:《庚寅春校阅边军历宁姓各城兼之省垣旋珲后再赴黑顶子道经俄卡一路得此》(其十六),《守来山房蘽鞭馀吟》下卷,国家图书馆藏稿本。
⑤ 王闿运:《守来山房蘽鞭馀吟序》,恩泽:《守来山房蘽鞭馀吟》,国家图书馆藏稿本。

运肯定了恩泽的作战能力,赞许了恩泽在晚清危局中奋发图强、昂扬向上的精神风貌,将乾隆名将阿桂与恩泽相较,揭示了恩泽为时代所困的尴尬处境。

沙俄给晚清带来的困扰,并不仅止于东北,在北部的蒙古地区也是显而易见的。光绪二十七年(1901)清廷在全国推行"新政"。不久,时年37岁的杭州驻防三多①出任归化城副都统,协助满族镶黄旗绥远将军信勤治理归绥地区。从江南来到塞北的三多踌躇满志,希望通过发展教育推动内蒙古地区的进步,最终达到强蒙固边的目的。他在《奏为请选内外蒙古王公以次勋旧子弟送入陆军部贵胄学堂肄业以宏造就恭摺仰祈》云:"以为固圉莫如强蒙,强蒙莫如兴学,而欲兴蒙古之学,尤必自蒙古王公勋旧子弟始。盖贱之效贵,捷于影响,贵族教育实有顺风而呼之势。"② 三多自己是蒙古贵族出身,提高蒙古贵族的教育程度,以他们的实力影响带动蒙古族群的发展,是他振兴蒙地的手段。而他更一步的设想是把蒙地分为四部,以蒙地之财银自养,使内蒙古地区得到全面发展,可以抗击沙俄的侵略。宣统元年(1909),三多出任库伦办事大臣,《奉敕毋庸来见迅即赴任六叠前韵恭纪》③ 是其遥叩皇恩的谢旨诗,同时也展示了他要在蒙地一展宏图大志之意。当时沙皇俄国觊觎外蒙古土地已久,频繁和外蒙古王公、活佛接触,三多对此早有警觉。在归绥任职期间,他就曾上奏折阐述形势,认为要积极发展蒙古地区以防御日后可能发生的边境危险。三多任职库伦后更加注意这个问题。其《天山》④ 诗中明言:"安禅城栅木,诲盗地铺金。何日传飞将,跳梁丑并擒。"期望朝廷可以重视

---

① 三多(1868—1941),钟木依氏,隶蒙古正白旗。其先为杭州驻防,三多遂生于杭州。光绪十年(1884)袭三等轻车都尉世职,光绪二十二年(1896),署正白旗佐领,光绪二十七年(1901),任稽查商税事务,次年正月,充京师大学堂提调。一年期满后,委署乍浦理事同知。光绪三十二年(1906),署杭州知府。光绪三十四年(1908)四月始任边疆大臣。先后任归化城副都统、库伦办事大臣。辛亥革命起,由西伯利亚辗转而归。人民国后三多任山海关副都统、国务院诠叙局局长。有诗集《柳营谣》《可园诗钞》《可园诗钞外集》《东游诗词》,等等,存诗五百六十多首。

② 三多:《奏为请选内外蒙古王公以次勋旧子弟送入陆军部贵胄学堂肄业以宏造就恭摺仰祈》,第一历史档案馆藏朱批奏折,光绪三十四年十二月十八日,档案号:04-01-38-0179。

③ 三多:《奉敕毋庸来见迅即赴任六叠前韵恭纪》,《可园诗钞》卷5,《清代诗文集汇编》第792册,上海古籍出版社2010年版,第628页。

④ 三多:《天山》,《可园诗钞》卷6,《清代诗文集汇编》第792册,上海古籍出版社2010年版,第632—633页。

外蒙古地区的军备建设。其后写就的《自题读书秋树根镜影》①指出外蒙古内部矛盾不断，诗人期望各方能统一起来用武力来稳固国家疆域。宣统三年（1911），三多写下《公等》②诗，云："边局艰于古，中原蹙自今。屯田充国志，如水郑崇心。禄厚施同厚，恩深谤亦深。"将自己在库伦任上推行新政的艰难、与哲布尊丹巴面和心不和、与当地蒙民积怨日深等情况述诸诗行。不久后写出的"未销边警劳相问，无补时艰负此心"③（《得阶青杭州书并赋诗见怀次韵代简》），进一步指出外蒙古王公投靠沙俄之心。晚清政局风云变化，沙俄看准时机策动外蒙古王公贵族独立，而清廷推行的拓土开疆、放垦蒙地政策又操之过急，激化了民族矛盾④，而三多在此间执行政策的迫促⑤及对蒙地宗教势力独大的不满⑥（见其《咏哲布尊丹巴呼图克图》组诗），是否最终导致了辛亥革命爆发前夕外蒙古的独立，后人对此评述不一⑦，然而诗人在诗歌中表达的富国强兵、边疆安定的意愿却是一以贯之的。

  蒙古地区是蒙古族诗人自觉或不自觉关注的地方。作为内蒙古地区的王公贵族，旺都特纳木吉勒与贡桑诺尔布父子不仅在诗作层面上显示安邦定边之志意，更在封地践行改革，切实发展蒙地。旺都特纳木吉勒，字衡斋，喀喇沁札萨克郡王，乌梁海氏，为元代贵戚之后裔，能诗，传世有《如许斋集》《公余集》《窗课存稿》，存诗一千四百余首。贡桑诺尔布，旺都特纳木吉勒之长子，字乐亭，号夔庵。六岁从山东宿儒丁锦堂学习经史子集，通晓满蒙汉藏日多种语言，光绪二十四年（1898）袭父爵袭封喀喇沁右旗札萨克郡王。受父亲影响，他创作了大量的汉文诗词作品，这

---

① 三多：《自题读书秋树根镜影》，《可园诗钞》卷6，《清代诗文集汇编》第792册，上海古籍出版社2010年版，第633页。
② 三多：《公等》，《可园诗钞》卷6，《清代诗文集汇编》第792册，上海古籍出版社2010年版，第636页。
③ 三多：《得阶青杭州书并赋诗见怀次韵代简》，《可园诗钞》卷6，《清代诗文集汇编》第792册，上海古籍出版社2010年版，第636页。
④ 参见苏联科学院、蒙古人民共和国科学委员会编《蒙古人民共和国通史》，科学出版社1958年版，第191页。
⑤ 参见陈崇祖《外蒙古近世史》，商务印书馆民国十一年（1922）版，第5页。
⑥ 参见三多《咏哲布尊丹巴呼图克图》，《可园诗钞》卷6，《清代诗文集汇编》第792册，上海古籍出版社2010年版，第639页。
⑦ 参见汪炳明《是"放垦蒙地"还是"移民实边"》，蔡美彪主编《蒙古史研究》（第三辑），内蒙古大学出版社1989年版，第189—197页；龙顾山人纂，卞孝萱、姚松点校：《十朝诗乘》卷24"哲布尊丹巴呼图克图"条，福建人民出版社2000年版，第1017页。

些作品曾题为《竹友斋诗集》印行,后散佚难觅。现存《夔庵诗词集》,存诗48首,存词18首。贡桑诺尔布曾游历日本,归国后在封地内施行了一系列兴办教育、发展经济的举措。开漠南教育先河,办崇正学堂、毓正女学堂,兴办新式教育,选拔旗人子弟去北京、上海深造,加强蒙汉文化文学交融。光绪二十八年(1902),他开办了内蒙古第一家图书馆。同时,贡桑诺尔布与严复、梁启超、吴昌硕、罗振玉等人都有密切交往,为蒙汉文化交流、加强蒙古族文化教育做出了贡献。

似旺都特纳木吉勒和贡桑诺尔布父子这样的蒙古贵族,蒙古地区是其生长之地,情感之牵绕自不必言,所以他们举毕生之力,为蒙地之发展励精图治。面对边疆外侮或朝代更迭时,似三多、恩泽、锡珍这样任职边陲者身临其境,不仅以一己之力抗衡强邻、保障国家利益,同时,也不折不扣地执行清朝的外交政策。所以,尽管他们是蒙古族诗人,但在政局变化中他们首先是朝廷之臣,面对困境时想到的只会是国家利益、朝廷命令,满蒙的民族区分并不在他们的考量范围之内。对满蒙关系而言,阶层的划分、群体利益始终是超越民族属性的存在。

清初八旗驻防各地以满、蒙贵族分任不同地区将军始,满、蒙就在统治层面上如出一家了。因此,晚清时局变动中的蒙古士人,遭遇变革时的感受与满族士人大抵是同一的。辛亥革命对满蒙贵族的影响是深刻的,尤其是在袁世凯称帝之后,满蒙贵族后裔有采取不合作态度者,留下了一些这方面的诗歌作品。瑞洵(1859—1936),字信卿、信夫,号景苏,晚自号天乞居士。满洲正黄旗人,博尔济吉特氏,大学士琦善之孙,杭州将军恭镗之子,诗人恭钊之侄。光绪十二年(1886)进士,改翰林院庶吉士。光绪十五年(1889)散馆授编修,迁国子监司业,后被人中伤下狱,宣统二年(1910)赐还。辛亥(1911)后皈依佛教,晚贫甚。袁世凯称帝时,请为筹安会员,峻拒。他在和友人的诗歌唱和中叙说了自己晚年离群索居的生活状态和内心坚守的志意:"索居久已叹离群,海外交情竟属君。我幸不为投阁者,知云羞说振奇人。"[①] "三人二百三十岁,乱世何期尚苟全。久别重逢今异代,不堪再话劫灰年。"[②] 著有《犬羊集》及其续

[①] 瑞洵:《甲戌秋餐菊轩中作赠天城六首》(其三),《犬羊集续编》,《清代诗文集汇编》第787册,上海古籍出版社2010年版,第668页。
[②] 瑞洵:《赠散原老人陈伯岩同年》(其一),《犬羊集续编》,《清代诗文集汇编》第787册,上海古籍出版社2010年版,第672页。

编，收诗 69 首，由日本友人铃木吉武刊行于日本昭和十年。值得注意的是，其诗集卷首有铃木吉武序文，卷末有陈三立跋文。在面对国族困境之时，其实民族属性对政治思想的影响是很微弱的。

蒙古士人在清朝终结后的追思与每一个朝代终结后都会产生的遗民情绪并没有本质的不同，但这并不意味着蒙古族士人对清政权的所有政策都会一味顺从，对朝廷政令不会有自己的看法。事实上，尽管他们对清朝的情感之愚深甚至可以让自己在清廷覆亡后不顺应历史潮流（如三多、升允、贡桑诺尔布等都曾公开抗拒"共和"），但对政局的批评声音依旧可以持续整个光宣而至其后的时期。他们试图寻找富国强兵的方法。

升允[①]把清政权在近代的失败归为袁世凯篡位和掖庭女祸（指慈禧）或将相贪生怕死。他接连写下 10 首以古述今讽刺朝政的诗歌。其"东国英雄甘蹈死，中原将相幸贪生"[②]（《东京观招魂社春祭有感》）更是明确褒扬日人、讥贬清朝官员。戊戌变法时，他因为顽固守旧，曾被革职。辛亥革命爆发，升允又被清政府起用为代理陕西巡抚。清帝逊位后，他顽固抗拒革命，先到蒙古库伦，后又走日本。民国五年（1916）回国，居青岛。民国六年（1917）复辟，为大学士。晚病逝于天津。他在亡命日本时写下大量感慨世事之作。其《自述》诗云："我本插汉一老胡，云龙际会来燕都。身受国恩历七代，休戚与共无相渝。自读儒书服儒服，渐忘边外牛羊牧。美食鲜衣日不足，非复北来古风俗。"[③] 作为一名"胡人"，升允明确表达与清廷休戚与共，也深受儒家思想影响，在他的身上蒙古族的民族属性、清朝皇权的话语顺成与汉文化思想的训育，有机地结合在一起。满蒙汉一体的精神，建构出了新的民族文化意识。这种文化意识是属于升允的，也是属于这一时代中的大多数蒙古族士人的。三多当是其中的典型。在外蒙古折冲樽俎不成铩羽而归的三多，对清政权是既爱又恨的。三多认为满洲权贵的懦弱、大臣们的愚忠和没有积极地推行新政是

[①] 升允，字吉甫，号素庵，蒙古镶蓝旗人。光绪八年（1882）举人。后曾出使俄、德等国任头等参赞。光绪二十八年（1902）任陕西巡抚。光绪三十年（1904）调任江西巡抚，未赴任。光绪三十三年（1907）任陕甘总督。宣统元年（1909）罢职。有诗集《东海吟》，存诗一百多首。

[②] 升允：《东京观招魂社春祭有感》，《东海吟》，《清代诗文集汇编》第 787 册，上海古籍出版社 2010 年版，第 213 页。

[③] 升允：《自述》，《东海吟拾遗》，《清代诗文集汇编》第 787 册，上海古籍出版社 2010 年版，第 219—220 页。

导致清政权失败的原因，他曾无数次地在诗歌的字里行间表达自己的痛心疾首，以及志意难伸的苦痛。"拍案闷欲死，奇叫跳而起"①，是其真实感受。"世乱希丰稔，身存待壮图。寸心时百沸，家国系怀俱"②（《出京至羊格庄》），不只是庚子事变期间三多的心迹，事实上也是他在清廷覆亡后犹自念念不忘的。"宗庙有灵犹北护，慈舆无恙奈西行。舞阳侯辈争言战，今日如何答圣明。"③（《回京书慨》）"生灵涂炭失金汤，西望长安泪万行。圣主忽颁哀痛诏，懿亲谁是股肱良。推翻新政无三载，枉费愚忠又一场。寇盗肃清潜德曜，联军也合算勤王。"④（《感时》）这些诗行中明言的对于国家之残破、政策之不能久长、大臣之无谋的痛心疾首，与他的《纪变》⑤《次韵庚子书事》⑥《西望行在敬赋》⑦等一以贯之。而"满空飞弹雨，性命等鸿毛"⑧之类诗语揭示工业革命后兴起的西方以枪炮对阵清帝国冷兵器的史实。

庚子事变是晚清的最大外侮，多民族诗人们在批评国政时，都以之为矢，直指统治者。延清的《庚子都门纪事诗》以亲见亲闻揭露了八国联军侵华恶行。"无屋不掀破，有垣皆洞穿"⑨"难怪千家燕市哭，真同一炬楚人烧"⑩"东隅四门启，敌进如春潮"⑪等语真实地记录了庚子事变时

---

① 三多：《拍案歌》，《可园诗钞》卷3，《清代诗文集汇编》第792册，上海古籍出版社2010年版，第603页。
② 三多：《出京至羊格庄》，《可园诗钞》卷3，《清代诗文集汇编》第792册，上海古籍出版社2010年版，第610页。
③ 三多：《回京书慨》，《可园诗钞》卷3，《清代诗文集汇编》第792册，上海古籍出版社2010年版，第610页。
④ 三多：《感时》，《可园诗钞》卷3，《清代诗文集汇编》第792册，上海古籍出版社2010年版，第611页。
⑤ 三多：《纪变》，《可园诗钞》卷3，《清代诗文集汇编》第792册，上海古籍出版社2010年版，第609页。
⑥ 三多：《次韵庚子书事》，《可园诗钞》卷3，《清代诗文集汇编》第792册，上海古籍出版社2010年版，第610—611页。
⑦ 三多：《西望行在敬赋》，《可园诗钞》卷3，《清代诗文集汇编》第792册，上海古籍出版社2010年版，第610页。
⑧ 三多：《纪变》（其三），《可园诗钞》卷3，《清代诗文集汇编》第792册，上海古籍出版社2010年版，第609页。
⑨ 延清：《纪事杂诗三十首》（其十六），《庚子都门纪事诗》卷1，《清代诗文集汇编》第765册，上海古籍出版社2010年版，第154页。
⑩ 延清：《都门杂咏七律二十四首借用吾乡于子威先生金坛围城纪事诗韵》（其十五），《庚子都门纪事诗》卷2，《清代诗文集汇编》第765册，上海古籍出版社2010年版，第160页。
⑪ 延清：《纪事杂诗三十首》（其十七），《庚子都门纪事诗》卷1，《清代诗文集汇编》第765册，上海古籍出版社2010年版，第154页。

的京师惨状。延清的《感事用杜少陵哀王孙韵》①之"摧残幸逃虎狼口，珍重同保龙凤躯"对八国联军入侵都城，西太后与光绪帝仓皇离京向西避走表示关切与祝福。而"腥膻虽远难涤除"一语则是担心外侮难除。接下来的"诸将平时号忠勇，临危畏葸何其愚。相国希荣岂刚愎，天潢抱愤徒友于。号令纷更固难恃，朝三暮四如众狙"，不但指责将军临阵畏缩、相国刚愎自用、天潢贵胄无谋，也对令出多门、难以统一的情势忧心忡忡。其后写出的"鼎养几人占覆疏，安危谁是救时才"②（《都门杂咏七律二十四首借用吾乡于子威先生金坛围城纪事诗韵》其六），更是对国家艰危、缺少栋梁之材发出叹息。此种情形，不只是延清这样的朝臣，就是身居江湖的诗人们也可以感受到的。成多禄③一直关心战事的发展、政局的走向，他的诗中有大量关于庚子事变的作品，对清政权的忧虑读之可感。《庚子塞上作四首》（其一）云："万帐貔貅大野开，风声怒挟阵云回。天留一线容西上，地尽中原此北来。谈笑公卿王猛意，仓皇戎马李刚才。深宵无限关心事，卷入胡天画角哀。"④这是身在塞外忧心国变的代表性作品。《纪事》二首则写出庚子事变两京失守后的状态，其一讽刺盛京将军增祺御敌无能，不战而逃；其二斥责慈禧太后昏庸误国⑤。《汉家》则描述了庚子事变后皇室西逃的情景。对于清政权的失败，诗人一方面归因于统治者昏庸误国、领兵将军未能尽忠职守，另一方面归咎于上层官吏剥削人民，导致民心有失，并表达出自己渴望建功立业的政治理想⑥。借重大历史事件的叙写，抒写自己心中之块垒更是成多禄这样身在江湖心系魏阙者常有的，如其《甲午有感十首》⑦。

无论是战争中的生命脆弱的描述，还是诗人心犹未死的抑郁，面对国家遭劫，将长歌当哭式的悲愤寄寓笔端，以实录的精神，写下的众多诗

---

① 延清：《感事用杜少陵哀王孙韵》，《庚子都门纪事诗》卷2，《清代诗文集汇编》第765册，上海古籍出版社2010年版，第159页。
② 延清：《都门杂咏七律二十四首借用吾乡于子威先生金坛围城纪事诗韵》（其六），《庚子都门纪事诗》卷2，《清代诗文集汇编》第765册，上海古籍出版社2010年版，第160页。
③ 成多禄（1846—1928），原名恩岭，字竹山（又字祝三），号澹堪。吉林驻防。光绪十一年（1885）拔贡，后官绥化府知府，辛亥后任国民参议院议员，中东铁路理事会董事。有《澹堪诗草》2卷。
④ 成多禄：《庚子塞上作四首》（其一），《澹堪诗草》卷1，国家图书馆藏民国间刻本。
⑤ 成多禄：《纪事》，《澹堪诗草》卷1，国家图书馆藏民国间刻本。
⑥ 成多禄：《汉家》，《澹堪诗草》卷1，国家图书馆藏民国间刻本。
⑦ 成多禄：《甲午有感十首》，《澹堪诗草》卷1，国家图书馆藏民国间刻本。

歌，终究会成为记载当时离乱诗史的一部分。

第二节 满蒙汉文人交游与"觉世之诗"的创作

在满蒙汉诗人以笔抒写晚清变局的岁月中，他们是困守书斋独自书写，还是互通消息共议时局，是研究光宣诗坛诗学思潮必须考虑的问题。因此，京城蒙汉文人大量的文学结社活动，值得引起我们的注意。例如，延清喜吟唱，结交的满汉诗人遍布京城。光绪元年至二年（1875—1876），他与满汉诗人延松岩、崇仲蟾、李钟豫、易顺鼎、何润夫、王振卿等结成七曲诗社。他的《遗逸清音集》收录了满蒙汉八旗诗人100多位的1100多首诗作，其中包含许多唱和之作，如董楷《再题太常仙蝶四绝句以应子澄世丈之命》①、崔永安《题延子澄水部清荷村消夏图即用自题七律二首韵》②等。延清与何润夫经常唱和，后何润夫罢官，延清升迁，二人依旧时相唱和。延清与张宝森被时人称为"交情不减元白"③，延清曾写下《寄张友柏同年即用见赠原韵》④等与张宝森唱和。张宝森病笃预以墓志谆谆见属于延清，延清出使漠北，梦及宝森，还写诗忆念《夜梦张友柏同年过访旋与话别仿佛在毡庐也感赋五排三十二韵》⑤。延清诗友甚多，张英麟为其《锦官堂诗续集》题诗："电掣流年七十三，春宵归梦到江南。千山遮目云横岭，一水澄心月印潭。"⑥ 延清也有《率题四首寄张振老》⑦为其祝寿，二人还有众多唱和诗，如《除夕和张振老寄示

---

① 延清：《再题太常仙蝶四绝句以应子澄世丈之命》，《遗逸清音集》卷4，商务印书馆民国五年（1916）铅印本。
② 延清：《题延子澄水部清荷村消夏图即用自题七律二首韵》，《遗逸清音集》卷3，商务印书馆民国五年（1916）铅印本。
③ 延清：《夜梦张友柏同年过访旋与话别仿佛在毡庐也感赋五排三十二韵》一诗有玉可眉批："交情不减元白。"（《奉使车臣汗记程诗》卷2，《清代诗文集汇编》第765册，第113页。）
④ 延清：《寄张友柏同年即用见赠原韵》，《庚子都门纪事诗补》，《清代诗文集汇编》第765册，上海古籍出版社2010年版，第209页。
⑤ 延清：《夜梦张友柏同年过访旋与话别仿佛在毡庐也感赋五排三十二韵》，《奉使车臣汗记程诗》卷2，《清代诗文集汇编》第765册，上海古籍出版社2010年版，第112—113页。
⑥ 张英麟：《戊午新年题丁巳岁锦官堂诗续集诗三首》（其一），延清：《锦官堂诗续集》，《清代诗文集汇编》第765册，上海古籍出版社2010年版，第13页。
⑦ 延清：《率题四首寄张振老》，《锦官堂诗续集》，《清代诗文集汇编》第765册，上海古籍出版社2010年版，第15页。

四诗奉和二首即寄》①等。张莫麟为延清这一诗集题辞四言二十八韵一首。宣统二年（1910），孙雄在修编《道咸同光四朝诗史》时选有延清的诗作②。延清的《庚子都门纪事诗》是"诗史"之作，刻行后耸动京师。诗集卷首有满蒙汉众多诗人写就的诗评，如李润均、锡嘏、世荣、爱仁、郭锡铭等，还有李恩绶序、程械林集评、陈恒庆题赠诗，该集篇末有汪凤藻、吕传恺跋。光绪三十三年（1907）延清奉使出行车臣汗祭奠，王振声、汪凤藻等汉族诗友作诗送别，李恩绶在给延清的赠行诗中将他比之于《朔方备乘》的作者何秋涛，说："岂止朔方搜佚乘，何秋涛敌铁君无。"③他返京后整理的《奉使车臣汗记程诗》，诗集前后有何乃莹、汪凤藻、李仲豫等人的序、跋文，介绍诗集的创作来历，并对其诗歌作出评价。汉族文人对延清的评价，或者有某些谀辞，然亦说明他们在交往中有共同的文学意趣。

民国十一年（1922），王国维经罗振玉引荐至升允门下，升允很称赏王国维的学识，次年将其推荐至紫禁城充任南书房行走，使秀才出身的王国维得与蒙、汉族硕儒杨钟羲、温肃比肩成为"帝师"。虽然当时溥仪只是困守紫禁城的逊帝，但这些守旧的兼有诗人及政治人物双重身份的满蒙汉士们，彼时的思想行迹与学术史不经意间交织在一起，还是为光宣诗坛多样的政治思想延展了一端。

北京当地的风土人情与人物掌故，引起了京城诗人的浓厚兴趣。此类情况，在崇彝④的作品中多有反映。崇彝是大学士柏葰之孙。少承家学，博览多识，雅好文学，尤长于载记文字。其成名之作《道咸以来朝野杂记》八卷，书中记叙道咸至20世纪30年代北京的掌故旧闻，包括园林宅第、寺庙古迹、节令游览、人物轶事等，尤其是其他笔记中不多见的道光

---

① 延清：《除夕和张振老寄示四诗奉和二首即寄》，《锦官堂诗续集》，《清代诗文集汇编》第765册，上海古籍出版社2010年版，第26页。
② 参见孙雄辑《道咸同光四朝诗史》甲集卷4，上海古籍出版社2013年版，第98—99页（收入延清诗十首：《戈壁行再用宝文靖公闻字韵》《使者日支虞羊戏作》《戈壁道中作用文靖韵》《晓发穆哈里喀顺》《豁尼齐午尖用景佩珂韵》《鸡鸣驿晚眺》《重过昌平刘谏议祠作仍用李文正诗韵》《入都作二首用前韵》《二十三日早赴颐和园宫门请安覆命》《昨以戈壁石数十枚赠徐花农前辈琪承撰七古四十四韵见诒可感也爰依韵奉和》）。
③ 李恩绶：《喜闻子澄学士仁兄出使蒙古近已回京率拈小诗奉怀》，延清：《奉使车臣汗记程诗·赠行诗词汇存》，《清代诗文集汇编》第765册，上海古籍出版社2010年版，第145页。
④ 崇彝（1890—？），字泉孙，号巽庵，别署选学斋主人。巴鲁特氏，蒙古正蓝旗人。官户部文选司郎中。有《选学斋诗存》、《选学斋集外诗》（封面题《汉碑杂咏》）、《枯杨词》等。

咸丰间的蒙古大臣、文人的轶闻逸事，蒙古族祭祀典礼等都在此杂记中得以记载。崇彝与满、汉族文人来往颇多，其《选学斋书画寓目续编》序文为袁励准所作，诗作《读龚定庵集》①叙述自己家族与龚自珍的交谊，此外还有《和朱幼平甲子除夕作》②《溥心畬招赏邸园海棠分韵得万字》③《春柳和张坚白韵》④《秋兴用少陵重过何氏五首韵应徐又濮农部教》⑤《丙子除夕守岁用去岁答张孟劬见寄韵》⑥，等等。

  古代文学的叙述中不能没有江南。江南地区在满蒙汉文学交融的背景下，具有特殊的地位。本来居住在北方的满蒙诗人，来到南方以后，面对不同的风物人情，创造了不同于北方民族诗人的优秀作品。光绪三十四年（1908），黑龙江将军程德全回家乡四川省亲，特邀时为幕僚的成多禄随行，饱览江南山水名胜，至今苏州网师园廊壁上还嵌有成多禄题诗刻石《戊申七月随程雪楼中丞谒达馨山将军于网师园因成五律六章》⑦。"尘事忽已远，杳然心迹清。门迎诗客到，园问网师名。苏李怀前哲，羊求证旧盟。不谈天宝事，闲煞李西平"，表达了和座主间的深厚情谊。而"曲径辟青萝，方池拥菱荷""画窗留树影，待壁长苔痕""阶庸滋兰竹，春秋问韭菘"的诗语则是闲逸网师园带给诗人的江南印象。另外，他们在南方也与当地的著名文人吟诗唱和，具有广泛的文学交流。宣统二年（1910），程德全调任江苏巡抚，成多禄随往。在省会苏州结识很多江南名士，如朱祖谋、郑文焯、赵熙、夏敬观、吴昌硕等，唱酬颇多。⑧成多禄集中有其与众多满、蒙、汉族诗人交游诗篇，如《送刘仲兰之呼

---

  ① 崇彝：《读龚定庵集》，《选学斋诗存》卷2，国家图书馆藏民国间刻本。
  ② 崇彝：《和朱幼平甲子除夕作》，《选学斋诗存》卷2，国家图书馆藏民国间刻本。
  ③ 崇彝：《溥心畬招赏邸园海棠分韵得万字》，《选学斋诗存》卷4，国家图书馆藏民国间刻本。
  ④ 崇彝：《春柳和张坚白韵》，《选学斋诗存》卷3，国家图书馆藏民国间刻本。
  ⑤ 崇彝：《秋兴用少陵重过何氏五首韵应徐又濮农部教》，《选学斋诗存》卷1，国家图书馆藏民国间刻本。
  ⑥ 崇彝：《丙子除夕守岁用去岁答张孟劬见寄韵》，《选学斋诗存》卷4，国家图书馆藏民国间刻本。
  ⑦ 皮福生：《吉林碑刻考录》，吉林文史出版社2006年版，第60页。成多禄的这首诗与《蓬园六首》（《澹堪诗草》卷1）大体相同，只有个别字存在误差。
  ⑧ 参见程舒伟、赵文铎《吉林省历史文化名人》，吉林人民出版社2012年版，第136—137页。

兰》①《挽诚勇公尧山将军》②《寄张北墙四首》③，等等。成多禄喜爱交游唱和，他不仅与江南的诗人们结社唱和，也参加了京城诗人组织的漫社、嘤社，还曾与吉林诗人组建松江修暇社等。他的诗作《戏答垂叟同年》（《成多禄集》，第290—291页），诗前小序有"垂叟代漫社来书，兼索异味，作此戏答呈垂公并呈社中诸子"之语。《初到哈尔滨寄呈都门吟社诸老二首》（《成多禄集》，第483页）是诗人参加漫社第六次诗会后，去往哈尔滨，作此寄呈在京漫社诗友的诗作。《东坡先生汉砚为萧龙友作》（《成多禄集》，第361页）是他和漫社诗友张朝墉写下的同题诗。彼时，漫社已更名为嘤社。《北山雅集同郭侗伯使君雷筱秋瞿非园栾佩石诸君作》④诗下小序说明，民国六年（1917）夏，成多禄在吉林与郭宗熙等组建松江修暇社，并在风景区北山举行第一次社中雅集，是日，众诗人皆为成多禄《香雪寻诗图》题卷。

对江南独有钟情的还有诗人三多。三多师从俞樾、王廷鼎等大儒，是樊增祥诗弟子。汪辟疆《光宣诗坛点将录》近代诗人小传稿将其收录，说他诗歌"形似增祥，尤似顺鼎"，三多与当时文坛上的众多大家交游密切，《可园诗钞》前有俞樾、谭献、王廷鼎序。三多与俞陛云、徐仲可、张鹤龄、李亦元、易顺鼎等人有众多唱和诗作和书信往来。他的汉族诗友远不止于此，"与六桥往还及唱和者，尚有赵萼楼、任卓人、陈寿松、袁巽初、嵩允中、吴学庄，邹筠波、方佩兰、李益智、何棠孙诸耆旧。相处久，人亦忘其为蒙古人也"⑤。诗人们在唱酬中展示诗才，但也未能忘情国事。如三多《六月十六日俞小甫杨古酝两先生邀同贝达夫曹砺斋盛伯平程云承诸君子游湖作》⑥，表达了面对晚清政治变局中"今日何日世何世，主忧臣辱马能忘"的忧惧之情。而《偕谭璪清彭子嘉访保安寺同次宋西弨先生集中题保安寺西院诗韵》之"车马出西郭，鞭丝带日斜。青

---

① 成多禄：《送刘仲兰之呼兰》，《澹堪诗草》卷1，国家图书馆藏民国间刻本。
② 成多禄：《挽诚勇公尧山将军》，《澹堪诗草》卷1，国家图书馆藏民国间刻本。
③ 成多禄：《寄张北墙四首》，《澹堪诗草》卷1，国家图书馆藏民国间刻本。
④ 成多禄：《北山雅集同郭侗伯使君雷筱秋瞿非园栾佩石诸君作》，《澹堪诗草》卷2，国家图书馆藏民国间刻本。
⑤ 郑逸梅：《梅庵谈荟·小阳秋》"蒙古诗人三六桥"条，黑龙江人民出版社1985年版，第204页。
⑥ 三多：《六月十六日俞小甫杨古酝两先生邀同贝达夫曹砺斋盛伯平程云承诸君子游湖作》，《可园诗钞》卷3，《清代诗文集汇编》第792册，上海古籍出版社2010年版，第603页。

莲宇非故,况复百年花"①,则是辛亥革命后对往昔生活的叹惋之情的流露。

在以诗歌为媒介的诗艺切磋、思想交流中,光宣时期的蒙古族诗人与诗坛上以汉族为主体的其他民族诗人融合无间,民族属性在他们的交往中没有让他们产生任何疏离感。而当时中国大江南北的风土人情、人文状况、政治经济发展情况,也在多民族诗人们饱满的热情和如椽的笔下得以完美呈现。

第三节 "西学东进"与光宣时期的蒙汉诗学思潮

有清一代,帝王对中华一统政治理念的推育风行天下,对于乾嘉以降诗坛的文学思想产生了深远影响②,经过咸同时期诗歌创作和诗学理论的蓬勃发展,至光宣时期,满蒙汉诗学思想话语融通之状貌更加突出。满蒙文人建设性地积极投入以汉文化为核心的文学创作和文论的理论建构之中。在这样的语境中,光宣时期的蒙古族诗歌创作观念、诗歌创作题材、诗歌创作体式以及诗学理念皆与光宣诗坛的诗学立场、表现方式互通互融。但是,在满蒙汉语诗歌创作的众多作品中,正如第一部分中所述,有一条类似于"诗史"的主线,一直贯穿其中。

光宣诗坛诗歌创作有传世之诗与觉世之诗之别。借用梁启超对"觉世之文"③的表述,觉世之诗,以传播文明思想于国民,以诗兴观群怨的社会功用为主旨,当以条理细备,词笔锐达为上,不必求工,辞达而已。传世之诗,则以求真之情感自然流露为主,关注自我内心情思,更看重文学的审美属性。光宣时期满蒙汉语诗歌创作中,觉世之诗与传世之诗并行且时有交汇。

光宣时期蒙古族的觉世之诗创作,既有表达反帝爱国、表现时事、表达同情民生疾苦之情的传统诗作,也有介绍新物象、新知识、新思想的启蒙之作。前述清廷遭受最大外侮的庚子事变,是光宣诗坛觉世之诗的典

---

① 三多:《偕谭璟清彭子嘉访保安寺同次宋西扭先生集中题保安寺西院诗韵》,《可园诗钞》卷7,《清代诗文集汇编》第792册,上海古籍出版社2010年版,第646页。
② 参见拙文《蒙汉文学交融视域下的乾嘉诗坛》,《民族文学研究》2016年第4期。
③ 梁启超:《湖南时务学堂学约》,梁启超著,吴松等点校:《饮冰室文集点校》,云南教育出版社2001年版,第198页。

型。光宣时期是传统诗学走向终结的时期，末世的蒙古族诗人们同主流诗坛汉族诗人一样，在遵循旧有诗学观念进行创作的同时，也力图摸索诗歌的"新"变。诗学的新变源出于诗人们在晚清格局中精神的新变，他们的诗歌创作之"新"体现在，有的诗人有新异的外交经历或异域经历，使他看到了别人未曾见过的"新世界"，于是在诗歌中以新语汇、新物象加以展现，这是一种感官上的讶异之"新"，同时也在一定程度上折射出新思想。

恰如黄遵宪自光绪三年（1877）出访日本到甲午战争中国战败，梁启超自维新变法失败走出国门，贡桑诺尔布在世纪之交留学日本，延清奉旨出使车臣汗部祭奠，三多任职蒙古并出访日本，瑞洵、升允都在日本生活多年，他们均写作了大量描写异域景物风俗的诗歌，向时人展现了新名词、新风物及新知识。"欧罗巴""亚细亚""澳洲""太平洋""华盛顿""罗马""希腊""三富兰西士果""火奴奴""伦敦""巴黎""苏彝士河"等当时少见的地名在光宣时期的觉世诗中可见，"彗星""地球""赤道""世界""世纪""半球"等与天文地理相关的名词，"维新""黑奴""黄种""共和""女权""民权""耶稣""天堂""玛志""藤寅""博览会"等与政治（人物）、宗教、新生事物相关的名词，以及"电""几何学""以太"等科学名词也不少见。在蒙、汉族诗人的觉世新诗中，新名词的使用让读者感受到光宣诗坛诗人整体性地包揽宇宙、放眼全球的阔大胸襟。而众多新风物的展示，又具体而微地呈现出域外新风情。新语汇的使用和新风物的展示，都是为了向光宣时期的国民宣示世界之广大，让国人知道老大中国并不是世界的中心，更不是世界的唯一，因此，新知识的传播才是觉世新诗写作的主旨。梁启超曾说："近世诗人能熔铸新理想以入旧风格者，当推黄公度。"[①] 确实，在晚清光宣诗坛的精神新变格局中，黄遵宪诗歌对新知识的普及无疑是不遗余力的，但蒙古族诗人们也积极投身于其中，以自己的新异感受书写新时代中的新诗语。贡桑诺尔布的《博览会志游日本客中》[②] 有感于万国博览会科技启发民智，认为教育有助于开发民智。三多《答人观》则欣喜于京张铁路通车后

[①] 梁启超著，郭绍虞、罗根泽主编：《饮冰室诗话》，人民文学出版社1959年版，第2页。
[②] 贡桑诺尔布著，郑晓光、李俊义主编：《贡桑诺尔布史料拾遗》，内蒙古人民出版社2012年版，第158页。

"缩短来时旧驿程"①,并告知诗友金鸡纳霜善治疟疾②,他对于自来水、自来火、摄影的描述更是令时人耳目一新③。其《雪窗夜坐书示僚友》④对蒙古状况作了深入描写,彼时那里已在筹划无轨电车,所以诗人写下"维新莫送香冰酒,致远同迎电汽车"之语,但同时也告知世人蒙古虽在中国版图内,但晚清势弱,俄国对这里的控制日益加强,而且因为俄国苛税太重,导致这里"十户九家将破产",并且官方往来文牍用满蒙汉唐古特暨俄文多种文字。

  受到出生地域、生活时空、政治关切度、科举出身等因素的制约,光宣诗坛的诗人们诗学思想也有很大的不同,当黄遵宪、梁启超等觉世诗人在宣扬"我手写我口,古岂能拘牵"⑤、在推动旧体诗革新上做出了突出贡献之时,蒙古族诗人们似乎并没有鲜明的诗学理论与之相呼应。不过,这时期的蒙古族诗人和满族诗人的诗歌完全体现出儒家诗学立场,他们所尊崇的儒家兴观群怨的思想,与汉族诗人没有区别。当满蒙诗人以汉族语言文字来展示现实世界和人生经历的时候,儒家诗歌理论早已经潜移默化地指导着他们的诗歌创作了。他们中的大多数人,因为出生、成长在汉地,与母族文化早已疏离(不过,母语于身为八旗官员的他们并不陌生)。他们本能地使用汉语创作诗歌,阐发文学思想和文化见解。光宣诗坛觉世诗人在创作上刻意求新,主要的诗学理论依旧是学人之诗、性情论和不俗论。如主流诗学理论家陈衍"进一步阐发了'人与文一'的思想","强调不受'世缘'干扰,甘走'荒寒之路',甘处'困''寂'之境,以保持个性的独立"⑥,并且特别赞赏"清而有味,寒而有神,瘦而

---

① 三多:《答人观》,《可园诗钞》卷5,《清代诗文集汇编》第792册,上海古籍出版社2010年版,第628页。
② 三多:《螃蟹水仙次友笙元韵·五叠前韵》,《可园诗钞》卷6,《清代诗文集汇编》第792册,上海古籍出版社2010年版,第634页。
③ 三多:《自来水》《自来火》,《可园诗钞外·北行诗录》,《清代诗文集汇编》第792册,上海古籍出版社2010年版,第650页;《可园诗钞》卷4《自题摄影》,《清代诗文集汇编》第792册,上海古籍出版社2010年版,第616页。
④ 三多:《雪窗夜坐书示僚友》,《可园诗钞》卷6,《清代诗文集汇编》第792册,上海古籍出版社2010年版,第633页。
⑤ 黄遵宪著,钱仲联笺注:《人境庐诗草笺注》卷1《杂感》(其二),上海古籍出版社1981年版,上册,第42页。
⑥ 黄霖:《近代文学批评史》,上海古籍出版社1993年版,第135—136页。

有筋力"① 的艺术趣味和美学境界。蒙古族诗人们追随其后，延清、升允在创作中提倡学人之诗，升允主张作诗不俗，在诗歌中提出了"拙诗长苦吟"②"心源一点是灵根"③，延清被时人认为"情深而不诡，风清而不杂。事信而不诞，义道而不迥"④，成多禄"取真不取似"⑤，升允、延清、成多禄都以真性情为作诗根本。而且蒙古族诗人创作群体都比较推崇杜甫，在作诗时也比较强调诗歌的"诗史"特征，表现在他们的诗歌中就是写当时重大事件和对国家民生忧虑的诗歌比较多。追求诗歌的"诗史"性特征，这与当时诗坛上的一大批觉世诗人是相合的。因此，遵循光宣诗坛的主流诗学思想，是蒙古族诗人本能自觉地融入以汉族诗学理念为核心的诗坛的生存方式，娴熟的多种语言使用和用汉语进行诗性语言的表达，使他们与光宣诗坛融合无间。

综观光宣诗坛，觉世诗歌的写作，主要承载者是在时人评判中被称为"诗界革命派"和"南社"的诗人群体，蒙古族诗人中则主要是以经世致用为创作主旨的为官者，他们大抵以诗作表达救亡为中心的启蒙思想家民胞物与的情怀。他们的诗歌创作能与时代政治思想潮流同步前行。但与此同时，依旧有很多诗人，在时政创作之外，诗作内容更多的是酬赠送别、咏史咏物、抒情写景，他们以一己之真性情，传达宠辱不惊、淡泊自守的生活态度，固守对诗艺的精致求索，葆有诗歌审美属性。这些诗作表面看来与时代有疏离感，但隔了岁月去看，却有动人心魂之处。光宣诗坛这样的传世之诗作者主要有"湖湘诗派"诗人群体、中晚唐诗派和"同光体"诗人群体。光宣诗坛的蒙古族诗人大多属于士大夫群体，面对西学进入的挑战，坚持"西学中源"说，这种思想的影响贯穿了他们的创作，士大夫一方面承认西学在历算器学方面比中国先进，另一方面强调在"道"的层面必须坚守家法，他们基于自身的世界观、人生观、价值观构建的精神世界，无法完全接纳西学，延清、瑞洵、升允、恩泽等人都写有大量的

---

① 陈衍：《何心与诗叙》，陈衍著，钱仲联编校：《陈衍诗论合集》，福建人民出版社1999年版，下册，第1057页。
② 升允：《东京感怀》，《东海吟》，《清代诗文集汇编》第787册，上海古籍出版社2010年版，第214页。
③ 升允：《梦中有悟 醒而记之》，《东海吟》，《清代诗文集汇编》第787册，上海古籍出版社2010年版，第215页。
④ 《庚子都门纪事诗·集评》第765册，第150页。
⑤ 《读书四首》其三，《成多禄集》，第76页。

咏史怀古之作，而升允、瑞洵、恩泽、世荣的诗中鲜见新名词，较之延清更加推崇传统的传世诗作的书写。严复在《诗庐说》中曾有文学无用之用之说："诗者，两间至无用之物也。饥者得之不可以为饱，寒者挟之不足以为温，国之弱者不以诗强，世之乱者不以诗治。又所谓美术之一也。美术意造，而恒超夫事境之上，故言田野之宽闲，则讳其贫陋；赋女子之妍妙，则掩其佇荢。必如其言，夷考其实，将什八九无是物也。故诗之失，常诬而愚，其为物之无用而鲜实乃如此。虽然，无用矣，而大地自生民以来，异种殊俗，樊然离居，较其所以为群者，他之事或偏有无，至于诗歌，则莫不有。且恒发于隆古，盛于挽今，调均按节，俾色揣称，不谋而皆合。《记》曰：十口相传曰古。其所传者，大抵皆有韵之词也。是故，诗之于人，若草木之花英，若鸟兽之鸣啸，发于自然，达其至深而莫能自已。盖至无用矣，而又不可无如此。……诗之所以独贵者，非以其无所可用也邪？无所可用者，不可使有用，用则其真丧焉。"[①] 严复对文学功用的理解，更看重的是文学的情感属性与审美功能。他的文学功用观念与这时期诗坛传世诗人创作主旨不谋而合，蒙古族诗人中，崇彝是代表性人物，仙、道、佛禅的修养所塑造的崇彝人格以及体现此一人格的"闲居"生活之本质，使其在多年的诗歌创作中以风物书写展示出其生命存有之姿态。

因此，光宣诗坛蒙汉觉世诗人群体直接面对和重点描述的对象是时事和民瘼，而传世诗人群体更加关注个体内心世界的变化和自然节序改易引动的情思叙写。但无论是哪一类诗人的诗歌创作都丰富了清代文学。这些诗歌记录了光宣诗坛诗人对人生的体味和社会的思考，承载了诗人们在面对晚清末世文化空间时对存在意义的思考。光宣诗坛发展的主体脉络，基本上由众多诗学流派的兴衰和嬗替构成。而整个社会上的诗学生活现象，如诗集的刊刻出版、广大读者的阅读风尚和批评取向等，也受诗人的文学活动主导。考量光宣诗坛思潮必须关注诗歌创作与其外部社会环境之间的关系，以对诗学发展的总体态势作出整体性描述。从文学自身的发展来说，晚近西方现代文学的输入，不但打破了中国诗学长期以来封闭式的发展状态，使中国古典诗学开始融入世界。晚近政治思想中受到的西学思潮的冲击，与既有的经世致用思潮相伴，促成了中国诗学的雅俗交融发展，

---

① 严复著，孙应祥、皮后锋编：《〈严复集〉补编》，福建人民出版社2004年版，第132—133页。

成为其后的"新文化运动"的先导,为后来者提供了变革的突破口,提供了全新的范式。

觉世诗人和传世诗人在蒙古族诗人群体中并非是一成不变的。当西学思想开始冲击中国诗学界时,最初只是暗流涌动,没有形成变革潮流。反之,传统的国家多难时就会产生巨大影响的经世致用思想更易在诗坛形成潮流。光宣时期,由于西方殖民者的入侵,造成"海警焱忽,军问沓至"的局面。在这种情况下,经世致用的思潮对诗学发展的影响在传世诗人群和觉世诗人群中有不同表现。对觉世诗人群而言,开了思想解放之风。"晚清学术界之风气,倡经世以谋富强,讲掌故以明国是,崇今文以谈变法,究舆地以筹边防。"[①] 晚清诗学思潮受到学术思想的影响,经世致用的学风迅速反映在诗歌中。光宣诗坛满蒙汉诗人群体普遍关注时事、关注民生,大量创作此类诗歌[②],即或是强调诗歌审美属性和文学精神的传世诗人也概莫能外。

经世致用思潮对觉世诗人而言,倡导了他们勇于革新的精神。经世思潮注重的是学以致用,学问能够真正解决现实社会中的实际问题,以期起到实用的济世功效。黄遵宪、梁启超、延清、三多、升允、瑞洵等人先后出使或流亡各国的特殊经历,使其对于民主制度从惊异转向接受,光宣时期的政治变局,又促使他们将民主投以实践。反映在诗学思想中,则是在创作内容上多对于国事的实录、多个人新异见闻的叙述,情感上则转变为对于国家罹难的忧愤。而他们的诗作较之乾嘉以来诗坛绮丽闲逸诗语盛行的状况,也一变而为苍凉悲壮。这些人行迹、心迹的变化,诗歌的"新"变以及诗学思想的转捩,展现了他们由个人的俯仰兴怀转变为对家国情怀的牵系。从表象上来看,"新"派诗歌试图摆脱传统的雅诗学理念,因此表现出对传统诗学的疏离特征。但从实质上来看,他们的写作中,传统诗学依旧是他们自觉不自觉的精神皈依。他们时时瞻望过去,形成历史意识;时时放眼世界,又使他们形成全球意识。历史意识使他们对传统诗学了如指掌,看世界又使他们在大范围中同构诗歌,他们迫不及待地在诗歌创作中引入新语汇、展示新风物、宣解新知识。他们在既往的看上去能最好地传达与维系占主导地位的诗歌创作中寻找与新世界接轨的语言,并试

---

① 齐思和:《魏源与晚清学风》,《中国史探研》,河北教育出版社 2000 年版,第 600 页。
② 如时政类诗歌在蒙古族诗人个人创作中比例很高:延清、升允、来秀约占别集 50%,贡桑诺尔布、锡珍、三多约占别集 30%,崇彝占别集 20%,旺都特纳木吉勒、瑞洵占别集 10%。

图打破对古典诗歌的过分倚重和推崇,以期改变诗律僵化范式对人们思想造成的有形无形的阻碍,他们想要找出推动诗学乃至文学创造性发展的路子。在晚近学术思想、文学思想共同辉映的时代潮流的摸索中,渐渐由众多的追随者汇成了光宣诗坛上雅俗交融的诗学思潮。

在中国近现代史上,1905年是一个具有特殊意义的年份。就在这一年,本着"欲补救时艰,必自推广学校始,而欲推广学校,必自先停科举始"① 的原则,清政府废除了"科举制"。从此,传统的士人阶层逐渐瓦解,文人们或转入新式学堂置身于"边缘知识分子"的行列,或进入洋行、报馆、书局等新兴行业成为市民阶层的一员。与这一教育制度变革相伴随的,是知识阶层整体性的转换和重组,"原有的知识和语言的有效性逐渐丧失了"②。对于新型知识者而言,这一转换所引致的冲击无疑是巨大的,他们需要重新寻找自己在社会生活和文化领域中的位置,重新确立自己的价值观。自此之后的十余年间,经过辛亥革命等重大历史事件的洗礼,这一群体日益壮大,社会影响力亦趋于广泛。③

知识者的"身份认同"意识既然发生了深刻的嬗变,其"语言认同"意识势必也会随之有所改变,科举的废除使得雅文学不再与知识者紧密相关,白话由"俗"入"雅"成为一种必然的趋势。光宣诗人从民间、民俗、民歌中汲取养料,并不断探索如何使他们的诗歌具有独特的艺术个性和诗美价值,为中国诗歌近代化历程作出独特的贡献。王闿运、黄遵宪对于杂歌谣的关注,黄遵宪、梁启超、贡桑诺尔布大量运用新词,三多、成多禄、延清关注竹枝词并运用蒙语、藏语口语入诗,都在不同程度上推动了光宣诗坛的雅俗交融。光宣时期的汉学、经学与小学的研究依旧持续,且出现了总结性的学术巨擘。新材料的出土和运用,对文字学的发展起到了关键的推动作用。一些汉学家的经世取向明显增强,甚至产生革命意识。同时,西方知识传播加强,在光宣汉学家的读书世界中,开始不可避免地渗入西学,新的学科体系也使传统儒学架构产生震荡。学术随着时势而变化,配合政治变革的今文经学大行其道,汉宋调和的呼声渐强,考据

---

① 张之洞著,苑书义、孙华峰、李秉新主编:《张之洞全集》卷64 "会奏请立停科举推广学校并妥筹办法折"条,河北人民出版社1998年版,第三册,第1661页。
② 汪晖:《死火重温》,《再思学术与社会》,人民文学出版社2000年版,第493页。
③ 参见王平《清末民初的语言变革与现代文学雅俗观的生成》,博士学位论文,四川大学,2007年,第89页。

学终于退出了主流舞台,而中国学术也走出了汉宋循环,走向了近代的历程。①

当满蒙联姻建构的清朝,在与俄罗斯签署的一系列条约中,渐渐把雍正以来强化的"天下一统、华夷一家"的"中国"与王权"清朝"含义等同时,表明"中国"已经成为多民族主权国家的简称,中华大地上众多族群梦想中的以"王权"为核心的"天下"终于和现实中的多民族主权国家实现了重合,多民族国家也渐由传统王朝国家向近现代主权国家转型。转型中的蒙古族诗人们,在他们的创作中或许并没有彰显出想要由大一统的文化理念打造成带有"中华民族"意味的民族观念,毕竟"中华民族"的观念是在受到民族国家理论和"宪政"改革双重影响的梁启超在清末国体变革的大背景下创造性地提出的②,因此,他们虽然是清朝精英阶层的写作者,本能地使用汉语创作,认同以汉文化为主体的主流诗学思想,但其生而有之的民族性,以及他们在诗作中对民族语言的偏好,对自己民族属性的追索,却是不能忽视的存在。发掘这样的文学创作,与"新清史"或日本的"新蒙元史"强调的"满洲特性"或"蒙古特性"有着本质的区别。正如以汉文化为主体多民族共同促成的代代相传的诗坛,并没有让民族诗人居于其间违和之处,研究者既捕捉民族诗人的民族特性,又将其与所生活时代的主流诗学思潮融合,应是当下民族文学关系研究中的题中应有之义。

光宣时期,诗歌依旧承担着文坛上的主导功能。审视光宣诗坛的诗学流变,无论是觉世诗人在创作中努力推行的"西化"之新,还是传世诗人努力做到的"化西"之坚守,都是进化的诗学观。尽管传世诗人对古典诗歌过分的倚重和推崇,可能会形成某种僵化范式,对诗学思想造成一定程度上的限制和阻碍,从而制约诗歌的创造性发展,而觉世诗人试图把西方文化汇通入个人创作中来启迪民智的努力有粗糙之处,但他们最终都成为其后的"新文化运动"文学革新之导源。这两种诗人群体的创作与他们的诗学思想各有影响,在不同时期取得思想的主导地位。但是,他们

---

① 参见刘国忠、黄振萍主编《中国思想史参考资料集·隋唐至清卷》,清华大学出版社2004年版,第304页。
② 参见李大龙《自然凝聚:多民族中国形成轨迹的理论解读》,《西北师大学报》2017年第3期。

最终在科举解体后的时代转换中走向"雅俗交融"的诗潮之中,当"五四"作家对传统文学经典重构时,他们必要借鉴光宣时期的文学养分,既葆有诗歌的审美属性,也看重通俗文学的醒世作用;当"新文化运动"者要变精英文学为大众文学时,也无法不继承从白话入手、变雅为俗的文学主张。因此,从这一意义上看,光宣诗坛自有其独特性与创造性。

光宣时期,任职边疆的蒙古族诗人创作的诗歌,有补于世人对清廷处理东北亚问题的了解,是蒙满共同践行国家外交政策的显例。但当面对西方经济与军事入侵加剧、朝政衰蔽的情势,蒙、汉诗人共同对清廷昧于内外形势发出批判的声音,这种批评与满蒙汉文人间多种形式的诗学交流共同建构了满蒙汉民族文化意识,也构成光宣诗坛"觉世之诗"的重要组成部分。而且他们的诗学理念,始终追步光宣主流诗坛。因此,在当下研究多民族融通下的古典诗学演进,跨越蒙汉文化语境的光宣诗坛诗潮研究,不仅是蒙汉文化间视点、立场的交融,更为主流文学学术领域和多民族文学创作领域如何解决文化问题的对话与交锋提供了思路,这种跨文化的交融,可以使思想内容在更为深广的历史文化语境中得以展开。

第六章

晚近蒙古王公汉语创作"局势"

晚近政局剧烈动荡中，蒙古王公在其间所起的作用不可小觑，本章拟从学界关注较少的蒙古王公的文学创作入手，观察其间政治与文学的绾合。乌梁海氏是晚近著名的蒙古王公家族，也是文学家族。喀喇沁人学习汉族文化，始于色伯克多尔济，成就于旺都特那木济勒，发扬光大于贡桑诺尔布。旺都特那木济勒①遭逢道咸同时期的前所未有之大变局，然而，两次鸦片战争及其后的中外冲突，在他的文学作品中没有留下一点痕迹，他始终是变局中的"局外人"。贡桑诺尔布生逢光宣时期内外交困的中国大变局中，戊戌变法、庚子事变，乃至清王朝的最终岁月中，他都以诗文记录，做变局中的"局内人"，思想行为皆与时俱进。然而"辛亥革命"之后，他与日人及王公贵族奔走呼告想要复辟大清，让历史倒退，却又成为前进的时代变局中的"局外人"。博迪苏，博尔济吉特氏，僧格林沁嫡孙，左翼后旗扎萨克博多勒噶台亲王伯彦讷谟祜之子，曾官御前大臣、蒙古正蓝旗都统。科尔沁辅国公那苏图，博尔济吉特氏，系镇国公棍楚克林沁之子，怡亲王载敦三女额驸，历任蒙古镶黄旗副都统、正红旗护军统领。他俩的诗文中也没有任何时代记录，然而，他们作为宗室亲贵，始终与清廷共进退，入民国后妄图复辟，成为历史洪流中的"局外人"。

这些蒙古外藩王公贵族的文学作品贯穿始终的一个主题是时代局外人与局内人的对立。走进历史，深入其诗文，最大限度地还原他们的文学经历，再现他们曾经走过的历史天空，了解彼时他们的心路历程，或可从中读出晚近变局中蒙古王公贵族在中国现代化进程中的观望与彷徨、踟蹰与前行的复杂心态。

---

① 旺都特那木济勒（1844—1898），乌梁海氏，字衡斋，号如许主人，另号塞上懵叟、梦园叟，生于清卓索图盟喀喇沁右翼旗王府，成吉思汗勋臣济拉玛二十四世孙。

第一节　岁月静好：道咸同光变局中"局外人"的优游

"道咸同时代是中国历史发生最重大变革的时代。西方世界在经历了中世纪的蒙昧之后，快速发展并且极欲改变世界格局，而古老中国还期冀因循守旧。中西冲突不仅体现在政治经济军事的争端中，文学思想也在渐进式的改变。'华夷大防'的最终解体并不是清朝立国后由皇权话语代相沿递所致，而是中西之争占据思想舞台的结果。思想启蒙初露端倪，对经学和诗学理念都形成了冲击，诗歌创作也随之改变。作为清代少数民族主体的蒙古民族，和其他民族诗人一样，对这样的变化有着敏锐的感知，思想界沉思后发出声音，而诗人们在创作问学中体味并呈现着时代的变化。"① 道咸同时期，中西战争中有第一次和第二次鸦片战争，内战则有太平天国起义、捻军起义及回民起义。半个多世纪的时光里大半个中国都在战火中度过，因此，道咸同时代的诗人镜像鲜有不与战事相关的。作为中华民族重要组成部分的蒙古族，目睹或卷入变动时局中的可谓夥矣。中西战争中：第一次鸦片战争中身为两江总督的裕谦督军杀敌，以身殉国；作为山东巡抚的托浑布积极整顿海防，筹措军费，训练军队；而京口驻防出身的爕清，则身陷危城以诗笔据实记载战火下的镇江。第二次鸦片战争中，柏春在天津前线抵御英法联军入侵。内战中：太平天国革命期间，起义军攻沧州，沧州驻防桂茂写《铁汉子》等八首诗，记录了亲身经历的祸乱；是年秋天柏春在天津大营抵御太平军。来秀在山东为官期间，因筹办海防及堵御捻军出力，政声上达朝廷。荆州驻防恩泽赴新疆平定回乱；白衣保被调往新疆参与平定大小金川之乱；多隆阿率部与陕西回民起义军作战阵亡，等等。不过，政局动荡似乎并没有给旺都特那木济勒的生活带来什么影响，作为一名蒙古王公，他在中华变局中，作为一个"局外人"而岁月静好。

晚近清廷对蒙古的控制依旧外松内紧。咸丰三年（1853），咸丰皇帝还谕旨内阁："不可任令（蒙古人）学习汉字。"② 不过，在当时全国汉

---

① 米彦青：《时代变局中的中华民族文学书写——以道咸同时代蒙古文学思潮为视角》，《民族文学研究》2019年第1期。
② 《文宗显皇帝实录》卷103，《清实录》第41册，中华书局1986年版，第540页。

化趋势严重的情况下，蒙汉融合已经势不可当。旺都特那木济勒的父亲喀喇沁色王爷"每岁自京归，购求古今书籍不下千卷"①，就此成就了旺都特那木济勒深厚的汉学功底，因而，旺都特那木济勒对于生活中可忆念之事均以汉诗来表达、记录。旺都特那木济勒有《如许斋集》四卷（含《公馀集》一卷、《公馀集续编》一卷、《客窗存稿》二卷），共收录诗词1202首②，内容丰富，是其一生生活轨迹的较完整记录。其《如许斋集·公馀集》按年代排序，收录了同治十一年（1872）七月以前，和同治十二年（1873）春到秋之间创作的二百三十多首诗。《如许斋集·公馀集续编》则是晚年生活的记录。旺都特那木济勒的诗歌创作主题分五个方面：自然景物的描写、朋友之间的酬唱、怀乡、记游和表达读书吟诗的闲适诗。而他的优游生活则借其多族士人圈的交游展开。

旺都特那木济勒"性好吟咏"，家人、亲戚远行归来、仕途升降及年节生日等，旺都特那木济勒都会作诗忆念。即以其三弟芝圃为例，同治十一年（1872）孟秋，"曲唱阳关折柳枝"③，旺都特那木济勒作七绝《留别三弟芝圃》；同年，旺都特那木济勒又作七绝《饯别三弟芝圃还乡四首》，送往迎来都有诗酬赠。光绪元年（1875），三弟生日，旺都特那木济勒作七律《祝三弟芝圃三旬正寿此系乙亥年作》。作为蒙古王公，与皇亲贵戚的联谊是生活中很重要的事情，自然也会作诗留念。光绪十四年（1888），旺都特那木济勒携同三弟、六弟参加醇亲王宴饮，与醇亲王唱和，写下七律《正月下浣醇邸招饮于适园即次元韵》。闲适诗的写作与日常四时光景中优游自在有关，也离不开周游河山。光绪二十二年（1896），在京的旺都特那木济勒邀请府中西席祝席卿与三弟同游龙泉寺，写下长篇排律《秋日携席卿及三弟芝圃等同游龙泉寺赋长律一篇以志游仿用进退出入韵体》，对初秋的西山景色赞赏不已。诗中"元谈消俗虑，妙语洗凡胸"④之语，是对闲适生活的感喟，也是对自己生活状态满意的

---

① 旺都特那木济勒：《如许斋集·公馀集》中收录《检书有感》云："先王考喜文墨，每岁自京归，购求古今书籍不下千卷。余检阅之馀，对长夏而披读，恨童年之嬉戏，口占一章：先人手泽有余香，案上常留翰墨光。愧我不才承燕翼，空依东壁列图章。"《清代诗文集汇编》第719册，上海古籍出版社2010年版，第690页。

② 旺都特那木济勒：《如许斋集》，《清代诗文集汇编》第719册，上海古籍出版社2010年版。

③ 旺都特那木济勒：《如许斋集·公馀集》，《清代诗文集汇编》第719册，上海古籍出版社2010年版，第694页。

④ 旺都特那木济勒：《如许斋公馀集》上卷，清光绪刻本，第40页。

表达。观其全诗，光绪年间的变动时局没有在诗人的生活中留下丝毫刻痕。彼时，刚刚过去的甲午海战让中华士人痛不欲生，但蒙古王公的生活似不受此影响。同年，旺都特那木济勒作七绝《又约三弟芝圃诗以代柬》，邀请三弟在这个积雨新晴、秋花斗艳的好时节与己同沽一醉。

旺都特那木济勒兄弟共六人：二弟那木济勒色丹（旺都特那木济勒按本族排行称三弟），字芝圃，已出嗣；三弟僧贡桑旺兑（按本族排行又称四爷喇嘛），人称扎符达喇嘛贡桑旺兑，约生于清道光二十八年（1848）；四弟僧额尔仁达萨，约生于清咸丰元年（1851）；五弟那逊旺布（旺都特那木济勒按本族排行称六弟），字均堂，约生于清咸丰四年（1854）；六弟僧官其格普日来（又称堪布喇嘛），生于清咸丰七年（1857），已出嗣。旺都特那木济勒有三个姐姐：大姐紫兰、二姐紫檀、三姐紫欧。旺都特那木济勒与其三弟那木济勒色丹均好翰墨，"幼时与芝圃三弟共研席，拈毫赌韵"①，长大后愈发酬唱频繁，因此兄弟间二人过从甚密。

除了兄弟间写诗纪行，旺都特那木济勒也与亲友诗词唱和交游。尹湛纳希②是旺都特那木济勒的七表兄，生母漫尤莎克为旺都特那木济勒二姑。同光间，二人交往频繁。旺都特那木济勒作诗多首，记录他们之间深厚的情谊。同治十二年（1873）秋，尹湛纳希和旺都特那木济勒都来到北京。一个雨后的中午，尹湛纳希约旺都特那木济勒到同兴楼共进午餐。席间，旺都特那木济勒写下《雨后润翁约同兴楼午酌口占二十八字兼赠都中诸友人》，分别后因忆念对方，又连续写下三首七绝《寄润亭》，表达思情。《如许斋公馀集》中还收录《答润亭索诗》《怀朝邑润亭》等，更可看出二人情谊深挚。

满蒙联姻是清代国策，故清宗室多人与旺都特那木济勒是为姻亲。清穆宗同治二年（1863），旺都特那木济勒娶惠亲王绵愉第五女为福晋。清穆宗同治七年（1868）四月六日，喀喇沁右翼旗扎萨克、多罗杜棱郡王（亲王衔），卓索图盟长色伯克多尔济病逝。七月初二，同治皇帝以故喀喇沁扎萨克多罗杜棱郡王（亲王衔），卓索图盟长色伯克多尔济之长子旺

---

① 旺都特那木济勒：《如许斋集·窗课存稿》，《清代诗文集汇编》第719册，上海古籍出版社2010年版，第778页。

② 尹湛纳希（1837—1892），字尔只斤氏，乳名哈斯朝鲁，姓宝名瑛，字润亭，别号衡山，内蒙古卓索图盟土默特右旗人，元太祖成吉思汗第二十八世孙。

都特那木济勒袭爵。从五律《恩赏福寿字恭纪》、七律《除夕侍宴恭纪》《元旦朝贺侍宴恭纪》等诗可以看出，旺都特那木济勒在袭爵后备受恩宠。镇国公奕询是旺都特那木济勒妹夫，好诗文，因此二人时相唱和，亦互赠书画。喀喇沁王府博物馆现存奕询同治八年（1869）为旺都特那木济勒绘《兰草图》一幅，还有未署年款的《山水图》一幅。礼亲王世铎是旺都特那木济勒妻兄，光绪十一年（1885）十一月中旬，为旺都特那木济勒《如许斋集》作序。喀喇沁王府博物馆现存世铎为旺都特那木济勒书写的对联，"品节详明德性坚定；事理通达心气平和"，文字平实，可看作世铎对旺都特那木济勒的客观评价。恭亲王奕訢是旺都特那木济勒妻兄，旺都特那木济勒时常赴京，在京期间与恭亲王奕訢过从甚密，二人时有诗文往还。旺都特那木济勒尝赠奕訢《如许斋集》，奕訢亦赠旺都特那木济勒集唐诗《喀拉沁都楞旺王妹丈年班来京晤谈赋赠一律》[1]，旺都特那木济勒即和诗《奉和恭邸集唐见赠元韵》一首。

著名满洲诗人志锐[2]与旺都特那木济勒交好。光绪十八年（1892）春，旺都特那木济勒为时任礼部右侍郎的志锐作题画诗，并写下《志伯愚少宗伯嘱题〈同听秋声馆图〉》。与旺都特那木济勒过从甚密的那苏图也是蒙古王公，光绪十二年（1886），科尔沁辅国公那苏图为旺都特那木济勒《如许斋集·公馀集》作序。光绪十七年（1891），那苏图出示自作《宫词》四首，旺都特那木济勒读后，作《和光鉴堂主人宫词》四首唱和。光绪二十年（1894）秋冬之际，旺都特那木济勒读科尔沁辅国公那苏图《光鉴堂诗存》，作七绝二首以赞之。

多族士人圈是旺都特那木济勒优游生活中的重要组成。他所交游者既有满蒙汉人中的达官贵人，也有普通士子。光绪二年（1876），旺都特那木济勒从山东聘请宿儒丁镜堂担任贡桑诺尔布之启蒙教师，其后，为丁镜堂作有多首诗。如贺寿诗《祝丁镜堂老夫子五旬正庆》《九月初旬祝丁镜堂初度》，送别诗《秋日留别丁镜堂》《饯镜堂旋里》《又口占四阕》《答镜堂留别元韵》等。两人还时相唱和，旺都特那木济勒邀丁镜堂小酌，饭后写下《九日与镜堂小酌》，丁镜堂回赠《答主人邀酌元韵》。旺都特

---

[1] "铁关金锁彻明开，有客新从绝塞回。月若半环云若吐，马如飞电鼓如雷。最传秀句寰区满，更喜贤王远道来。岁岁年年常扈跸，先排法驾出蓬莱。"奕訢：《萃锦吟》卷8，沈云龙主编：《近代中国史料丛刊续编》第三十二辑，台湾文海出版社1976年版，第644页。

[2] 志锐，字伯愚，号公颖、廓轩、号穷寨主，晚号遇安。清末任伊犁将军。

那木济勒43岁寿辰,丁镜堂作五言八韵排律《恭祝贤王千秋之禧》,随后旺都特那木济勒有作《贺丁镜堂辰禧》七律。上述唱和可以看出旺都特那木济勒的优游岁月是从容的,也是有质感的,他喜好交游,并且在交游中摒弃了阶层观念,只要是值得自己敬重的人,他就会以礼相待,与之频繁酬唱。光绪十八年(1892),祝席卿至喀喇沁右翼旗王府担任王府西席。旺都特那木济勒与祝席卿常一起饮酒赋诗,多有诗文唱和。光绪八年(1882)三月,喀喇沁右旗特聘画家于文藻为旺都特那木济勒绘《山水图》一幅。旺都特那木济勒钦佩其才华,曾作七绝《洁轩临行画梅留别》、七律《秋日送洁轩还乡》,并填《饯别洁轩菩萨蛮》一词。

与生俱来的贵胄身份造就了旺都特那木济勒独特的人生经历,顺达的仕途奠定了其诗歌平和温厚的主旋律。他游心文艺,酷喜吟咏,吐词振藻,议论风发,诗歌虽不能成为文学经典,但也足可以传世。旺都特那木济勒的诗作无疑丰富了清代蒙古族诗人的汉语文学创作。

《如许斋集·公馀集》中有世铎、那苏图、徐陠等三人撰写的序文和作者自己的叙文、小引。时人序文高度评价了旺都特那木济勒的诗,如那苏图于光绪丙戌撰写的序中说:"盖诗固发于性情,亦感乎境遇",又说:"慷慨仿少陵之作。"① 从前文旺都特那木济勒的交游酬唱中可以见出,旺都特那木济勒是一个重情重义之人,因此其诗发乎情,以性情入诗是无疑的。而且从其作品中,可以看出作者在近体诗写作中对于格律、对仗的精心,但其仿少陵也仅止于此,并无杜甫感时伤世的诗心。旺都特那木济勒自己撰于同治十一年(1872)的叙文中说:"是集原名消夏。或问于余曰:'消夏何为而作也?'余应之曰:'凡人感物而动情即生焉。'"② 在他看来,诗歌写作是用情写就、用心体味的,那么只能说,旺都特那木济勒的日常生活本就是优游的,国家民族的前景或者内困外交的苦难并不能进入他的视野,诗人的格局如此、心胸如此,所以生逢道咸同光四朝的旺都特那木济勒笔下描写自然风景的诗占大多数。如《题梅》《野外晚景》《夏夜》等诗中描写了大自然的优美景色,创作出了"诗中有画"的意境。他还围绕"牡丹"意象写下《白牡丹》《淡红牡丹》《红牡丹》《黄

---

① 那苏图:《如许斋集序》,旺都特那木济勒:《如许斋集》,《清代诗文集汇编》第719册,上海古籍出版社2010年版,第679—680页。
② 旺都特那木济勒:《公馀集序》,《如许斋集》,《清代诗文集汇编》第719册,上海古籍出版社2010年版,第684页。

牡丹》《绿牡丹》《紫牡丹》等6首诗,将牡丹的多姿多彩绘入诗作。围绕"秋"意象写下《秋夜》《秋园》《秋晚》《秋月》《秋塞》《秋燕》《秋笛》等七绝15首诗。《如许斋集》中纪行(游)诗有:《是日送行者甚多晚宿骆驼山途中口占》《过茅荆坝》《过龙凤洞口占》《广仁岭远眺》等。怀旧悼亡诗有:《京邸口占悼亡》《仲春上旬扶福晋灵柩出京口占》《见亡室院花有感》《哭科尔沁图谢图亲王》等。友朋酬唱诗有:《赠李子勤》《步席卿夏日踏青原韵》《祝席卿初度》等。

道光间监生江苏人徐陠①,世居京师南门内大街,是旺都特那木济勒好友,曾为其诗集撰跋文。中有"衡斋主人以从龙华胄,循诈马遗风。卓索图之名王,璚材秀世;耶律铸之新咏,异派同源"之语,指出旺都特那木济勒源出蒙古族。后有"笳角秋高,有《湛然》之集;穹庐春暖,无《敕勒》之歌。牧政告闲,藩维就理,爱营曲榭,颜曰梦园。每当月朗花明,莺初雁晚,觅西池之句,开北海之樽。玉斗频斟,琼笺旋擘。风回荷沼,短引已成;露下篁轩,长歌未已。小词时谱,帖体兼工。调寄金荃,倚绮窗之清韵,排分玉律,纪阆苑之名篇",虽然都是揄扬之语,但也指出旺都特那木济勒诗词帖括时文兼擅,而且诗文无塞北高亢之音,接着说明旺都特那木济勒的诗学源流是"洵继轨乎齐梁,并嗣音乎唐宋",而之所以形成这种诗风,和他的优游时日有绝大关系。值得注意的是,徐陠受到旺都特那木济勒写跋文的邀约是在其春节来京朝贺之时,"顷以来朝元日,得接清晖,出《公馀集》见示,辱承雅命,俾弁简端"。徐陠立就此章,跋后注明时间是"光绪甲午正月"②,正是朝野上下因日人挑衅而大不安之时。

我们之所以列举旺都特那木济勒众多诗作来展示其日常生活,是因为酷爱吟咏的他,诗歌有着典型的纪实性与随意性,这也更能看出旺都特那木济勒的生活常态。那么,作为一位守土有责的王公,旺都特那木济勒是整日浑浑噩噩,不关心地方政务之人吗?并非如此。旺都特那木济勒曾有谢恩诗《戊子春赏加亲王衔恭纪》二首,诗作缘起于清德宗光绪十年(1884)正月,光绪皇帝以查拿贼匪出力,赏卓索图盟长喀喇沁扎萨克多

---

① 徐陠(1837—?),字汝亭,号颂阁,江苏太仓嘉定县附监生民籍。
② 徐陠:《如许斋集跋》,旺都特那木济勒:《如许斋集》,《清代诗文集汇编》第719册,上海古籍出版社2010年版,第681—683页。

罗杜棱郡王旺都特那木济勒亲王衔。① 在金丹道事件中，旺都特那木济勒因剿灭匪首杨步沄受封赏，虽然体现了当时清廷民族政策以怀柔为主，对蒙古族王公及官员以嘉奖为主要手段，但是从另一个侧面也可看出旺都特那木济勒是有责任心的，他能够保境安民。

那苏图（1856—1900），博尔济吉特氏，字幼农，号藤花馆主人，谥"勤恪"。科尔沁辅国公，历任蒙古镶黄旗副都统、正红旗护军统领。那苏图六世祖色布腾巴勒珠尔是乾隆皇帝的固伦额驸，曾经承袭扎萨克亲王，后因罪削去爵职。宦海浮沉，几经波折，临终前复封亲王。色布腾巴勒珠尔之女，嫁乾隆长孙定亲王绵德。色王后代居住京师，并屡任要职。色布腾巴勒珠尔之子鄂勒哲依图，其女于道光年间嫁入顺承郡王府，为郡王伦柱之子镇国将军春英妻。那苏图祖父济克默特降袭贝子，道光六年（1826）至二十八年（1848），曾补授科左中旗扎萨克，晋爵贝勒，后加郡王衔。鄂勒哲依图嗣孙棍楚克林沁，祖孙三代都是皇家的额驸。那苏图父棍楚克林沁袭镇国公，曾任八旗都统、御前大臣，道光二十八年娶宗室奕遽之女。那苏图同治十二年（1873）十二月与怡亲王府结亲，成为怡亲王载敦第三女郡主的额驸，卒于光绪二十六年（1900）。

旺独特那木济勒与那苏图交好，光绪十四年（1888），为那苏图诗集《藤花书屋集词牌三十韵》作序。《藤花书屋集词牌三十韵》共30首，均为七言绝句。光绪十七年（1891），那苏图出示自作《宫词》四首，"凤楼香篆五云升，火树银花映玉冰。椒戚新承温诏降，御前颁赐上元灯"。其二："彩鸾殿里锦屏张，柏酒金樽列绮筵。长袖宫娥新学舞，春风吹上御筵香。"其三："梅花独绽上林枝，正是君王入宴时。三十六宫春色好，翩翩红袖拜丹墀。"其四："宜春帖子墨华新，御笔书来赐近臣。都道今年风景好，太平万岁字当珍。"② 旺都特那木济勒有《和光鉴堂主人宫词》四首以应之。其一："五朵红云捧日升，鸳班衔簸一条冰。上元雪兆丰年瑞，不惜金钱更买灯。"其二："帝廷华胄锦屏张，共沐恩波醉羽觞。上苑春光梅信早，好风吹满御阶香。"其三："冻青浓缀万年枝，瑞爵双棲际盛时。更喜璚花飞六出，争随舞褎傍彤墀。"其四："辛年辛日两番新，协帝重华颂史臣。识字宫娥偏解事，也从席上数儒珍。"③ 光绪二十年

---

① 《德宗景皇帝实录》卷251，《清实录》第55册，中华书局1987年版，第391页。
② 旺都特那木济勒：《如许斋集》，上海古籍出版社2010年版，第162页。
③ 旺都特那木济勒：《如许斋集》，上海古籍出版社2010年版，第161页。

（1894）秋冬之际，旺都特那木济勒读那苏图《光鉴堂诗存》（今不存），又作七绝二首以赞之。光绪年间，肃亲王善耆有《幼农上公以旧集词牌三十首见示并嘱题句率成二绝》，其一云："太液波深六月天，莲花影里御前船。中间这个吟诗客，应是才人李谪仙。"其二云："集词牌子卅章诗，如嚼冰桃雪藕丝。天不公才吾妒甚，生瑜生亮乃同时。"① 光绪甲午夏，镇国公载泽作有《光鉴堂主人以集词牌卅首见示余占二绝奉答即希》，诗云："拈来古调谱新声，几许功夫粗织成。勉效同庚添逸兴，吟坛从此结诗盟。明窗几净费安排，聊借吟诗遣俗怀。马足车尘成例事，敢夸风雅与同齐。"② 从上述满蒙宗室亲贵唱和来看，均与时事无涉。

正如前文所述，旺都特那木济勒与那苏图均生活于动荡的道咸同光间。道咸间的第一、第二次鸦片战争侵扰的是东部沿海与京畿地区，与之相伴长达13年之久遍及东南沿海的太平天国运动于同治三年（1864）终以失败告终，但持续而来的捻军起义及回民起义在中原及西南、西北地区又浩浩荡荡地展开，一持续16年、一持续18年，使得短暂的"同光中兴"更像是一场带着枷锁的舞蹈。中外战事随之而来。光绪八年（1882），法国进攻清朝藩属国越南，逼迫越南签订《顺化条约》，意在以越南为跳板，从西南边境入侵中国，清政府无意与法国开战，于光绪十年（1884）四月签订《中法简明条约》，然法军派将领孤拔为总司令进犯基隆港，于光绪十年（1884）七月发动马江战役，福建马尾海军全军覆没，七月六日，清政府对法宣战，冯子材于光绪十一年（1885）二月指挥镇南关大捷扭转战争局面，同年四月中法签订《中法新约》，中国不败而败。马尾海军覆没后十年，清廷大力投建的北洋水师在甲午中日海战中全军覆没，十年前建制的台湾省被割走。

诗歌在道咸之后有一大变，在同光时期又有一个新变，这一时代，"诗非一己之哀戚，乃时代之写照。国家不幸，赋到沧桑，亦非某氏之穷通；抒怀感愤，实有理想与办法指寓其间，更非空为大言者。故诗至同光为一大变，犹时自唐代中叶至道咸，道咸以后亦为大变也"③。以此观照旺都特那木济勒与那苏图的诗歌，在道咸之后的时代大变局中，在同光时

---

① 那苏图：《藤花书屋集词牌三十韵》，抄本，现藏内蒙古图书馆。
② 那苏图：《藤花书屋集词牌三十韵》，抄本，现藏内蒙古图书馆。
③ 龚鹏程：《论晚清诗》，《近代思想史散论》，台北东大图书股份有限公司1991年版，第202—203页。

期的诗学观的新变中,他们始终坚持岁月静好,没有写下一首"觉世之诗"①。若道咸间他们尚未及放眼望中国,那么同光间他们或者是成熟的一方之主,或者是京师重臣。同光间的大清王朝依旧不太平,然而在这样的时代大变局中,旺都特那木济勒和那苏图却淡于国计民生,诗依旧多应酬语、多家人亲族间的温情语。只是因为灾祸未波及属地,他们因为置身事外便不思虑吗?须知,此期诗坛主将同光体诗人,大多经历了晚清的一系列变局,也看到了清政府江河日下、难以挽救的事实,因此诗中都带有一种深沉的哀愁,甲午战争期间,陈三立描述彼时世道谓:"天下之变盖已纷然杂出矣。学术之升降,政法之隆污,君子小人之消长,人心风俗之否泰,夷狄寇盗之旁伺而窃发。"② 然而,旺都特那木济勒虽然年节常赴京师,那苏图就生活在京师,交游都极为广泛,但他们的诗作和时代间的隔膜是显而易见的。士人心中焦灼的天下之"变",不能进入旺都特那木济勒和那苏图的思虑中,不能让他们有任何感触,他们坚持在自己生活的时代变局中做旁观者,做局外人。

第二节 与时俱进:变局中"局内人"的热望

清穆宗同治十年(1871)五月初九,旺都特那木济勒侧福晋包佳氏生长子贡桑诺尔布。据《清实录》《清史稿》等史籍记载,贡桑诺尔布③于光绪二十四年(1898)父亲去世后袭爵,是冬年班进京"瞻觐"时已具有郡王身份。④ 旺都特那木济勒诗词造诣深厚,贡王幼承庭训,先后师从旗内学者、留学西藏的名僧、山东与江南名士等学习蒙古、满、汉、藏文字,攻读四书五经,诗词兼擅。贡桑诺尔布原著有《竹友斋诗集》印行,后散佚难觅,喀喇沁蒙古族学者邢致祥搜集网罗,重辑为《夔庵吟稿》一卷于20世纪30年代在本旗刊刻传世,收诗词作品近60首。今

---

① "觉世之诗以传播文明思想于国民为宗旨,以诗歌兴观群怨的社会功用为特色,以条理细备、词笔锐达为上,不必求工,辞达而已。"米彦青:《光宣诗坛的蒙古族创作与蒙汉诗学思潮》,《文学遗产》2018年第2期。
② 陈三立:《散原精舍诗文集》,上海古籍出版社2014年版,第824页。
③ 贡桑诺尔布(1871—1931),乌梁海氏,字du亭,号夔盦,系成吉思汗勋臣乌梁海济拉玛的后裔,卓索图盟喀喇沁右旗世袭札萨克亲王,兼卓索图盟盟长。
④ 《德宗景皇帝实录》卷436,《清实录》第57册,中华书局1987年版,第743页。

有《夔盦诗词集》传世①，在其父旺都特那木济勒《如许斋集·公馀集》中附了他的《梦园诗》30首，另有少量作品收入《遗逸清音集》中。

贡桑诺尔布走上政坛后，内蒙古地区与京师的联结更为紧密，他时常在京居停，留心国家大事。"贡王名贡桑诺尔布，是卓索同（图）盟科拉沁（喀喇沁）的王爷，府第在地安门外太平街胡同路北。"②据陈宗蕃编著《燕都丛考》第二编第七章云："内官监之西曰太平街，贡王府在焉。"③旺都特那木济勒对儿子的期望是"岂羡鹰扬夸阀阅，但期忠厚守门庭"④。他本人虽不关心国政，但极注重对贡桑诺尔布的培养，用儒家"修身、齐家、治国、平天下"的思想塑造了贡桑诺尔布。因此，在时人看来，"自古蒙王，重武轻文，惟贡桑诺尔布，聪明天禀，幼年好学。乃父旺亲王以世子之好学也，聘请山东宿儒丁锦堂者，教授《孝经》、四书、五经、诸史、百家，数年毕业，兼习文章，诗、词、歌、赋，无不精通；且擅长书画，临池揣摩，未尝倦怠。乃父王恐其流于文弱也，延武教师马雪樵者，授武术，驰马射击。年逾弱冠，已成文武全才"。⑤光绪十三年（1887）正月，贡桑诺尔布娶素良亲王隆懃第五女（侧福晋李家氏常林之女所生）、肃亲王善耆之妹善坤。贡桑诺尔布之妻既是满族贵族，性爱交际，据载，"贡王的福晋是肃王善耆之妹，为人大方爽快，喜欢交际。在民国初年蒙古王公在京最多的时候，她发起组织蒙古王公福晋联合会，每月在什刹海北岸会贤堂集会一次"⑥。因此他们的政治婚姻对于贡桑诺尔布这个究心政事之蒙古王公，助力颇多。

贡桑诺尔布虽生长于盟旗，但喀喇沁位于长城沿线，地缘上与京城接近，他自幼便接受良好教育，又常往来于王府与北京之间，因此身处边塞却并不闭塞。与其父一样，贡桑诺尔布建立起了自己的多族士人圈，较之乃父，他的视野要宏阔得多。贡桑诺尔布无论在京师还是在自己的属地，都多方结交社会名流。他的交游圈中既有满蒙汉权贵，也有维新派人物，

---

① 贡桑诺尔布：《夔盦诗词集》，载郑晓光、李俊义主编《贡桑诺尔布史料拾遗》第二辑，内蒙古人民出版社2012年版，第155—199页。
② 孟允升：《北京的蒙古王府》，《满族研究》1989年第3期。
③ 陈宗蕃：《燕都丛考》，北京古籍出版社1991年版，第448页。
④ 旺都特那木济勒：《如许斋集·公馀集续编》，《清代诗文集汇编》719册，上海古籍出版社2010年版，第767页。
⑤ 邢致祥：《热河省蒙古喀喇沁右旗扎萨克亲王贡桑诺尔布之略史》，载郑晓光、李俊义主编《贡桑诺尔布史料拾遗》，内蒙古人民出版社2012年版，第4页。
⑥ 孟允升：《北京的蒙古王府》，《满族研究》1989年第3期。

甚而资产阶级革命派人物也是他的座上宾。晚近中国，各种政治势力交错，因此，贡桑诺尔布不但注重和国人的往来，而且交接外国人。他既和沙俄在华官员来往，又与日本朝野人士过从甚密。在贡桑诺尔布的多族士人圈中，肃亲王善耆所起的穿针引线作用是很值得注意的。善耆（1866—1921）是战功赫赫的清太宗长子豪格的直系后裔，与贡桑诺尔布同年袭爵，成为第十一世肃亲王。他虽是皇族中的显贵者，却非属顽固保守之流，自号遂亭主人，与外界联系甚广。在崇文门监督任内，对历来因循的陋规弊端有一定的革故鼎新之举，从而曾遭到当时一部分顽固守旧者的非议。他同情光绪支持的维新变法，所以被人们认为是帝党的成员。对于共同的政治偶像光绪的崇拜，使他与资产阶级改良派的代表人物康有为、梁启超等人发生了密切的联系。义和团运动之后，他又结识了日本浪人川岛浪速。靠近东交民巷日本使馆的肃亲王府成了日本政界人物经常出没之所。从此，他日益亲日，并多少受到日本明治维新的影响。有志于改革这一共同的政治见解，使原来已有姻亲关系的贡桑诺尔布与善耆，更成了志同道合的莫逆之交。在妻兄善耆引介之下，贡王还结识了资产阶级维新派的代表人物梁启超、严复等人，并与之建立了很深的友谊。[①] 贡桑诺尔布每年要由旗内运去大量的土特产分赠友朋，而这些维新人物、政界名流带给他的思想的启蒙作用，使他在晚近时期的内蒙古，所推行的新政的各项措施，在彼时的清王朝内不落后于中原内地。

贡桑诺尔布在晚近时期对蒙地的改革举措，也是他对现代化思想启蒙的追逐过程，这里融入了他对本民族的热爱、追求开放、崇仰先进思想的特定文化心理与精神诉求，体现了改革精神与启蒙思想的高度融合，既是符合时代需要的主流文化风尚的反映，也是民族振兴意识与晚清思想启蒙运动合力作用的结果。

贡桑诺尔布认为，蒙古民族的落后在于文化的落后，要振兴民族，首先要创办学堂，发展教育，提高民众的文化素质。他认为，"本旗地方卑远，人材质朴，见闻素狭，讲求不纯。际兹时蹙日深，非学莫兴；人消才乏，非学莫成"[②]。不学则无以进步，不进则无以立足于世界先进之潮流。

[①] 娜琳高娃：《试论贡桑诺尔布与蒙古族近代教育》，《内蒙古师范大学学报》1989年第1期。

[②] 贡桑诺尔布：《示谕》，载郑晓光、李俊义主编《贡桑诺尔布史料拾遗》，内蒙古人民出版社2012年版，第214页。

在贡桑诺尔布看来，振兴民族，首先要振兴民族文化。"诸生接受此数年之教育，开我蒙古数千年未有之风气，从此进步无已，源源相继，循天演之进化。"① 贡桑诺尔布一生都在坚持，既要保持和发扬本民族传统文化，又要汲取汉民族及其他民族文化的先进文明，把外来文化融合于本民族的文明中，这样才能与世界文化并垂于久远。所以，为了提高蒙地民众的文化素质，贡桑诺尔布先后办了崇正学堂、毓正学堂和守正学堂、蒙藏学堂等学校，培养了许多蒙古族有识之士。

1905 年，贡桑诺尔布在崇正学堂创办了《婴报》，隔日印刷一期，刊登国内外新闻、科学知识、各盟旗的新闻和对时局的评论文。石印双日刊，是内蒙古第一份报纸，甚至是国内最早的少数民族文字报纸，《东方杂志》报道《婴报》说："蒙古喀喇沁亲王近就该王府创办一蒙文报，系汇选各报译成蒙文。总馆设于京师，凡内外蒙古及奉天、吉林、黑龙江等处均设分馆，专为开通蒙人风气，以期自强。"② 称之为"蒙古族新闻传播百年之源"。对近代蒙古族文化发展有不可替代的作用。该报出版六年之久，至辛亥革命时期终止。之后，贡桑诺尔布又创办了《蒙文白话报》《藏文白话报》《回文白话报》等。

民族自豪感与荣誉感，是贡桑诺尔布发展蒙地、开化蒙地的内在动力。他希望改变蒙古地区落后的面貌、追求蒙古民族的崛起，力图使蒙古民族走上复兴之路。通过增强民族自信心和民族凝聚力，重构蒙古族文化精神，来振兴随着满清王朝的衰败而日渐衰落的蒙古民族，是贡桑诺尔布在光宣时期致力而为的。他强调对祖先和族源的认识，是在承传家族使命。其父旺都特那木济勒曾多次用诗歌强调自己的民族身份。如其《晚酌后微雨闭户观书夜深启户则积素满院矣因口占二首》，其二中有句："幽居多少清闲味，付与狂吟塞上翁。"③ 旺都特那木济勒虽然一生都在静好岁月中度过，但作为元代皇室后裔，他在闲适诗歌写作中亦不忘身份是"塞上翁"，源出北方部族的属性，是其生命中的刻痕。再如其《志伯愚

---

① 《贡桑诺尔布在崇正学堂首届学员毕业典礼上的演讲》，载郑晓光、李俊义主编《贡桑诺尔布史料拾遗》，内蒙古人民出版社 2012 年版，第 215 页。
② 《各省报界汇志》，《东方杂志》1907 年第 9 期。
③ 旺都特那木济勒：《如许斋集·公馀集续编》，《清代诗文集汇编》第 719 册，上海古籍出版社 2010 年版，第 759—760 页。

少宗伯嘱题同听秋声馆图》，同样以"我亦备藩燕塞北，闲馆林森足秋色"①之语，点明自己蒙古藩王的身份。贡桑诺尔布在家族认同基础上进一步强调民族认同和家国担当。他在崇正学堂的开幕式上说："我们蒙古民族，在数百年前，成吉思汗崛起于漠北之地，席卷欧亚两洲，灭国四十……本王父祖相承，历受大清皇朝的爵位和俸银，当此国家多事之秋，如不协助国家使民众习文练武，实在于心不忍。"②满蒙权贵一体，蒙地的兴旺与大清帝国的昌盛一体，所以贡桑诺尔布要让学子知道，在国家的多事之秋，应当人人尽力振兴中华。不久，他写下诗歌《创办崇正学堂而作》，诗云："朝廷百度尽维新，藩属亦应教化均。崇正先从端士习，兴才良不愧儒珍。欣看此日峥嵘辈，期作他年柱石臣。无限雄心深企望，养成大器傲强邻。"③指出清廷已经开始维新举措，本旗蒙古族青年亦应与时俱进成为国之栋梁。自光绪二十八年（1902）起，贡桑诺尔布在喀喇沁旗先后创办新式学堂、女子学堂，创办蒙文报纸，选送本旗男女去外国深造，《送学生等游学》等诗都表达了发展蒙地，从而改良国政的企盼。

和众多晚清的有识之士一样，甲午海战带给贡桑诺尔布深重的耻辱感，那一时期的士人，都期望国家能办新学堂、养新士习，从教育开始，为国家培养柱石。这样自强自新下去，有朝一日可以傲视强邻——日本。为此，光绪二十九年（1903），32岁的贡桑诺尔布随同御前大臣喀尔喀亲王长子祺承武、肃亲王长子宪章等人私访日本，想要探寻邻邦的发展之道。渡海途中，他写下了《瀛海展轮》，诗云：

放棹瀛寰眼界宽，茫茫大陆等浮滩。蓬莱雾锁三横岛，芝罘云环数点峦。豪兴纵谈评屿峡，雄心低事怯波澜。黄昏极目天涯外，万顷怒涛拥一丸。④

---

① 旺都特那木济勒：《如许斋集·公馀集续编》，《清代诗文集汇编》第719册，上海古籍出版社2010年版，第774页。

② 《贡桑诺尔布传》，讷古单夫译自《世界名人传》第三册，政协赤峰市文史资料研究委员会编：《赤峰市文史资料选辑》第4辑《喀喇沁专辑》，政协赤峰市委员会文史资料研究委员会，1986年，第3—4页。

③ 贡桑诺尔布：《夔盦诗词集》，载郑晓光、李俊义主编《贡桑诺尔布史料拾遗》第二辑，内蒙古人民出版社2012年版，第157页。

④ 贡桑诺尔布：《夔盦诗词集》，载郑晓光、李俊义主编《贡桑诺尔布史料拾遗》第二辑，内蒙古人民出版社2012年版，第158页。

来自草原的诗人，在大海的万顷波涛中，与志同道合的友人纵论天下，豪情万丈。但黄昏时分的思乡时刻，极目天涯，身处海涛中的一叶舟中，在茫茫未知世界里既不知个人也不知国家的前途如何，心里难免忐忑不安。贡桑诺尔布在这首诗作中呈现的心境，犹如一首现代诗歌所写：既然/前，不见岸/后，也远离了岸/既然/脚下踏着波澜/又注定终身恋着波澜。其实，他的茫茫然无所知中探求的心境和诗情就是那一时代的缩影。赴日后，贡桑诺尔布又写下《博览会志游日本客中》《东京有感》等开眼望日的系列诗歌，在感喟"明治维新"带给日本科技和思想的发展、促使其快步走上现代化进程的同时，他也不忘宣传维新改革、关心民族及国家兴亡衰败。

贡桑诺尔布的这种责任感，既是时代所赋予的，也和个人的身份地位、探求国家民族发展之路的思想分不开。除了积极发展教育、办报纸之外，贡桑诺尔布还从北京购置《钦定佩文韵府》《古今图书集成》等书籍，加之王府内的蒙文、满文书籍，建立"夔庵图书馆"，对学校师生和官员开放，为更多的人阅读提供了方便，让想读书的人有书可读。贡桑诺尔布还在旗里竖电线杆，开通电报，办工厂，开百货商店，沟通喀喇沁旗与外界的联系，也用商业贸易渠道拓宽民生之路。"自邮电畅通以后，各校师生及旗民中的知识分子，大批订阅北京出版的报章书刊，使当地人民能大量地吸收到外界文化，文风蔚然，盛极一时。"[1] 他试图用增长知识、开阔视野来启迪民智。

在旺都特那木济勒的诗歌中，传统的思想和知识体现得非常鲜明，但在贡桑诺尔布的诗作中，已经看出他是有意识地想要向民众，尤其是生活在草原上的牧民宣传西方的科学知识，其间也若隐若现地掺杂有科学思想。在光宣时期的变局中，贡桑诺尔布一心致力于蒙古民族的改革与振兴之大业，充分体现了他热爱自己民族、心系天下的家国情怀。这种对民族、对国家的认识，从一定程度上反映出近代民族启蒙思想在蒙古王公中的形成和发展。

---

[1] 吴恩和、邢复礼：《贡桑诺尔布》，政协赤峰市文史资料研究委员会编：《赤峰市文史资料选辑》第4辑《喀喇沁专辑》，政协赤峰市委员会文史资料研究委员会，1986年，第22页。

第三节 进退失据:"局内人"到"局外人"

光宣时期,西方入侵的步伐加剧。士人经世致用的思想也随着时代而不断发生变化。从洋务派的"师夷长技以制夷"到维新派的托古改制,再到以张之洞等为首的"中体西用",都是在寻求救国救民的办法。总体来说都是以"致用"为核心,将"救亡图存"的观念发扬光大。

20世纪初期,随着时间流逝,士人自身苦恼与困局愈加凸显。在寻求国家与民族的纾困中,经世致用思想在中国又蓬勃发展起来。"道咸以降,途辙稍变,言经者及今文,考古者兼辽、金、元,治地理者逮四裔,务前人所不为。虽承乾嘉专门之学,然亦逆睹世变,有国初诸老经世之志。"① 贡桑诺尔布在蒙地实施的一系列改革举措,其实也正是这一思想主导下的产物。"在中国文化处于优势的时代,儒家治国平天下的工具大致是以经典、史学、历代掌故(政治)为范畴;但当国势衰弱时,经世主义者,并不反对引进外来的有效工具,因而成为接受现代化的动力。"② 贡桑诺尔布在经世致用思想主导下在蒙地进行的一系列改革举措,彰显在诗文中,是对旺都特那木济勒诗学传统的重写和改写,这透露了他独有的思想和动机,形成了晚清蒙古王公经世致用诗学框架。贡桑诺尔布这类诗作展示了崭新的追逐现代化进程的种种方式手段,同时也出现了现代性启蒙思想的萌芽。

民国初年,社会的基本道德与社会政治秩序被打乱,思想知识的传播媒介和内容方面,都呈现出巨大的变化。"'激进'逐渐成为近代中国主要的思想特征和力量。"③ 通过革命手段打破传统是那一时代的思想潮流。尽管一代文学不可能只有一个主题,近代文学客观存在多种主题,然而维护传统诗教却不是文学思想的主旨。清朝灭亡之后,贡桑诺尔布任民国蒙藏事物管理局总裁,1912年5月1日,北京临时参议院正式开议。次日选举出各部审查员若干名。其中,那彦图为法制委员之一,阿穆尔灵圭为财政委员之一,贡桑诺尔布为庶政委员之一,棍楚克苏隆为请愿委员之

---

① 王国维:《王国维手定观堂集林》,浙江教育出版社2014年版,第502页。
② 苏云峰:《张之洞的经世思想》,《近世中国经世思想研讨会论文集》,台北中研院近代史研究所1984年版,第532页。
③ 林志宏:《民国乃敌国也:政治文化转型下的清遗民》,中华书局2013年版,第332页。

一、博迪苏和祺诚武为惩罚委员。①虽然如此，但他对逊清宗室仍旧怀抱忠诚的态度。辛亥革命前一年，宣统二年四月，清廷指定钦选外藩王公世爵议员22名，他们分别是科尔沁辅国公博迪苏（哲里木盟）、喀喇沁郡王贡桑诺尔布（卓索图盟）……②贡桑诺尔布还被升为亲王，他在蒙地积极创办蒙藏学校。然而，这种状况随着辛亥革命爆发而改变。所以，尽管在表面上贡桑诺尔布成为民国的新成员，今人的研究中也不把他列为清"遗民"③。但是，入民国后，贡桑诺尔布依旧用传统的旧体诗来表达情志，如其《咏怀》《咏史》《山村得句》等，而且除诗之外，贡桑诺尔布用汉文撰写不少词作，反映了时局日下和本人生活困苦等情形。如在《如梦令·八月十五夜对酒二首》词中表现虽有宏图大志，但无法施展，只好借酒消愁之悲情。而他的《满江红·巴林古长城怀古仿萨都剌韵》等词中，又有着非常浓厚的民族色彩。贡桑诺尔布在借诗词这种传统文学体式，回忆蒙古族辉煌历史，描写蒙古地区的美丽自然风光。

民初之际的蒙古王公，文学表达与政治书写紧密相关。"清帝退位后，由于溥伟、善耆、铁良、升允等奔走呼号，各地满、蒙人士基于公愤私仇，或乘势响应，或到处滋扰，以抗民国。当时的报刊杂志多称他们为宗社党。"④前清陕甘总督升允⑤是清室覆亡后积极主张复清者，他在离甘肃境后，远赴库伦，在停留库伦期间，升允先后致书土尔扈特郡王帕拉塔、喀尔喀亲王那彦图、科尔沁公博迪苏、喀喇沁王贡桑诺尔布，密谋讨袁复清。于民国二年（1913）秋，离开库伦，欲东渡日本。并于当年亲笔致函日本政府，名为《升允致日本政府书》，署名是癸丑年（1913）四月，日本外交机构注明"在库伦升允之檄文""大正二年七月十八日海拉尔在留商人宫里好磨转来，手书由库伦之信函转来"。该信有如下之言："允将合内外蒙古、二十行省之有血气知尊亲者，并起而讨逆党……或有

---

① 参见张玉法《民国初年的政党》，岳麓书社2004年版，第278—279页。
② 参见"论说"《东方杂志》1910年第4期。
③ 《清遗民基本资料表》，林志宏：《民国乃敌国也：政治文化转型下的清遗民》，中华书局2013年版，第404—406页。
④ 胡平生：《民国初期的复辟派》，台湾学生书局1985年版，第3页。
⑤ 升允，字吉甫，号素庵，蒙古镶蓝旗人。光绪八年（1882）举人。后曾出使俄、德等国任头等参赞。光绪二十八年（1902）任陕西巡抚。光绪三十年（1904）调任江西巡抚，未赴任。光绪三十三年（1907）任陕甘总督。宣统元年（1909）罢职。有诗集《东海吟》。

悯允之忠，听允之言，助允之力者，未可知也。"① 而这"知尊亲者"里就有贡桑诺尔布等。民国十九年（1930）秋，贡桑诺尔布在京病逝。去世前，给长子笃多博留下遗书，谓："你父亲一生心怀大志，首先筹划使本旗如何强盛起来，其次再争取整个蒙古民族的国际地位。不幸命途多舛，事与愿违，死有余恨。你还年幼，希望你多学些知识本领，打下立身处世的基础……万一遇有良机，务必为复兴蒙古民族而努力。"② 在贡桑诺尔布他们看来，蒙古与满洲有着不解之缘，兴蒙古必复满洲。所以，他在新政权中，随着中国"天下国家"观的瓦解，他的忠君行为的合理正当性便面临重重危机。试想，当中国只是一个步入世界政治体系之林的国度时，"忠君"的想法不过是虚拟的原则和幻影，蒙古王公如何再从道德的观点来约束自我呢？所谓"前朝"的意义已然泯灭。

科尔沁辅国公博迪苏③是晚近时期另一著名蒙古王公。出身于蒙古贵胄，祖父僧格林沁，祖母系贝勒文和（裕亲王福泉五世孙）之女。父亲伯彦讷谟祜，母亲系怡亲王载垣之女。妻子系怡端亲王载敦第六女。光绪三十二年丙午（1906）曾奉命与阁学达寿护送达赖活佛回藏，六月回京。其间著《朔漠纪程》，附《朔漠纪程诗》一卷。因本章所涉蒙古王公皆是有诗文集存世者，所以行文及博迪苏。较之贡桑诺尔布，博迪苏无论家世还是爵位都更为尊崇。光绪三十四年（1908）十一月，博迪苏被赏加贝子衔。"民国元年11月20日，晋固山贝子。"④ 宣统三年辛亥（1911），武昌起义后，在京与喀尔喀亲王那彦图等组织蒙古王公联合会，与贡桑诺尔布曾共同出任民国参议员等职。升允与恭王溥伟大倡"复辟"之时，博迪苏是当然的"宗社党"成员，不过因为早逝，在民初政治舞台上昙花一现。

博迪苏著有《朔漠纪程》一卷，并附《朔漠纪程诗》一卷。光绪三十二年（1906），博迪苏与达寿等人奉清廷之命，赴蒙古探视流亡的达赖

---

① 《升允之活动》，《日本外务省文书 蒙古》第三册，公第228号。转引自张永江《民族认同还是政治认同：清朝覆亡前后升允政治活动考论》，《清史研究》2012年第2期。
② 《贡桑诺尔布传》，讷古单夫译自《世界名人传》第三册，政协赤峰市文史资料研究委员会编：《赤峰市文史资料选辑》第4辑《喀喇沁专辑》，政协赤峰市委员会文史资料研究委员会，1986年，第13页。
③ 博迪苏（1871—1914），博尔济吉特氏，蒙古族科尔沁旗人。封辅国公。
④ 《嫩科尔沁演变史》编委会编著：《嫩科尔沁演变史》下，辽宁民族出版社2016年版，第172页。

喇嘛。《朔漠纪程》是此次公差行程记述。途中博迪苏与从人魏震、达寿赋诗纪行，其中博迪苏赋纪游诗 7 首，计有三月十八日，博迪苏作诗《奉使口占》。四月十四日，博迪苏作《居庸关即景》。闰四月初三，博迪苏有诗《雨后》，四月二十四日，博迪苏有诗《途中遇风》，闰四月十六日，博迪苏有诗《虹》，闰四月十九日，博迪苏有诗《三音诺彦即景》，五月二十日，博迪苏有诗《三音诺彦道中》。郭进修为《朔漠纪程》作序，曰："丙午三月，朝命偕达阁学寿赴喀拉喀考察蒙古游牧事宜，自出都以迄还朝都，一百有五日，编为《朔漠纪程》一卷。"[①] 国家图书馆现藏有光绪三十三年（1907）一册铅印本。从博迪苏诗作的内容来看与时事无涉，均为写景记游之作。

晚近民初的士人，无论身份若何，因为时代潮流的裹挟，大抵都参与到晚清启蒙运动中，或者向民众宣传传统的思想和知识；或者向民众宣传西方的科学知识，也包括科学思想。"通过学习中国传统知识和西方新知识来达到开启'民智'的目的，中国传统文化包括封建思想也是知识的一部分。理论上，中国传统文化'知识'以及格物等实业'知识'和西方的科学知识有很多矛盾和冲突，但在'知识'层面上，它们却和平相处并共存，这是晚清启蒙运动和后来的五四新文化运动的思想革命之根本不同。"[②] 当然晚清的"启蒙"主要是中文原初义，也即通过知识的方式开导蒙昧之人。贡桑诺尔布在属地所做工作便是此中之意。

贡桑诺尔布在对属地民众传播新知识新思想的时候，可能并不具有政治性，然而他在新思想新文化的启迪下，积极与时俱进参与到光宣时期的多种维新改革中，却自然而然地具有政治性。近代中国的转型，是伴随着清末民初中国边疆面临严重危机的背景下发生的。民国肇建之时，国家社会根基尚未稳固，俄英两国分别扶植外蒙、西藏"独立"，边疆危机日益深化。贡桑诺尔布作为蒙古王公，他的思想行为本身就意味着内蒙古的声音，而这既关系中国现代化进程中的外交转型问题，也关系国民外交思想变动及其深刻影响。虽然是另外的一个大话题，然而与晚近蒙古王公的政治文化依旧休戚相关，不能不提上一笔。

[①] 中国社会科学院中国边疆史地研究中心编：《清末蒙古史地资料汇萃》，全国图书馆文献缩微复制中心 1990 年版，第 479 页。

[②] 高玉：《晚清白话文与五四白话文的本质区别》，《文艺理论研究》2019 年第 5 期。

第六章 晚近蒙古王公汉语创作"局势"

谈论清末民初的文化思想话题，政治是无可逃避且须面对的一环。"借思想、文化以解决问题的方法"，实际上无法摆脱来自政治的幽灵所困。因此在1920年，陈独秀（1879—1942）决定改变原先创办《新青年》（最初名为《青年杂志》）的初衷，即是因感受到政治问题始终影响当时的人们。陈独秀曾说："你谈政治也罢，不谈政治也罢，除非逃在深山人迹绝对不到的地方，政治总会寻着你的。"[①] 政治给予人们莫名无形的压力显而易见。所以，本章引进了政治学领域中重要的概念和议题——政治文化[②]，试图以此来谈论晚清蒙古王公在变局中的种种行止。所谓政治文化，意指某一民族/民众/群体，在特定时期所普遍接受和奉行的一套政治取向。这些取向的性质，自然涉及了传统、历史记忆、动机、规范、感情，还有由此展现出来的象征符号。[③] 就每一个个体而言，过去的经历与认知，形塑了自己对当下、未来有关政治行为的态度和反应。旺都特那木济勒在道咸同光的大变局中岁月静好是如此，贡桑诺尔布在光宣民初的大变局中挣扎问难亦如此。贡桑诺尔布们的难处是时代环境所导致的结果。一方面，以"王朝"（dynasty）作为单位的历史书写，将无法继续维持下去；另一方面，为近代民族国家的提出。梁启超（1873—1929）提出《新史学》就是一个显而易见的实例。[④] 对蒙古王公而言，政治文化的复杂形成因素，既包括他们来时之路的地理环境、民族性、宗教信仰等，也和他们生活时代的社会经济的发展、文化思潮的走向有关。政治思维和行动间的关系密不可分。政治和文化双重领域下互动的结果更是耐人寻味。

道咸同与光宣之间，在中华变局中做"局内人"还是"局外人"，关键在于变局中人内在精神的转换。这一转换既缘于自身对时代是否感知敏

[①] 陈独秀：《谈政治》，载蔡尚思主编《中国现代思想史资料简编》第1卷，浙江人民出版社1982年版，第55页。

[②] "政治文化"是指从心理层面，探讨个人与政治体制互动关系的知识，企图自个人的认知、情感、态度和行动等各种角度，考察并解释政治体制本身的稳定和变化。阿蒙（Gabriel Almond，1911—2002）于1956年首次提出。Gabriel A. Almond, "Comparative Political System," Journal of Politics, 18: 3 (1956 Aug), 第391—409页。转引自林志宏《民国乃敌国也：政治文化转型下的清遗民》，中华书局2013年版，第17页。

[③] Kavanagh Dennis, "Political Culture" (London Macmillan, 1972)，第10—11页。转引自林志宏《民国乃敌国也：政治文化转型下的清遗民》，中华书局2013年版，第17页。

[④] 梁启超认为以往的书写病原有四端，其中之一为"知有朝廷而不知有国家"，见梁启超《新史学》，梁启超著，吴松等点校：《饮冰室文集点校》，云南教育出版社2001年版，第1629页。

锐，是否想要改变生活态度，更是受到了晚近民初政治文化转型这一历史运势的影响。具体而言，就是帝制下的中华文化受到外来冲击后所产生的国家、文化转型造成的。探究晚清蒙古王公在转型时代，顺应或违背主流价值中隐伏的兼具理性与感性的政治抉择，能够帮助我们管窥 20 世纪中国政治文化转变中的曲折。

第七章

八旗子弟的原乡疏离感与"文学事件"

清代满、蒙八旗子弟的祖先都生活在塞外,满洲八旗的编设与部落统一奠定了满族政权的基础,当蒙古八旗在后金天聪九年(1635)完成建构后①,也被纳入八旗组织的统一管理中。满、蒙八旗子弟的祖先在顺治元年(1644)随清廷入主中原,其后作为八旗驻防制度的执行者,或驻留京师,或驻防于重要城邑,受到所在地文化的深度影响。随着时间的流逝,一方面这些八旗子弟家族中很少提及发轫的故乡——原乡,另一方面且更为重要的是,他们生活于汉文化空间中,因此,当他们公干行经或回到原乡后,就受到来自故土的强烈的陌生感的冲击。他们中的一些人赋诗表达此种情感,借用满族诗人纳兰性德《长相思》之语,这是"聒碎乡心梦不成"的困扰。值得注意的是,这种"乡心"变幻之困扰导致民族诗人在原乡写下了很多对于汉地故乡思念的诗文。这样的文学作品,抒发的不只是一个诗人或者一群诗人的困扰,而是一个民族的困惑,也因之成为值得探究的"文学事件"。伊格尔顿在《文学事件》中认为,文学的话语是建构性的,产生了叙述的对象。文学不仅是意义的生产,也产生一种力量。② 这种力量对于读者的影响不仅表现在当时,也表现在后世。文学能够以言行事,具有施行性力量,文学事件强调文学的生成性和行动力,它能够见证历史事件。八旗子弟笔下的原乡疏离感有其因果与呈现,是完整的文学事件,而这样的文学事件所透射出的少数民族诗人离开原乡进入

---

① "1622年(天命七年)科尔沁蒙古兀鲁特部部长明安,率三千户归附,努尔哈赤曾准他们别立一旗,是蒙古单独编旗的开端。1634年(天聪八年)皇太极将蒙古左、右营正式析为两旗。翌年,以察哈尔、内外喀喇沁各部相继归附,改定八旗制:将原隶八旗满洲的部分蒙古人丁析出,与旧蒙古两旗和新附人丁重新编组,成立八旗蒙古(蒙古八旗)。"王锺翰主编:《中国民族史》,武汉大学出版社2012年版,第1223页。

② 何成洲:《何谓文学事件》,《南京师大学报》2019年第6期。

汉文化生活环境后对原乡的表层遗忘,及其在受到触动后的溯源式思考,以及离开原乡后的再度遗忘,呈现的是中华各民族交融演进的一端。满蒙八旗诗人书写的中国少数民族族群随着时空变迁产生的对原乡的疏离感,隐现出的代际迭变与生生不息,是中华民族共同体意识建构书写中极有意义的一环,本章试就此进行探讨。

第一节 文学事件的生成:原乡的陌生感

晚清蒙古族诗人,如柏葰、延清、三多等,大多生长于京师或者通都大邑,相较蒙地,他们更加熟稔农耕文明社会中的种种规制。对于他们而言,原乡的草原或胡人仅是血脉中存留的信念,而不是日常生活中的气息。

光宣时期的蒙八旗诗人延清先世为京口驻防,他出生于人文荟萃的镇江,师从硕儒高鹏飞,幼即饱读诗书,儒家经典对他产生了深远影响。光绪三十三年(1907),延清奉使出行车臣汗祭奠病故车臣汗部郡王衔扎萨克多罗贝勒蕴端多尔济,车臣汗在喀尔喀之东计二十三旗,今外蒙东部,东界黑龙江。行走在蒙地的延清,对眼前的景物有着如内地汉人一般的新奇。多变的戈壁气候和迂曲沙路是生长于商业高度发达的京口、入仕于帝都京师的延清从未曾见过的,他惊呼"怪石惊沙气象粗,不平沙路极萦纡。数家寥落闻鸡犬,四野安闲绝鼠狐"(《过陀罗庙作两用宝文靖公诗韵》其二)[①];行路中,延清感慨"雨泽遐方少,风霾大漠昏。讵知耕种利,游牧抵田屯"[②](《早发海流道中》),来自农耕文化重镇的诗人对牧民的生活完全不了解,因此,对晚近清廷拓垦蒙地的政策自然而然地表达赞许。当然,亦如初出塞的所有诗人一样,延清对塞外的荒寒也数次赋诗,"望中无一木,多木语无稽。地辟三春冷,天围四野低。沙虫经雪化,塞马逐风嘶。候馆荒凉甚,啾啾冻雀栖"[③](《闲眺用宝文靖公诗韵》)。

---

① 延清:《奉使车臣汗记程诗》卷2,《清代诗文集汇编》第765册,上海古籍出版社2010年版,第106页。
② 延清:《奉使车臣汗记程诗》卷2,《清代诗文集汇编》第765册,上海古籍出版社2010年版,第108页。
③ 延清:《奉使车臣汗记程诗》卷2,《清代诗文集汇编》第765册,上海古籍出版社2010年版,第109页。

第七章 八旗子弟的原乡疏离感与"文学事件"

光宣时期的蒙八旗诗人三多生于杭州旗营,祖籍抚顺,先祖于顺治二年(1645)随军驻防浙江杭州,遂以为籍。三多精骑射,年十七承叔父荫袭三等轻车都尉,食三品俸。光绪三十四年(1908),37岁的三多,卸下任职五年的杭州知府,来到内蒙古属地归化城任副都统。宣统元年(1909),又前往外蒙古,任库伦办事大臣,直至宣统三年(1911)11月30日外蒙古独立被逐。三多在内外蒙古前后居停近四年,其间写下多首诗歌表达在蒙地的感受。《归绥得冬雪次尖叉韵》是他任职归化城副都统时所作,为了让读者进一步了解归绥(今呼和浩特),他在部分诗句下加注说明蒙地习俗。诗云:"白凤群飞坠羽纤,大青山上朔风严。精明积玉欺和璧,皎洁堆池夺塞盐(蒙盐产于池)。沙亥无尘即珠履(沙亥,蒙言鞋也),板申不夜况华檐(板申,蒙言房屋,《明史》作板升,此间作板申)。铁衣冷着犹东望,极目觚棱第几尖。无垠一白莫涂鸦,大放光明篯戾车(篯戾车,佛经言边地也)。难得遐荒皆缟素,不分榆柳尽梨花。琼楼玉宇三千界,毳幕毡庐十万家。预兆春耕同颖瑞,陈平宰社饷乌义(满蒙以少牢祀神,馈饷其脾曰乌义)"[①] 与延清临时至蒙地出差不同,三多任职蒙地,且通蒙语,在他的诗歌中常常化用蒙语入诗。然而,作为原生于东北地区的蒙古八旗后裔,三多对蒙地并无亲切感,他持续地表达了对蒙地的巨大隔膜,并且以蒙地之苦寒来对比西湖故乡风物之美。"受降城外早飞霜,不比西湖十景塘"(《秋柳次渔洋韵》)[②],"故乡方啖饼,此处已衣绵"(《中秋夕与家人登汗阿林楼观月》)[③],都是诗人真切的感受。在三多的心里,杭州就是故乡,蒙地为官的几年间,诗人无时无刻地怀恋故乡。《思归借明妃文姬以自感》是其明白表示想要回到故乡的声音。"冰心近日寒于水,安得春风酒一杯"(《梅花》)[④],"一年销尽个人魂,何日封侯入玉门"(《秋柳次渔洋韵》)[⑤],"长安故旧烦传语,不羡

[①] 三多:《可园诗钞》卷5,《清代诗文集汇编》第792册,上海古籍出版社2010年版,第624页。

[②] 三多:《可园诗钞》卷5,《清代诗文集汇编》第792册,上海古籍出版社2010年版,第626页。

[③] 三多:《可园诗钞》卷6,《清代诗文集汇编》第792册,上海古籍出版社2010年版,第630页。

[④] 三多:《可园诗钞》卷5,《清代诗文集汇编》第792册,上海古籍出版社2010年版,第627页。

[⑤] 三多:《可园诗钞》卷5,《清代诗文集汇编》第792册,上海古籍出版社2010年版,第626页。

封侯羡入关"(《送赵萼楼曾棣农部还京》)①,"畏不怀归岂友朋"(《登归化城北楼书感》)②,都是内心迫促情感的传达。在与他心中的故乡时空悬隔的日子里,诗人无数次地对"抛却西湖事远征"(《怀帅以诗赠行次韵答谢》)③耿耿于怀,甚至抱怨《边塞苦寒莳花不易偶购盆梅数株红者尤佳适》,以江南故物寄托思乡情怀。

相较晚清时的延清和三多,道咸同时期的蒙古族诗人距离祖先离开故土的时光要近些,然而,对原乡隔膜的情感相同。道光二十年(1840)秋天,柏葰从盛京刑部侍郎兼管奉天府府尹事任上奉调刑部左侍郎。在回京师途中经过元上都滦京,写下四首《杂咏》,其三云:"滦京白露候非迟,似有轻霜结树枝。记得家园好风味,满盘魁栗荐新时。"其四云:"最好秋风剥枣天,辽东两载柱馋涎。而今仍作滦江客,辜负红香又一年。"④在第四首诗作末句后自注:"沈阳滦阳俱无鲜枣。"秋季是收获的季节,也正是京师枣、栗上市时节,诗人值此身在旅途,偶尔唤醒内心深处对家乡风味的忆念不足为奇,但值得注意的是,作为一名大清治下的蒙古族官员,他在大清入关前的都城盛京(即沈阳)和蒙元上都滦京(即滦阳),思念的都是自己出生和成长之地京师,旅途中他没有写下溯源这两地历史和家族记忆的任何诗作,显然这两地于他没有值得忆念的情感。柏葰的原乡是蒙古草原,柏葰曾在诗歌中说道:"我家大漠临潢府,攀鳞附翼来燕幽。"⑤史学家邓之诚与柏葰孙崇彝交好,记其祖父曰:"(柏葰)始祖系出元太祖十五世孙达延车目汗少子,曰鄂尔博特,分居克什克腾地方。天聪八年(1634)来归,隶正蓝旗蒙古。曾祖讳□□,官理藩院郎中,妣博尔可氏。祖讳□□,钦天监五官正,妣博尔腾氏。父讳□□,甘肃宁夏道,妣哈郎特氏、胡鲁古斯氏。三世皆以公贵,封光禄大夫,妣封夫人。公为宁夏公长子胡鲁古斯夫人出,成道光六年

---

① 三多:《可园诗钞》卷6,《清代诗文集汇编》第792册,上海古籍出版社2010年版,第630页。
② 三多:《可园诗钞》卷5,《清代诗文集汇编》第792册,上海古籍出版社2010年版,第626页。
③ 三多:《可园诗钞》卷5,《清代诗文集汇编》第792册,上海古籍出版社2010年版,第627页。
④ 柏葰:《薛箖吟馆钞存》卷3,《清代诗文集汇编》第622册,上海古籍出版社2010年版,第57页。
⑤ 柏葰:《薛箖吟馆钞存》卷3,《清代诗文集汇编》第622册,上海古籍出版社2010年版,第56页。

(1826)进士,授编修,由詹事府右春坊右赞善升国子监司业、翰林院侍讲学士、内阁学士兼礼部侍郎衔。"①柏葰祖上系出蒙古察哈尔部,早在后金天聪年间就归附满洲,成为"内属蒙古"(内蒙古)②。他的家族世受大清皇恩,原乡与盛京相距不远,此地的满蒙交融早在大清入关之前就已开始。不过,在柏葰的心中,故乡显然只是其出生地——京师。

乾嘉时期满洲正黄旗诗人铁保,栋鄂氏,曾任《八旗通志》总裁、礼部尚书、吏部尚书等职,嘉庆十九年(1814)因被弹劾,革职发往吉林。在此期间,诗词创作颇丰。在其《兴京道中》,诗人写下"近水茅为屋,依岩木作栏。淳庞延旧俗,如见古衣冠"③之语,表达了对东北故地的新奇感受。须知兴京并非普通的东北原乡,兴京原名赫图阿拉,故址在今辽宁省新宾县西老城村。万历四十四年(1616),努尔哈赤称帝,定赫图阿拉为都城。天命六年(1621),迁都于辽阳。天聪八年(1634),尊赫图阿拉为兴京。乾隆二十八年(1763),置兴京厅,移锦州府通判驻此。光绪三年(1877),移治兴京厅于新宾堡,改理事通判厅为抚民同知厅。宣统元年(1909)升为府,领通化、怀仁(今辽宁桓仁)、辑安(今吉林集安)、临江(今吉林浑江)四县。民国初年,废府为县。铁保在兴京感受到的新异与柏葰在滦京思念京师的情愫,表达的都是对于"原乡"的隔膜,祖先的生存之地在一代又一代满、蒙八旗子弟的播迁中已经把过去和未来分化了,每个后来者都成为分散在社会大布上的游丝,散落各处。嘉庆丙子(1816)冬夜,铁保在吉林度过除夕,愁肠百转中写下一首《满江红》,来表达自己企盼归期的焦灼。上阕"剔尽残灯,听不彻、漏声千叠。况年华已晚,岁筹又掣。爆竹声中尘梦杳,椒盘座上乡音别。笑浮生、六十六春光,轻轻擎"④,"每逢佳节倍思亲",铁保词中流露出对故乡的忆念,而他在原乡思念的心中的故乡自然是生长的京师。

康熙年间的宗室岳端,为努尔哈赤曾孙,祖父阿巴太,父亲岳乐,俱为公卿。康熙二十三年(1684),岳端受封为勤郡王。康熙二十七年(1688)秋,19岁的岳端随父赴蒙古苏尼特汛界驻防,历时两个月,写下

---

① 邓之诚著,邓瑞整理:《邓之诚文史札记》,凤凰出版社2012年版,第196页。
② 王钟翰主编:《中国民族史》,武汉大学出版社2012年版,第1216页。
③ 铁保:《惟清斋全集》,《清代诗文集汇编》第432册,上海古籍出版社2010年版,第525页。
④ 铁保:《惟清斋全集》,《清代诗文集汇编》第432册,上海古籍出版社2010年版,第572页。

《出塞诗》一集。在出塞路上，岳端不停喟叹塞外荒寒，思念故乡。"故乡行渐遥，驻马重回顾"（《途中作》）[①]、"他乡难作客，况是此乡中""故国归期远，愁心似斾摇"（《漠北二首》）[②]、"尚在秦关千里外，吾乡音信故难闻"（《漠南》）[③] 等诗句在诗集中触目皆是，也都是他内心真实情感的写照。生长于京师的宗室之后，对于塞外的隔膜似乎不逊于普通的八旗子弟。

内外蒙地是延清、三多、柏葰等人祖先的生长之地，而东北地区则是铁保、岳端等人祖先的发迹之所。中国北部的塞外就是满、蒙八旗的根脉所在，就像是皮埃尔·诺拉所说的"记忆之场"，承载着八旗子弟的祖先们的往昔岁月。不过，岳端、铁保、柏葰、三多、延清等人回到塞北这个记忆之场，更多生发的却是血脉源出却不能融为一体的疏离感。而这种疏离感，伴随清初至清中期满蒙八旗子弟的多次故乡变化，并非仅体现在他们回到原乡的时候。从祖先离开塞外起，在满、蒙古民族一代甚至数代人的流离辗转中，"乡心"之迁转曾多次发生。蒙八旗士子大抵在生命历程中都有过"异乡人"的经历：他们的祖先离开故土跟从清廷前往京师，定居京师；他们则在顺康雍乾不同时期奉命离开京师前往驻防地，客居驻防地。乾隆中期颁行了驻防八旗营葬制度后，他们须定居于驻防地。这一政策对于像白衣保这样长久漂泊瞻望京师者而言，是难免有家难回的憾恨的。因为驻防地对于康乾间早期的驻防八旗而言，仅是暂时或长久的驻防之地甚或生命终结之所。不过，对于乾嘉之后出生的驻防八旗而言，却是生养死葬并且安顿心灵的故乡。他们生于斯、长于斯，即便后来参加科举考试离开，一生牵挂的故乡不会是北方草原，不会是京师，只会是驻防地。这虽然是对八旗安养制度下的驻防蒙八旗的讨论，其实一样可以适用在满八旗身上。因为这样的情感经历，不只是蒙八旗子弟，也是满八旗子弟的共同记忆。

塞外蒙地和满地行走的记忆让每个诗人都感到有责任去回忆，从归属感中找回身份认同的源头和秘密。这是由来自记忆责任的需要催生的。"（记忆）从历史学向心理学，从社会向个人、从传承性向主体性、从重

[①] 岳端：《玉池生稿·出塞诗》，天津古籍出版社1990年版，第34页。
[②] 岳端：《玉池生稿·出塞诗》，天津古籍出版社1990年版，第37页。
[③] 岳端：《玉池生稿·出塞诗》，天津古籍出版社1990年版，第39页。

复向回想的转移。这就开启了一种新的记忆方式，记忆从此成为私人的事务。"[1] 每个个体的原乡感受书写，组成他们对远去的某种现象的重构，这在一定程度上体现出对某种已逝传统的历史意识的回归，只是这种回归是随着诗人身体坐标在蒙地和满地时才能被诗人清晰体察的。

当延清等人回到祖先血脉凝聚之地的塞外时，他们不由自主地就会产生焦虑，无论这样的焦虑是来自对陌生土地的不耐性还是对祖先血脉之所的隔膜。焦虑或者焦虑后的反躬自省，是他们面对陌生的困境时不由自主会生发出来的。目睹之塞外，与祖先生活的塞外有何不同，他们固然不应也不会夸大自己眼中的荒寒感受，可是由于家族传承中这项教育的缺失与自我淡漠所造成的失忆程度，使得他们足履原乡时并没有一般意义上的回到故乡的亲切感是无疑的。

第二节　文学事件的裂变：原乡的异质感

因为来到原乡后的现实的巨大冲击，诗人们开始用历史记忆来诠释曾经的日常生活，经验与历史记忆互相套叠，才逐渐将历史的记忆转译成现实的原乡意识。尤其似延清、三多这样的江南游子，当他们身在原乡时，心还在江南，他们从同质的角度，召唤不在场的江南，除了作为认识的介体，也让现存的空间与记忆的空间叠合，乡愁因此被逼现。而从异质的角度出发，凸显异地与熟悉的家园间时序气候的不同与文化与习俗的断裂，是旅行者惯用的视角。[2] 是的，身处原乡的他们，是用旅行者惯用的视角，来看待家族的根脉的。其实，不只是他们，他们不过是从"江南"与"漠北"的联结着眼，更可以发现蒙地书写中的江南（如西湖）的美妙。江南风物是江南士人们认识漠北的重要介体，因为他们必须使用自己熟悉的事物才能去经验异地。从同质的角度，江南士人们站在漠北，却恍然置身江南，让现存的空间与记忆的空间叠合，逼现乡愁。而从异质的角度，透过异质对象的展示，在辨识与表述作者所认识的异地时，也标示出自己的南客身份。诗人们的蒙地诗作是对江南所进行的不在场凝视与书写，其实就是一种由他处定义此处的空间书写模式，不在场的江南是他

---

[1] ［法］皮埃尔·诺拉：《记忆之场：法国国民意识的文化社会史》，黄艳红等译，南京大学出版社 2020 年版，第 18 页。

[2] 李嘉瑜：《元代上京纪行诗的空间书写》，里仁书局 2014 年版，第 139—140 页。

处，是定义者；而在场的归绥、库伦等则是被定义的此处，这也让通过江南之眼所进行的蒙地书写，渗入一种挥之不去的客愁。

三多们的这种"内部的他者化"的写作者，对于"内地的边缘"的故乡的思考，是他们的社会观念、个人情感、身份立场的真实呈现，然而惟其真实，因其与生俱来的民族性，带来的审美经验更超越汉族文士前往塞外后的书写。他们在不同时期的"复写"与"覆写"一起层累地造成了有关塞外的历史意象，并改写着游牧民族后裔的"内部"叙事视角。

当三多写下《鹊桥仙·题王萼楼锡辉词稿》时，"珠江风月，钱江山水，当日怎能抛去。更闻芍药艳扬州，家又在、花深深处。黄河钓鲤，黑河射雁，方便寄些尺素。莫教埋怨到将军，做这个、征夫知遇"[1] 还只是借他人杯酒浇自己宦游的心中块垒的叹息，而在《九日无菊怅然作歌》里，则已然是融合原乡与故乡情愫的不期然而然的乡心拼接情感了。诗云："吾生四十度重阳，三十九度看花黄。前年去年镇定襄，大枝小枝犹傲霜。今守匈奴古行国，风低草见马牛羊。山森松柏无桃李，地苣蘑菇少稻粱。只有数茎长十八，闲开胡妇脸霞傍。王嫱老去宿青冢，蔡女言归空氉房。况复此花钟土德，本留正色在中央。中央正色肯来此，珍重东篱殿众芳。安得甲兵三十万，卖刀买犊垦穷荒。不妨今日难逢菊，须济新氓困裹粮。傥将我愿此间偿，乞骸不种南阳桑。卷起西湖灌晚香，花开补看三万六千场。"[2] 蒙地在诗人看来，不外是匈奴古行国，而乡人也只是胡妇胡人，在他的另一首诗中，他甚至有"四夷今是活长城"[3] 这样的表述，但他依然愿意用西湖水"垦穷荒"。延清在公干途中写下《鄂兰胡笃克五排十二韵》第十四台五十里译言多井，诗前小序云："喜逢多井处借文靖公句，四子旧王旗四子部落在张家口西北五百五十里，按四子系元太祖弟哈布图哈萨尔十五世孙诺延泰与兄昆都伦岱青同游牧呼伦贝尔，有子四，长僧，号墨尔根和硕齐，次索诺木，号达尔汉台吉，次鄂木佈，号布库台吉，次伊尔札布，号墨尔耕台吉，四子分牧而处，后遂为所部称。"诗云："驿传经由地，藩封报效时。牛羊资牧放，驼马佐供支四子王旗向奏准情愿报效该台站驼马。富庶名犹拥，贪悭责敢辞近年稍不如前勉强支

---

[1] 三多：《粉云盦词》，全国图书馆文献缩微中心，中国国家图书馆藏。
[2] 三多：《可园诗钞》卷 6，《清代诗文集汇编》第 792 册，上海古籍出版社 2010 年版，第 632 页。
[3] 三多：《可园诗钞》卷 5，《清代诗文集汇编》第 792 册，上海古籍出版社 2010 年版，第 621 页。

应。皇恩仍逮尔,祖武不绳其。倘复前规守,非徒好爵縻。毋分谁部落,共保此藩篱。东道情斯厚,西盟力不疲。为他宾服倡,便我使车驰。饮水希廉洁,循途就坦夷。聊增行李色,且和佩蘅诗。宝文靖公《奉使三音诺彦记程草》一卷附《佩蘅诗钞》内。揽辔澄清望,吾侪共勉之。"[1] 诗中多次出现的自注,似日记一样记录诗人对蒙地蒙名之由来、地产若何、赋税怎样的琐碎记录,表达的也是原乡与故乡在自己心中不期然的交融与交流。但当三多或者延清离开蒙地后,这样的记述或者回忆在他们诗集中却再难觅到了。

在地文化对于后来者的影响巨大,不但要后来者朝着固有文化氛围靠拢,而且积极改造后来者的思维方式。晚清时期的京口驻防或者杭州驻防起家者,作为对原生的游牧文化不明就里者,他们从头到脚都被江南文化浸染,对汉文化不会有异质感觉。何况他们的游牧文化记忆早已经被本家族内部自行抹除而不自知。所以,当他们有机会踏上塞外原乡的时候,塞外的民情风俗于他们是相当新鲜的,他们是在空白的纸上一寸一寸填回历史记忆的。而他们内心深处潜在的民族情感、民族认同等心理机制也就在这样的回填中点点滴滴地流露在笔端了。三多的《雪窗夜坐书示僚友》是对光宣之际的外蒙古地区情势的现实写照。诗云:"不谈减灶与量沙,鼍鼓冬冬罢晚衙。分判云泥金雀木(即金桃皮树,例贡备饰弓箭,蒙人则以之供养而已),物并动植水仙花(案头供螃蟹水仙一盆)。维新莫送香冰酒,致远同迎电汽车(筹办无轨汽车)。马酪羊羔腥羯地,手烹龙井本山茶。玉戏漫天夜未休,消寒不得况消忧。佛除钦使无平等,人结新婚更自由(余咨商理藩部蒙汉通婚已核准奏行)。十户九家将破产(此间困于俄国苛税,商务日衰),一年四季可披裘。毡帘手卷殷勤问,草地如何牧马牛。公然白战一齐降,败甲残鳞满此邦。重译日行文有五(往来文牍满蒙汉唐古特暨俄文故曰五),独为风气教无双。碑观阙特勤初拓(新拓此碑于元故都和林)。经念波罗密本腔。听到潮声眠不得,齿唇相倚黑龙江。枕图胙史学儒臣,官阁无梅有喜神。今夕冷于长至节,故乡刚是小阳春。十分甜坠苹婆果,卍字香添栢子仁。绛灌不文随不武,自惭何以靖

---

[1] 延清:《奉使车臣汗记程诗》卷2,《清代诗文集汇编》第765册,上海古籍出版社2010年版,第114页。

边尘。"① 在三多花费大量笔墨书写的蒙地新旧文化杂糅状态下的现状中，我们熟悉了晚清外蒙局势。

较之三多已经书写的，我们也可看出更多空白不写的声音，其实，他的"写"本身就意味着关心与牵挂，本身就意味着回填历史记忆的寸寸苦心。对每个个体来说，向历史寻找记忆涉及民族认同。通过阐明过去来获得合法性，是民族认同迫切需要的。当大清入主中原，很大程度上意味着满、蒙中上阶层人士作为游牧民族的历史—记忆一体化的终结。但这种终结也催生了各种个体化的记忆，每个个体化的记忆都要有自己的历史。在清代，有很多少数民族诗人从未去过祖先血脉的故乡。大多数的满、蒙八旗诗人生长于京师或江南或中原地区，从未涉足塞外。因之，当他们出使或贬谪漠南漠北及东北区域时，对自己原初的故乡就产生了置身其间、耳目闻见皆是异域的心态，并使得诗歌中也全力呈现陌生感化的异域情调。在这些满、蒙古族诗人笔下，像大多数的清代汉诗人一样，是到北疆后以"异域伤悲"为主轴的书写，通过描述塞外的"异"族、异物、异候，叠合大多数人并非贬官逐臣然而也莫名拥有的忧惧心情与悲惨人生，形成独特的在民族发源地的另类故乡书写意象。而这种自我书写，显然是纪实文类。这种"纪实"与"自我书写"间一体两面的关系，传导了书写者对祖辈故乡的当下主观判断，也引导读者完成对遥远塞外的想象。

"使记忆之场成为场所的，正是它借以逃脱出历史的东西。它是殿堂：是一个圆圈切入不可确定的尘世（空间或时间，空间与时间），圆圈里的一切都很重要，都在象征，都在意指。"② 塞外这个记忆之场是个双重的场所，一方面，它极端地自我封闭，完全封闭在自己民族内部；但另一方面，它又是随时准备扩展其意义、准备接纳八方来客的场所。因此，塞外的行走也曾唤醒个别诗人心中蛰伏的民族性，如延清在表达对蒙地新奇、打量的诗作中，也曾一再表白："我亦金源巴里客，龙沙数典未全忘"③（《正月二十一日奉旨派出翰林院侍讲学士延清前往车臣汗部致祭钦

---

① 三多：《可园诗抄》卷6，《清代诗文集汇编》第792册，上海古籍出版社2010年版，第633页。
② [法]皮埃尔·诺拉：《记忆之场：法国国民意识的文化社会史》，黄艳红等译，南京大学出版社2020年版，第31页。
③ 延清：《奉使车臣汗记程诗·自题》，《清代诗文集汇编》第765册，上海古籍出版社2010年版，第89页。

此恭纪七律四首》其一）、"千年桑梓名难考"①（《小住张垣日盼翻译不至率成》），而诗句后边的注释"余系镶白旗蒙古籍巴哩克氏，第未知究属蒙古何部落耳""余系镶白旗蒙古巴哩克人，究不知属内外蒙古何部落，待考"等语，从一个侧面反映了诗人对自身民族属性源出的焦虑。《清代硃卷集成》载："延清，字子澄，号小恬，一号梓臣，行一。道光丙午年三月二十四日吉时生，京口驻防。优贡生，系蒙古镶白旗德通佐领下人。曾祖珠隆阿，领催。曾祖妣巴鲁特氏金，副前锋永明公长女。祖德庆，字有馀，领催，覃恩移赠朝议大夫。祖妣库依特氏王，领催阿洪阿公长女。父连元，字士元，领催，覃恩诰赠朝议大夫。母巴鲁特氏卜，领催祥慧公长女。从堂曾伯叔祖善德，武举前锋。从堂伯叔祖泰山，咸丰癸丑，粤匪犯镇，随营堵剿，与贼鏖战，力尽殉难，奉旨入祀忠烈祠。（延清）娶文氏，正蓝旗佐领赫成额公孙女。"②从延清的身世来看，他的蒙古族血统是非常纯正的。其在蒙地所成诗句"火化稽胡俗，何庸证我诗"（《又就宝文靖公诗意衍为五排十二韵》）虽然谈的是民俗现象，然而句后注释之"余蒙古人也，闻老辈云蒙古俗尚火葬，其实亦不尽然"③，是坦然以民族身份入于其中思考的。

当然，有的时候也并非去过原乡才会产生影响的焦虑。晚清的蒙古族诗人瑞洵写下的"学书莫喻安邦略，尚武尤无悍圉才。我愧成吉斯汗裔，竟令弃甲笑重来"④，就是在国是日非，自己束手无策时对于族源追溯的显例。不过，他一生没有去过原乡，他对于族群历史记忆的追索有别于曾经去过原乡的诗人们的身份焦虑。同样在束手无策时追忆族源的还有满族诗人金梁，他在《东》诗前小序谓："五载北居忽将西游又将南下又将东行，四牡项领，蹙蹙靡所骋，今之谓欤，虽然满洲吾故乡也，吾其东矣"，诗云："东西南朔我何从，匹马仗剑东复东。东行忽入故乡境，故乡风雨若相容（道中遇大风雨）。触目山河感今昔，惊心岁月去匆匆。马

---

① 延清：《奉使车臣汗记程诗》卷1，《清代诗文集汇编》第765册，上海古籍出版社2010年版，第103页。
② 顾廷龙主编：《清代硃卷集成》第36册，成文出版社1992年版，第395—397页。
③ 延清：《奉使车臣汗记程诗》卷2，《清代诗文集汇编》第765册，上海古籍出版社2010年版，第112页。
④ 瑞洵：《再戍察哈尔军台出居庸关有感》（其四），《犬羊集》，《清代诗文集汇编》第787册，上海古籍出版社2010年版，第665页。

鸣剑跃不能已,日云暮矣途且穷。"① 这首诗出自作者的《东庐吟草》,是金梁光绪三十四年(1908)出关后所作。看得出是诗人无望于时局后的深切感喟。金梁姓瓜尔佳氏,杭州驻防出身。光绪三十年(1904),27岁,中会试进士,殿试一甲第三名。光绪三十一年(1905),奉派内廷中书,在批本处行走,后以不通满文退出。继被派往会议政务处司理奏章。四月,以父丧回籍。光绪三十二年(1906),任京师大学堂提调,后被保举为御史。光绪三十三年(1907),30岁,调入巡警部,督办京师外郊巡警。后调任民政部任丞参议事。光绪三十四年(1908),任奉天旗务司总办,典守盛京皇宫,创办迁旗殖边方略,并筹办八旗旗务生计,兴办学校、工厂,创建屯田制度等。对振兴满洲八旗颇多建议。入民国后与"宗社党"人来往甚为密切,"九一八"事变后,对时局失望,重回京津,赋闲家居。

这些满蒙八旗士人,基于自己阶层、族裔认同的真实经历和感受,试图通过诗歌这样有所依托的诉求方式把自己的困惑表达出来。当延清感觉"舌人充鸟译,译作鸟钩辀。日听蒙人语,真如对楚咻"(《翻译绰克鲁普二十四日抵口今早来谒喜赋并教戒之四首其四》)②,那是他对有着深切隔膜的蒙地语言的真实感受,这样的感受使他宣称的蒙古族属身份变得不那么理直气壮。语言是交流沟通的工具,当不能运用本民族语言去和本民族人交流的时候,仅有民族属性身份的延清行走在蒙地多少是有些尴尬的。

每一首诗歌都是一个"信息包",有各种信息藏于其间。每一次书写,往往都包含有诗人政治立场、思想、心态、文化背景的含义,自然也夹杂其个人的关怀。不是过去在多大程度上影响当下,而是当下如何看待历史。但过去并非存在彻底的断裂,记忆也不会取消,这种记忆本身极富历史创造性。因为"原乡"和"异乡"的问题,使得这些满、蒙八旗士人走出自己基于民族和阶层划分的小圈子,以满、蒙古族裔的视角看待问题,也使他们对自己身份和认同的小圈子之外的世界有了一点儿关心。

---

① 金梁:《东庐吟草》,民国间铅印本,国家图书馆藏。
② 延清:《奉使车臣汗记程诗》卷1,《清代诗文集汇编》第765册,上海古籍出版社2010年版,第105页。

第三节 文学事件的消除：乡心之安放

透过对"聒碎乡心梦不成"的细致品味，让我们看到塞外记述中的文学碎片，在这些早已远离故土在地化了的满、蒙八旗诗人笔下，对故乡边地血脉亲情的记述，在惯已接受的知识、观念、意象的重构中被一一忽视，因之使他们的重回故土之作，隐隐已简单化约为事实性的论述与固定化的文化图景。

复杂的政治局势及苦寒气候，令八旗诗人们的塞外之旅极为不适。为此，三多写下《奏为微臣水土不服恳恩赏假调理一折》，云："库伦地居极北，即盛夏犹着重棉。前者臣感冒风寒兼触肝气，只以诸事正在竭蹶经营，未敢请假。入秋以来，愈觉不支。查近三十年中，掌印大臣之以病退者已有五人。其水土之恶劣可知，其地方之难治亦可知。臣抱病数月，据医家云非静加调摄未易告痊。可否仰恳赏假二十天以资调理之处出自逾格鸿施。如蒙俞允，所有任内紧要公事仍由臣督饬各员力疾办理，一面赶紧医治。"[①] 三多的陈情虽然与宦海险恶有绝大关系，但并无乡心牵系也是实在因素。作为杭州驻防出身的官员，三多对蒙地与杭州的乡情云泥之别是显而易见的。

齐泽克对于事件的解释还有一个不同寻常之处，就是不仅谈到事件的建构，而且还在《事件》的最后讨论了"事件的撤销"。他提出，任何事件都有可能遭遇被回溯性地撤销，或者是"去事件化"。[②] 去事件化如何成为可能？齐泽克的一个解释是，事件的变革力量带来巨大的变化，这些渐渐地被广为接受，成为新的规范和原则。这个时候，原先事件的创新性就逐渐变得平常，事件性慢慢消除了，这一个过程可以被看作是"去事件化"。当岳端、柏葰、三多、延清等生活在汉文化空间中的满、蒙八旗子弟对民族文化的个体记忆汇合成集体记忆，又不能与汉文化对照来彰显出族群之间的不同，则他们在塞外偶然耸动的原乡意识已然就在文化的交融中被封存在记忆的深处了。于是，新的类似于京师、京口、杭州、开封、荆州这样的故乡便成为他们的乡心之所在，当他们告别塞外重返这些

[①] 三多：《库伦奏议》，《边疆史地文献初编》编委会：《边疆史地文献初编·北部边疆》第2辑第10册，中央编译出版社2011年版，第177—179页。

[②] ［斯洛文尼亚］齐泽克：《事件》，王师译，上海文艺出版社2016年版，第192页。

都市后，他们的"聒碎乡心梦不成"的哲学事件，以及与此相关的一系列诗歌写作引动的文学事件，作为原乡与新的故乡的纠结中荡起的涟漪也就本然地随着时间的流逝而转化、消逝了。"一旦集体历史记忆中断，则原先拥有此等记忆的族群便会在相当长的时间内因失去共同记忆而失去认同。"①

道咸同时期的杭州驻防诗人瑞常先世即驻防杭州，瑞常生于杭州。后虽宦海奔波，但终其一生对杭州都有深刻的怀恋之情。同乡后学读其诗集，感喟"是集分年编次，一生出处游踪宦迹历历可指，亦不借西湖以传，然其中思亲忆弟及朋僚赠答之作，低徊往复，未尝不时动乡关之思。此以知真山水真性情固有凝结于不可解者。千秋万岁，公之魂魄必犹依恋此湖也。"② 瑞常过世后，其子葵卿整理遗集，按照父亲生前愿望，诗集署曰：生长西湖芝生氏著。瑞常在庚寅年（1830）写下的《西湖晚眺》、丙申年（1836）写下的《思乡》、庚子年（1840）忆念的"宦途滋味今尝遍，毕竟西湖莫肯忘"③（《中秋书怀》）、辛亥年（1851）难忘的"遥忆江南风景好，莫愁湖畔待吟哦"④（《七月初旬出都》），是其念念不忘的对于杭州的乡关之思！而杭州驻防出身的瑞常之弟瑞庆、贵成、三多，莫不如此。"文学事件的理论带来认识文学的新视角、新立场、新方法。文学或者文学性既指具体的对象、机构、实践，也可以化为语言的生成过程、作用和效果。它既受到具体的时间、空间、文化传统和社会历史语境的限制，同时又超越它们，修正现存的规范，甚至产生断裂性巨变。文学事件是一个动态、不稳定的系统，其所涵盖的要素包括作者的生平、写作动机、创作过程、文本、阅读、接受，甚至包括文学组织、出版、翻译等等，同时它也不限于此。"⑤

作为荆州驻防，蒙古镶蓝旗人恩泽祖上跟从清廷入关，恩泽自幼生长于荆州，后辗转宦于新疆、吉林等处，逝于黑龙江将军任上。其诗集《守来山房櫜鞬余吟》卷下《偶成》有"乡心无限南来雁，一日荆州梦一回"，《乡梦》有"将梦到故乡，未觉适万里"，《七夕吟》有"巧拙年来

---

① 王汎森：《道、咸以降思想界的新现象》，《权力的毛细管作用——清代的思想、学术与心态》，北京大学出版社2015年版，第561页。
② 夏同善：《如舟吟馆诗钞序》，瑞常：《如舟吟馆诗钞》，光绪年间刻本。
③ 夏同善：《如舟吟馆诗钞序》，瑞常：《如舟吟馆诗钞》，光绪年间刻本。
④ 夏同善：《如舟吟馆诗钞序》，瑞常：《如舟吟馆诗钞》，光绪年间刻本。
⑤ 何成洲：《何谓文学事件》，《南京师大学报》2019年第6期。

实两忘,岁时好事记荆乡",《锡星使以商划俄边事来营作秋感诗一首率和》有"乡关遥望转无愁"等诗句①,表达的都是恩泽对心中的故乡荆州的思念。伊格尔顿说:"作者在写作中的所为除了受其个人意图制约以外,同样——若非更多——受文类规则或历史语境制约。"② 在三多、延清等蒙古族诗人所经历的这一文学事件中,他们受到历史语境的制约显然更多。这一事件,使得他们从无意识情境中进入特定语境有所触动再到远离情境,历史与记忆始终杂糅并催生他们的民族意念,但当离开后,随着时间逝去,他们在蒙地时不由自主催生的单一的民族意念就过渡到了某种遗产性的自我意识。

"遗产是与认同、记忆相互关联的近义词。认同意味着一种自我选择、自我承担、自我辨认;记忆意味着回忆、传统、风俗、习惯、习俗和风尚,以及从有意识到半无意识的场域;遗产则直接从继承所获财产转向构筑自身的财产。"③ 被农耕文明浸染深厚的中原汉文化对少数民族中上层士人的熏染,使他们在血脉原乡继承的民族遗产成为构筑新的自身财产的基因之一,但绝不是唯一的,他们从所在的或京师或杭州等地再出发时,新的自身财产已经建构完成。早在康熙年间,这样的新的自身文化财产的建构就已露出诸多端倪。康熙三十七年(1698),因岳端"各处俱不行走,但与在外汉人,交往饮酒,妄资乱行,著黜革"④,岳端由此成为闲散宗室。出生、成长在京师的岳端,是身不由己被汉文化吸引而发自内心地与汉族士人交游的。诚如学者所言,我们生存世界的时间是由过去、现在、未来三种时间所组成,但三者密不可分,像是一个漩涡般运动着。⑤ 回到原乡的时间是现在,在原乡受到冲击而想要沿波讨源自己的来处是过去,而离开原乡走向心中认定的故乡及向前走去而忘却原乡的冲击是未来。这样的时间序列都由诗歌来表述而呈现而完成。当满蒙八旗子弟们回到原乡时才能在不断的追忆与困惑中与消逝的过去建立起短暂的回路,而一旦离开,则迅速摆脱回忆空间的束缚,把追忆建立在迁转的乡心

---

① 恩泽:《守来山房虪鞬余吟》,国家图书馆藏稿本。
② [英]伊格尔顿:《文学事件》,阴志科译,河南大学出版社2015年版,第169页。
③ 孙江:《记忆之场:法国国民意识的文化社会史·中文版序》,[法]皮埃尔·诺拉:《记忆之场:法国国民意识的文化社会史》,黄艳红等译,南京大学出版社2020年版,第17页。
④ 《圣祖仁皇帝实录》卷188,《清实录》第6册,中华书局1985年版,第1000页。
⑤ 王汎森:《道、咸以降思想界的新现象》,《权力的毛细管作用——清代的思想、学术与心态》,北京大学出版社2015年版,第560—561页。

上。告别原乡、忆念故乡。而他们的后代，又在告别新的原乡、追忆新的故乡。形成这种整体的大规模的集体遗忘的结果，缘于八旗后代们的知识与记忆空间被重新规范了，使他们对于原乡的记忆世界与知识世界出现了一大片空白，而占据主要位置的是在地的知识与记忆。所以"聒碎乡心梦不成"的感喟必定不只是满或蒙民族士人的专属，一切在现实生活中回到原乡找不到归属感的中国古代少数民族后裔都有这样的轻叹。

一代又一代的往复追忆现象，使记录者成为文学事件的叙述者与参与者。乡心的迁转、对原乡的深切的异质感和乡心的安放，就在这样的周而复始的代际融通间完成了，而他们的记录，就是不期然间用诗笔完成的文学事件。当后来者阅读时，获得的是超越写作者过去而赖于表达族群意念的文献，这样的文献层叠构造的恰是中华民族共同体意识的一端。

满、蒙八旗子弟"聒碎乡心梦不成"的叙写贯穿有清一代的二百多年间，这些文本清晰地告知我们，既定的族群的延续性并非是一成不变的，诗人们在居停塞外期间的创作意图与作品的意向性是很明晰的，他们面对时空带给他们的原乡疏离感，困惑而焦虑，他们创作的过程性、诗歌语言的建构性、诗歌的媒介性都呈现了他们对于家族原乡语言、风俗、风物、乡亲的不同解释，这些牵涉了他们在短暂行走时空中的巨大精力。但是当他们回到现实生活中，与带来焦虑的因子隔断之后，他们的思想观念和文化心态尽管与各自的民族文化不会有太多的显在的直接关联，然而，来自血脉中的民族意念却通过那些对原乡书写的文字而成为永远抹不去的记忆。

这些对原乡的思考与写作，是文学史上最为平常但又最不寻常的。显而易见的对象、传统的素材、触手可及的文献，是最普通的诗作，在诗集出版的当时没有引起多少关注，在文学史中似乎是微不足道的存在。然而，这些经历了回归原乡、触碰深在于意识中的民族情愫，感悟其起源的懵懂与最终的裂变后的书写，本就以具有普遍意义的重大的文学事件在中华文学史上留下不可置换的一页。更为重要的是，这些以最鲜活的形式彰显的民族记忆与社会心态记忆，都是中华文学视域下有着重要文学史意义的存在。

总之，在满、蒙诗人前往原乡而又复归的过程中，异质文化的触及激活了潜在于他们心灵深处的民族意念，亦成为其对原乡更新后的再次认知。尽管这种认知随着时空转换和历史变迁而不断地被唤醒又沉寂,然而,当他们借助于文字将此反复书写、倾心吟诵时,我们还是会清晰地从中窥视到,在历史进程中,这种书写不再是个体之间关系的简单勾连,而是作为文学事件已然被嵌入中华民族共同体意识的构建之中。因而,当我们彻底挣脱那种以华夏视角俯视各民族的惯有的思维窠臼,而换之以中华民族整体视角来考察清代满蒙八旗子弟的原乡疏离感,不言而喻,其研究价值远远高于它的文学史意义。

第八章

驻防制度与驻防文学的规约和演进

八旗驻防文学是清代文学的一个部分,曾受到八旗驻防地汉文化的巨大影响,八旗驻防文学对于清代文学创作题材的扩展、清代文学创作体式的丰富,以及艺术风貌特质性增强的作用,说明了八旗驻防文学在清代文学史上的独特价值。它为中国文学及中国诗歌的繁荣输入新鲜血液,对清代诗歌基本格局及属性有一定的影响,并且贯穿于清代文学的变革与发展中。八旗驻防文人的文学创作既是清代文学主流创作中的一种声音,又因其自身特点与汉族文人的汉语创作构成多层次的对话,把清代蒙八旗驻防文人的文学创作还原到相应的历史时空维度中,可以显现古代中国学术多元繁复的话语谱系,从不同角度折射出学术文化的色彩斑斓,及其背后所包含的思维、情感与经验的杂糅与丰富。

清朝入关后,将八旗集中戍卫京师及分驻战略要地。八旗安养制度应运而生,驻防八旗满汉分居制度、营葬制度与旗籍制度是八旗安养制度的核心组成。八旗驻防文学是相伴八旗安养制度而生成的。

第一节 满汉分居制之旗城建置与营志诗文

八旗制度是满洲建构的基础,影响了大清的存亡。八旗依满、蒙、汉不同民族成分编组,八旗初建时以满族为主,建满八旗,后来皇太极增加了蒙八旗和汉八旗,满蒙汉八旗共同构成八旗制度的整体。但清廷向以满蒙统治为主,汉军旗处于附属地位。清朝入关后,将八旗集中戍卫京师及分驻战略要地,自中央至地方实现管控。清王朝认为八旗乃国家根本,因之以八旗控辖绿营,形成以旗人为核心之大清政权武装体系。乾隆朝中后期八旗兵额实数约20万人。乾隆中所修《清朝会典》记载,在全部八旗

2000个佐领中，驻防佐领为804个。驻防点97处，其中畿辅驻防25处，兵8758人，东三省驻防44处，兵35360人，新疆驻防8处，兵15140人，直省驻防20处，兵4540人，加上守护陵寝兵、守围场兵、守边门兵，总计驻防兵10万余人，约占清代八旗总兵力的一半左右，与驻京师一处兵力相当。驻防兵力配置不一，如江宁、荆州、福州、广州、杭州、成都、西安、宁夏，皆有将军辖之。京口、乍浦、青州、凉州、密云等处，有副都统辖之。至开封、太原、沧州、辽阳，有城守尉辖之，此最小者。其中，只有江宁为蒙八旗驻防，其他大多为满蒙八旗共同驻防。

早在驻防之初，为了防止携眷驻防旗人长久安居于驻防地，会很快混同于当地民人，清廷实行"分居"制度，为驻防旗人修筑"旗城"，俗谓"满城"。或对附近老城而言，称之为"新城"。满城有二式：一是在较大的府州县治内独划一隅，迁原居汉民于外，内筑界墙或界堆以别之，如杭州、荆州等地；二是在驻地府州县治附近，择一地建城，如绥远、宁夏、青州等地。满城虽小，部门齐全，内有各级官署衙门、兵房、仓库，又有各类旗人学校、宫观庙宇。驻防长官，上自将军、都统，下至佐领、防守尉，既管旗兵，又管旗民。各佐领下还有族长之设，负责各族的事务。八旗驻防是作为军事设置存在的，因此，在驻防的满城，防卫功能占有主导地位的情况下，为戍守而存在成为以空间生产为主要表现形式和活动形式的满城城市化特色。城市的建构、规划、公共设施、建筑物的安排，都是军事防御意志的表达。满城的住宅都是按照统一样式建造，并且与满城之外的城区隔绝。城内举凡军事、行政、宗教、教育等各类设施都很完备，但兴建之初，并无商户，城内所需商品皆需出城购置或汉人商户白日入城售卖。民人不准夜间居停满城，而旗人亦不可外出从事农、工、商业。满城布局亦如京师，旗兵各按八旗方位分左、右翼依序排列。满城的兴建，除了军事需要外，也便于对旗人的控制和管理。但因为驻防旗人对汉文化的喜好，使得他们完全无法阻止个人进入满城之外城市空间文化消费的欲望。驻防旗籍制度改革后，驻防八旗的身心在驻防满城彻底安放，驻防八旗不但完成了在地化过程，而且融入驻防城市，和满城外的城市文化空间交融也就愈加深入，成为推进驻防地文化繁荣和经济发展的重要动力。

乾嘉以降，驻防旗人在心理及习惯上，愈益认同自己是驻防地方居民。随着时间的推移，满城不同于一般兵营、堡寨之处更加凸显出来。它不仅是一个军事要塞，而且是当地社会中一个相对独立的社区。19世纪中叶席卷大半个中国的太平天国运动，使众多满城毁于兵燹。满城毁灭后，虽然大多重建了，然而却在驻防诗人心中留下抹不去的伤痛。他们在追忆故城的过去时，也忆念随着满城而消逝的旗人的社会形态、风土人情、政治、军事、经济、文化生活。因此，驻防诗人书写的营志就成为驻防满城兴衰的记录。即以杭州驻防为例，在盛元①、三多等驻防旗人心中，他们祖先亲手所筑的杭州满城，不仅是他们心中可以告慰灵魂的居所，也是可以沟通主体精神的栖居之所，这个傍西湖自然佳山水而建之地，既是驻防八旗的物质空间，又是他们的精神场域。他们在满城重建之后，开始了自己营志写作的寻梦之旅。其中蒙古驻防诗人盛元《杭防营小志》、三多《柳营谣》《柳营诗传》，为记载杭防风物的上好诗歌作品，对保留一方典故及传统有重要价值。

光绪十六年（1890）成书的王廷鼎《杭防营志》例言中云："所采用诸书，都计四十余种，而以其本营巴沄岩先生廷玉所著《城西古迹考》、恺庭观察盛元所著《杭防营小志》、钱塘丁松生大令丙所著《武林城西坊巷考》三书为主，证以历代郡县志，各家诗文全集，浙中掌故诸书，而又亲自采访遗闻坠典、故址残碑、参稽互订、依目条载。"②而光绪十九年（1893）成书的张大昌《杭州八旗驻防营志略》也以此三种书为基础。盛元幼年聪慧好学，弱冠即举乡试。16岁中道光丙申（1836）科三甲进士，官至江西候补道。南京图书馆藏《杭州驻防小志》抄本，与书名略有差异，书名为《杭防小志》，署"铁花馆主人漫述"。盛元《杭防小志》显系手稿，没有序跋，内容亦较散漫，分类不够明晰，比如第一部分，没有直接标明"建置"二字，但是建置内容。此集于节妇和阵亡官兵的记载最为详备，不过张大昌认为："《营防小志》盛元撰，署名称'铁花馆主人'，述于营制，条分缕析，极为详备。"③所幸，盛元《杭防营小志》体系缺失的遗憾在三多这里以诗歌的形式得以弥补。"清室入主中夏，以八旗将士驻防各省要区，控制形胜，为一种特别之制度。此项旗营，在所驻之地，自成一局面，为时二三百年，其文献殊有征考之价值，

---

① "蒙古盛元（1820—1887），字恺廷，巴鲁特氏。有《南昌府志》《杭营小志》《怡园诗草》。"（赵尔巽等撰：《清史稿》卷486《列传二百七十三·文苑三》，中华书局1976年版，第13436页）

② 王廷鼎：《杭防营志》，国家图书馆藏光绪十六年（1890）稿本，例言页。

③ 张大昌：《杭州八旗驻防营志略》，载马协弟、陆玉华点校《杭州八旗驻防营志略、绥远旗志、京口八旗志、福州驻防志（附琴江志）》，辽宁大学出版社1994年版，第269页。

而资料则颇感缺乏。三六桥（多）以诗名，家世杭州驻防（正白旗蒙古人），于杭营掌故，素极究心。乙丑（光绪十五年）有《柳营谣》之作，用竹枝词体，述杭营诸事，共诗一百首，附注以为说明。时犹髫年（约十四五龄），所造已斐然可观。既见诗才夙慧，尤足考有清一代杭州驻防旗营之史迹。举凡典制风俗人文名胜，以及轶事雅谈，略具于斯，洵可称为诗史，研究旗营故实者之绝好资料也。"[1] 三多写《柳营谣》来传播杭防营故事，不只徐一士以为有"诗史"之效，在俞樾看来也是可传之诗料，"上纪乾隆中高庙南巡之盛，下逮咸丰间杰果毅、瑞忠壮两公死事之烈……事无巨细，一经点染，皆诗料也，即皆故事也，可以传矣"[2]。三多《柳营谣》的百首绝句几乎避开了对所述大部分事件风物进行价值判断，却又尽可能详尽地呈现这些事物。因为他的客观观察与采写，《柳营谣》有史料价值；又因为他对杭营的热情融入与参与，《柳营谣》又有诗的意趣。

驻防八旗作为军事设置，可供三多采访记录的典制良多，举凡裁兵、调兵、武器购置、防营演练备述于其笔下。三多《柳营谣》曾有诗："四旗裁去近千人，万顷沙田泽沛春。此即盛时司马法，兵当无事本为民"[3]，述杭防营裁军之事。杭州驻防曾于乾隆二十八年（1763）裁去汉军四旗九百余人，赐以萧山沙田万亩，有不耕者准其外补营勇。"同承恩泽镇之江，敢享承平志气降。调自六州归一本，和亲康乐答家邦。"[4] 记载太平天国乱后，杭防营重修，自乍浦、福州、荆州、德州、青州、四川六处抽调八旗兵勇，以补旧额。晚近时期的清廷，在被动进入世界格局后，有识之士都意识到，在近代化国家的军事较量中，武备力量占据了绝对地位。驻防八旗的武备力量增强，着眼处首先来源于武器的提高。同光中兴间，清廷从域外大量购置武器，杭防营中就购置多尊来自德国的格林炮。三多

---

[1] 徐一士：《一士类稿》"杭州旗营掌故"条，沈云龙主编《近代中国史料丛刊》第一辑，台湾文海出版社1973年版，第213页。

[2] 俞樾：《柳营谣·序言》，三多《可园诗钞外·柳营谣》，《清代诗文集汇编》第792册，上海古籍出版社2010年版，第655页。

[3] 三多：《可园诗钞外·柳营谣》，《清代诗文集汇编》第792册，上海古籍出版社2010年版，第662页。

[4] 三多：《可园诗钞外·柳营谣》，《清代诗文集汇编》第792册，上海古籍出版社2010年版，第662页。

所谓"难得八方无事日，格林炮队选精兵"①即述此事。与此同时，在明代后期就从欧洲传入中国的红彝大炮依旧在杭营中使用，《柳营谣》载："霜天吹彻角鸣呀，卅二排军拥绣旗。都趁晓风残月出，炮山今日试红彝"，诗后自注"年例九月试演于秦亭山西，俗呼为炮山"②，此一年例记载的当然是杭营多年因循演练大炮典制。

杭防营依西湖而建，历史悠久，风景秀丽，其间可传的诗情史意，似杭州这样文化渊薮之地，如前所述记录者众，三多如何能在其间独树一帜，从他的写作缘起记录中可以管窥："吾营建自顺治五年，迄今二百四十余载，其坊巷、桥梁、古迹、寺院之废兴更改者，既为杭郡志乘所略，而其职官、衙署、科名、兵额一切规制，又无记载以传其盛。自经兵燹，陵谷变迁，老成凋谢，欲求故实，更无堪问。夫方隅片壤，尚有小志剩语，纪其文献，吾营八旗，实备满蒙大族，皇恩优渥，创制显荣，其间勋名志节，代不乏人，独无一编半册，识其大略，隶斯营者非特无以述祖德，且何以答君恩乎？童子何知，生又恨晚，窃不忍任其湮没无传，以迄于今也，每为流留轶事，采访遗闻，凡有关于风俗掌故者，辄笔之，积岁余方百事，即成七绝百首，名曰《柳营谣》。盖如衢谣巷曲，聊以歌存其事，不足云诗也。后之君子，或有操椠笔而为吾营创志乘者，则此特其嚆矢耳。"③在三多看来，记录杭防营可以"述祖德，答君恩"。文学史载的"述祖德"作品，就是歌咏先世高德盛业之作。文如陆机《祖德赋》、陆云《祖考颂》、庾峻《祖德颂》等，诗如陶渊明《命子》、谢灵运的《述祖德诗》等。这些作品都是叙述自己家族祖先德性之作。如陶渊明《命子》叙述陶姓氏族之所来，历代先祖之德业。三多之作不只是在创作形式上有别于文学史上的此类作品，以百首七绝写出，更重要的是，他并非叙述自己家族世德门风，而是记录杭州八旗驻防群体之作。显然，他以杭防营为家。

"对自己的过去和对自己所属的大我群体的过去的感知和诠释，乃是个人和集体赖以设计自我认同的出发点，而且也是人们当前——着眼于未

---

① 三多：《可园诗钞外·柳营谣》，《清代诗文集汇编》第792册，上海古籍出版社2010年版，第661页。
② 三多：《可园诗钞外·柳营谣》，《清代诗文集汇编》第792册，上海古籍出版社2010年版，第661—662页。
③ 三多：《可园诗钞外·柳营谣》，《清代诗文集汇编》第792册，上海古籍出版社2010年版，第659页。

来——决定采取何种行动的出发点。"① 旗营文化的传承，有赖于官书与私书的记载，相较而言，私书的诗文形式较之官书的史册记载，更具有生机。这一生机源自八旗子弟传其统系的使命感，而"述祖德，答君恩"作为旗人记录旗营的"吾家事"，在八旗文化的传衍过程中，成为一种神圣的信念，这样的信念为三多的记录提供了一个观察"立场"的视角，这个立场与八旗子弟驻防营的日常生活紧密结合，不会因脱节而冠冕堂皇，甚或虚假，所以三多的记录有别于非旗营子弟的记录。

当三多带着数典念祖及数典报君的目标从空间和记忆的视角进行杭防营的诗文写作时，就明确地传达了以其为代表的杭州驻防八旗诗人们的文化认同和文化品位。其实，杭防营以弓读结合的传统延续的不仅是一地的文化脉络，也是全体驻防八旗的文化脉络。有清一代，因制度而存立的八旗驻防"满城"的兴衰与驻防八旗的文学使命紧密联结在一起。

第二节　八旗营葬制与驻防"乡思"之"乡"变

在 268 年的清史上，八旗驻防作为清廷巩固根本的制度始终存在。其间八旗制度多有变化，而每一次的变化都会影响居住在"满城"里的驻防将士的生活。八旗营葬制度与驻防"乡思"之"乡"变给驻防八旗带来的身心变化，是远离那段历史时空的我们很难悬想的，幸赖八旗诗人之笔得窥其貌。

白衣保是蒙八旗驻防诗人中最早存有诗集者，驻防八旗的颠沛流离，及驻防八旗从旗籍地到驻防地的播迁，白衣保都曾身历。乾隆己巳（1749），白衣保被派往荆州驻防。他初至荆州时即奉母于官舍，母亲去世后，没有归葬京旗，而是葬于荆州郊外白衣保之妾樊姬墓左。白衣保作五律《先慈安葬荆之北郊赋此志感》②记录此事。这首诗的首联"奉养须微禄，南来四十年"，点明诗人身为八旗驻防，离开京旗来荆州驻防已有40年之久。颔联"望云怀故土，洒泪卜新阡"，字面含义很清晰，有两层：一是诗人新开墓地洒泪营葬母亲，二是怀念故土。但除此之外，诗中还蕴含着更深层次的意味，所谓"浮云游子意"，承传唐典，表达诗人在

---

① ［德］哈拉尔德·韦尔策编：《社会记忆：历史、回忆、传承》，季斌等译，北京大学出版社 2007 年版，第 3 页。
② 白衣保：《鹤亭诗稿》卷 4，国家图书馆藏道光十六年（1836）刻本。

望云怀乡时,感喟自己这个在荆州驻防40年的八旗士子,不能把母亲葬回故乡,只能营葬在异乡。

在八旗组织中,最初驻防兵丁与京旗兵丁一样,归属在京的八旗都统衙门管辖,旗籍也隶属于在京各佐领之下。清廷规定:"外省八旗驻防之兵丁身故,每用火化骨殖,及其妻子携解回京,归其故旗。……盖八旗皆隶京师,外省特遣驻于一时,无子孙永留之例,并禁在驻防处置坟茔田产也。汉军同。"① 在王朝统治者的心中,驻防八旗只是临时被派往驻防地"出差",所以死后必须归葬京旗。但这样的驻防归葬制度,在经济上给清廷带来巨大困扰,"驻防兵丁病故,其骨殖以及遗存寡妇眷口,向例三年一次将军派防御官二员,领催八名、甲兵二十六名、跟役三名押解护送回京。限定四、五月间起程,沿途舟车著地方官妥为应付"②。除了病故者遗留的孤寡妇女,每年还有大批退役的兵丁与家口,都由驻防地官方备办车船,动用公费,在规定期限内进京。可以想到,驻防地和沿途地方被这样的制度如何扰累。而且阵亡或病故旗人遗属回到京师后也并不能得到很好的安顿,更何况,几十年间居留驻防地是很容易让驻防八旗及眷属对驻防地产生深厚感情的,因此各京旗时常有归旗眷属发生逃离返回驻防地事件。故而,雍正帝一方面诏谕:"各处驻防兵丁,如有归旗之后私行逃回者,令该管官员严行查捕,解京治罪。倘有隐匿不报者,照隐瞒逃人之例,该管官以失察议处。"③ 同时,对于驻防旗人回旗后呈请回驻防地的情况也作出新的规定:"外省驻防官兵,有身故及革退者,例将其寡妇及家口解送来京。每有到京未久,托故告假而去者。亦有因无所依附,具呈回去者。嗣后请令该将军查明,若有子弟披甲,而京中并无产业亲族者,准留彼处。若无子弟披甲,情愿来京者,解送回旗。该旗查明报部。概不准借端告假、复回原处。"④

对于有后代继续驻防且京中无产业的眷属做出可以留在驻防地的规定,意味着驻防兵丁病故后眷属管理有所松动,但这并不意味着驻防官兵眷属有了选择权。对于无后代驻防者,即便不想返归京旗,虽然有"情愿来京者解送回旗"之语,但"概不准借端告假、复回原处",宣

---

① 萧奭撰,朱南铣点校:《永宪录》卷2(上),中华书局1959年版,第101—102页。
② 长善等纂,马协弟、陆玉华点校注释:《驻粤八旗志》,辽宁大学出版社1992年版,第112页。
③ 《世宗宪皇帝实录》卷19,《清实录》第7册,中华书局1985年版,第316页。
④ 《世宗宪皇帝实录》卷48,《清实录》第7册,中华书局1985年版,第718页。

告了不情愿者也必须归旗。可是，对很多归旗眷属而言，回到的只是一个名义上的故乡，实际上的陌生之地。因此，驻防八旗归旗制度的改革势在必行。乾隆五年（1740）乾隆帝诏谕："直省驻防各官老病、告休、缘事革职，或降调年老不愿补官，并革退之兵丁，京中虽有子孙不足养赡，而外省有子孙兄弟，及兄弟之子居官当兵，或家人当兵，愿留养者，呈报该都统咨兵部准其留养。无职之人准其就养，其在京休致革退官兵，概不准就养外省。"允准驻防八旗官兵可以自己选择归旗还是居留驻防地。后又谕："各省驻防已故官兵之妻，有子弟家人已经当兵，足资养赡者，准其留养。"① 宣告驻防八旗眷属也可以自行选择归旗还是留居驻防地。驻防八旗及其眷属身故或病退后不必归旗，就意味着驻防八旗的叶落归根之所是驻防地。那么驻防地于他们已经不是客乡而是故乡了。客乡不能也不必置产，但故乡则不同。所以乾隆二十一年（1756），清帝不得不颁定《驻防兵丁置产留葬例》："……朕思国家承平日久，在内在外俱已相安一体，若仍照例办理，则在外当差者，转以驻防为传舍，未免心怀瞻顾，不图久远之计，而咨送络绎亦觉纷烦，地方官颇以为累。嗣后驻防兵丁，著加恩准其在外置立产业，病故后即著在各该处所埋葬，其寡妻停其送京。"②

白衣保初来荆州驻防时，还可以自行选择未来自己和家人葬于何处，但当母亲去世时，《驻防兵丁置产留葬例》已经颁布，按照规定，驻防将士及家人只能葬于驻防地。按：白衣保的《先慈安葬荆之北郊赋此志感》没有明确说明母亲是否去世于驻防葬例修改之后，但诗集中此诗前一首为《乙巳仲春过梅花亭有感》，据此可以判断白衣保母逝于乾隆乙巳（1785年）之后。五年后，诗人作有《庚戌生日感作二首》，其二有"劬劳悲母逝，矢石叹身存"③之语，亦可证。因为驻防旗人亲属去世后不必归旗，驻防旗人也停止归旗安葬。《驻防兵丁置产留葬例》颁布后，则所有呈请回京旗营葬者停止。白衣保在乾隆己未（1799 年）去世后，按照驻防八旗制度规定也葬在荆州。友人在其身后刻印其诗集《鹤亭诗稿》，序言称："（白衣保）幼孤贫……初来荆时，太夫人即就养官舍，殁，葬于樊

---

① 《光绪清会典事例》卷 1148，《续修四库全书》，上海古籍出版社 2002 年版，第 814 册，第 42 页。
② 《高宗纯皇帝实录》卷 506，《清实录》第 15 册，中华书局 1986 年版，第 379 页。
③ 白衣保：《鹤亭诗稿》卷 4，国家图书馆藏道光十六年（1836）刻本。

姬墓之左，迨己未先生捐馆，从葬太夫人墓旁，遵治命也。"① 那么白衣保母子"遵治命"均安葬在白衣保的驻防地荆州，显然是根据驻防八旗安葬条例而行。

驻防诗人笔下透露出的驻防安养制度的信息，是没有身历乾隆间驻防安养制度变革的人无从体验也无法表述的。可以说，归旗制度的真正废止是与清廷准许驻防旗人就地置产、设立茔地相联系的。换而言之，归旗制度的废止，是以驻防旗人就地安葬为标志的。这是驻防旗人由客居转向定居驻防地的制度性重大改革。对于无力置产的下层兵丁，清廷规定当地驻防旗可"酌动公项，置买地亩，以为无力置地穷兵公葬之用"，而"所有呈请回京之例，著停止，著为例"②。至此，驻防八旗归旗制度彻底废止。

"归旗制度的废止和驻防旗人在当地安葬，成为驻防旗人族群土著化最重要的基本标志之一。"③ 驻防八旗和京师的绾结就此被彻底切断。蒙八旗士子大抵在生命历程中都有过"异乡人"的经历：他们的祖先离开故土跟从清廷前往京师，定居京师；他们则在顺康雍乾不同时期奉命离开京师前往驻防地，客居驻防地。乾隆中期颁行了驻防八旗营葬制度后，他们须定居于驻防地。这一政策，对于像白衣保这样长久漂泊瞻望京师者而言，是难免有家难回的憾恨的。因为驻防地对于康乾间早期的驻防八旗而言，仅是暂时或长久的驻防之地甚或生命终结之所。不过，对于乾嘉之后出生的驻防八旗而言，却是生养死葬并且安顿心灵的故乡。他们生于斯、长于斯，即便后来参加科举考试离开，一生牵挂的故乡不会是北方草原，也不会是京师，只会是驻防地。他们隶属的京旗，成为不相干的他乡。

"乡"变自然引动"乡思"之变。生长于驻防地的八旗士子与因公来到驻防地的士子的乡思是迥然不同的。杭州驻防诗人瑞常生长于杭州，参加科举考试入京为官。宦海奔波，但终其一生对杭州都有深刻的怀恋之情。同乡后学忆读其诗集，感喟"是集分年编次，一生出处游踪宦迹历历可指，亦不藉西湖以传，然其中思亲忆弟及朋僚赠答之作，低徊往复，未尝不时动乡关之思。此以知真山水真性情固有凝结于不可解者。千秋万

---

① 富谦：《鹤亭诗稿序》，白衣保：《鹤亭诗稿》，国家图书馆藏道光十六年（1836）刻本。
② 《高宗纯皇帝实录》卷506，《清实录》第15册，中华书局1986年版，第379页。
③ 潘洪钢：《八旗驻防族群土著化的标志》，《中南民族大学学报》2011年第5期。

岁，公之魂魄必犹依恋此湖也。"① 瑞常过世后，其子葵卿整理遗集，按照父亲生前愿望，诗集署曰"生长西湖芝生氏著"。瑞常在庚寅年（1830）写下的《西湖晚眺》、丙申年（1836）写下的《思乡》、庚子年（1840）忆念的"宦途滋味今尝遍，毕竟西湖莫肯忘"②（《中秋书怀》）、壬寅年（1842）伤怀的"说到家山真梦杳，检余行箧倍心酸""难招桑梓魂千里，应堕妻儿泪十分。何日灵椵归故里，好教兰玉筑新坟"③（《挽喀清堂姻丈》）、辛亥年（1851）难忘的"遥忆江南风景好，莫愁湖畔待吟哦"④（《七月初旬出都》），是其念念于心的对于杭州的乡关之思！而杭州驻防出身的瑞常之弟瑞庆、贵成、三多，莫不如此。杭州驻防贵成亦因科举为官携家入京，不久二女儿病殁。贵成《哭次女玉昭时辛亥十月初六日也》云："五岁来京国，心伤讖不差。乡才离半载，命竟似昙花。地下好随姐，天涯忍撒爷。祝儿瞑目去，定送汝还家。"⑤ 诗人伤心欲绝，因为女儿一直不愿留居京师，嚷嚷要归去，没想到童语成谶，诗人誓言"定送汝还家"，显然，对贵成而言，此"家"显然不是京师而是杭州。实际上，他们都是生于杭州又在宦途中兜兜转转，在京师度过生命中更长时光的驻防起家诗人，对于他们而言，他们的祖先曾经以京师为原乡，他们却在回到祖先原乡之地以此为异乡。杭州是他们的祖先的异乡，却成为他们魂牵梦萦的故乡。"乡"变中的"乡思"，承载的不只是个体诗人在某个城市码头上的生离死别，而是在驻防安养制度变革中的一代甚至数代人隐忍不言或以诗言之的伤痛。

乡园不仅是驻防诗人童年与青春的记忆，也是对族群和个体的人格、心理及文化修养的形成之地。当蒙八旗士子们以驻防地为家乡时，在他们的心灵深处，驻防地是他们进行群体间交往之地，也是文学创作的原生符号。即使他们日后远离此处，驻防地仍然可以化作他们笔下诗意的想象并最终转变为栖居的祈愿。京口驻防诗人清瑞⑥一生生活于镇江，一生创作

---

① 夏同善：《如舟吟馆诗钞序》，瑞常：《如舟吟馆诗钞》，光绪年间刻本。
② 瑞常：《如舟吟馆诗钞》，光绪年间刻本，第86页。
③ 瑞常：《如舟吟馆诗钞》，光绪年间刻本，第92—93页。
④ 瑞常：《如舟吟馆诗钞》，光绪年间刻本，第125页。
⑤ 贵成：《灵石山房诗草》，《清代诗文集汇编》第695册，上海古籍出版社2010年版，第484页。
⑥ 清瑞（1788—1858），字霁山，翁鄂尔图特氏，蒙古正白旗人，汉姓艾。京口驻防。有《江上草堂诗集》2卷。

均以镇江山水为写作内容。"时值江头潮信至,恍疑天半飞银潢。势如万弩一齐发,鼋鼍起舞冯夷忙。又如奔马不可勒,须臾百里皆汪汪"①(《和陶云汀中丞京口开河观放水作原韵》)、"六朝山影樽前收,一派江声笔底流。左金右焦辟双阙,仿佛玉帛朝诸侯"②(《天下第一江山歌》)、"涛飞千树雨,天散半江霞"③(《凌江阁望隔江桃花》)、"海鱼吐霞半霄紫,霞飞散入沧溟里"④(《东升楼观日出歌》),是镇江山水带给诗人的雄豪之气;"雁声过远山,渔火乱前渡。双桨拨轻烟,孤蓬湿宿雾"⑤(《舟夜》)、"一林新翠萦流水,千古名园对远岑"⑥(《听鹂馆》)、"几点昏鸦盘落照,一林新月淡生烟"⑦(《黄叶》),是镇江山水带给诗人的清谧之气;"日华出海红浮水,柳色因风绿到窗"⑧(《春日登西津江楼访山阴陈月岩作》)、"北郊柳拂双旌过,东海云携两袖来"⑨(《和箕山观察上巳日游焦岩因风不果爰集直指庵韵》)、"天劈玉成峰独立,人经波洗眼双清"⑩(《秋晚宿玉山寺空江上人以诗索和爰走笔赋此》)、"海云蒸作雨,新翠泼双巅"⑪(《雨宿焦山水晶庵用壁间张文贞公韵同陈柳溪作》),是镇江山水带给诗人的奇丽之气;"断虹残雨歇,返照暮烟深"⑫(《同人洪山寺纳凉》)、"天低烟树浮瓜步,潮挟风帆下建康"⑬(《施云樵招同第一江山第一楼寻李虚谷道士不值》),是镇江山水带给诗人的苍茫之气。生活在镇江这样人杰地灵之地,诗人笔下的创作题材会源源不绝;而诗人创作中或歌行或律绝,随诗意变化无定。"京口故名镇,面山背江,有城瓮然,城南有名胜十数处,均唐宋以来灵迹,著于时。城之北则金、焦、北固三山对峙,其山川磅礴之气,恒足以为文人吐吸用,荣禄

---

① 清瑞:《江上草堂诗集》卷1,国家图书馆藏民国六年(1917)铅印本。
② 清瑞:《江上草堂诗集》卷2,国家图书馆藏民国六年(1917)铅印本。
③ 清瑞:《江上草堂诗集》卷2,国家图书馆藏民国六年(1917)铅印本。
④ 清瑞:《江上草堂诗集》卷2,国家图书馆藏民国六年(1917)铅印本。
⑤ 清瑞:《江上草堂诗集》卷1,国家图书馆藏民国六年(1917)铅印本。
⑥ 清瑞:《江上草堂诗集》卷1,国家图书馆藏民国六年(1917)铅印本。
⑦ 清瑞:《江上草堂诗集》卷2,国家图书馆藏民国六年(1917)铅印本。
⑧ 清瑞:《江上草堂诗集》卷1,国家图书馆藏民国六年(1917)铅印本。
⑨ 清瑞:《江上草堂诗集》卷1,国家图书馆藏民国六年(1917)铅印本。
⑩ 清瑞:《江上草堂诗集》卷1,国家图书馆藏民国六年(1917)铅印本。
⑪ 清瑞:《江上草堂诗集》卷1,国家图书馆藏民国六年(1917)铅印本。
⑫ 清瑞:《江上草堂诗集》卷1,国家图书馆藏民国六年(1917)铅印本。
⑬ 清瑞:《江上草堂诗集》卷1,国家图书馆藏民国六年(1917)铅印本。

公所居屋在城西南隅，一室坐傲，有时发为诗歌。"① 这是清瑞之孙云书对祖父创作的沿波讨源之论。似清瑞这样的驻防八旗，因为全身心地热爱一座城，所以面对年年岁岁相似的风景，笔下竟有万里河山！

八旗驻防旗籍制度的改革扩大了驻防诗人的文学题材，而制度改革中的细微变化，也有赖于驻防诗文的记录才鲜活起来。驻防诗人对于驻防制度变革的纠结之念，对京师和驻防地在异乡与故乡迁转中的乡关之思，都在诗人们的心灵世界中生发、拓展，并诉诸笔端。制度在型塑诗人、改易诗人们的生命历程的同时，自然地影响了诗作。而文学在吸纳时代制度声音的同时，也在映现不同时代制度变革的图像。

第三节 驻防文学镜像下驻防安养制度的消解

诺伯舒兹定义场所"是由具有物质的本质、形态、质感及颜色的具体的物所组成的一个整体。这些物的总合决定了一种'环境的特性'，亦即场所的本质"②。驻防旗营通过驻防八旗内部的文学教育军事活动以及与当地的文化交流，确立其身份，建立其影响，从而形成一个较为具体的场域。既是场域，就有位置、结构与场域中人的习性，位置、结构具有相对稳定性，而习性则较易发生变化。场域中的习性展示的是场域文化，驻防旗营的文化微妙地混合了清代中国文化的两种基本元素：尚武的游牧民族精神和尚文的农耕民族趣味，这就使驻防文化明显有着交杂性。清代驻防八旗在旗民分治的满城制度初始期形成的尚武的旗营文化，在八旗营葬制度和旗籍制度颁布后渐渐走向崇文、尚娱乐一端，这意味着驻防安养制度被消解于时代中，而与之相伴的驻防文学在记录这场变化时，起到了镜像的映现作用。具体言之，有以下两个方面。

一 从规范到失范——驻防八旗社会文化语境对驻防八旗的规训消解

在驻防八旗驻扎初始，为了安养八旗将士及眷属，清廷在各地驻防场

---

① 云书：《先祖荣禄公事略》，清瑞：《江上草堂诗集》，国家图书馆藏民国六年（1917）铅印本。
② ［挪威］诺伯舒兹：《场所精神：迈向建筑现象学》，施植明译，华中科技大学出版社2010年版，第7页。

域设置满城，实行满汉分居制度。因八旗驻防主要作为军事设置而成立，对驻防八旗而言，弓马骑射于他们是必修课，即使是参加文场科举考试，也要先验看骑射通过后方可进行。驻防八旗对于军事训练、军事设施改造、士兵管理等八旗驻防的规制详赡。作为军队，八旗阅兵有三年大阅、五年军政的制度。同样作为军队，八旗逐日轮习各技，每日必有操课，直到道光元年（1821）奏遵于每月朔停操一日，形成"一月维教一日闲"①之防营规训。

驻防八旗以武起家，为国戍城，城市只是他们的卫护之所，职责所系之地。然而当乾隆二十一年（1756）清廷颁定《驻防兵丁置产留葬例》后，八旗驻防及其眷属就从暂居驻防地变成定居驻防地的定居者了。定居者们与驻防地族群（主要是汉族）交融日益深厚，受汉习濡染也日益深入，如《柳营谣》所载，"汉字教成满字来，两厢满汉学堂开。宏文自是承平象，不羡弓刀跨马回"。②满语是清之国语，国语、骑射是大清国之根本，驻防八旗子弟均须学习，同时，为了能更好地管控驻防地，驻防八旗也兼习汉文。然而，随着驻防八旗定居，汉文化对他们的浸染也愈益深入。汉文化的核心是讲究文治的儒家传统文化，因受到儒家文化的冲击，"宏文"成为驻防八旗这些武人的追求。这首诗所述正是驻防八旗因注重文治，弓马骑射于他们而言成为一种制度上的强制要求而存在，失去了设置之初的实质性目的的过程。

乾隆间荆州驻防白衣保去世后，友人富谦结集其诗为《鹤亭诗稿》，序有"其训子也，弓马诗书而外惟迪以忠孝"③之语，说明乾嘉时期的驻防蒙古八旗已经把弓马与诗书等同训育下一代，文武并行。不过，白衣保对诗文写作并不自信，其诗集自序有"余橐鞬武人，见闻谫陋，曷敢妄附风雅"④之语，对乾隆时期似白衣保一样的驻防八旗而言，写作诗文还是"妄附风雅"之举，"武人"才是他的本色。但友人拖克西图跋言："世之文士每薄武臣为不足言诗，抑知古来名将如方叔、部毂、祭遵、诸葛武侯、羊叔子辈，以文摄武，其在军之儒雅风流焉宜也。至若岳忠武起家行伍，郭定襄奋迹兜鍪，上马挥戈，下马挥毫词章，亦传于世，抑又何

---

① 三多：《可园诗钞外·柳营谣》，《清代诗文集汇编》第792册，第661页。
② 三多：《可园诗钞外·柳营谣》，《清代诗文集汇编》第792册，第661页。
③ 富谦：《鹤亭诗稿序》，白衣保：《鹤亭诗稿》，国家图书馆藏道光十六年（1836）刻本。
④ 白衣保：《鹤亭诗稿自序》，白衣保：《鹤亭诗稿》，国家图书馆藏道光十六年（1836）刻本。

耶？其故可深长思矣。"① 反映的却是满或蒙族群的时代声音。在他看来，驻防八旗"上马挥戈，下马挥毫词章"是两不相妨之举，这样的行止是如宋之岳飞、明之郭登一样无可争议的。然而，无论白衣保在诗集自序中的表述还是拖克西图跋文均可以见出，他们对"世之文士每薄武臣为不足言诗"是很介意的。也就反映出无论其本人，还是同时代人，对驻防八旗写作诗歌之事，都认为是非常态的、具有独特性的事情。但随着时间推移，社会风俗政治文化不断变化，至道咸同时期，驻防文人的诗文表达中已鲜见这一认知，瑞常《如舟吟馆诗钞》载道光十二年（1832）之《春闱报捷》，诗句"家书毕竟千金抵，能副殷殷训诫无"② 后有小注："家大人以读书励品为训，弓马已不复提及。"这意味着，对这时期及其后的八旗士子而言，弓马于他们只是一种仕进的手段，失去了实质性的意义，驻防文人更趋向于成为纯粹的文人。

八旗驻防受到汉文化影响从而改变固有的八旗武士生活状态，杭州驻防是显例，但并不是特例。杭州驻防始于顺治二年（1645），直至1911年清朝灭亡方告结束。早在康熙年间，康熙帝曾经欣喜地从皇权话语的角度肯定了杭州驻防对满洲文化传统的传承，"朕今观杭州满洲、汉军官兵，皆善骑射，娴熟满话"。③ 但也有过"留住外省，恐年久渐染汉习，以致骑射生疏"④ 的隐忧，康熙不愧一代雄主，对杭州乃至全国各地这样的汉文化中心的融合力量还是看得很清楚的。果然，乾嘉之际，驻防八旗定居驻防地后，康熙的担忧迅速成为现实。

两百多年戍守一地足以让驻防者本土化。当八旗驻防制度的改易最终让驻防者融入驻地文化，令他们在驻防地保家即是卫国的同时，也会令他们受到城市固有气息的熏染。杭州驻防曾享受了杭州城的深厚教育基础，如嘉庆五年（1800）将军范公创立梅青书院，补梅延师，以汉学教授八旗子弟，⑤ 书院后即设满汉两官学。但因为日常生活中均用汉语，故汉学

---

① 拖克西图：《鹤亭诗稿跋》，白衣保：《鹤亭诗稿》，国家图书馆藏道光十六年（1836）刻本。
② 瑞常：《如舟吟馆诗钞》，光绪年间刻本。
③ 《圣祖仁皇帝实录》卷192，《清实录》第5册，中华书局1985年版，第1040页。
④ 《圣祖仁皇帝实录》卷115，《清实录》第5册，中华书局1985年版，第191页。
⑤ "梅花重补聘名师，教育恩深大树滋。寄语八旗佳子弟，报崇应建范公祠。""梅青古院好滋培，一秀才捐一树梅。一自逋仙骑鹤去，十分清丽为谁开。"三多：《可园诗钞外·柳营谣》，《清代诗文集汇编》第792册，上海古籍出版社2010年版，第663、661页。

渐成常态，满学渐成形式。各旗自设义学（曰弓敞），"等闲官学分文武，弓箭诗书两不荒"① 导致的后果是驻防子弟尚武精神渐失，以不文为耻。这一现象，不只是杭州，其他地方的八旗驻防也大抵如此。翻译会试只能挽救满语在一定范围内的通行，并不能使驻防子弟不忘弓马骑射的初心，他们在汉化濡染中深入诗文写作带来的文治之功，给本为军事目的而设置的驻防八旗带来的并不是推进近代中国军事进步的"知识与武力的结合"②，当军人以不文为耻，而不思考如何提高军队战斗力，那么作为国之根本的驻防八旗必然不再是也不能是国之根本了。驻防八旗制度规范在不知不觉中已经走向失范，驻防八旗安养制度在一定程度上消解了驻防八旗的约束性规训。

二 价值观改易——驻防地主流意识形态对驻防八旗文化精神的养成

八旗驻防地社会主流意识形态约束和规范了驻防八旗文化，也引领和型塑着这一文化。立国之初的驻防八旗以军事文化为核心，既没有商业色彩，也没有太多的娱乐成分。因为驻防地只是客居之所，早期的满汉分居、旗民分治制度执行也颇为严格，所以无论是驻防士子还是眷属，皆遵循军事设置之规训生活。但当驻防地变成八旗士子的安养之地后，他们渐渐从客居的陌生和紧张状态中松弛下来，因为有眷属的活动，旗民的分界在不知不觉间松动。驻防八旗所在均为战略要地，同时也是清帝国的经济、文化中心，多为发达或发展中城市，当驻防八旗开始全盘汉化后，驻防地所在城市的主流意识形态调适和规制着驻防八旗的文化走向，最终使大多数的城市八旗驻防就如杭州驻防一样，"已此百年久驻防，侵寻风俗渐如杭"（《阅杭州旗兵作诗》）③，风俗渐如当地。

杭州是江南文化中心，四时风景优美，年节习俗众多。在"一道晴

---

① 三多：《可园诗钞外·柳营谣》，《清代诗文集汇编》第792册，上海古籍出版社2010年版，第661页。

② "中国兵学研究者蒋百里将军指陈：一八九四年（甲午）以来中国社会受环境影响发生重大变化，即'知识与武力的结合'：（一）知识分子投身为军人；（二）军人入学取得知识；（三）社会中知识分子与当政分子的合作。中国政治与军队都因此变化而进步。"吴相湘：《从屈辱的马关条约到日本无条件投降》，唐德刚等：《从甲午到抗战》，台海出版社2016年版，第59页。

③ 张大昌：《杭州八旗驻防营志略》，载马协弟、陆玉华点校《杭州八旗驻防营志略、绥远旗志、京口八旗志、福州驻防志（附琴江志）》，辽宁大学出版社1994年版，第88页。

光开软绣，二分烟景动芳尘"（冯培元《踏青》）①的丽日晴空下，杭州城内外男女老幼觞咏曲水、锦鞭嘶马、踏青春色、泛湖月下，在自然赋予的一片灵秀山水中放松心情，杭郡诗人也因此写下众多关于杭州民俗娱乐诗作，如：董慎言《天竺香市行》、袁应城《寒食扫墓涂遇七友觞于桥涧间适村社演剧漫赋》、杨文荪《花朝泛湖》、冯培元《花朝故事》之《蝶会》《蚕市》《剪彩》、许光鑑《斗鸡》、顾成俊《斗蟋蟀用韩孟斗鸡联句韵》、汪逷孙《晓楼嗜鸽戏为放歌歌》，等等。从这些诗题不难看出，除了流连于灵山秀水间，杭州人也喜欢斗鸡、斗蟋蟀、戏鸽等游戏，所谓"寒蛩乘时自饮啄，好事少年喧捕捉"（袁应城《蟋蟀行》）②就是对此风的描述。

当杭州驻防八旗全身心地安顿于驻防地后，他们在日常军事规训之外，既从事八旗自有的秋猎等娱乐活动，也迅速喜爱上了杭州城风行的养鸟斗蟋蟀等娱乐活动，并且在杭营中愈演愈烈。三多《柳营谣》有诗："不为惜花春起早，晓来溜鸟到城西。合桃声细芙蓉脆，引得黄鹂恰恰啼。"③诗后自注："营中爱蓄禽者十有五六，晓起提笼上邱林，谓之溜鸟，合桃、芙蓉皆鸟名。""红紫缠成铁嘴巢，衔旗啄果各相教。日长闲饲非无粟，细草青缄蚱蜢包。"④诗后注："铁嘴蜻嘴皆杭产禽名，营中人多蓄之，饲以青虫，教之衔绒，能解人意。"从三多提供的数字来看，咸同年间杭州驻防营中养鸟者已经达到百分之五六十，占驻防八旗官兵的一半还多，这是一个惊人的数字。有这样多的驻防官兵在晨光间遛鸟，温馨的场景中蕴蓄的是大清王朝不祥的信号。"闲饲"一语，则于不经意间写出晚清驻防八旗状貌：他们因闲极无聊，以饲养杭州名禽为风尚。除了养鸟，驻防营中还流行斗蟋蟀养蝈蝈。满洲八旗士子裕贵曾有《戏咏蝈蝈瓠芦和英心如上舍元韵》描述旗营养蝈蝈之风，而《柳营谣》所载之"风流犹话半闲堂，闸斗秋开蟋蟀场。一幅红绸新赐采，将军争识大头

---

① 丁申、丁丙编：《国朝杭郡诗三辑》卷64，国家图书馆藏光绪十九年（1893）刻本。
② 丁申、丁丙编：《国朝杭郡诗三辑》卷44。
③ 三多：《可园诗钞外·柳营谣》，《清代诗文集汇编》第792册，上海古籍出版社2010年版，第664页。
④ 三多：《可园诗钞外·柳营谣》，《清代诗文集汇编》第792册，上海古籍出版社2010年版，第664页。

黄"①，更以生动诗笔写出驻防营中人争先恐后斗蟋蟀的情景。对于杭州驻防八旗的这一喜好，杭营中人多有记述，如瑞常《斗蟋蟀闻》等。

规训如果不能和惩戒联系，则很多时候的规训就会流于形式。营例盛夏停操，兵将则"酷暑且循偎武名，无拘无束约飞觥"②，当三多笔下所述的驻防八旗在盛夏时节无拘无束饮酒消暑时，其实这意味着驻防八旗制度的规约已经形同虚设。须知，此时并不是承平时代，晚清的同光宣时期，内忧外患，早已不是八旗入主中华时的旧家山模样，而三多作为蒙八旗后人，在忆念杭营的《柳营谣》中书写的杭营习俗，不经意间写出了旗营的弊端。盛夏停操时驻防营纵饮，而"嫩凉时节便秋操"③后，驻防八旗开始秋兴之娱。所谓"秋兴"是指驻防营中泰半蓄养蟋蟀，秋斗以博胜败，相聚谓之秋兴。驻防八旗中并非没有人意识到这种行为不妥，正红旗佐领满洲正黄旗人升音纳就曾劝诫同行，"玩禽古所戒，折节宜改行"，他建议大家行武人惯习的秋猎，所谓"何当臂猎鹰，秋风角弓劲"（升音纳《恒斋见示新作余咏笼鸟斗蟋二诗易勉为戒并告同人》）④。的确，在一些驻防八旗眼中，"角鹰猎城南，脱鞴去如矢"（萨弼尔翰《偶作臂鹰叉鱼二诗以示心农》）⑤依旧是最佳的武人秋兴。只不过，彼时的驻防八旗文化已在不知不觉间发生了很大改易，《柳营谣》也记载了这一活动，谓："鞭如挥电马如龙，出猎归来兴未慵。为有双禽将换酒，背驼红日下南峰。"⑥打猎是武人旧习，操课之余的休闲活动，可强身健体，历代沿袭，但驻防八旗之"为有双禽将换酒"，则已失去初心。

无论如何，秋冬之际，营人多出猎湖山，即便是为了猎禽换酒也还是能说得过去的。而大多数驻防将士养成的其他喜好，无论是多蓄铁嘴蜡嘴这样的名禽，还是蓄蟋蟀蝈蝈，加之调鹰放鸽（"落花枯草调鹰地，暖

---

① 三多：《可园诗钞外·柳营谣》，《清代诗文集汇编》第792册，上海古籍出版社2010年版，第665页。
② 三多：《可园诗钞外·柳营谣》，《清代诗文集汇编》第792册，上海古籍出版社2010年版，第661页。
③ 三多：《可园诗钞外·柳营谣》，《清代诗文集汇编》第792册，上海古籍出版社2010年版，第661页。
④ 丁申、丁丙编：《国朝杭郡诗三辑》卷93，国家图书馆藏光绪十九年（1893）刻本。
⑤ 丁申、丁丙编：《国朝杭郡诗三辑》卷93，国家图书馆藏光绪十九年（1893）刻本。
⑥ 三多：《可园诗钞外·柳营谣》，《清代诗文集汇编》第792册，上海古籍出版社2010年版，第665页。

日清风放鸽天"①），对军队而言，均不能称之为善习，都是晚清军队腐败之征象。民间尚知"玩物丧志"，驻防营中却群起逐之，则八旗败落并不是因为国运不昌，而是因为作为制度根本的八旗不振，所以国运不昌。堡垒都是从内部开始攻破的，因果从此可见一斑。驻防地主流意识形态在潜移默化中影响驻防八旗文化，从而使驻防地文化受众的价值观念渐渐转型。

当八旗制度成为一个悬浮在驻防八旗生活世界之上的真理，驻防旗营休闲文化瓦解的并不仅仅是约束驻防八旗的社会生活和军营规训，而是驻防八旗的思想与信仰，其实这种瓦解早在八旗子弟"生则入档，壮则当兵，按月领饷"的优待制度中就已经埋下了种子，只是经过了驻防地儒家文化重文治的濡染，和八旗驻防城市的声色犬马浸泡，才最终瓦解了所有外在的监督和约束，在晚清生成了动摇国之根本的朽木。

制度作为一种文化生成机制，其中有文化的持守与传承，更有文化的积累与创新。制度的规训中，其实也有一定程度的开放，八旗安养制度因此总有新的内容的加入，才有营葬置产体制的变革。这一变革与满城营建体制结合，驻防八旗文化也因之而变化，形成与驻防地文化传统密切相关的驻防营文化。在安养制度、科举制度、弓读传家理想、旗民分治观念等交织的语境中，推想驻防八旗中文化资源的流转，驻防八旗文人社会的衍生，驻防地文化和文学的传衍，将驻防八旗创作的诗歌和营志回置驻防八旗族群，能够充分理解八旗文学的文学机制的功用。

在驻防八旗制度与驻防八旗文学长期深度同向并轨发展过程中，文学见证制度，反映驻防八旗组织，催生出具有文化价值意义的制度性驻防八旗文学，产生了丰富的创作成果。在一定意义上，驻防八旗文学不仅呈现了驻防八旗的军事生产、生活的体验，也代表着文化倾向、人文情感、话语方式和文学经验。因此，当我们谈论清代的驻防八旗文学时，就会想到军事建置，科举文化，就会想到制度建设，就会想起他们在文学发展历程中仿佛若有似无，其实是草蛇灰线一样的存在，这意味着八旗驻防文学已经自在地存在于八旗驻防制度史、军事史或科举史之中了。

在乾嘉盛世后的晚清近代化步伐中，文武俱已失范，疲敝顿生，娱乐

---

① 三多：《可园诗钞外·柳营谣》，《清代诗文集汇编》第 792 册，上海古籍出版社 2010 年版，第 665 页。

精神凸显。历史文化由各种各样的话语所组成，话语形成的制度与规训，也正可反映一个时代的面貌。讨论驻防八旗制度影响下的驻防八旗文学的形成，可知驻防八旗在清代是一个十分特殊的存在。这个以军事设置为动因的组织，在制度建设、文化交流、政治干预等影响下，成为动摇大清存亡的"国之根本"。历史在变迁中前行，文学作为见证，记录下的不仅仅是政治思潮、社会心态、文化传统等多方面驻防八旗思想，更展现出历史语境的斑斓图景。当我们今天以诗文考掘的方式，回溯驻防八旗士子在制度下的思考，梳理驻防八旗文学从乾嘉盛世走向晚清变局的历程，对驻防八旗文学史的建构，亦当有所裨益。

驻防八旗文学密切关注驻防八旗制度实施下的驻防营，触及了广泛存在的驻防八旗将士的精神生活，以密切接触者的身份为八旗思想界增添了一抹特别的色彩，通过自己的笔触，向大清社会注入了驻防八旗如何在汉文化精神上形成自己特色的信息。驻防八旗的制度脉络有赖驻防八旗文学作品而留存，驻防八旗制度与驻防八旗文学的衍生、滋长、流转，发生在普天之下，而非仅出现于京口驻防、杭州驻防或荆州驻防地。驻防八旗安养制度中最为核心的满汉分居建立满城体制、营葬体制与旗籍体制的改革，带给驻防八旗子弟关于家园的诸多思考，也因之带来了驻防文学的变化。生活在满城的驻防八旗在驻防地安顿身心，自觉书写守家记忆之营志、诗文。而对营志、诗歌中有关制度方面的文学考察，可以看出八旗驻防制度在清后期隐含的弊端，这种弊端正是大清覆亡的序曲。安家、守家与破家构成驻防八旗制度中的家变，虽然只是八旗驻防文学的一端，然而作为制度的产物，在驻防文学扩展题材、丰富体式、展示独特艺术风貌方面，都堪称清代文学史上有特质性之文学组成，成为中华民族文学书写中不可或缺的成分。

第九章

科举制度的拓殖与八旗文学的交融

拓殖，是一个生物地理学概念，指植物的繁殖体在一个新的地区萌发、成长并繁殖后代的过程。大清入关后沿袭明制，顺治二年（1645）即开科取士，以此安顿汉族士子，"旗、民分治"政策保证八旗拥有绝对的统治地位，并在一定程度上允准八旗子弟参加科举考试。随着满蒙八旗子弟深度参与科举考试，汉字文化、儒家文化成为满蒙汉等多民族共同尊奉的科举文化，科举制度变迁助力政治思想认同，科举文化引动意识形态认同，科举生活凝定社会生活认同，科举由制度层面到生活层面对八旗的影响，彰显了晚近中华多民族文化同一性，而满蒙八旗子弟作为对传统中华经典知识与思想的传播者，与各民族一道建构清代科举社会、思想与文化风景。

第一节 八旗科举制度的萌发与清前期 八旗崇文风尚的生成

大清的中华一体政治理念施行中，科举制度是其重要载体。科举取士之士人是王朝统治的中坚力量，他们的文化观与价值观，在某种程度上传导了王朝的观念。自然，以皇权话语为表征的"大一统"王朝对于科举形式、科考内容、科考人员成分、录取数量都做出了相应的规定。

八旗本来是武备力量，但王朝安定下来后，随着战事减少，武人进阶减少，众多八旗子弟或主动或被动地受到汉文化影响，由武转文成为他们的选择。八旗驻防由武转文的历程中，科举的作用至关重要。清初的旗籍文人，大抵由科举的方式入仕，其中卓有声名者，如满八旗之鄂貌图、鄂尔泰，蒙八旗之色冷①、梦麟、嵩贵，均从科举中脱颖而出踏入仕途。不过，若从教育普及、知识水平、文化素养等各方面来考察，顺康之际的满蒙八旗文士，除了最早接受教育，与汉族士林互动便捷，从而文采卓异的宗室贵族群体外，从科举进阶的满蒙八旗子弟群体主要出现在乾隆朝后。科举规约、教育辅助与文士萌发展示了八旗的崇文风尚初成。

一　科举规约初成

八旗科举制度的形成与内涵，是八旗科举拓殖的切入口。清代八旗科举的制度起点，是在以顺治八年（1651）为年份标识的旗人参加科举考试，这是源头，考试内容、录取内容则是科举制度必须考量的内涵。顺治八年，在吏部官员的一再建议下，清廷开始允许八旗子弟参加乡试、会试，但对满、蒙旗人在文字上加以限制。当时规定，满蒙识汉字者翻译汉字文一篇，不识汉字者作满字文一篇。例如，蒙古旗人参加乡试，要求用蒙古文作文一篇；参加会试，则写蒙古文两篇。这种考试中的特殊规定，既有利于巩固蒙古旗人自身的文化，也照顾了当时汉文化水平较低的蒙古旗人。顺治十四年（1657），因顺治帝认为"八旗人民，崇尚文学，怠于武事，以披甲为畏途"②，旗人参加科举考试遂被禁止。康熙初一度恢复旗人科举，康熙六年（1667）九月，"先是，八旗生员举人、进士停止考试。至是，复命满洲、蒙古、汉军与汉人同场一例考试。其生、童于乡试前一年八月内考试"③。满蒙汉同场考试，就文化知识而言，旗人考试难度加大，但这一规定，也从制度层面极大地推动了满蒙八旗对于汉文化的接受，客观上促进了他们的汉语创作。后因爆发"三藩之乱"，八旗科考中止。直到台湾郑氏政权被消灭，大清完成中国统一大业之后，才于康熙

---

①　一般认为，生活在顺康时期的色冷是清朝第一位以汉诗传世的蒙古族诗人。《熙朝雅颂集》载色冷，字碧山，是顺治乙未（1655）进士，累官刑部侍郎。核《清实录顺治朝实录》《清代职官年表》，顺治至康熙间，刑部侍郎色冷是顺治九年（1652）七月任，顺治十四年（1657）正月卒，与前述所载色冷是顺治十二年三甲进士，时间上有些矛盾，另外《熙朝雅颂集》还有邓汉仪曾言色冷聘周子青入都的记录。杨钟羲《雪桥诗话三集》"周青士入都，蒙古碧山司寇色冷时官太仆，馆之二载。青士丁卯南还，没于淮水舟次"的记载也补充说明这条记录，然而，顺康之际尽管多位蒙古八旗名色冷，然而科举出身能诗者仅此一位，而《熙朝雅颂集》成书时，对色冷的记载已然有误。说明色冷的文名影响有限。铁保：《钦定熙朝雅颂集》，赵志辉校点补，辽宁大学出版社1992年版，第350页。

②　《世祖章皇帝实录》，《清实录》第1册，中华书局1985年版，第23页。

③　《圣祖仁皇帝实录》，《清实录》第4册，中华书局1985年版，第328页。

二十六年（1687）允许八旗子弟参加科举考试，而且规定满、蒙旗人依旧使用汉文，按照汉族同样试题参加考试。①

清代各省乡试，录取举人有定额，满蒙八旗因为有专设名额，录取较易。即以蒙八旗为例，乾隆初年，顺天（今北京及河北）地区名额最多，为135人。按照要求，蒙古旗人在顺天参加乡试，顺治八年（1651）首次乡试录取20名举人。乾隆九年（1744），"定为满、蒙二十七，汉军十二。……会试初制，满洲、汉军进士各二十五，蒙古十。康熙九年，编满、合字号，如乡试例，各中四名"②。清廷在具体科考录取中从优增加录取蒙古旗人，在一定程度上有助于推进蒙八旗士子读书应考。童生考试是科举的初级考试，竞争最为激烈。汉族人一般是50名童生录取1名生员，蒙古旗人则较为容易。嘉庆初年"在京八旗满洲、蒙古童生，额进六十名，核计近年应试人数，均在五六名内取进一名"③。录取率若按5比1计算，蒙古旗人参加童试录取率，是汉族的10倍，实际录取率甚至高于此数。不过，嘉庆年间规定驻防子弟中应试童生须"训习清语、骑射，府学课文艺"④，嘉庆帝也表明"其攻肄举业者，仍当娴习骑射，务臻纯熟"⑤。驻防子弟在乡会试前需经地方长官检查骑射技艺，合格后才可参加后续考试。

清代前期，八旗式子均需进京参加科举考试。嘉庆四年（1799）始改，可就地考试。五年（1780）仁宗对此曾进行特别说明，他因没有看到《高宗纯皇帝实录》中的相关条款，才允许政策改变，但改变也有现实考量："盖因各处驻防兵丁较之雍正、乾隆年间生齿增倍，而披甲名粮例有定额，概令食粮当差，则人浮于缺，势有所难。若徒手嬉游，毫无所事，必至习于非义。其有能读书向上、通晓文义者，如必令远赴京师应

---

① "八旗以骑射为本，右武左文。世祖御极，诏开科举，八旗人士不与。顺治八年，吏部疏言：'八旗子弟多英才，可备循良之选，宜遵成例开科，于乡、会试拔其优者除官。'报可。八旗乡、会试自是年始。其时八旗子弟，每牛录下读满、汉书者有定额，应试及各衙门任用，悉于此取给，额外者不得与。往往不敷取中。故自十四年至康熙十五年，八旗考试，时举时停。先是乡、会试，殿试，均满洲、蒙古为一榜，汉军、汉人为一榜。康熙二十六年，诏同汉人一体应试。寻定制，乡、会场先试马步箭，骑射合格，乃应制举。庶文事不妨武备，遂为永制。"赵尔巽等：《清史稿》第十二册，中华书局1970年版，第3160页。
② 赵尔巽等：《清史稿》卷108，中华书局1976年版。
③ 昆冈等：《大清会典事例》卷381。
④ 赵尔巽等：《清史稿》卷106，中华书局1976年版，第3117页。
⑤ 王炜编校：《〈清实录〉科举史料汇编》，武汉大学出版社2009年版，第595页。

试,资斧又恐不济。是以准其就近应岁科试,以广进取之阶。"① 这个政策虽降低了驻防子弟考取功名的难度,但并未形成稳定的制度,时存时废。浙江巡抚阮元在嘉庆九年(1804)以路远且耗资巨大奏请应乡试就近举行,嘉庆帝以驻防子弟应"遵守淳朴之风,只应以练习骑射为本务。……至愿应乡试者,自应赴京与考定例乡试录科"② 予以驳斥。但不久后这一规定就被更改。嘉庆十八年(1813),嘉庆帝因"乡试必须来京,道路遥远者,每以艰于资斧,裹足不前"③,最终确定驻防八旗就近乡试。

科举制度是促使蒙古族诗人学习汉文化的关键因素。康雍时期,随着蒙古八旗受到正规教育,诗人开始出现,但并无传世别集,无论是不善保存还是主观上没有存留意识,都是文学创作没有常态化的表征。查这一时期的《清代硃卷集成》,也没有蒙古士人的记录,虽然所录硃卷并非全部,但就概率而言,还是可以说明蒙古族士人数量太少。乾隆以后,教育、考试各项制度日渐成熟,蒙古族士人才开始增加。乾隆二十三年(1758),清廷诏令"科试减去经义一篇,用一书一策。不论春夏秋冬,俱增试律诗一首,酌定五言六韵"④。据《钦定八旗通志》所载,清廷也正是在这一年裁汰了八旗蒙古义学。"八旗蒙古义学主要招收佐领下幼童或十岁以上者,教习满洲、蒙古书和弓箭。"⑤ 这两场举措看似无关,但前者稳固了以汉语诗赋取士的科举策略,后者削弱了蒙古八旗中的本民族文字与文化教育,二者进退之间,对蒙古汉化的推进以及文学家族的兴起埋下了伏笔。教育制度向来都是与科举制度相配套的。

二 教育制度辅助

教育制度是科举制度的辅助制度。大清立国后清廷以教育为本,以汉文化为宗,确立国子监、八旗官学、咸安宫官学为旗人学习汉文化的主要机构。顺治元年(1644),詹事府少詹事管国子监祭酒事李若琳奏言:

---

① 希元、祥亨等纂,马协弟、陆玉华点校注释:《荆州驻防八旗志》,辽宁大学出版社1990年版,第61页。
② 王炜编校:《〈清实录〉科举史料汇编》,武汉大学出版社2009年版,第615页。
③ 王炜编校:《〈清实录〉科举史料汇编》,武汉大学出版社2009年版,第655页。
④ 素尔讷等纂修,霍有明、郭海文校注:《钦定学政全书校注》,武汉大学出版社2009年版,第56页。
⑤ 王风雷:《蒙古族全史·教育卷》(下),内蒙古大学出版社2013年版,第608页。

"今满洲勋臣子弟有志向学者，宜令奏送国学读书，一体讲习。满洲官员子弟有愿读清书或愿读汉书及汉官子孙有愿读清汉书者，俱送入国子监。"①后李若琳考虑到国子监和在京八旗驻地之间距离较远，提议再设八旗官学，从属国子监。②顺治二年（1645），文官在京四品以上，在外三品以上，武官二品以上，俱著送一子入监读书。③顺治十三年（1656）满洲、蒙古三品等官以上，俱荫一子入监。④乾隆间荆州驻防白衣保在其《鹤亭诗稿》自序中提及，他于乾隆元年（1736）入国子监学，时年15岁。⑤除直接进入国子监的八旗子弟外，其他人可通过顺天府考试入顺天府学，成绩优异者入国子监。奉天府学也有相应的八旗生员名额。

内务府开设的景山官学和咸安宫官学皆可学习汉文。景山官学设立于康熙二十五年（1686），分设清书房和汉书房各三房，选内务府佐领、管领下闲散幼童，以及家贫不能读书者入学。⑥咸安宫官学设立于雍正七年（1729），教授内务府佐领、管领下幼童及景山官学生。⑦咸安宫官学以培养科举精英为目的，汉文教育明显好于景山官学。至雍正十二年（1734）六月，咸安宫官学"有中式举人副榜者四人，有考中生员补廪者二十三人"⑧。清廷对咸安宫官学寄予厚望，翰林院侍读学士春台说咸安宫官学是"天下学校之领袖，八旗人才之渊薮"⑨，此语虽有夸饰，但也反映了咸安宫官学的影响力。至乾隆十二年（1747），咸安宫官学共培养了进士5人、举人21名、副榜6名、贡生6名、生员55人。⑩乾嘉时期

---

① 《世祖章皇帝实录》卷11，《清实录》第3册，中华书局1985年版，第105页。
② 《世祖章皇帝实录》卷11，《清实录》第3册，112页。
③ 《世祖章皇帝实录》卷20，《清实录》第3册，175页。
④ 鄂尔泰等修，李洵、赵德贵点校：《八旗通志》初集卷47，东北师范大学出版社1985年版，第914页。
⑤ 白衣保：《鹤亭诗稿》，道光十六年（1836）刻本。
⑥ 鄂尔泰等修，李洵、赵德贵点校：《八旗通志》初集卷47，东北师范大学出版社1985年版，第953页。
⑦ 鄂尔泰等修，李洵、赵德贵点校：《八旗通志》初集卷47，东北师范大学出版社1985年版，第949页。
⑧ 鄂尔泰等修，李洵、赵德贵点校：《八旗通志》初集卷47，东北师范大学出版社1985年版，第951页。
⑨ 第一历史档案馆藏军机处录副奏折：《翰林院侍读学士春台奏颁咸安宫官学书籍事》，乾隆二年九月十二日。
⑩ 李立民：《论清代内务府官学——以景山官学、咸安宫官学为中心》，《中国史研究》2017年第2期。

著名蒙古族文士法式善就曾是咸安宫官学生,他入咸安宫时16岁,八年后,24岁时补廪膳生。即使在不以汉文授课的八旗旗学,教授的内容也以四书五经为主,翻译科举的考试内容也主要是四书五经、文史、诗词歌赋等。①

驻防各地的汉文教育起步晚,且地域差距较大。人才济济的杭州驻防,有著名的梅青书院,始建于嘉庆五年(1800)。京口驻防规定,文武童生每五名内取进一名,归入镇江府学。② 徐苏《京口旗营述略》说当时地方有宝晋书院、敷文书院也招收旗人。③ 荆州驻防有设学汉文的义学,但是自嘉庆丙子奉旨开科后,六十余年难资造就,荆州将军希元请求在光绪六年(1880)设立书院,延聘宿儒以为山长,是为辅文书院。④ 这些文化中心的驻防之地汉文教育稍好一些,但也难和京旗相比。

大清历代帝王一直关注满语教育的问题。满蒙八旗子弟因其出身显赫,多身居要职。开国时,"综满洲、蒙古、汉军,皆通国语"⑤,乾隆年间,面对汉语成为八旗子弟通用语言的忧虑,高宗曾特别强调日常生活运用清语:"满洲人等,凡遇行走齐集处,俱宜清语,行在处清语,尤属紧要……侍卫官员兵丁俱说汉话,殊属非是。侍卫官员,乃兵丁之标准,而伊等转说汉话,兵丁等何以效法。嗣后凡遇行走齐集处,大臣侍卫官员,以及兵丁,俱着清语。将此通行晓谕知之。"⑥ 然而,汉语作为通用语言的态势愈演愈烈,无论京师八旗还是驻防八旗中,都很难遏制。

八旗驻防受到汉文化影响从而改变固有的八旗武士生活状态,杭州驻防是显例。杭州驻防始于顺治二年(1645),直至1911年清朝灭亡方告结束。早在康熙年间,康熙帝曾经欣喜地从皇权话语的角度肯定了清代初年杭州驻防对满洲文化传统的传承,"朕今观杭州满洲、汉军官兵,皆善

---

① 杜家骥:《八旗与清朝政治论稿》,人民出版社2008年版,第403页。
② 希元、祥亨等纂,马协弟、陆玉华点校注释:《荆州驻防八旗志》,辽宁大学出版社1990年版,第61页。
③ 徐苏:《京口旗营述略》,《镇江高专学报》2012年第1期。笔者按:根据《光绪丹徒县志》,当地有去思书院、鹤林书院、宝晋书院。《光绪丹阳县志》,有鸣凤书院。《嘉庆溧阳县志》有平陵书院。《光绪溧阳县续志》有南麓书院。《民国重修金坛县志》有金沙书院。镇江府下辖各县均没有敷文书院,敷文书院在杭州,而京口驻防应不能去杭州学习。
④ 希元、祥亨等纂,马协弟、陆玉华点校注释:《荆州驻防八旗志》,辽宁大学出版社1990年版,第111页。
⑤ 盛昱:《八旗文经》卷60,国家图书馆藏光绪刻本。
⑥ 章开沅:《清通鉴 雍正朝 乾隆朝2》,岳麓书社2000年版,第337页。

骑射，娴熟满话"①。不过，作为一代雄主，康熙对杭州乃至全国各地这样的汉文化中心的融合力量还是很明白的，所以他同时也生出了"留住外省，恐年久渐染汉习，以致骑射生疏"②的隐忧。果然，才到乾隆朝，康熙的担忧已成现实。"已此百年久驻防，侵寻风俗渐如杭"（《阅杭州旗兵作诗》）③，驻防子弟对骑射技艺日渐生疏，全身心融入驻地文化系统，日常生活中使用汉语成为最基本状况。这一现象，不只是出现在杭州，其他地方的八旗驻防也大抵如此。

当汉语成为八旗的通用语言，汉文化成为宗尚的文化，那么科举诗赋制度导引下的喜好汉诗，有能力写作汉诗者就会越来越多。

三 八旗文士萌生

当然，这一时期满蒙八旗诗人寥寥无几。乾隆二十三年（1758）将试律诗纳入会试，作诗的能力直接和功名联系在一起，对诗人的产生大有助益。乾隆一朝被誉为"三才子"的铁保、百龄、法式善，都是在此之后取得功名的，他们也是八旗诗人中的佼佼者。可见，试帖诗创作诱发了八旗汉文学创作初潮。

在获得科第之前，蒙古族文人和广大汉族士子一样，必须钻研时文制艺，熟谙科考内容及流程，并对试帖诗进行反复研习。试帖诗用五言八韵之体，题前有"赋得"二字，形式固定，格律严谨，属于典型的应试文学。清代试帖诗的体制格式更严于前代，出题多出自经史，或用前贤诗句成语；且韵脚在平声诸韵中出一字，对应试者声韵、文字的要求极高。从不少蒙古文士诗集中保留的试帖诗就可看出此间端倪。如乾隆壬申（1752）进士博明《西斋诗辑遗》有《赋得人淡如菊》《赋得文以载道》（卷一），《赋得牧童遥指杏花村》（卷二）；乾隆辛卯（1771）进士和瑛《易简斋诗钞》中存有《赋得鹖旦不鸣》《赋得家在江南黄叶村》等；道光丙戌（1826）进士柏葰《薛簩吟馆钞存》中有《赋得捷书夜到甘泉宫》《赋得二月黄鹂飞上林》等。这些均用前人诗句为题，大多调工句妥，能见匠心，在编订诗集时收录，说明当初在写下时用心用力，完成后也引为得意之作，从一定

---

① 《圣祖仁皇帝实录》卷192，中华书局1985年版，第1040页。
② 《圣祖仁皇帝实录》卷115，第191页。
③ 张大昌：《杭州八旗驻防营志略》，载马协弟、陆玉华点校《杭州八旗驻防营志略、绥远旗志、京口八旗志、福州驻防志（附琴江志）》，辽宁民族出版社1994年版，第88页。

程度上说，试帖诗确能反映文士诗艺基本功的扎实与否。

因为科举制度是凭文取士，虽然八旗子弟文试前向例先试骑射，但八旗子弟在对科举制度尊崇的同时，八旗科举式子群体衍化生成崇文风尚，试帖诗创作诱发格律诗盛行，还影响了蒙古文学家族中文人诗歌创作的题材内容与诗体选择。清代试帖诗内容多样，"题之种类咏古、咏物、言景、言情、天文、地理、草木、虫鱼，无所不有。"① 但整体可凝缩为"怀古咏史"与"写景咏物"两大类。以法式善家族为参照，法式善诗歌今存三千余首，其中近体占两千二百余首。吴嵩梁《石溪舫诗话》论法式善诗云："初为五言近体最工，佳句亦多可采。"法式善又有单独的咏物诗集《存素堂诗稿》，列咏物诗240首，每首取一字为题，分咏天文、地理、器物、草木、禽鸟等，法式善嗣母端静闲人的《带绿草堂遗诗》靠他记诵而传，为七律《雁字三十首次韵》、七绝《咏盆中松树》，也悉为咏物近体。法式善之孙来秀所传作品今存《扫叶亭咏史诗》230首，悉为近体绝句。"自汉迄明，衰古今人之善案善翻者而折衷之，直使千五百余年之人物事迹，毕括于廿八言中。"该集后又附《扫叶亭花木杂咏》，录花木诗40首，亦为咏物七绝。"一往情深，悠然不尽，确是七截作法。"来秀还擅长律诗，宫本昂跋来秀《望江南词》云："紫筱太守长于律诗，气味甚厚。"可见法式善家族中文人所为诗多以近体律绝入手，其中与试帖诗创作思维、推敲手法相类似的咏物诗、咏史诗占有相当大的比重。

试帖诗创作诱发经典接受，尤其是唐诗接受。乾隆二十三年（1758）试律诗的出处虽广涉经史子集，但各省乡试诗题得句出自杜诗者多达76道，远超其他典籍。试律诗主要围绕得句展开刻画、敷写，数量众多的诗题均出自杜诗，势必要求士子们从解题、诗法及具体写作上都围绕杜诗展开。这与康乾盛世皇权话语引领的诗坛学唐倾向一致，对于进入汉诗创作领域不久的八旗子弟来说，追摹唐诗更加成为诗歌写作的风尚。乾隆二十五年（1760）庚辰恩科乡试，16省乡试试律诗用诗句者6道，其中唐诗得句5道。众所周知，科举试诗肇自唐朝，并间接成就了唐代诗歌的灿烂风华。北宋神宗朝，因王安石变法而罢科举诗赋，元明两代延之。乾隆年间诗歌重新被纳入科考的范围，固然和统治者的喜好密切相关，圣祖于诗教颇有心得，康熙四十五年（1706），他在《全唐诗录序》

---

① 商衍鎏：《清代科举考试述录》，故宫出版社2014年版，第278页。

中提出:"在昔诗教之兴,本性情之微导中和之旨,所以感人心而美谣俗。"① 显然也是希望在他治下依然可以利用诗教"感人心美谣俗",他赞扬唐开国之初即用声律取士,"聚天下才智英杰之彦"②,他也于科目之外时以诗赋取人,"每当省方观民之会,士之所进诗赋古文,止辇受观,停舟延问,亲试而拔其优"③。圣祖希望士人学习唐诗,"学者问途于此,探珠于渊海,选材于邓林,博收约守而不自失其性情之正,则真能善学唐人者矣"④。高宗对诗赋的喜好与乃祖一脉相承。作为国之根器的八旗诗人基本都趋向于宗唐⑤也在情理之中,主张诗道性情。不过诗歌"润色鸿业、鼓吹休明"⑥的功用也不可忽略,蒙古文士们对此有着准确、及时的认知领会,法式善在《同馆试律汇钞序》中说:"今国家文教隆洽,我皇上久道化成,御制诗四集四万首,悬诸霄汉,布在陬澨,海内研究声律,几于粤之镈燕之函,夫人而能之矣。翰林者,风雅之渊薮,学者之正鹄也。试律一体,虽未足尽其人之材,而总乡、会试朝考馆课诸作,鼓吹群籍,漱涤万态,其至者足以继赓歌扬,拜唐虞三代之风,而其余亦皆和其声以鸣国家之盛。"⑦ 法式善指出了君主好尚以及试律"鸣国家之盛"的政治功用。乾隆一朝,清代立国已逾百年,科举日渐繁兴。"科举恢复试诗所暗示的君主崇尚诗学的意向及艺术观念,无论对整个社会还是诗坛都是个极为重要的信息。"⑧ 试帖诗制度带动了士林崇尚试帖诗学的风气,并进一步影响了蒙古文学家族的科举入仕及其汉语写作。

　　清初旗人中第一批文人的形成,究其共性,与科举制度的实行密不可分。旗人作为军事胜利者,在转变成为帝国统治者的过程中,在文化上处

---

① 玄烨:《全唐诗录序》,《圣祖仁皇帝御制文集》,景印文渊阁《四库全书》第1299册,台湾商务印书馆,第162页。
② 玄烨:《全唐诗序》,《圣祖仁皇帝御制文集》,景印文渊阁《四库全书》第1299册,台湾商务印书馆,第163页。
③ 玄烨:《四朝诗选序》,《圣祖仁皇帝御制文集》,景印文渊阁《四库全书》第1299册,台湾商务印书馆,第169页。
④ 玄烨:《全唐诗序》,《圣祖仁皇帝御制文集》,景印文渊阁《四库全书》第1299册,台湾商务印书馆,第164页。
⑤ 米彦青:《接受与书写:唐诗与清代蒙古族汉语韵文创作》,中国社会科学出版社2014年版,专门论及八旗蒙古诗人对唐诗的接受。
⑥ "鼓吹休明,必有咏歌之作。润色鸿业,爱申燕乐之文",纪昀:《拟赐宴瀛台联句并锡赉谢表》,载马松源主编《纪晓岚全书》第11卷,中国戏剧出版社2000年版,第336页。
⑦ 法式善:《存素堂文集》卷1,嘉庆十二年(1807)扬州绩溪程邦瑞刻本。
⑧ 蒋寅:《科举试诗对清代诗学的影响》,《中国社会科学》2014年第10期。

于弱势，皇权话语虽然对于八旗子弟讲汉语、读汉书存有戒心，但查《钦定熙朝雅颂集》，宗室贵族却是清初旗人中的第一批文人。他们对于处理汉族传统思想、文学深厚积淀带来的动力与压力时，非常审慎，然而又不可遏制地对汉文化进行了吸收，虽然八旗子弟的科举制度实行中关于考试内容、录取规定、语言使用规约等方面对展示了在满蒙八旗与汉族之间谋求平衡与进步的努力，但就科举制度萌芽期已经初成的崇文风尚（或者说是崇汉文风尚）而言，随着科举文化的深入，科举拓殖在八旗中必将展示更为壮观的八旗教育与八旗士人汉文创作成果。

清代初期的统治者所具有的包罗万象的雄心和稳固政权的志意，让他们能够放胆全盘汉化，而且敢于把作为抡才大举的科举制度在八旗中"拓殖"施行，这种恢宏的气魄既导引了满蒙八旗对于儒家文化的接受，也萌发了八旗中众多人士对于格律诗词的喜好，使科举制度在不同文不同种的满蒙八旗中生出勃然之象，为其日后的科举蒙古家族、科举文化事业的森然繁育奠定了坚实的基础。

第二节　八旗科举变局成长期与八旗文事繁盛

道咸同时期，社会风俗、政治文化不断变化，此期八旗科举制度的变革也在进行中，这样的制度变革，使科举制度的拓殖从萌发走向了成长，而八旗的科举文化图景也全方位地繁茂。

一　科举制度成长期的变革

经过长期的科举制度的拓殖，至道光初，驻防子弟已日渐荒废对国语骑射的学习。杭州驻防起家文士瑞常道光十二年（1832）所写《春闱报捷》中有诗句"家书毕竟抵千金，能副殷殷训诫无"，后有小注："家大人有读书励品为训。"[①] 可见彼时的驻防将士训迪后人时弓马已不复提及。这意味着，对这时期的八旗士子而言，弓马于他们只是一种仕进的手段，失去了实质性的意义，驻防文人更趋向于成为纯粹的文人。子弟渐失"国语骑射"根本，专力学习汉文化，这一趋势使统治者非常忧心，并竭力想要加以挽回。道光二十三年（1843），清廷规定"（驻防子弟）应文试者，必应改试

[①] 瑞常：《如舟吟馆诗钞》，光绪年间刻本。

翻译"①，对满语的衰落做了最后抗争。自此后至同治元年（1862）间，驻防子弟所参加科考均为翻译考试。翻译科举分为满洲翻译科和蒙古翻译科，满洲翻译科分两部分进行，首场以满文书写四书文、《孝经》、性理论各一篇，第二场用满文翻译一篇汉文。自翻译科举设立以来，蒙古翻译科因应试人数过少一直未予举行，据《清实录》可知，在道光二十年（1840）之后，就没有钦点京旗蒙古翻译乡试、会试考官；再据咸丰、光绪两朝所修《钦定科场条例》卷60②，可知从道光二十一年（1841）至光绪十二年（1886），没有取中一名蒙古翻译举人、一名蒙古翻译进士。因此，可以推断，由于应试人数不足规定的七八人，道光二十一年（1841）之后，实际上已经停止蒙古翻译乡会试。所以蒙古八旗只能参加满洲翻译科翻译会试。

  并非所有的八旗子弟都会清语，翻译会试的颁行，改变了不少八旗士子的人生。很多人在道光癸卯（1843）制改文科为翻译后，放弃科举进阶。京口驻防蒙古正黄旗诸生燮清，奈曼氏，汉姓项，弱冠应童子试，冠军入泮庠，自谓"童场小试制征袍，刀剪深宵不惮劳"（《无题》）③，不过数战秋闱未捷。翻译科实行后，燮清失去了这种为了科考不辞劳苦的机会，燮清《养拙诗撰序》云："道光乙巳年，蒙天恩将文科改作翻译。余幼未曾习，加之愚钝之资，年过三十，况业素平寒不克。学习翻译，日以训蒙为业。暇则以书画吟咏消磨岁月，亦明知雕虫小技与生民无关，弄之有愧。"④ 但是，科举制度在改易，在各省施行中有时间上的差异。就在道光二十三年（1843），时年26岁的杭州驻防贵成，通过浙江文闱乡试举人。张大昌《杭州八旗驻防营志略》卷十所记载乡、会试题名表，道光甲辰（1844）恩科下注：自是科始，停止各省驻防文闱乡试，改翻译乡试。⑤ 因此，杭州驻防翻译乡试应是始自道光二十四年（1844）。而道光二十三年（1843）贵成所参加的应为文闱乡试而非翻译乡试。同年进京参加会试不第。道光三十年（1850），贵成参加满洲翻译会试，成为进士，后以主事分部学习签分兵部行走，成为京师低级官吏中的一员，也为

---

  ① 《大清宣宗成皇帝实录》卷395，中华书局1986年版，第1085页。
  ② 《钦定科场条例》，沈云龙主编：《近代中国史料丛刊》第48辑，文海出版社1989年版，第4624—4633页。
  ③ 燮清：《养拙书屋诗选》，项氏晚香堂民国二十五年（1936）上海影印本。
  ④ 爱仁：《重修京口八旗志》卷6，民国十六年（1927）版，第12页。
  ⑤ 张大昌：《杭州八旗驻防营志略》，载马协弟、陆玉华点校《杭州八旗驻防营志略、绥远旗志、京口八旗志、福州驻防志（附琴江志）》，辽宁大学出版社1994年版，第109页。

自己的十年寒窗画上了一个句号。

翻译考试在科举初期时，造就了不少八旗高官，如松筠在乾隆壬辰（1772）以翻译生员考理藩院笔帖士，后成为封疆大吏，最终以从一品的都统休致。富俊在乾隆四十四年（1779）中翻译进士，后充科布多参赞大臣，累官东阁大学士。翻译科考只能挽救满语在一定范围内的通行，并不能使驻防子弟牢记弓马骑射的初心，他们在汉化濡染中深入诗文写作带来的文治之功，对八旗尚武精神的消解已经深入内里。

二　蒙古科举家族与文学家族伴生

科举家族"是指那些在清朝世代聚族而居，从事举业人数众多，至少取得举人或五贡以上功名的家族"①。这样看来，科举家族中有三人以上获取进士功名，可称为进士家族。② 蒙古八旗中乾隆壬戌（1742）进士国栋是有传世别集者，可惜家族后人没有科举登第。数代科举登第的科举家族显然不会在前期出现。因此，清代最早出现的科举蒙古家族是法式善家族。《清代硃卷集成》"伍尧氏来秀"硃卷条载：法式善的家族中，从始祖以武从龙入关到高祖梦成转而习文，直至来秀的十代人中，相继出现了4位举人、3位进士。即第六代的保安，雍正七年（1729）举人；第七代的广顺，乾隆二十五年（1760）举人；第八代的伊常阿，道光十五年（1835）举人；第九代的桂芬，道光二十三年（1841）举人。又第八代法式善，乾隆四十五年（1780）进士；第九代桂馨，嘉庆十六年（1811）进士；第十代来秀，道光三十年（1850）进士。③ 法式善在《重修族谱序》中回忆："余曾祖管领公、祖员外公皆喜读书，勤于职事。余父始以乡科起家。余祖尝戒法式善曰：'汝聪明，当读圣贤书，勿以他途进！'"④ 法式善在赠予儿子的诗中也勉励他"科第人生荣，次第宫花挈"⑤，这样的科举入仕家学思想与汉人家族并无二样。汉族文人的科举培养体系，经过多年的运转，已经有了相对完整和严密的程序。虽然八旗子弟出身、经历与汉族士子不同，但科举制度的推行，使他们都有可能通

---

① 张杰：《清代科举家族》，社会科学文献出版社2003年版，第24页。
② 张杰：《清代科举家族》，社会科学文献出版社2003年版，第63页。
③ 顾廷龙：《清代硃卷集成》第16册，台北成文出版社1992年版，第67页。
④ 法式善：《重修族谱序》，《存素堂文集》卷2，嘉庆十二年（1807）扬州绩溪程邦瑞刻本。
⑤ 法式善：《存素堂诗稿》，嘉庆十二年（1807）王塘刻本。

过接受教育、参与科举，成为文人团体一员。而且科举制度的推行，使八旗对于汉语和儒家文化深入认同，汉语创作因之蔚然成风。

法式善家族不只是科举世家，也是文学世家。法式善生父广顺九岁能诗，颇有文学天赋。父亲秀峰（和顺）亦善诗，其诗作《夜步》《赠僧》《秋景玉泉山即事》等，收录于《熙朝雅颂集》中。法式善母韩太淑人曾作《雁字诗》30首，并有《带绿草堂诗集》存世。法式善有三女一子，子桂馨，幼喜读书，科举入仕五年后于嘉庆二十年（1815）病卒，桂馨未有子嗣，殁后，其妻索绰络氏过继桂馨长姊之子来秀承后。来秀是道光三十年（1850）进士，曾官山东曹州府知府，著有《扫叶亭咏史诗集》及《望江南词》。来秀妻妙莲保，能书工诗，著有《赐绮阁诗草》，并助其祖母恽珠辑《国朝闺秀正始续集》。

和瑛家族是清代著名的科举与边功并重之文学家族。同治七年（1868），和瑛曾孙锡珍赴戊辰科会试中式，载其家族传承为：始祖廷弼—二世祖旺鳌—三世祖满色—高祖德克精额—曾祖和瑛—祖壁昌—父同福—锡珍。和瑛先世为喀喇沁人，和瑛贵显之后，其父祖均追赠尚书衔，其实都是担当过侍卫的武职人员。和瑛家族代有显宦，且大抵金榜题名。和瑛、壁昌、谦福、锡珍四代人，其中和瑛是乾隆辛卯（1771）进士，谦福是道光乙未（1835）进士，锡珍是同治戊辰（1868）进士。和瑛家族的科举入仕经历，造就了蒙八旗的又一个科举家族，但与一般的科举家族不同的是，和瑛家族成员多有在边疆戍守经历，他们的足迹，深入西北的陕甘新疆西藏、北疆蒙地、辽东闽台，这种远行，使他们在精神上深入边疆社会，当他们将所见所闻赋之于诗文后，明显有别于通过想象或者阅读获得知识而写就的边地诗文。

自衡瑞高高祖诺海移驻河南成为开封驻防，乌齐格里氏蒙古家族聚居河南，从倭仁这一辈开始，连续四代人参与科举考试，其中爱仁、倭仁、多仁兄弟三人、多仁子福楙以及倭仁孙衡瑞，共5人中进士；福咸、福纶、福曜、福格、福润5人为贡生；福裕、福敏、衡珮、衡琛、保春5人为生员。倭仁家族有科名者共有15人。根据顾廷龙《清代硃卷集成》所载倭仁家族成员信息以及各处档案记录，有功名者占全部家族男性成员[①]的40%。

[①] 根据顾廷龙撰：《清代硃卷集成》，成文出版社有限公司1992年版，第75册，第327—331页衡瑞部分所载和第115册，第123—127页福楙部分所载，笔者统计倭仁家族男性成员共46人，除幼读8人，共38人。

蒙古倭仁家族世代聚居中原，任职河南开封驻防，以"世以儒业进"的科举应试方式实现家族进阶。倭仁曾督促后辈："到京后宜谢绝酬应，收敛身心，熟读旧文，时时涵泳，按期作课，勿令生疏。断不可闲游听戏，大众聚谈，荒废正业。体亲心期望之殷，三年一场，甚非容易，努力为之，勿自误也。"① 最终，这个河南驻防家族"甲科传家"，一家族有 5 名进士，且连续三代人均获取进士功名。在这个驻防科举家族中，倭仁与衡瑞都有传世别集。

上边所举的三个科举文学家族，是严格意义上既有传世文献，又有三人以上获取进士为表征的文学家族和科举进士家族伴生者，若只是从有功名角度来说，则国栋家族、博卿额家族、清瑞家族、柏葰家族、托浑布家族、恭钊家族、恩成家族、锡缜家族、花沙纳家族、瑞常家族、善广家族、梁承光家族、延清家族都可称为蒙古族科举文学家族。"记忆依附于其载体，其传递不是随意的。因此，谁分享了记忆意味着分享他与这个集体间的成员关系，所以记忆不仅依附于时间和地点，它也依附于一种特殊的身份认同。"② 蒙古科举文学家族成员，在经过了顺治八年八旗开科取士后的代代相继中，在科举拓殖的萌发与成长阶段，群体性地接受与科举考试内容相关的汉文化的教育，随科举制度的改易调整着自己的学习轨范，并将此行为赓续递延。无论是京师八旗还是驻防旗营内出现的诸多科举家族，"每个家族，都是具体地域环境中的家族，必然受到那种'最核心历史知识'的陶育"③，在汉文化的训育下，八旗由个体到家族到族群式地对汉文化接受并涵化，在科举制度拓殖的成长期，就展示了文化认同的萌动。

当大清王朝迎来道咸同前所未有的大变局的时候，当中华民族与以武力迫使王朝开放的"西夷"进入对峙阶段时，吊诡的是，作为大清武备根基的八旗，经过了科举制度数年间的拓殖，科举文化渐至成熟，蒙古八旗科举文学家族在京师与驻防地都开始出现，尊崇文学已经蔚然成风。而且成为八旗成员集体之间共享的属于本民族的特定的文化记忆，而八旗的文化品格也得以建构。恰如平步青《霞外攟屑》所云："国朝自顺治三年

---

① 倭仁：《示曜、沄两侄》，倭仁：《倭文端公遗书》卷 8，光绪元年（1875）六安求我斋刊本。
② 冯文坤：《文化记忆与国家认同研究——以中国传统文化教育为例》，《学术界》2017 年第 9 期，第 58 页。
③ 罗时进：《家族文学研究的逻辑起点与问题视域》，《中国社会科学》2012 年第 1 期。

丙戌会试，至光绪九年癸未，凡百二科，宗室、满洲、蒙古、汉军洎各省、科第传家、清华接武者，偻指未易数。"① 八旗科举文学家族的欣欣向荣之势绵亘至科举制度覆亡。

三 八旗科举文化多维表征

"士"地位在八旗认知中的提升意味着八旗子弟完全放弃了对弓马骑射这样武备根器的尊崇。早在乾隆年间，荆州驻防诗人中最早有诗集留存者白衣保"其训子也，弓马诗书而外惟迪以忠孝"②，说明那时期的驻防蒙古八旗虽然把弓马与诗书等同训育下一代，但依旧是文武并行的。但到了稍后的乾隆辛卯（1776）进士和瑛那里，已经认为"士居四民首，造若弓受檠"（《清颖书院课士毕偕张松泉裴西鹭两明府劝农西湖上燕集会老堂即席赋诗》），并且宣示"士贵晓今古"（《书架》），为自己的"士"的身份自豪。而蒙古八旗进士国栋、梦麟、博明、柏葰、瑞常、花沙纳等人都出任过考官，法式善曾官国子监祭酒，他们在诗歌中记录经历，也传达对儒业的理解。博明在《赠讲书诸生》中说："谈经久矢三冬足，课士须知六艺先"③，《赠讲书诸生三叠前韵》中云："经如五常尊前圣，道印千江赖后贤"④，他们不仅是"士"，还是"士"的老师，诗中得意之情满溢。

科举萌发时期开始的试帖诗创作，绵延至道光咸丰年间，播迁日广，出现了一批终生写作试帖诗的蒙古八旗士人。如谦福在道光乙未（1835）通籍为官后继续保持着试帖诗的写作，其《桐华竹实之轩试帖诗钞》收录试帖诗多达99首。其《赋得五言八韵》将"五言八韵"的试帖诗作为摹写对象，诗中论及试帖的历史传承、格式声律要求，以及美学祈向，可称工巧。同治甲戌（1874）进士延清一生都把试帖诗的写作当成具有严肃意义的文学创作，平日练笔精勤，创作丰赡，对自己所作的试帖诗非常珍惜。众多的蒙古八旗诗人的试帖诗作往往能自成卷帙，如法式善留有《存素堂试帖诗》一卷，谦福有《桐华竹实之轩试帖诗钞》一卷，

---

① 平步青：《霞外攟屑》，上海古籍出版社1982年版，第41页。
② 富谦：《鹤亭诗稿序》，白衣保：《鹤亭诗稿》，道光十六年（1836）刻本。
③ 博明：《西斋诗辑遗》，《清代诗文集汇编》第351册，上海古籍出版社2010年版，第499页。
④ 博明：《西斋诗辑遗》，《清代诗文集汇编》第351册，上海古籍出版社2010年版，第499页。

锡缜有《退复轩试帖诗》二卷，恭铭有《石眉课艺》一卷，延清有《锦官堂试帖》二卷、《四时分韵试帖》四卷等。值得注意的是，同时期生活在内蒙古喀喇沁旗的外藩蒙古王爷旺都特那木济勒，在他的《如许斋集》中独列"排律"一卷，均为试帖诗。作为蒙古王公，他并不需要科举仕途，但他大力钻研试帖诗，说明试帖诗这种程式化的诗歌正是满蒙士子初习汉诗的最好入手体式。其自道的"余不揣固陋，日与二三知己，或讲明古近体诗，或揣摩试律赋，虽管中之豹，莫窥一斑，间亦有获我心者。今岁自春徂秋，始则学步五七言绝律，继则学步五言八韵及词谱之小调，共得三百余首"①，可算作是士人习诗的心路之语，科举文化之力量不言而喻。而旺都特那木济勒所言与诗友"讲明古近体诗"及"揣摩试律赋"入手，说明试帖诗已然成为蒙古士人习诗文的常规途径。

试帖诗影响下，蒙古八旗士子由衷地喜爱上了诗歌创作，并在与科举有关的诸多文事中都有赋诗表达。花沙纳于道光十二年（1832）中进士，开始步入仕途。道光十五年（1835），他以詹事府右春坊右庶子典云南乡试，写有《奉命典云南乡试恭纪二首》，诗云："词曹簪笔侍螭头，宠命新颁向益州。勒帛亦关名主虑，遗珠恐误使臣投。春华敢诩文章美，秋赋还期械朴收。何事书生能报国，愿罗佳士圣恩酬。""龙纶首被主恩深，万里滇池使者临。玉尺从来千古事，冰壶敢负十年心。山川也助诗怀壮，柳雪谁嗟客梦侵。自是词臣荣幸事，辀轩西指动讴吟。"② 右庶子仅为翰林官迁转之阶，花沙纳诗作中的"宠命新颁向益州""龙纶首被主恩深"等诗句，可以看出其内心的欣喜之情和初入仕途忠君报国的理想。

科举制度在施行的过程中，会衍生出科举文化、科举生活，而典试各省，就是其中一端。公务在身的考官并不如一般士子所瞻望的富贵荣华，遇佳节良辰人在客途时，一样会有羁旅行役中的孤独抑或伤感。八旗科举制度萌发期步入仕途的众多蒙古文士，在道咸同的科举成长期，共襄科举文化盛世，而这期间，柏葰是最能呈现科举文化纷繁变化者。柏葰于嘉庆十二年（1807）13岁时参加科试考试以命题七古《科试试院古槐》获案首。诗云："花待春街次第过，堦前先爱碧阴拖。繁枝拂地烟云重，密叶

---

① 旺都特那木济勒：《如许斋集·公馀集续编》，《清代诗文集汇编》第719册，上海古籍出版社2010年版。
② 花沙纳：《滇辀日记》，载章伯锋、顾亚主编《近代稗海》第10辑，四川人民出版社1988年版，第6页。

参天雨露多。料道着花宜老树，岂真说梦问南柯。音声不羡都堂里，也自频年感玉珂。"① 其后六试京兆始售，留有不同题材的科举诗数篇。其诗集《薜苏吟馆钞存》卷一诗歌均为游学期间所作，柏葰曾至山西、陕西、宁夏一带停留游学七年。"数载追陪称合志，一樽话别最伤神""有约与君期努力，凤池春暖奏卷阿"② 是与同学贾如镛互相鼓励之作。"我作贺兰山下客，遨头五度过今年"（《银川新年词》）③ 句后的自注语"余以丙子冬至宁，迄今四岁矣"，可以看出诗人游学萍踪。而《府试腊梅》《府试榆钱》《府试盆梅》《府试水仙》《阅题名录》等，从诗题中就可窥见科试一斑。科举文化诗中多咏物之什，也成为诗歌创作的一种现象，几乎所有的八旗科举文士都写过此类诗歌，如恩成《贡院古槐》："百尺楼头阴古槐，棘围高耸绿云堆。春官试处杏争发，举子忙时花正开。远籁一天流素月，浓阴十亩荫苍苔。将军大树今多事，全赖三公砥柱材。"④ 表达的也均为科举登第的志意。柏葰当然也是如此。道光六年（1826）柏葰终于考中进士，从此，科举文化成为其顺畅仕途中的重要组成。从道光十二年（1832）至咸丰八年（1858），柏葰五次出任乡试考官，掌文衡，拔俊才。道光十二年壬辰科乡试司业。道光十七年（1837）六月"充江南乡试副考官"。同年秋，典试江南，此为柏葰首次赴江南。时隔十年，道光二十六年（1846）柏葰再次"充江南乡试正考官"，刚至南京便赋诗《偶吟》："依旧春明太瘦生，十年重到秣陵城。雪泥踪迹怜鸿爪，宾主东南感客情。几点金焦江上梦，一帆烟雨画中行。前尘未尽登临兴，拟听归舟欸乃声。"⑤ 咸丰元年（1851）辛亥恩科顺天乡试，考官为协办大学士礼部尚书杜受田、吏部尚书柏葰、户部侍郎舒兴阿、户部侍郎翁心存。考务之余，他们诗歌酬唱，柏葰在赠杜受田的诗中写道："祖孙父子科名贵，礼乐诗书教泽宽。我亦九重香案吏，时时瞻拜五云端。"（《奉酬杜芝

---

① 柏葰《薜苏吟馆钞存》卷1，《续修四库全书》集部·别集类，上海古籍出版社2002年版，第327页。
② 柏葰：《癸未嘉平由北地郡将旋京师留别贾子东茂才》，柏葰：《薜苏吟馆钞存》卷1，《续修四库全书》集部·别集类，上海古籍出版社2002年版，第335页。
③ 柏葰《薜苏吟馆钞存》卷1，《续修四库全书》集部·别集类，上海古籍出版社2002年版，第334页。
④ 恩成：《保心堂诗钞》，清同治十三年（1874）刻本。
⑤ 柏葰：《薜苏吟馆钞存》卷4，《续修四库全书》集部·别集类，上海古籍出版社2002年版，第394页。

农中堂受田用前韵见赠大作前意未尽更成一律》)①。杜受田为咸丰帝师，家世显赫，其家"一门七进士""父子五翰林"的声望广为流传，成为士林表率。对于柏葰来说，这样的世泽流芳是令人钦羡的。柏葰期望自己的家族也成为这样的科举文学大族。数年后，翁心存作《再叠前韵赠柏静涛冢宰》："揽胜明湖吐纳深，江南两度使星临。奇材尽入山公鉴，甘露频沾柏子林。太华峰头秋隼出，句骊河外夜珠沉（以上指君使车所历）。凭将妙笔齐收拾，想见冰壶一片心。"②虽然诗作主体总结了柏葰掌文衡的经历，但这次共主顺天乡试的经历，还是成为他们友情的开端。咸丰八年（1858），时任内阁大学士的顺天考官柏葰，受舞弊情事牵连，于咸丰九年（1859）被诛，《清史稿》《清史列传》《东塾集》《清续文献统考》《新增刑案汇览》《东华续录》《庸盦笔记》等史料对清代这件被杀者职务最高的科举舞弊案皆有记载，后世也众说纷纭，流言不断。无论世人为之叹息抑或额手称庆，起于科举制度、亡于科举制度，科举制度在八旗的拓殖，于柏葰一身体现得淋漓尽致。作为千辛万苦最终通过科举登第走上仕途的八旗士子，掌文衡数次后却不能全心全意为王朝选拔才士这是不争的事实。柏葰的生命在科场最终滑向终止符时，其背后蕴蓄的诸多弊端也预示了大清科举制度的终结。但是，在进士端开启的科途与仕途的绾结确实曾带来八旗科举文化的繁荣之象。

"对于进士科出身的官僚来说，诗赋即文学才能，应该是他们在官界与其他所有势力最终区别的最大的共同点和立足点。"③著名的八旗蒙古士人法式善是借助科举之途走上乾嘉宦途的榜样。职官所系，他一生都在文坛与政坛的双向并轨中前行，而他的前行之路不仅借助了诗龛盛举与西涯雅集成就的多民族士人交谊圈的人脉，他的成就与科举文化紧密相关。乾隆五十年（1785）二月，法式善官国子监司业时，对高宗钦命所建并亲临讲学之辟雍"以志荣幸"④，写成《成均同学齿录》序言。同年九月他被升为左庶子，高宗亲为之改名"法式善"。乾隆五十一年（1786），

---

① 柏葰：《薛箖吟馆钞存》卷3，《清代诗文集汇编》第622册，上海古籍出版社2010年版。
② 翁心存：《知止斋诗集》卷14，古今体诗一百十七首，清光绪三年常熟毛文彬刻本。
③ ［日］内山精也著：《传媒与真相——苏轼及其周围士大夫的文学》，朱刚等译，上海古籍出版社2013年版，第115页。
④ 法式善：《成均同学齿录序》，载刘青山点校《法式善诗文集》，人民文学出版社2015年版，第1032页。

法式善官翰林院侍讲学士，纂《同馆试律汇抄》《补抄》，刊行之。乾隆五十八年（1793），延续《同馆试律汇抄》，法式善再辑《同馆赋抄》。乾隆五十九年（1794）五月，法式善成为国子监祭酒，辑《成均课士录》《成均学选录》，前者选国子监生课试之文，后者辑制艺若干首，附以五言排律。对国子监生及应试学子都有极大影响，嘉庆三年（1798）《续录》再次刊行，"时前后两次《成均课士录》，风行海内，几至家有其书。十余年来，习其诗文者，无不掇科第而去。至是《同馆诗赋》，学侣亦皆奉为圭臬云"[①]，以其极强的实用性成为科举应试指南。而法式善凭借优秀的诗赋鉴赏能力和校勘能力，编纂书籍引领士风，达到政声与文名的双向旨归高度统一。法式善的成名之路与科举文化相始终。数年后另一位蒙古八旗国子监祭酒花沙纳也从前辈行为中得到教益。

　　道光二十二年（1842），时任国子监祭酒的花沙纳在国子监静思堂前补植紫、白两株丁香花，嘱托翁孝潘作画，并向当朝文人士子征诗。此次的酬唱活动，文人参与度高，影响较广，其中有许多优秀的酬唱作品，如户部尚书祁寯藻《次韵题松岑少司农国子监敬思堂补植丁香图二首》、斌良《题松岑侍郎雍宫花韵图》、裕贵《花大司成师补种丁香花赋诗纪事谨和》、李德仪《和花松岑师补植大学丁香诗》、孙衣言《祭酒松岑先生花沙纳于太学东厢补种丁香命作长歌》等，参与官员的阶层之高，也是罕见的，如穆彰阿，时任文华殿大学士、军机大臣，兼翰林院掌院学士；潘世恩，武英殿大学士、军机大臣，兼翰林院掌院学士；卓秉恬，协办大学士，吏部尚书；奎照，礼部尚书；许乃普，兵部尚书；李宗昉，都察院右都御史。当然，身为内阁大学士的柏葰也有《花松岑大司成沙纳补种丁香于国学绘图征诗》。此次酬唱作品，后编为《国学补植丁香花酬唱集》。花沙纳自序，并在序中解释原委：明朝时国子监本有丁香花一株，嘉靖间许成名赋诗寄兴，与张衮、王同祖和韵镌石，传为掌故。康熙五十七年（1718）司业昆明谢公复补栽数本，但皆不存，花沙纳爰命补植二株以复旧观。请翁学潘绘图纪事，并追和前韵。这样的唱和，不仅是诗人之间的唱和，更是儒臣之间的雅韵，恰如陈康祺所评："尚书经画边事，致有桂花柏叶之谣，其政迹自有定论。若太学种花，绘图索句，不可谓非儒臣雅

[①] 阮元：《梧门先生年谱》，法式善：《存素堂诗续集录存》，嘉庆二十一年（1816）杭州阮元刻本。

韵也。"① 花沙纳这次丁香花酬唱诗会，是道咸同时期播迁范围较广、影响较大的京师高级文士聚会，是借他的身份地位推动的。值得注意的是诗会的时间，这在第一次鸦片战争结束，清廷被迫签订屈辱的《南京条约》之时，但无论是柏葰还是花沙纳，他们所在的由科举考试中脱颖而出的王朝精英构成的宰辅交游圈，都更喜谈论风花雪月，全体沉浸于"嘉宾旨酒听讴吟"（柏葰《潘芝轩太傅重宴鹿鸣诗属和》）的状态中。

花沙纳倡导的聚会招引了如此多的名士介入，与其在朝中地位密不可分，但这次诗会的名目未尝不是重要因素，国子监静思堂是众多科举入仕名士的心灵萦绕之所，他们对国子监花木葱茏的企望中也饱含自己人生昌平的欲念，所以积极参与本身也就说明了科举文化对于士人精神影响之深远。

京师的由蒙古八旗科举登第文士法式善、花沙纳招引的西涯雅集（乾嘉之际每年六月初九）、丁香花诗会（道光二十二年），分别发生在清代乾隆时期、道光时期，与会者来自政治、地域、年龄、亲疏等多重身份不同者，联结成话语共同体。主导者法式善、花沙纳，通过多重的身份角色，与其主导的创作空间产生千丝万缕的关系，在这一过程中，作者之间形成的情感与意义的协同与差异，映射着京师这两个不同时间的创作者的不同的身份、阶层、文化脉络的调协，更能看出科举声望于此间的意义。倘若简单地抽中其中某一个因素，便容易将作者对所处空间复杂微妙的心灵感知，简单地归为背景与意义的因果之链。比如参与者有是否旗人之分、官位阶层之分。但是，所有参与者均有科举经历，使其不乏情感共鸣、重叠之处。他们对八旗蒙古诗人主导的文人唱和雅集活动的参与，也不应理解为一种纯粹的政治姿态。在既往的民族文学研究中，民族身份常成为一个宏大的诠释前提，缺少对创作空间的准确定位与细致分析。事实上，清代少数民族都邑文化与汉族士阶层的都邑文化之间并不存在一个分明的界限。蒙古家族文士在上述雅集、诗会的作品里展示的，更多的是中华民族话语的融合，而非分裂。这一融合，正是通过少数民族身份以外的其他维度展开的。

大清王朝在道光时期进入变革的时代。从鸦片战争开始，随后席卷半个中国的太平天国起义风起云涌，王朝面临严峻的内忧外患，社会各阶层

---

① 陈康祺：《郎潜纪闻二笔》卷2，宣统二年（1910）扫叶山房石印本。

思想激荡中触及的制度溯源，在社会空间里多层次多角度地藉文学的各种体式得以舒张。早在嘉庆后期因为畏惧书同文诱发的愈演愈烈的八旗崇文风尚，大清更改了驻防科举制度规则，在群议汹汹中道光间不得不改回去。清朝帝王对于科举制度在八旗中拓殖繁育的担忧，一定程度上可以看出他们对自己文化挽救的努力，但清廷的最终妥协意味着王朝对于八旗科举制度拓殖繁盛的默认，至此，科举制度在八旗中的"拓殖"繁育已成森然之象，已经渐进式地全方位改变了八旗的文学思想、文学观念乃至语言文字，大一统王朝下的文化认同就此肇端。

第三节　科举制度消融期与中华民族文化认同确立

同治元年（1862），清廷诏令准"文闱与翻译兼行"①，至此，从王朝层面对于八旗子弟重文轻武、国语骑射渐失的矫枉之举宣告失败。八旗科举文闱成为选拔八旗人才的最重要途径，八旗子弟对于汉文化的研磨由表及里，汉文化在制度层面上成为八旗的主体文化，这样的制度与立国之初对于八旗的定位是大相径庭的，但它进一步促动了满蒙八旗对于汉文化的认同却是不争的事实。

随着王朝政治形势的变化，八旗科举制度进入消融期，而中华民族文化认同的表征却得以清晰体认。

一　科举制度消亡

光绪三十一年（1905）八月，德宗诏令："三代以前，选士皆由学校，而得人极盛，实我中国兴贤育才之隆轨，即东西洋各国富强之效，亦无不本于学堂。方今时局多艰，储才为急，朝廷以近日科举每习空文，屡降明诏，饬令各省督抚广设学堂，将俾全国之人咸趋实学，以备任使。科举不停，民间相率观望，欲推广学堂，必先停科举等语，所陈不为无见。着即自丙午科为始，所有乡会试一律停止，各省岁科考试亦即停止，其以前举贡生员，分别量予出路，及其余各条，均着照所请办理。"② 甲午战争后，有识之士对于国力日渐衰颓之景象痛心疾首，变法图强的呼声愈来愈高，戊戌变法失败的阴影也不能阻止对科举弊端的汹汹群议，世变日

---

① 《穆宗毅皇帝实录》卷38，《清实录》第45册，中华书局1985年版，第1026页。
② 《德宗景皇帝实录》卷548，《清实录》第59册，中华书局1987年版，第273页。

亟，论者谓科目人才不足应时务，倡议罢科举，兴学校。最终清廷采纳了这些奏议，采东、西各国教育之新制，变唐、宋以来选举之成规。与此同时，与科举制度配套的教育体制也发生了变化，"同、光间，国学及官学造就科举之才，亦颇称盛。然囿于帖括，旧制鲜变通。三十一年，监臣奏于南学添设科学，未几，裁国子监，并设学部。文庙祀典，设国子丞一人掌之。八旗官学改并学堂，算学亦改称钦天监天文算学，隶钦天监。而太学遂与科举并废云。"① 学部、学堂，以及教材内容的更改，都意味着在八旗科举制度被取消的同时，与之相配套的教育体制终止了，而新的教育体制下造就的人才会远离旧时代的轨范。

"清代政治对文化领域之压制最大的影响，是因涟漪效应带来各种文化领域的萎缩、公共空间的萎缩、政治批判意识的萎缩、自我心灵的萎缩，形成一种万民退隐的心态。"② 当政治制度规约的文化生活，使时代变局中的精英感觉到了思想上的极大束缚，那么这样的制度的变革就是意料之中的了。

我们也必须承认，与汉族士大夫相比较，作为八旗科举制度拓殖下走入汉文化的蒙古士子们，他们虽然也在感知着大时代的变动，比如延清的《庚子都门纪事诗》的写作等，但大量八旗蒙古子弟从小习得汉书，以儒家经典为科举教育主体，八旗科举制度带给八旗子弟的既是更多一条的晋身之阶，又是使八旗士人与汉族文士的文化认同渐趋一致的儒学底蕴，他们在科举文化的影响下规范个体，养成群体，对于社会变迁的领受相对滞后。社会心理学家认为人是将自己归入某个群体，进行范畴化，将他人感知为与自我是同一范畴的成员，或者是不同范畴的成员。自我范畴化一方面是个体认识到与其他成员是相似的，具有相同的社会认同；另一方面自我范畴化会让个体在某些维度上做出与范畴相符的行为。③ 所以，在科举制度解体之前，汉文写作成为八旗子弟愈演愈烈的风尚，众多八旗蒙古武将代相沿递地痴迷于此。白衣保、壁昌、来秀、桂茂、托浑布、恩泽等人，都有别集传世，成为八旗"儒将"的代表。

---

① 赵尔巽等：《清史稿》卷106，中华书局1976年版，第3111页。
② 王汎森：《权力的毛细管作用》，北京大学出版社2015年版，第406页。
③ 参见［奥］迈克尔·A. 豪格、多米尼克·阿布拉姆斯《社会认同过程》，高明华译，中国人民大学出版社2011年版，第27—28页。

二 晚近科举深远影响下的八旗武人

"结构是指在某个较大的统一体中，各个部分的配置或相互之间的组合。……在寻找社会生活的结构特征时，我们首先要寻找所有各种现存的社会群体，然后考察这些群体的内部结构除了群体中个人的配置之外，我们还可以在群体中发现社会阶层和类别的配置。"[①] 传统中国的政治精英和政治形式具有一种显著的中国文化所赋予的特质，余英时先生在讨论钱穆与新儒家的关系时曾指出这一特点："中国的行政官员，自汉代始，即由全国各地选拔而来，并以德行和知识为绝对的标准，这是世界文化史上仅见之例。在其他前近代的社会中，政治权力无不由一特殊阶级把持，其所凭借的或是武力（军人）、或是身份（贵族）、或是财富（早期资产阶级）。中国的'士'阶层则与农、工、商同属平民，'四民'之间至少在理论上是可以互相流动的。这一制度更显然直接源于儒家'选贤与能'的价值系统。"[②] 由此可见，中国传统王朝的精英身份是因内在的文化价值和德性而赋予的，所谓"依自不依他"，这自然会让从这个文化系统中成长的读书人对之有一种强烈的心理依赖。到了清朝，八旗以武力夺得天下，成为兼有武力和政治身份的官员阶层，在社会中占有特殊地位。然而，入主中原后不久，他们就被汉文化或曰儒家文化所吸引，虽然为了保持政权稳定性从明制开科举是源发性考量，但从顺治帝开始每一任清帝都有汉名、喜写汉诗，在这样的皇权话语导向下，八旗这一基础性的社会结构与政治形态遭受到的汉文化强有力的挑战是不证自明的。科举文化对于八旗政治核心与八旗将士大众的影响力同时在增长，从以尚武精神为特质的武人向崇文的科举式子转型成为大势所趋。在这样的历史趋向中，清代的八旗，其成分与功能必会有重大的改变。变化之巨，较之以往少数民族朝代中的将士，明显过之。最主要的现象，就是他们中的主流，逐渐由以尚武文化为志业的将士，转变为以追求汉文化为志业的科举文闱式子，与依旧是武职但被科举文化深度影响的汉语创作者。当八旗将领受到科举文化濡染开始喜好文事，则"儒将"必然出现。乾隆年间的荆州驻防白衣保、光绪年间的荆州驻防恩泽都是驰骋疆场的武将，而闲暇之余却喜好吟

[①] [英] 芮克里夫布朗：《社会人类学方法》，夏建中译，台湾桂冠图书股份有限公司1991年版，第169页。

[②] 余英时：《钱穆与中国文化》，上海远东出版社1994年版，第46页。

咏。八旗儒将彰显的是对儒家伦理道德体系的深度认同。

荆州驻防恩泽，噶奇特氏，蒙古镶蓝旗人。屡试科举不第，转投行伍，任骁骑校，后升任荆州右翼蒙古防御、正黄旗蒙古佐领。其诗《予隶骁骑校之职好我者皆以为非宜爰书一律以自勉兼解众惑》中有"拼却寒窗十载盟，青灯无福作书生""甘将武备移文事"① 句，传达了恩泽因屡试不第，被迫转为行伍的内心憾恨。蒙古八旗在清代作为一个具有显著的武力权贵意味的群体，在八旗科举制度深度拓殖作用下，全民向传统汉文化密切靠拢，其对于武力精英的角色与使命的反拨，很可以成为我们考量八旗科举制度的政治思考和八旗武士文化生命的视角。

晚近的中国处于激烈变动的社会环境中，清廷的衰朽统治在"西夷""东夷"的猛烈撞击下摇摇欲坠，王朝内部的有识之士为寻求救国之策东奔西走，诗可以"群"，在陈三立为梁鼎芬诗集所作的序言中得到鲜明体现。"当是时，天下之变盖已纷然杂出矣。学术之升降，政法之隆污，君子小人之消长，人心风俗之否泰，夷狄寇盗之旁伺而窃发，梁子日积其所感所营，未能忘于心，幽忧徘徊，无可陈说告语者。"② 以诗歌感怀时事、抒写忧愤之情成为其时文人士大夫的普遍特征。荆州驻防起家的恩泽并不在文人士大夫之列，但他的文学书写却与士大夫取径一致，呈现了"大抵怵于世变，思以经世之学易天下，及余事为诗，亦多咏叹古今，指陈得失。或直溯杜公，得其沉郁之境；或旁参白傅，效其讽喻之体。故比辞属事，非学养者不至，言情托物，亦诗人之本怀"③ 的特征。新疆浴血奋战多年后，恩泽去往大清根基的东北。光绪二十年（1894），恩泽担任黑龙江将军一职。他在担任吉林副都统、黑龙江将军的任上时，敢于抵抗沙俄势力的入侵，能够关心民间疾苦，在经世致用的影响下，创作出大量的反映当时社会动乱现实、担忧国家命运的诗歌，如《庚寅春校阅边军历宁姓各城兼之省垣旋珲后再赴黑顶子道经俄卡一路得此》四首，记录了恩泽检阅官军，参加中俄边境校阅的一个场面，其一诗云："才小军符愧贸承，今朝真个履春冰。枪刀即是筹边策，转觉忧思日日增。"④ 在边患日益增加的情况下，诗人的担心也不觉"日日增"，筹边最终还需要有强大

---

① 恩泽：《守来山房欋鞭余吟》卷上，国家图书馆藏稿本。
② 陈三立：《梁节盦诗序》，《散原精舍诗文集》，上海古籍出版社 2003 年版，第 824 页。
③ 汪辟疆：《汪辟疆说近代诗》，上海古籍出版社 2001 年版，第 40 页。
④ 恩泽：《守来山房欋鞭余吟》，国家图书馆藏稿本。

的国家实力,"枪刀强"才能在纷争中有底气。后三首写到俄国军队抽刀送迎的外交情境,诗人最后也表达了两国要和平相处的愿望。但是诗人时刻不忘强邻的威胁,"极目见衙帐,强邻在咫尺"①一语道出了北部强大的沙俄时时窥伺我国领土。"刚柔试久靡强敌,威惠寖深感弱藩"(《札韵涛大兄仕黔廿余年昨告归来以诗见询即韵代柬》)②,表达了沙俄、朝鲜交涉事尤多的感慨。"愧无厚德开殊俗,要使远夷颂汉声。两字怀柔言岂易,句丽弱小俄强横"(《壬辰九月驰赴南冈校阅右路军操兼勘天宝山银矿途中得句》)③描述了甲午战争之后的短暂时间内,恩泽辖内百姓安居,使朝鲜有很多人逃难至此,恩泽希望朝廷的恩德得到播迁。不过,职责所系,他在安宁的氛围中并未忘记沙俄在窥伺中国的东北领土,"句丽弱小俄强横"道出了当时东北亚局势的残酷性。当时俄国在修筑的西伯利亚铁路就是为了以后将王朝的东北地区纳入其势力范围之中。诗中诗人对"厚德"的渴望,可以见出入伍前多年的科举文化训育结果。而他在诗歌中能顺应此期诗坛的经世致用思潮,也与科举文化训育后的不自觉的儒学追求是同步调的。

科举制度的拓殖在晚近蒙古八旗武人身上可以看出成效,恩泽习练养成诗言志的习惯和思维,在武职任上终身未变。他将自己的思想融入时代的经世致用思潮中,儒家文化的功效也体现在清廷科举取士的每一环节上。科举文化对八旗将士生活的影响,并非朝夕可见,时间的流逝中展示了儒学认同、文化认同的旨归。

三 文化认同

"认同在个人而言是一种发自内心的接受和追随,是行动和意愿之间的统一,这种统一不是自然实现的,而是思维有意识进行联系和平衡的结果。行动所代表的身体、思维所代表的大脑和意愿所代表的心灵三者之间,随时间和环境转化,不断进行反思,是实现认同的基本方法和途径。"④科举制度在八旗中的拓殖,使得科举文化成为聚合场域,将国家利益、家庭声望和个人愿望都汇到一处。个体旗人举业的成功逐渐营造起

---

① 恩泽:《震东楼放歌》,恩泽:《守来山房龑韃余吟》,国家图书馆藏稿本。
② 恩泽:《守来山房龑韃余吟》,国家图书馆藏稿本。
③ 恩泽:《守来山房龑韃余吟》,国家图书馆藏稿本。
④ 刘辉:《认同理论》,知识产权出版社2017年版,第2—3页。

家族内部的科举文化场域，反过来又激励着家族成员对儒业的揣摩学习。这样逐次扩大的文化圈首先带动了京师八旗崇文风尚的兴起，其后波及驻防子弟。京防诗礼之家的形成，皆胎化于八旗子弟竞技科场的人生选择，这一选择使他们的人生志意趋向儒家精神。"国家以经义取士，将使士子沉潜于四书、五经之书，含英咀华，发摅文采，因以觇学力之深浅与器识之淳薄，而风会所趋，即有关于气运。诚以人心士习之端倪，呈露者甚微，而征应者甚钜也。"① 高宗对儒家典籍与人心气运的关联性解读，是对八旗子弟的最好鼓舞，在教育制度的配套训育下，科举文化导引之下的八旗子弟日夜研修儒家经典，"所习四书、五经、性理、通鉴著书，其兼通十三经、二十一史，博极群书者，随资学所诣"② 的科举生活成为众多八旗子弟向往并深度浸润于其中。道光庚子（1840）进士布彦将三坟五典汗牛充栋作为人生"大富"，秉持"书香成巨富，屋润在多文"③ 之念；同治甲戌（1874）进士延清抱定"心斋师孔子，我岂礼空王"④ 的志向并矢志不渝。就连因翻译科颁行无奈放弃举子业的京口驻防燮清，一生执持"一片冰心醉六经"⑤ 的信条，他们矻矻经史，时日不辍。八旗科举文化熏染下的文士，与汉族文士的人生理想与审美趣味毫无二致。

"幸读孔孟书，寄心圣贤域"（《大雪节漫赋用李西涯送钱先生致仕诗韵》）⑥，大清声教浸润下，八旗子弟对读书论学、孔孟精神极度执着。他们对于汉语创作的追求，旨归也在"自古以来，兴礼乐，定制度，光辅国家，成至治之美，皆本于儒"⑦ 的文化传统上。科举制度助推了满蒙八旗子弟对于汉文化的认同，科举文化就此日益深入地影响着八旗子弟的生活。各地驻防八旗在学政的统一管辖下，驻地旗民士子共同担当起文化命脉传承的重任。他们"同城二百余年，同列黉案，同举秋闱，京师公

---

① 弘历：《乾隆诏书》，田启霖、刘秀英编译：《明清会元状元科举文墨今译》第5册，黑龙江大学出版社2017年版，第2666页。
② 赵尔巽等：《清史稿》卷106，中华书局1976年版，第3101页。
③ 布彦：《听秋阁偶钞》卷1，国家图书馆藏同治九年（1870）刻本，第19页。
④ 延清：《游额吉图诸寺四首》（其四），《奉使车臣汗记程诗》卷3，《清代诗文集汇编》第765册，上海古籍出版社2010年版，第133页。
⑤ 延清：《游额吉图诸寺四首》（其四），《奉使车臣汗记程诗》卷3，《清代诗文集汇编》第765册，上海古籍出版社2010年版，第133页。
⑥ 延清：《锦官堂诗续集》，《清代诗文集汇编》第765册，上海古籍出版社2010年版，第23页。
⑦ 胡广等：《太祖实录》，"中研院"历史语言研究所校印：《明实录》，"中研院"历史语言研究所1962年版，第1215页。

会久联乡谊"①，旗民矛盾在举业的感召下得到舒缓。三多《柳营谣》记载杭州元宵时节旗民共祝的盛况，在诗后注："杭俗春宵有龙马灯会，必先入营参各署，以领赏犒。"② 文学互动引动的文化融通，缘起于晚近科举制度的融通，在现实中往往多种形式并存。以文学交流为媒介，在京师和驻防地不同阶层、地域、性别的个体之间形成繁复的、具有延展性的文学社交网络。

清代蒙古诗文家中很少会出现真正意义上的"布衣""隐逸"文人，这是由其出身科举的文化生态底色决定的。有清一代，有别集传世的蒙古族文人51人，除去两位女性外，未曾仕宦的只有清瑞、恒煜、燮清3人，清瑞、恒煜亦有科名，燮清亦曾参加科举。而无论八旗蒙古还是藩部蒙古，凭祖荫得官者屡屡得见。算上他们，未有科举功名的只有15人。科举使得蒙古文士入宦，官员身份也为蒙古族文士群体涂抹上了浓厚的"官方色彩"。因之，科举文化成为八旗文化中重要的组成部分。因为科举文化的引动是由于科举制度，科举制度中试律诗的写作占有重要位置，由于其模仿写作的特点，八旗子弟在汉诗创作的开始必然要接受既定的文学批评观念，并且严格地遵循既有的规则，那么到后期希望他们有所革新是有很大困难的。更何况，绝大多数蒙古族诗人都是朝廷官员，因此他们走上创作传播之路，一定与政治环境有关，朝廷文治的引导与培养起到了关键作用，大量八旗蒙古子弟的诗歌写作中表达的对儒学众口一词的推崇是必然的。京口驻防清瑞初为镇江府学生员，20岁放弃举业转而专力为诗，写下大量吟诵镇江山水的诗作。他在诗中多次表达对先儒的仰慕，如"天生大儒继道统"③（《拟韩昌黎谒衡岳庙》）、"瞻拜仰先儒"④（《雨宿先儒寺同颜问梅戴雪农作》）、"儒门传道统"⑤（《谈禅》）等。自幼接受的儒家教诲已不自觉地成为思想的一部分，与清奇俊秀的镇江山水一起辉映在他的诗笔下。习得汉书，热爱汉诗，为诗人群体的形成提供了丰厚的土壤，亦使得诗歌传播成为可能。

"旗人与八旗制度之间彼此建构，通过征战将东北、西北、西南疆域

---

① 丁申序，丁丙、丁申编：《国朝杭郡诗三辑》卷92。
② 三多：《可园诗抄外·柳营谣》，第664页。
③ 清瑞：《江上草堂诗集》卷2，民国六年（1917）铅印本。
④ 清瑞：《江上草堂诗集》卷1。
⑤ 清瑞：《江上草堂诗集》卷2。

统一，使得游牧文化与农耕文化联合，让长城南北、塞外绝域皆成'中国'，定鼎后以理学为基础，将原族群的萨满文化因素融入，形成了既接续中华文化'大一统'的主流正统（道、学、政一体），又保留了制度性与族群性要素并行的特征，渐至形成了一种半封闭半开放的'旗人社会'及其文化。"[1] 定鼎后以理学为基础并不能让八旗融入汉文化中，要接续中华文化的主流正统，在八旗中实行科举制度是必要的措施。科举文化的深入影响占有很大比重，旗人对诗赋的喜好，行为受儒家文化的训育导引，使得清王朝的统治确立并稳固，也使得地理上的"大一统"与文化上的"大一统"并行建构在清朝成为可能。乾嘉年间，八旗驻防安养制度的最终确立使驻防旗人在日常生活层面与驻地建立了依存关系。驻防文学是向外扩展的，旗营文人与汉城文化社会因科举建立起正式的交流纽带，继而又因科举出仕去往他地，意味着民族融合的深入展开。而在这种以驻防地为基点而放射到他地的网络，又呈现出明显的内部聚合，因此，瑞常、瑞庆、贵成、裕贵等在京师形成了杭州驻防文学交游圈，倭仁与开封士子们形成了河南驻防文学交游圈，延清与镇江文人形成了京口驻防文学交游圈，这些文学圈随着他们去往他地入仕也随之转移到他地。不在同一地区任职的驻防文人们以诗歌寄答，在同一地方任职的则以相聚吟咏保持密切的联络。这种既向外部扩散又向内部收缩的特征表明驻防文人在广泛深入地学习汉文化的同时仍旧保持着独立且鲜明的族群认同。

入关之初，江山未稳，旗人治理国家的主要任务，仍是以武力巩固新立政权，并在此基础上，设立与完善各种制度，建立一个新的统一政体。在新的体制之下，与前朝有别，在掌权者阶层之外，旗人与民人之间，亦存在着坚实的壁垒。虽说"不问满汉，但问旗民"，却又强调"首崇满洲"。以旗、民同城而居的首善之区来说，非但人为地划分内外城，限制居住区域，控制旗人与民人之往来，而且从政治地位、经济来源、法律约束、文化教育，乃至生活习俗，虽然身份同是大清统治之下的臣民，但是从呱呱坠地开始，一生之中所涉及的各个方面，始终遵循着完全不同的两个体系，泾渭分明。在这样的时代背景和历史转机之下，在以满洲为首的旗人所建立的帝国和社会里，旗籍文人和文人集团的出现，显示出一定的民族特性，同时也必然受到汉族文化的影响。科举文化的成长，使八旗体

---

[1] 刘大先：《晚清民国旗人社会变迁与文学的互动》，《南京师大学报》2018年第5期。

系进入系统性重塑、整体性变革的新阶段。

"文化认同就是经过反思后形成的对某种文化的分而有之或对这种文化的信仰。"① 清代蒙古八旗的文化品格在科举文化的浸润下与华夏民族传统的儒家文化相契合。这一契合于中华民族文化品格的记忆传承也自然彰显了一种不局限于个体而广泛存在于晚清社会的身份认同。这深刻体现了清代蒙汉文学交融之深厚，已伴随着个体家族的文化传承，逐渐抛却了民族差异，而凝聚成"华夷一体"的大民族观，从而沉淀为整个中华民族的文化传承。

晚近的大清王朝，在经历了甲午战争、庚子国变等一系列标志性的事件后，王朝面临更为严峻的内忧外患，在中西方思想的碰撞和传统与现代观念的交汇中，变局中八旗士人所具有的使命意识、文学担当和民族身份与汉族士人一道，在其思想意识中重新整合，中华民族多元一体格局下的国家认同和民族认同得以明晰和强化。晚近军事、经济、思想及其带来的学术新变，共同导引着科举制度的走向。八旗科举制度先于王朝的其他制度，虽然已经拓殖繁育，但在此际伴随文化空间的历史嬗变先行退出清王朝的历史舞台。然而，科举文化在八旗的普世化发展，最终在晚近民初的王朝消融中汇融于中华文化的大江大海中。

中华民族共同体情感认同与科举在八旗中的拓殖所引动的科举文化密不可分。当然，"如果轻忽满洲民族自身具备有强毅而又敏颖之整体素质，不审度开国初几代雄主不惮历史形成的族群差异以至潜存的威胁，放胆接受汉族种种文明包括政体机制为我所用，进而强力实施首先以宗室子裔为重心的教育投入与人材培殖；同时在威慑与怀柔相兼权术运用下，不极端排斥汉族文士介入其族群人文圈，那么，八旗集群的'汉化'程度必不能有此气象。"② 当清廷最终确定承袭明制的科举制度成为抡才大典，并经过了康乾时期的八旗科举萌芽期、道咸同科举成长期、晚近科举消融期，使得八旗科举制度的拓殖最终完满实施。来自八旗科举制度的拓殖，无论是京师八旗科举制度的施行，还是驻防科举本地化的完成，都使更多的旗人介入科举，继而热衷于汉语诗文的写作，最终带来八旗文学创作的

---

① [德]扬·阿斯曼：《文化记忆——早期高级文化中的文字、回忆和政治身份》，金寿福等译，北京大学出版社2015年版，第138页。
② 严迪昌：《八旗诗史案》，《西北师大学报》2004年第3期。

繁盛。

顺康之际,八旗入主中原,随同政权在京师建立了稳固的根基,八旗科举制度颁行与教育方针确立后,八旗在融入京师科举文化的同时,也进入都邑社会文化生活中。乾嘉时期八旗驻防安养制度的最终确立使驻防旗人在日常生活层面与驻地建立了正式的依存关系,驻防科举本地化进程完成使八旗驻防真正与驻地在文化层面展开更加深入的交流。不同民族间的文化认同是最高层次的交流,能超越民族属性与民族语言的隔阂。当京师与驻防八旗都深入所在城邑中,那么城市中原有的特质,必然会影响到这些居停者。累代蓄积后,定居者们就遗传了城市的特质,并使自己的习惯与思想与之相谐。所以,对京旗或驻防文人来说,地域赋予他们深厚的文化性格,使他们浸润其间。当他们用诗文去呈现时,诗文中必然包含了多重的文化意蕴。不同地域的文化底蕴凝贮成相同的汉文化认同。

当汉文化以科举制度拓殖的形式进入旗人的视野,科举文化就成为导引旗人学习汉文化并指向文化认同的重要路径,而渐至呈现的儒学一体乃至中华一体的格局,就必然成为题中应有之义。进入民国后,升允虽在政治选择上出现失误,但他对清廷的忠诚是源于儒家信仰,其《自述诗》云:"我本插汉一老胡,云龙际会来燕都。身受国恩历七代,休戚与共无相渝。自读儒书服儒服,渐忘边外牛羊牧。美食鲜衣目不足,非复北来古风俗。"由此显示了升允对儒家文化的认同,"所以,袁世凯和孙中山同指他为'民国公敌',却无人斥其为民族奸细或卖国贼"[①]。生活在清朝的蒙古族诗人始终怀有强烈的文化认同,由此呈现隐含在行为之中的中华民族共同体意识。首先,文学交往推动了跨民族情感的沟通,有助于消除隔阂,形成价值认同。大清立国后即以旗民分治,满蒙八旗尤为卓异,社会地位高。镇江驻防者均为蒙古八旗,但在长期的文化交流中,取得举人身份后就止步科第的清瑞与当地文人的交流中,只关注文采风流、相互应和,心灵与情绪的共振在第一次鸦片战争前后达到顶峰,面对外侮的共同情感使他们的价值认同趋近,华夷之辨的观念也潜移默化地发生改观。其次,文学交往使蒙古科举文士浸染了汉族文人的精神风貌。活跃在文学社交空间的八旗人士,欲与主流文学界展开对话,首先要进入一个共通的文化语境。较之蒙古八旗内部的交往,参与文坛的文学活动,会使他们受到

[①] 张永江:《民族认同还是政治认同:清朝覆亡前后升允政治活动考论》,《清史研究》2012年第2期。

更多文坛习性的影响。如谦福积极参与文坛的梅花诗咏活动中。与空间转换相伴而生的角色变化，发生在众多蒙古文士的身上后，也会有相关的行为。如法式善的西涯社集、花沙纳的丁香花诗会、延清的蝶仙分咏，都是他们在受到汉文化深度影响后召集的文坛酬唱。显而易见，通过作品的相互切磋，带来的不只是文学观念的潜移默化，还有文学行为。

一个现代民族的建立，需要自我的觉悟，一种被建构起来的自我认同和自我想象。没有对民族同一性的认知，无法建立一个近代的民族国家，形成国族的观念。受到汉文化深度浸染的八旗子弟，他们在汉诗文的写作中，在儒家经典的训育中，早已谙熟汉语和汉文化，在自觉的科举文化规训中视汉族士子与己同一。而他们与汉族士子相守同质文化，汉族士子与八旗士子政治认同。在政治认同、文化认同基础上建构的共同体意识，在晚近时代思潮中浑融一体。

第十章

都邑社会对蒙古文学家族的影响

清代的蒙古族诗人，多有先祖随大清入关的移民记忆。这些从龙入关的武职军人，起初定居于京师，随着统治政策的变化，他们中的一些人又被派往不同区域驻防。无论是在京师扎根繁衍还是去往地方戍守蕃息，他们的后嗣多参加科举考试，家族也由武转文，其中还有一些人历经数代形成了家族式文学创作。最终，在约270年的漫长清代文学历史上，在京师、驻防地的不同空间中迎来了繁盛的蒙古族汉诗创作高峰。①

清代的蒙古族汉诗创作家族计有22家，按照有别集的家族核心诗人的创作时间排序，即：国栋家族、博卿额家族、和瑛家族、法式善家族、萨玉衡家族清瑞家族、柏葰家族、托浑布家族、恭钊家族、恩成家族、锡缜家族、倭仁家族、花沙纳家族、瑞常家族、那逊兰保家族、善广家族、梁承光家族、尹湛纳西家族、旺都特那木济勒家族、延清家族、成堃家族等。其中，国栋家族之国栋国柱文孚、恭钊家族之恭钊恭铭瑞洵、锡缜家族之锡缜锡纶、梁承光家族之梁承光梁济、那逊兰保家族之那逊兰保、尹湛纳西家族之旺钦巴勒古拉兰萨贡纳楚克尹湛纳西，均为博尔济吉特氏族

---

① 据《熙朝雅颂集》《国朝正雅集》《晚晴簃诗汇》《遗逸清音集》等总集所录可查证诗人有：色冷、牧可登、奈曼、保安、诺敏、国柱、国栋、博卿额、梦麟、福明安、永慧、博明、雅尔善、广顺、嵩贵、和瑛、法式善、白衣保、松筠、托浑布、柏葰、倭仁、瑞常、花沙纳、谦福、柏春、清瑞、恩泽、贵成、燮清、来秀、锡缜、锡珍、恭钊、延清、荣庆、瑞洵、彭年、三多、升允、崇彝、旺都特那木济勒、贡桑诺尔布、博迪苏、那逊兰保等。其中旺都特那木济勒、贡桑诺尔布、博迪苏、那逊兰保四人俱属蒙古王公后裔，隶藩部蒙古。余者分属京旗27人，驻防八旗10人（荆州驻防2人，杭州驻防3人，京口驻防4人，河南驻防1人）。这些总集选录的只是部分八旗蒙古诗人，即便是有别集留存至今者也有近二十位八旗蒙古诗人未被选录。

成员，因支系不同，人数众多，故溯源分列不同文学家族[1]。因博卿额家族和盛元家族没有传世别集，余下的20个蒙古族文学家族中，除了尹湛纳西家族和旺都特那木济勒家族属于藩部蒙古，萨立衡家族、梁承光家族属于民人，其他16个家族均为八旗蒙古[2]。清代的八旗蒙古与藩部蒙古有很大不同，八旗蒙古主要由主动来归或战争中俘获的蒙古人构成[3]，并被整合进八旗内部，八旗蒙古很早就融入八旗社会并"满洲化"，而藩部蒙古则享有相当大程度的自治权，其内部人口也大多按照原有的社会运转体系转动，所以八旗蒙古的汉化程度更高，民族特性相对较弱。另外，除了那逊兰保家族之那逊兰保、成垄家族之成垄为女性诗人，尹湛纳西家族、旺都特那木济勒家族是世袭蒙古王公家族，其他16个文学家族中主要成员大多有科举入仕的经历。八旗蒙古最初俱是京旗，后分派驻防重要都邑，后代或从京师或从驻防地因科举入仕为朝官或地方官。藩部蒙古因满蒙贵族联姻驻京或定期入京觐见，因之，京师成为蒙古文学家族诗人笔下必定出现的记忆之场。驻防地或者科举出仕地则因个体情形有别而成为次级的记忆空间。故此，清代的蒙古族家族文学书写中的文化社会功能源出之所，是文学家族循京师、驻防地、科举出仕地一线结构的城市。本章试从城市社会入手探讨中华多民族文学书写中的文学家族的多样生态。

第一节　文学场域转换与蒙古家族文人的社交扩展

清代蒙古文学家族，与中原或江南文学家族不同，并非因经学或史学的治学传统传家，起家之初都是凭借武功，也俱在清初随着清政权所在地

---

[1] 清代博尔济吉特氏族庞大，诗人众多。按照世居地分述，世居西拉木楞地方之恩格德尔，天命二年（1617）率部属首先归降努尔哈赤，封为额驸，蒙古族诗人恭钊、恭铭、恭铭子瑞洵均出此系；古尔布什，天命六年（1622）归顺努尔哈赤，娶公主，被封额驸，蒙古族诗人国柱、国栋及国栋子文孚，为其后人。世居兀鲁特地方之明安，天命七年（1623），明安及同部三千余户归降努尔哈赤，被授三等总兵官，别立兀鲁特蒙古旗，蒙古族诗人博卿额、德坤为其后人；垂尔扎尔，天聪八年（1634）率部来归，隶满洲正蓝旗，授二等轻车都尉，蒙古族诗人锡缜、锡纶为其后人；另有诗人桂霖，其祖待考。世居科尔沁地方之阿禄哈，果勒敏、博迪苏为其后人。世居漠北之土谢图汗衮布，康熙三十年（1691）率所属十万余人来归，封漠北喀尔喀蒙古王爷，蒙古诗人那逊兰保为其后人。梁承光一系则为元代博尔济吉特氏后裔。

[2] 那逊兰保出身于藩部蒙古，但很早就进入京师，其外祖母和儿子都在京师生活，故将此家族放入八旗文学家族考量。

[3] 崇祯八年（1635）蒙古八旗正式设立，成员来自蒙古察哈尔部及喀喇沁部。具体参见《清朝文献通考》卷179，浙江古籍出版社2000年版，第6392页。

的转移而移至京师。与中原或江南文学世家更不同的是，八旗蒙古去往京师后，因族人也大抵同步移驻京师，他们与乡曲之间基本不再保持联系。

蒙古家族成员在京师的生活最初形成的是仕宦空间，不过，随着时间的推移，满蒙汉等多民族交游圈形成后，从事汉语创作的家族成员以家族声望为媒介，拓展自身影响力，获得了通向文学空间的机会，并在不同的文学空间中逐渐形成社交网络，从而改变了单一的以武力和政治因素为结合体的社交范围。文学空间是一个各种权力因素共同作用形成的复杂网络，文学作为媒介促动文学交游网络的形成，蒙古家族文学作品的影响力与认知度最终都靠结社、集会与唱和这些文学交游形式达成。蒙古家族多为世宦，因此文学家族有的是祖上迁移至京后在核心人物时代通过其人的努力达到文学交游的鼎盛期，代表性家族如法式善家族、花沙纳家族、托浑布家族、柏葰家族等；有的则是在核心人物时代通过其人科举出仕或他途至京师达到家族文学交游鼎盛期，代表性家族如那逊兰保家族、延清家族、瑞常家族等；有的则是在核心人物时代通过其人科举出仕至京师达到家族文学交游鼎盛期，但家族后人又离开京师迁转至其他城邑，代表性家族如倭仁家族、恩成家族等。这些蒙古家族为了提高家族声誉，都乐于扩大仕宦或文学交游范畴。

一 原住京师家族的文学交游与社交范围

文学的交际功能，为八旗家族成员突破民族藩篱、展开文学交游提供了机会。清代文人社集之风鼎盛，蒙古家族文人频繁参与社集活动。乾嘉京师诗人中，文学交游最为广泛者首推法式善。法式善一生任职翰苑，性情温和友善，因之交游甚广。作为乾嘉时期翰墨士人交流的"枢纽"，其"诗龛""西涯"文人墨客云集，较之家族中其他人，法式善更爱结社雅集、诗文酬唱、召集文学活动。

诗龛是法式善友人雅集活动之所，其朋旧多过访于此，如罗聘、吴嵩梁、张道渥、蒋棠、百龄、黄安涛、汪均之、汪彘之兄弟、王芑孙等。法式善《存素堂诗续集》多为友人题"诗龛"之作，所谓"诗龛君最喜，挑灯时促膝"（《送顾戣庵归里》）[1] 写出的正是此种盛况。据法式善诗文集及阮元《梧门先生年谱》所载，朋旧过访或留宿诗龛的记录约 30

---

[1] 法式善：《存素堂诗续集》，嘉庆二十一年（1816）杭州阮元刻本。

次，有具体时间可考的诗龛会友活动约 38 次，其中较大的文人聚会有 8 次。法式善生子庆贺宴会，是法式善在此召集的最为盛名远播的家族文事活动，与会知名士人 30 余人，贺诗者达百余人，充分展示了法式善在文学空间中的个人魅力，以及家族成员受到的文学社会关注度。正如法式善所言："乾隆癸丑（1793）八月辛酉朔日辰加未，桂馨生，越三日，作汤饼，邀诸君饮于诗龛，诸君亦乐余有子也。越九日，复相与张乐治具觞予于陶然亭。是日，学士大夫会者三十余人，皆天下贤杰知名士……"① 阮元《梧门先生年谱》对此也作了说明："子桂馨生……王惕甫芑孙作《桂馨名说》，罗两峰聘、张船山问陶皆有《桂林图》，翁覃溪先生及诸名士贺以诗者百余人。"② 阮元记录进一步说明法式善导引的这场京师文坛盛会，不仅使法式善个人声名鹊起，而且使他的家族声誉得以传播。

诗词赠答是最为普遍的文学交往形式。家族内部的诗词赠答可以提高家族成员的文学修养，而家族成员与外界的诗词酬唱更能够提高家族文学声誉，成为文学家族与文坛的沟通渠道。法式善《存素堂诗初集录存》《存素堂诗二集、续集》中提及的朋旧有 730 多人，其《朋旧及见录》中提到的朋旧多达 799 人，其所交旧雨新知遍天下，阶层、身份不同，诗学主张各异。如：性灵派的袁枚、赵翼、张问陶等；肌理派诗人翁方纲、桂馥等；曾师事沈德潜，名列"吴中七子"中的王昶、钱大昕、王鸣盛；属于常州诗人群的洪亮吉、孙星衍、赵怀玉、吕星垣等；高密诗派的李怀民、刘大观；秀水派金德瑛的外孙汪如洋；八旗诗人铁保、百龄；岭南诗人冯敏昌、赵希璜，等等。

借助于蒙古文学圈之外的文人群体的多重联结，蒙古家族文人声名得以向清代文坛不断延伸。社集诗会，关注的是作品的交流与情感的认同。京师文学空间中生成的这种媒介样态，一方面受到具体场域的规约而左右了情感认同的呈现方式，另一方面则能够突破日常交往的行为语境，在面对相同主题时场域中即便是来自不同阶层不同民族身份者也能形成共同话语。一次宴集，一部总集，自然难以归结出一个所有人的主题，但始终存在社交局内人求同存异的努力。

---

① 法式善：《八月一日举子志感序》，《存素堂诗初集录存》卷 4，嘉庆十二年（1807）湖北德安王埔刻本。
② 阮元：《梧门先生年谱》，法式善：《存素堂诗续集录存》，嘉庆二十一年（1816）杭州阮元刻本。

二　迁至京师家族的文学交游与社交范围

光绪十九年（1893），京口驻防起家的延清在京师为官 20 年。"太常仙蝶"在清代文人圈中久负盛名，文人士大夫均以见"仙蝶"为奇遇。经由乾隆皇帝的吟咏，这一传说更加名声大噪，引发了文人的大量题咏。"癸巳（1893）夏六月，苦雨兼旬，青苔及榻。十一日午始晴，室中忽有巨蝶飞来，大如蝙蝠，色亦如之。四跌须缀双珠，两翅中各有一圆圈，作太极图形。蝶背细毛蒙茸，金翠掩映，四围亦隐隐现五彩色。仆人意欲捕之，蝶似有知，旋即飞去。翌日午忽又飞来，谛视之，仍前蝶也。回翔室中，集楹帖及簾旌之上，家人环观，毫无畏意。是日年儿入应岁试，比日晡出场，犹及见之。时完颜爱子修茂才身留宿室中，两经目睹，叹为奇遇。嗣质之友人，云系太常仙蝶。是耶非耶，未由辨之。所异者，凡蝶未有飞集室中者，而是蝶两次飞来，似非无因而至，不可不志爰汇集。"①延清对于这次遇见仙蝶的事件非常重视，写下多首吟咏"太常仙蝶"的诗作，也邀请友朋唱和。并辑有《蝶仙小史汇编》《蝶史楹联》《来蝶轩诗》（《蝶史楹联》及《来蝶轩诗》附于《蝶仙小史汇编》后）。《蝶仙小史汇编》记录了诸多清代文人对这一传说的描写，也收录了彼时文人与延清就"仙蝶"诗的唱和之作，是清代"太常仙蝶"奇闻的集大成式的文本。在清代京师文坛影响极广，达官显贵、名流硕儒均参与其中，是一个汇集多族、具有多元特点、极具意味的文学事件。在这个事件中，延清家族后人也积极参与其中，其子彭年因为也见到了仙蝶，所以立就《无题》诗歌，被延清附于自己的《来蝶轩诗》后②，不久后又写下《恭题家君太常仙蝶图》③。光绪二十九年（1903），彭年在金陵客途，遇到仙蝶，围绕此事与父亲故友诗歌唱和，又作《辛丑嘉平朔日需次金陵路遇仙蝶李丈亚白纪之以诗因用原韵奉和四首》④，忆念十年前伴父看到的仙蝶以及由此引发的仙蝶唱和。延清之孙金源宣统二年（1910）曾作《庚戌重阳后三日持螯赏菊纪以一诗谨和天字韵》，中有"蟹剥佐供甘旨

---

① 延清：《蝶仙小史初编自序》，延清辑：《蝶仙小史汇编》，光绪间刻本。
② 延清：《来蝶轩诗》，《清代诗文集汇编》第 765 册，上海古籍出版社 2010 年版。第 77 页。
③ 延清辑：《遗逸清音集》卷 4，民国五年（1916）秋商务印字馆铅印本。
④ 延清辑：《遗逸清音集》卷 4，民国五年（1916）秋商务印字馆铅印本。

味，蝶来幸证吉祥缘"之语，并自注："是日太常仙蝶时复飞集花间"①，可见昔年祖父召集的蝶仙唱和活动对家族后人影响深远。

文学事件可以把日常文事凝练，赋予一定的文学意义，文学家族中人在参与到大大小小的文学事件中，以诗笔呈现对事件的看法、表达自己的思想。延清的仙蝶唱和活动参加者既有京师同僚，也有京口故旧，在都邑的这个多民族文学网络中，他以文学的名义聚集了他们跨越代际、地域这样内在相系而又截然不同的时空进行文学写作。这样的聚拢充满互动与张力，更在家族中把族人的思想、作品纳入特定的历史语境中，文学事件使文学家族成员的思想世界变得更为丰富而立体，彰显出内在的传承引力，是家族中最可感知文学力量的聚集。

蒙古文学家族成员中的每一个人，对于文学事件的经验和记忆都是个体获得整体性和统一性，并与其所处的文学社交空间产生连接的动力和源泉。是这个文学家族认识文学世界、认知自我的立足之基。蝶仙唱和的意义，在于文学家族与多族文学士人圈层的融通，满蒙汉八旗诗人与汉族士人通过地域背景、文学世代、亲疏关系等多重维度的对话，消解了旗民身份或者说民族身份带来的话语差异，最终融入京师汉文学圈的创作空间之中。

三 居停京师家族的文学交游与社交范围

河南驻防倭仁于道光九年（1829）会试中试，殿试入二甲第三十四名，赐进士出身，改翰林院庶吉士。从此，倭仁离开蒙旗驻防地河南开封，逐渐融入京师士林社会。道光十一年（1831），倭仁在翰林时约同年者数人，校诗赋艺于时晴斋。次年散馆。道光十三年（1833），又与河南同乡成立"正学会"，定期"会课"。倭仁、李棠阶们的"会课"活动，主要是相互切磋心性修养工夫，交流修养经验。据《李文清公日记》，当时经常参加这种"会课"的，开始时主要有倭仁、李棠阶、靳蔗洲、齐渔汀、吴佩斋几人，后来又有王检心、王涤心、王辂、讷斋、畏斋等人陆续参与进来。这种"会课"一直持续到道光二十二年（1842）李棠阶离京出任广东学政，前后达十年之久。倭仁早期习"王学"，在京师中与李棠阶、王检心等河南同乡关系甚密，后期因唐鉴、吴廷栋之故，思想转向

---

① 延清：《前后三十六天诗合编》，《清代诗文集汇编》第765册，上海古籍出版社2010年版，第224页。

程朱理学。倭仁从唐鉴问学后,与窦垿、何桂珍、吕贤基、方宗诚、何慎修、朱绮等文人交谊甚密,互相切磋学问,日益精进。并于此时结识曾国藩。倭仁的理学思想,一曰立志为学,二曰居敬存心,三曰穷理致知,四曰察己慎动,五曰克己力行,六曰推己及人。此六条为倭仁《为学大指》思想精要,也是其为学之方。

倭仁曾为帝师,社交范围极广,但终其一生以理学修身养性,交往者也以推勉理学为主。钱穆有言:"所希望于门第中人,上自贤父兄,下至佳子弟,不外两大要目:一则希望其能具孝友之内行,一则希望其能有经籍文史学业之修养。此两种希望,合并成为当时共同之家教。其前一项表现,则成为家风;后一项表现,则成为家学。"① 故此,倭仁教导后辈也多以"孝友传家,敦崇仁让"② "人须养恻隐之心"③ 为训,倭仁的日记中时常提醒自己"气节"的重要性,对后辈的教导的文章中时常以忠、义等话语为要旨。在这样的家风熏染下,福裕等族人在八国联军侵占京城时,不屈于外国强权势力,阖门殉节以报国。"家风是一个家族的世德、门风,是家族的精神文化传统。家学即家族世代相传之学,包括学术、文学、艺术等,是家族文化修养。"④ 倭仁身体力行,为家族后辈树立榜样。这样的家族家风代代传承,其孙衡瑞心向往之的同时,也将这些家族文化品格加以承接。如其在与胞侄保如往来唱和的诗作中,咏史怀古云:"读之激丹诚,毋徒猎文翰。尽瘁而鞠躬,此言当深玩"⑤,以家族忠义节气的文化品格相砥砺。

倭仁家族的文化品格与华夏民族传统的儒家文化紧密契合,因之,这个蒙古文学家族文化品格的传承也在一定程度上代表了中华民族文化品格的传承。"文化认同就是经过反思后形成的对某种文化的分而有之或对这种文化的信仰。"⑥ 这一契合于中华民族品格的文化记忆传承也自然彰显

---

① 钱穆:《略论魏晋南北朝学术文化与当时门第之关系》,《中国学术思想史论丛》第3册,生活·读书·新知三联书店2019年版,第179页。
② 倭仁:《示曜、沄两侄》,《倭文端公遗书》卷8,光绪元年(1875)六安求我斋刊本。
③ 倭仁:《日记(丙午以后)》,《倭文端公遗书》卷4,光绪元年(1875)六安求我斋刊本。
④ 罗时进:《地域·家族·文学 清代江南诗文研究》,上海古籍出版社2010年版,第4页。
⑤ 衡瑞:《和保如冬夜读诸葛武侯出师表》,《寿芝仙馆诗存》,国家图书馆藏稿本,第3页。
⑥ [德]扬·阿斯曼:《文化记忆——早期高级文化中的文字、回忆和政治身份》,金寿福等译,北京大学出版社2015年版,第138页。

了一种不局限于个体家族而广泛存在于晚清社会的身份认同。这深刻体现了清代蒙汉文学交融之深厚，已伴随着个体家族的文化传承，逐渐抛却了民族差异，而沉淀为整个中华民族的文化传承。

为了家族良好传承，倭仁对家族后辈的婚姻对象也非常在意。"如果以一文学家族为单位，将该家族成员数代姻亲关系梳理，对于此家族而言，可在姻亲脉络的梳理中获得整体感，同时可显现一个家族以联姻与其他家族形成的多重关系。"① 如倭仁子福咸娶汉军镶红旗道光三年（1823）进士奉直大夫何允元之女，何氏兄何毓福是咸丰二年（1852）进士，曾官监察御史、山东泰安知府，著有《学易管窥》。福咸早逝，其子衡瑞便受业于母舅。福咸有五个女儿，都嫁给了与自己家族势力相当的满、汉八旗士人。如长女嫁山东候补道祝衡山长子，山东候补监大使印聊辉。次女嫁伊精阿的次子，工部主事英俊，伊精阿曾与爱仁同任弘德殿谙达，教授同治帝满文、骑马、射箭、习武等，与倭仁家族交谊深厚，家族间联姻结缔，更加稳固了双方的家族势力。三女嫁两淮监制同知灵浚长子，吏部主事文选思帮掌印印锺锜。四女嫁广东即补同知印昌本。五女嫁吏部郎中军机处章京、现任安徽徽州府知府赏戴花翎印春岫。此外，福咸的次子衡瑞娶瓜尔佳氏，系云南丽江府知府载延厚长女。继娶富察氏，咸丰丙辰科进士兵部尚书乌拉喜崇阿次女。

"清代中后期，蒙古族家族已经有家世与德行合而为一的趋势。文化素养和道德品质的教育一定程度上保证了某些家族的历代不衰，也促成了文学家族产生和发展的绵延不绝。"② 世家大族在联姻的过程中，一方面，壮大了本家族的政治势力与社会影响力，另一方面，家族文化与素养也得以延展。因此，原本独立的各家族通过姻娅网络彼此之间产生勾连，促使家族文学与文化素养的传承与绵延。衡瑞最终荣得科名，这理当归功于强大家族间的联姻，促使世家大族间丰富的文化和教育资源的强强联合，推动家族的不断兴旺与繁盛。

文学交往是都邑社会八旗文学圈层研究的着眼点所在。清代八旗文士多出自士绅阶层，借助血亲和姻亲关系，清代满蒙世家大族之间缔结了复杂交织的社会网络。家族所赋予他们的名祖之孙或名父之子等身份，既是

---

① 徐雁平：《清代世家与文学传承》，生活·读书·新知三联书店2012年版，第62页。
② 米彦青：《清代中期蒙古族家族文学与文学家族》，《内蒙古大学学报》（哲学社会科学版）2011年第2期，第7页。

他们的立足点,也是他们与满蒙大族之外的汉文化圈展开文学交往的基础。对其网络的揭示,有助于了解都邑社会如何成为多族文化圈的文化交流与代系传承的土壤。如乾嘉时期法式善家族、咸同时期那逊兰保家族、光宣时期贡桑诺尔布家族的满蒙亲贵间的多重联姻中,京师既是传递资讯的场域,也是联姻的主体场所。无论是外藩蒙古贵族还是满洲宗室,都在这一场域中实现了功能最大化,而联姻双方家族士子的创作与家学的影响也在这里得以更好地展开。正如恩格斯所言,结婚"是一种借新的联姻来扩大自己势力的机会,起决定作用的是家世的利益"[①],因而杭州驻防文学家族间所缔结的姻亲网络展现的就是"门当户对"的婚姻理念。潘光旦先生在谈到婚姻原则时进一步解释说:"自来家长选择之婚姻非尽出乎为一家牟财利,或为一己图侍奉之私;且其间实有相当之原则。此原则即'门当户对'说是也。治婚姻选择之原理者谓人类举行婚姻选择时,大率类似者相引,否则相回避,名之曰'类聚配偶'(assortative mating),门当户对即以此为根据。"[②] 京师蒙古文学家族中的姻亲,如琦善之女嫁与瑞常子文晖、那逊兰保子盛昱娶和瑛孙恒福之女等,屡见不鲜。蒙古文学家族间的联姻遵循了"类聚配偶"原则,对于巩固联姻家族双方的利益起了重要的助推作用。

"记忆依附于其载体,其传递不是随意的。因此,谁分享了记忆意味着分享他与这个集体间的成员关系,所以记忆不仅依附于时间和地点,它也依附于一种特殊的身份认同。"[③] 一些清代蒙古家族向京师成功迁移并借助京师文化政治中心地位扩大了家族核心人物的社交范围,同时在婚媾、文学交游等形式下实现了文学家族声誉的不断扩大,蒙古文学家族在代代相继中,在集体成员之间分享特定的文化记忆,使家族的文化品格得以承延不绝。家风养成、家脉赓续,很大程度上需要充实的家学与文学产出来保证,而文学家族中家学的扩展与蒙古文学家族在都邑社会的创作转型是分不开的。

---

① [德]恩格斯:《家庭、私有制和国家的起源》,《马克思恩格斯选集》第4卷,人民出版社1972年版,第74页。
② 潘光旦著,潘乃穆、潘乃和编:《优生概论》,《潘光旦文集》第1卷,北京大学出版社1999年版,第281—282页。
③ 冯文坤:《文化记忆与国家认同研究——以中国传统文化教育为例》,《学术界》2017年第9期,第58页。

第二节　都邑文化与蒙古文学家族的文学生产

与八旗最初形成时期的游猎及征战时的居无定所不同，八旗子弟在跟随清廷入主中原后，最初俱在京旗，因此，八旗子弟及眷属过世后都会葬入京旗所在地，乾嘉后此种状貌发生变化，驻防八旗也因此成为驻防地的主人。旗、民藩篱随着日常生活改观时，文化生活也随之变化。在这样的变化中，都邑社会的土壤作用是不可低估的。多民族文人圈层的交游互动，大抵都在都邑社会中完成，作为政治中心的京师毫无疑问在多民族文人交游互动中也成为文化中心，在清王朝，因为文人构成的复杂性，文化也因之更为多样，譬如子弟书的出现就呈现了八旗文化对汉文化的影响。然而有清一代，始终被文人尊崇的依旧还是诗文，八旗子弟由皇权话语引领、科举制度规约而形成对汉文学的追捧，简而言之，汉语创作是八旗子弟由尚武到崇文转型的最为鲜明的表征。而八旗文学家族的产生与世家别集的传世与刊刻，是蒙古文学家族成员在都邑社会的标志性的文学生产。具体说来，有如下数端。

一　整理作品

蒙古文学家族成员有意识地采集、整理作品，起自乾嘉时期，其后一直络绎不绝。而无论是个人自刻，还是家族后人抑或友、生刊刻，都是在都邑之处完成的。

法式善是乾嘉之际文名卓著的蒙古族诗人，因其创作数量大，别集留存较多，所以生前身后都有各族门生友人争相刊刻其诗文，蒙汉文学交融的密集程度也于此集中体现。法式善主动刊刻诗集是在乾隆五十八年（1793），他将多年所作的三千余首诗，由老友程昌期、王芑孙甄综汇抄，经袁枚裁汰审定、洪亮吉校勘后，将千余首交由汪云壑编次作序，[①] 然汪云壑去世后诗集不知所踪，刊行一事只能作罢。经此一事，法式善对刊刻作品极为不喜，几番劝慰无效后，弟子联手，未经法式善许可，出版了

---

① "检箧中凡得三千余首，吾友程兰翘、王惕甫皆为甄综之，汇抄两大册，寄袁简斋前辈审定，简斋署墨卷首，颇有裁汰。洪稚存编次又加校勘，存者尚有千余篇。其后，汪云壑同年掌教莲池书院，合前后诸钞本皆携往，许为编次作序。余屡以书促之，云壑但求缓期。……云壑以谓：'商定文字，不可草草，当平心静气出之。'……云壑死，余诗不传矣。"法式善：《存素堂诗初集录存原序》，法式善：《存素堂诗初集录存》，嘉庆十二年（1807）湖北德安王墉刻本。

《存素堂诗初集》①。弟子均为汉族士人。同年，即嘉庆丁卯年（1807），程氏扬州刊板《存素堂文集》由江宁王景桓董刊。法式善自序是程子素来京过访，将其文抄成副本，回扬州后，告知法式善将出版，法式善全然不知，并欲制止，但镌刻已过半，只好"致书素斋勿以余文轻示人"②。嘉庆十七年（1812），王墉又刊刻《存素堂诗二集》六卷本。③ 法式善逝后，阮元刊刻《存素堂诗续集录存》九卷本，又亲撰法式善年谱附于续集之首。④ 法式善还曾刊刻其母韩太淑人的《带绿草堂诗集》。不过，乾嘉之际最早传世的蒙古文学家族别集并非法式善的，蒙古文学家族的第一个进士国栋的《偶存诗抄》是其去世后由子文孚嘉庆二年（1797）刊刻的。博明《西斋诗辑遗》嘉庆六年（1801）由外孙穆彰阿镌刻刊行。他们都是京师蒙古文学家族的重要组成人员。不过，蒙古文学家族传世文献中仅有这些别集刊刻于乾嘉时期，可见这时期进行汉文创作的蒙古八旗士人数量相对较少，有文献存留意识者就更是少之又少。

道光年间及其后，蒙古家族文人较为普遍性地开始整理自己家族及家族外八旗文人作品。和瑛《易简斋诗钞》道光三年（1823）由其子奎昌、壁昌刊行；文孚《秋潭相国诗存》道光间由门生张祥河刊刻；谦福《桐华竹实之轩诗草》同治二年（1863）由其兄恒福刊行。柏葰生前想要自己刊刻《薜棻吟馆钞存》，并请友人文庆、吴存义、何栻三人为诗集写序，然突罹戊午科场案，诗集在同治三年（1864）由其子钟濂刊行。锡缜《退复轩诗》《退复轩试贴未弃草》光绪间由其子龄昌刊刻。托浑布、恭钊、崇彝等人皆是自刻诗集。清瑞《江上草堂诗集》初刻于道光年间，战乱致原板散失，孙子云书将家中所藏抄本于1917年刊行。

---

① "先是，泾上吴孝廉文炳敦请全集付梓，师却之。厥后阮中丞元刻于广州，吴庶子萧、陶明府章泅刻于京师，黄布衣承刻于淮阳，皆非全本。师盖不知也。去年夏，春堂自楚北书来，娓娓千言，请任剞劂之役，师答书不许。程素斋邦瑞自扬州来，乞刻全集，赋诗辞之。"《彭寿山跋》，法式善：《存素堂初集录存》，嘉庆十二年（1807）湖北德安王墉刻本。"存素堂诗七千余首，兹录存者，吴兰雪、查梅史选本也，彭石夫寄自京师，受业弟子王墉校刊于湖北德安官署，时嘉庆丁卯孟夏。"《王墉题记》，法式善：《存素堂诗初集录存》，嘉庆十二年（1807）湖北德安王墉刻本。
② "辛未，詹止园明府奉差入都，托请文与诗并刻，未允。止园再申意，仅付诗六卷缄縢。"《法式善自序》，法式善：《存素堂文集》，嘉庆十二年（1807）扬州绩溪程邦瑞刻本。
③ 王墉：《存素堂诗二集六卷本王墉序》，法式善：《存素堂诗二集》，嘉庆十八年（1813）王墉增刻本。
④ 阮元：《存素堂诗续集录存九卷本阮元序》，法式善：《存素堂诗续集录存》，嘉庆二十一年（1816）杭州阮元刻本。

这些别集的刊刻都完成于都邑，这是由于社会秩序在新朝的松动、少数民族汉语学习观念的变化，为蒙古家族成员走出固有民族圈提供了条件。而蒙古家族成员涉足规范的汉诗文创作，虽然在初始阶段并没有明确的立言传世的内在需求，但是随着时间的推移，当他们不满足于既定的武力传统，这种需要变得越来越明晰，并不可避免地对家族原有的文化观念产生冲击。身处通都大邑的蒙古八旗士人，被文坛流风所及，利用都邑的便利条件，整理刊行作品，给家族带来新的文学因子。当追求立言不朽的蒙古文学家族成员，通过文学创作，在家族中推行文教，子孙代相沿递，就成为家族文学的基本质素。

二 互写序跋

蒙古家族文人刊行个人或家族成员著述，喜邀请当世名人为之作序跋。翁方纲、阮元、李慈铭等文坛领袖的文集中，此类文章众多。而法式善作为乾嘉文坛上著名的八旗诗人，也为众多的各族士人写过序跋。法式善家族与翁方纲交情甚笃，翁方纲与广顺、法式善、桂馨三代人兼有密切交往，故翁方纲在《陶庐杂录序》中云："《陶庐杂录》六卷，法式善梧门撰。……自其幼时，颖异嗜学，尊人秀峰孝廉，受业于予。故梧门得称门人。刻意为诗，又博稽掌故，其于诗也，多蓄古今人集，闳览强记，而专为陶韦体，故以诗龛题其书室，又以陶庐自号。其于典义卷轴，每有所见，必著于录，手不工书，而记录之富，什倍于人。即此卷，可见其大凡矣。与予论诗年最久，英特之思，超悟之味，有过于谢蕴山、冯鱼山，而功力之深造，尚在谢、冯二子下。故数年间，阮芸台在浙以其《存素斋诗集》，送付灵隐书藏，而予未敢置一语。今笠帆中丞以所梓是编，属为一言，则其中有系乎考证，有资于典故者，视其诗更为足传也。梧门子桂馨亦能文，早成进士，官中书舍人，深望其以学世其家，而今又已逝去，抚卷怀人，耿耿冥释，况吾文之谫陋，又安足以序之。"[①] 足见其对法式善了解之深、评价之高。法式善与八旗诗人互动酬唱亦密，如铁保、百龄。满洲正黄旗人铁保著有《梅庵诗钞》六卷。法式善作《梅庵诗钞序》，曰："余与梅庵制府、阆峰（玉保，铁保弟）侍郎交契，盖三十年矣。余以庚子入翰林，制府亦以是年冬改詹事，余因是与制府称同年。明

---

① 翁方纲：《复初斋文集》卷3，李彦章校刻本。

年辛丑，阆峰馆选，居且相近，时相过从。茗椀唱酬，殆无虚日。既而予三人者，一时同官学士，充讲官，出入与偕。或侍直内廷，或扈跸行幄，宫漏在耳，山月上衣，未尝不以赓和为职业也。后二公俱擢侍郎，余浮沉史局，文场酒燕，犹获执笔，与二公左右上下之。乃侍郎遽谢世，而制府远宦东南，天各一方，余能无独学孤陋之叹乎。"① 可见法式善与铁保兄弟交谊深厚。而铁保也曾积极推荐法式善参与编撰《熙朝雅颂集》。

蒙古八旗家族31人有传世别集，几乎全部都有汉族文人序或跋。如托浑布，生于嘉庆四年（1799），卒于道光二十三年（1843），字子元，号安敦，别号爱山，博尔济吉特氏，蒙古正蓝旗人。托浑布出生于北京，自幼受业于多名汉军旗老师，得受汉文化的熏陶，博古通今。嘉庆二十四年（1819），捷登进士。托浑布一生足迹遍历南北，历官湖南安化、东安、湘潭县知县、福建兴化府知府、福建督粮道、直隶按察使、布政使、山东巡抚等职。托浑布年仅45岁便英年早逝，著有《瑞榴堂诗集》四卷，林则徐、穆彰阿、柯培元、王惟诚纷纷为《瑞榴堂诗集》作诗序，李嘉端为其题跋。

蒙古文学家族中多与满、汉士人为文字友。和瑛之孙谦福与著名小说家文康"四世论交，卅年识性"，谦福殁后，恒福嘱托文康编辑谦福诗集、为谦福诗集作序，并言"平日一篇一什，亦多与君相与切磋以成者"②。京口驻防起家诗人延清少驻防于镇江，与当地汉人文士多有来往。张宝森，字友柏，镇江丹徒人。《晚晴簃诗汇》云其"近体工雅绵密，长于隶事"③。延清与张宝森友朋间讲授课艺，兼习试帖，晚清张宝森为延清作《锦官堂试帖序》，回忆二人共商律赋的情形："余家贫，以课童蒙自给，子澄时时至至，则清谈不辍。尝约为试帖诗，日或各得数首，每当落日气清，辄踯躅行吟于溪桥竹木间，推敲声病，斟酌分寸，及暝而返，得月则返益缓，或遇严寒，微霰簌簌落襟袖间，肤尽生栗，而吾两人呷唔辩论，尚未休也。见者笑以为痴，而吾两人则弗之顾。"文中所回忆的二人刻苦吟诗、切磋谈艺的情景，也是众多蒙古文学家族成员与满、汉族文人交流的真实情境。

---

① 法式善：《存素堂文集》卷2，嘉庆十二年（1807）扬州绩溪程邦瑞刻本。
② 文康：《桐华竹实之轩试贴诗钞序》，谦福《桐华竹实之轩试贴诗钞》，清同治二年（1863）刻本。
③ 徐世昌：《晚晴簃诗汇》卷167，民国十八年（1929）退耕堂刊本。

杭州驻防瑞常通过科举出仕去往京师，但杭州与京师两座文化中心城市对他的影响非常深远。他的诗歌主张与统治者所倡导的清新雅正、温柔敦厚的诗歌论调趋近。他在《国朝正雅集》序言中云："古者大小雅之材，其人类皆洽闻殚见，蓄道德而能文章，雍容揖让，播为诗歌，黼黻乎休明，光昭乎政事，彬彬乎儒雅之遗也，下至里巷歌谣，辀轩所采，圣人删诗，仍录而不废者，盖将以验政治之得失，民俗之淳浇，其用归于使人得性情之正。故曰诗兴政通，道与艺合，此三百篇之大义也。后世此义不明而诗教愈晦，自汉魏六朝唐宋元明，求其不背温柔敦厚、兴观群怨之旨，始卓然可以名家。否则无益身心，无裨政治，纤僻乖滥之音，其去诗教也实远。"[1] 指出了诗歌具有的教化功能，认为诗歌创作应该回到《诗》三百的本意，即蕴蓄人伦道德以淳化民俗，传达儒家温柔敦厚、兴观群怨之旨。瑞常称《诗经》"三百篇之体格不必一一模拟之也，而三百篇之奥窔则以正性情为根本"，进一步强调《诗经》具有的"雅正"范式，去除后世所赋予的驳杂之义，回到它最初的功能上。在具体的诗歌创作之中，瑞常经常化用《诗经》中的典故，丰富了诗歌的意蕴。夏同善在《如舟吟馆诗抄》序言中有云："夫温柔，敦厚，诗教也。《四牡》《采薇》诸篇，一则曰'岂不怀归'？再则曰'岂不怀归'？古人王事贤劳，而眷怀父母之邦，有根于性、发于情，而不能自已者。公以身依禁，近匦躬蹇，蹇不克优，游于六桥、三竺间。于是，顾瞻桑梓形之咏歌，一往情深若此。呜呼！何其缠绵悱恻，如与古诗人相语于一堂也。"[2] 指出瑞常诗作所葆有的源自诗教的美好品性，也说明瑞常的儒者风范中以桑梓为念，重乡谊。蒙古文学家族成员与多民族文士交往中，序跋的写作不仅序其别集成书经历，也常常会涉及其人的诗学思想，而这种序跋尤有文学价值，因为蒙古文学家族成员鲜有主动整理文学理论在家族中进行传播的，友朋的此种行为，正可为其家族后辈向先贤学习时立有路径。与此同时，夏同善这篇序中也指出了杭州驻防起家的瑞常及其弟，一生都身在京师，心念杭州，他们的身心所寄寓的这两个城市，不仅让这个文学家族的知识体系生成，也在其间蕴蓄、涵化，使之来自民族本性中的气质渐至消泯，可见城市生活对蒙古文学家族的影响之大。

在都邑中的蒙古文学家族文士法式善、托浑布、柏葰、花沙纳、瑞常

---

[1] 符葆森：《国朝正雅集》卷15，清咸丰七年（1857）京师半亩园刻本。
[2] 夏同善：《如舟吟馆诗钞序》，瑞常：《如舟吟馆诗钞》，光绪年间刻本。

这样的翰苑大吏，也为众多的多民族士人作了序跋。当把都邑中的这种文学生产样态放在清代文学史视野中来审视，强调不同民族、阶层与地区之间的联系与互动，这在技术层面无疑与清廷一直倡导的华夷一统颇为契合。而都邑自然是这种大视野文化的输出之所。

三　参与文化建设

科举制度助推了满蒙八旗子弟对汉文化的认同，"认同在个人而言是一种发自内心的接受和追随，是行动和意愿之间的统一，这种统一不是自然实现的，而是思维有意识进行联系和平衡的结果。行动所代表的身体、思维所代表的大脑和意愿所代表的心灵三者之间，随时间和环境转化，不断进行反思，是实现认同的基本方法和途径"①。科举文化就此日益深入地影响着八旗子弟的生活。

在有别集留存的蒙古文学家族中，家族成员半数以上均有科名，即以别集传世者而言，进士有国栋、博明、和瑛、法式善、柏葰、托浑布、花沙纳、谦福、倭仁、瑞常、瑞庆、来秀、善广、锡缜、瑞洵、延清、衡瑞、锡珍、云书19位，举人则有清瑞、梁承光等。考取功名在蒙古文学家族中是普遍现象，仅以直系亲缘而论，上述文学家族中能文者如法式善与来秀是祖孙进士、倭仁与衡瑞是祖孙进士、和瑛与谦福锡珍是四代三进士、瑞常瑞庆是兄弟进士。"一旦成为科举胜利者，旧世家便注入了光大门风的新鲜血液"，随着在乾隆年间国栋、博卿额、博明等进士的出现，标志着从龙入关之初由军功而显赫的博尔济吉特氏完成了由武到文的转变，此后博尔济吉特氏家族诗人都频繁地参与了清朝的文化建设。官一品者如文孚、琦善皆任职过文渊阁大学士，谥号亦是与文有关的"文敬""文勤"；主持科举者，如国栋乾隆十八年（1753）参与了典试四川的工作并留有《癸酉分校蜀闱雨窗有作》等诗，博卿额乾隆庚辰典试四川、壬午视学四川和典试浙江并作有《博虚宥诗草》三卷，文孚道光八年（1828）任满洲翻译会试正考官，瑞洵光绪二十三年（1897）任顺天乡试同考官。其他蒙古文学家族诗人如瑞常、柏葰、花沙纳等人都多次典试科场，并伴有文学创作。其中花沙纳的经历非常有代表性：道光十五年（1835），花沙纳五月二十九日（6.24）由右庶子充云南乡试正考官。六

---

① 刘辉：《认同理论》，知识产权出版社2017年版，第2—3页。

月初二启程赴云南，十二月十九日归京，其间有《滇辎日记》记载其行，途中有诗《奉命典云南乡试恭纪二首》《六月十一日，途次良乡，有怀家芝乡兄》《雨中宿定兴》《清风店至定州》《尧母陵》《定州》《途中抒怀》《邢台县》《寄黄仙峤一札二诗》《夜宿黄果树观瀑》《题蜀道图》《题松间独酌图》等；道光二十三年（1843）八月，花沙纳充顺天乡试副考官；道光三十年（1850）正月二十九，花沙纳充知贡举会试考官，三月初六充会试副考官，九月，充武会试监射大臣；咸丰二年（1852）四月二十日，花沙纳充殿试读卷官；咸丰四年（1854）正月，花沙纳署翰林院掌院学士，十月，充实录馆总裁；咸丰五年（1855）八月六日（9.16），花沙纳充顺天乡试副考官，十月，充武闱监射大臣；咸丰六年丙辰（1856）正月，花沙纳充经筵讲官。总之，"自道光二十四年至是年（咸丰九年），历充宗室举人覆试、顺天乡试各省举人覆试阅卷大臣，考试汉教习、誊录、学正、学录、中书阅卷大臣，殿试读卷官，拔贡朝考、进士朝考阅卷大臣，庶吉士散馆考试试差阅卷大臣，大考翰詹阅卷大臣"①。

除此之外，蒙古文学家族文士还积极参与编修史料，如锡缜光绪元年（1975）入实录馆参与《穆宗实录》的修撰，瑞洵参与并撰写《清史稿》中《德宗本纪》《宣统皇帝本纪》两部分。至于入职翰林等文士枢要机构的人就更多了，如博明、锡缜任翰林院编修，瑞洵任翰林院侍讲学士，等等。

通过这些文化建设活动，蒙古文学家族文学士子的才能被广泛确立，从而让时人更好地从政治与文化结合的角度重新审视其作品。作品流传，是蒙古家族成员立言传世的必要条件；而创作水准之高下，也有赖于家族外部世界的甄别、评论。蒙古文学家族的崛起，源自蒙古家庭对于家族文化传承的认知和重视；而家族成员个人交际的主动性与积极性，也会影响外界对作品的评价。法式善身在翰苑，和瑛作为封疆大吏，热衷结交名流切磋诗词，眼界宽阔，交游广阔，获得外界评价；那逊兰保、成堃生长于华族贵胄的环境，享有优越的文化资源等，在蒙古家族成员与文人的交往中，文学互动既起到了媒介的功能，同时也是交流的目的，并推动蒙古家族成员进入主流视野。

---

① 王钟翰点校：《清史列传》卷41，中华书局1928年版，第3247页。

当蒙古文学家族成员通过刊刻别集存留家族文学作品、通过不同民族文人互写序跋而进入主流文学圈层、积极介入清廷的文化建设占有文事发言权，他们在都邑的文学生产活动日趋炽烈与规范。"要判断一民族在文学领域是否步入了整体成熟，一个相当重要的标志，是要观察其本民族的作家群体出现与否。"① 而本民族的作家群体不仅是地域性的，如都邑作家群或杭州驻防作家群、京口驻防作家群，这些作家群体中也必须有标志性的文学家族群体。蒙古文学家族多为仕途与诗途折叠群体，在这样的折叠中他们占有的社会活动组织纷繁复杂，折叠越是细密，文学生产的效果愈加凸显。诚如袁枚所言："无科名，则不能登朝，不登朝，则不能亲近海内之英豪，受切磋而广闻见；不出仕，则不能历山川之奇，审物产之变，所为文章不过见貌自臧己耳，以瓮牖语人己耳。"② 当杭州驻防中产生了瑞常家族、成堃家族，京口驻防中产生了清瑞家族、善广家族、延清家族，河南驻防中产生了倭仁家族等，这些祖先跨越了山海关来到京师的蒙古家族，后辈从京师来到驻防地，又崇文出仕，从驻防城市到仕宦之所到京师，他们在不同的城市里进行文学创作，并有传世别集。从这个意义上来说，清代蒙古族不仅作为相对独立的民族群体在文学领域迈入了成熟，而且杭州、镇江、开封这些城邑和京师一道，孕育了成熟的蒙古族文学家族。他们的知识结构在城邑中发生转化，开始尊崇"耕读传家"这样的农耕社会中的祖训，而不是曾经的祖先成长之处的游牧文化。这其中，他们的文学创作的范型受到都邑社会的影响，变得越来越丰富。

第三节 都邑社会与蒙古文学家族的汉诗范型转化

顺康之际只有零星的蒙古族汉诗写作，汉诗范型问题不足以成为蒙古族文学创作问题。乾隆年间登上诗坛开始展露文学创作才华的国栋、文孚、法式善、和瑛，俱是在都邑崭露头角的，而且他们分别是博尔济吉特氏族之国栋及文孚文学家族、科举文学家族法式善家族、科举边功文学家族和瑛家族的核心创作成员。因此早在乾隆年间蒙古文学家族的汉诗范型转化问题就兴起，并随着时间流变，在清代的蒙古文学家族中渐次经过了

---

① 关纪新：《满族小说与中华文化》，社会科学文献出版社2014年版，第28页。
② 袁枚：《与俌之秀才第二书》，《小仓山房续文集》卷35，王英志编纂校点：《袁枚全集新编》第七册，浙江古籍出版社2015年版，第728页。

从试帖诗这样的科试诗再拓展到其他范型的过程。

一 科举文化规约下的试帖诗创作

乾隆二十三年（1758），清廷诏令"科试减去经义一篇，用一书一策。不论春夏秋冬，俱增试律诗一首，酌定五言六韵"①。科举试诗肇自唐朝，并间接成就了唐代诗歌的灿烂风华。北宋神宗朝，因王安石变法而罢科举诗赋，元明两代延续了"省诗赋"的规定。因诗歌"润色鸿业、鼓吹休明"②的功用与统治者的喜好，乾隆年间诗歌重新被纳入科考的范围。据《钦定八旗通志》所载，清廷也正是在这一年裁汰了八旗蒙古义学。"八旗蒙古义学主要招收佐领下幼童或十岁以上者，教习满洲、蒙古书和弓箭。"③这两场举措看似无关，但前者稳固了以汉语诗赋取士的科举策略，后者削弱了蒙古八旗中的本民族文字与文化教育，二者进退之间，为蒙古汉化的推进以及蒙古文学家族的兴起奠定了稳固基础。

在获得科第之前，蒙古族文人和广大汉族士子一样，会对试帖诗进行反复研习。清代试帖诗的体制格式较之前代更为严格，诗题多出自经史，或用前贤诗句成语；韵脚在平声诸韵中出一字，用五言八韵之体，题前有"赋得"二字，形式固定，格律严谨，对应试者掌握声韵、文字、圣贤书籍经典诗文的要求极高。试帖诗属于典型的应试文学，因此《清代硃卷集成》及蒙古族传世别集中存有大量试帖诗。如法式善留有《存素堂试帖诗》一卷，谦福有《桐华竹实之轩试帖诗钞》一卷，锡缜有《退复轩试帖诗》二卷，恭铭有《石眉课艺》一卷，延清有《锦官堂试帖》二卷、《四时分韵试帖》四卷，以及博明《西斋诗辑遗》有《赋得人淡如菊》《赋得文以载道》（卷一），《赋得牧童遥指杏花村》（卷二），和瑛《易简斋诗钞》中有《赋得鹍旦不鸣》《赋得家在江南黄叶村》等，柏葰《薜棻吟馆钞存》中有《赋得捷书夜到甘泉宫》《赋得二月黄鹂飞上林》等。这些试帖诗中大量采用前人诗句为题，大多调工句妥，能见匠心，以试帖诗入门的诗学基础影响了蒙古文学家族。试帖诗写作是蒙古文学家族士人习诗的常规途径。和瑛与其孙谦福在通籍为官后继续保持着试帖诗的写

---

① 素尔讷等纂修，霍有明、郭海文校注：《钦定学政全书校注》，武汉大学出版社2009年版，第56页。
② "鼓吹休明，必有咏歌之作。润色鸿业，爰申燕乐之文"，纪昀：《拟赐宴瀛台联句并锡赉谢表》，马松源主编：《纪晓岚全书》第11卷，中国戏剧出版社2000年版，第336页。
③ 王风雷：《蒙古族全史·教育卷》（下），内蒙古大学出版社2013年版，第608页。

作，谦福身后，其兄恒福委托二人好友文康编辑谦福试帖诗99首，集为《桐华竹实之轩试帖诗钞》，并作序。并嘱子锡珮刊行，锡珮作跋文云："季父小榆公博洽多闻，生平无嗜好。早岁举业之暇，即攻古近体诗。通籍后，尤肆力焉。洎乎引疾家居，藉诗遣日，著作益富。岁辛酉溘逝，遗集哀然。先恭勤公笃友于谊，展卷辄泣下，召珮谕之曰：'汝叔父一生精力毕萃于斯，胡可湮没？'于是择其尤者得若干首，嘱文悔庵丈编辑之……珮抚此一编，怆怀倍切，爰督工葳事，敬缀数言于简末，未敢云继志，亦以志遗训于弗谖焉尔。"这段文字展露了其家族对于试帖诗作如何共同投入心力。而谦福的这首论试帖诗的试帖诗，也很值得一读，其《赋得五言八韵》云：

> 试帖传唐代，词场课士资。五言从正格，八韵赋新诗。恰按琴弦奏，相生律琯吹。声谐兼徵羽，音叶备匏丝。焕若修楼手，纷如列彩眉。书城原共拥，笔阵俨同麾。摇岳摛璆管，歌风献玉墀。庚飏鸣盛世，作颂集皋夔。

此诗论及试帖的历史传承、格式声律要求，以及美学祈向，可称工巧。阮葵生曾有言："试帖诗不过八十字耳，而体物缘情，铺陈排比，上之赓扬美盛，下之刻画景物，读之可以见胸襟器识，腹笥才情，孰谓小技未尊乎？"[①] 从某种意义上说，试帖诗确能反映文士诗艺基本功的扎实与否。而试帖诗的赓续写作也在一定程度上形塑了蒙古文学家族的家族汉诗传承。

作为当时科举文士童蒙的基本功，试帖诗在一定程度上有助于格律诗学的知识养成。格律诗中最基本的平仄对仗、排比声韵、掌故化用，均可从试帖诗中习得，由此可进而掌握古典诗歌的其他各类体式。因此，许多蒙古文学家族成员的诗学天赋被激发，对格律诗的兴趣大增，从而对诗歌史上的经典诗人诗作开始用心揣摩。试帖诗的出处虽广涉经史子集，但仅以乾隆二十三年为例，就可以看出出题者的倾向。各省乡试诗题得句出自杜诗者多达76道，远超其他典籍。试帖诗主要围绕得句展开刻画、敷写，数量众多的诗题均出自杜诗，势必要求士子们从解题、诗法及具体写作上

---

① 阮葵生著，王泽强点校：《阮葵生集》，陕西人民出版社2009年版，第431页。

都围绕杜诗展开。这与康乾盛世皇权话语引领的诗坛学唐倾向一致，对于进入汉诗创作领域不久的八旗子弟来说，追摹唐诗更加成为诗歌写作的风尚。①

蒙古文学家族诗人从唐诗那里学到了如何将日常的观察放在文字与格律所造成的分寸之中，审慎的表达、语言的拿捏、内心的情感、字里行间的经义阐释穿透弥散在诗作中，让人们感受一种清晰明理的力量，其趣味的纯正显出一脉诗意的潜流。来自试帖诗的写作训练，似乎天然地带有都邑文化的庄重与整饬，而端居其中的他们，被濡染后写作中也带有谨严，这样的诗歌写作，使他们在获取儒家经典知识及经典诗文的同时，可以用诗行表达自己的情愫，但同时，也造成了大部分蒙古家族诗人诗歌板滞及语言程式化的特点。

二 都邑社会改换的乡土情怀内涵

八旗文化在八旗文学家族中绵延不绝，有个很重要的特征，就是靠家庭传承，而家庭又与清初入住城市文化密切关联。在相同的空间中书写相同的风景，都邑中的定居者们话语融合增多，情感认同加深。"每个家族，都是具体地域环境中的家族，必然受到那种'最核心历史知识'的陶育"②，每个八旗文学家族，都滋生于京师或者驻防城市，也都会受到京城文化或者驻地文化的熏染。因此，法式善家族的法式善、来秀笔下的京城风物，倭仁家族的倭仁、衡瑞笔下的中州气息，瑞常家族的瑞常、瑞庆笔下的西湖人事等，不一而足，都是所在地最核心历史知识的展示。

"结构是指在某个较大的统一体中，各个部分的配置或相互之间的组合。……在寻找社会生活的结构特征时，我们首先要寻找所有各种现存的社会群体，然后考察这些群体的内部结构除了群体中个人的配置之外，我们还可以在群体中发现社会阶层和类别的配置。"③ 经过长时间的积累、沉淀，不少蒙古文学家族确实做到了递衍数代，才人辈出。而文学家族的起点均在都邑之处。部分蒙古文学家族，如和瑛、法式善家族均是围绕京师而成就了家族的辉煌，虽然和瑛家族"边功"突出，但其家族内部文

---

① 详见米彦青《接受与书写——唐诗对清代蒙古族汉语创作的影响》，中国社会科学出版社2014年版。
② 罗时进：《家族文学研究的逻辑起点与问题视域》，《中国社会科学》2012年第1期。
③ ［英］芮克里夫布朗：《社会人类学方法》，夏建中译，台湾桂冠图书股份有限公司1991年版，第169页。

化传承的持久性、文学创作的夺目性都托庇于京师这个文学场域。而众多蒙古家族内部的文学传承仰赖都邑得以展开。如京师八旗家族中法式善擅咏京师风物，有近600首诗，涉及民俗诗作30首。其嗣孙来秀存诗不多，仅有2首诗写到京师，但他写有30首《望江南》词集中吟咏京师风景。如驻防文学家族中瑞常、瑞庆兄弟对于驻防地杭州和出仕地京师的风物都花了大量笔墨来书写，其中描写京师的有三十余首诗。瑞庆描写京师的有十几首。京口驻防延清、彭年父子唱和的《秋日感事用少陵秋兴八首韵》均以京师为空间展开。北京城的古迹遗址颇多，花沙纳与兄倭什讷在京生活多年，共同游历时触发了怀古之情，花沙纳写下《都门咏古小乐府》，其《蚁坟》《聚燕台》是其他蒙古文学家族文士鲜少写到的。而这样的诗作中蕴涵的却是变局时代中蒙古八旗对于时代政局的感慨和"求其友声"的渴望。蚁坟，位于今北京南苑西北处，传说辽将伐金时，全军覆没于此，因尸骨不能归故里，而魂魄化为虫沙，每年清明节前后会有亿万蚂蚁聚集于此，叠成小丘，遂曰"蚂蚁坟"。诗人来到这个历史发生地，吊古之情油然而生。花沙纳以古迹战场为题材，抒发了对战事的感慨，警醒为政者莫要穷兵黩武、劳财害命，使将士魂归异处。聚燕台，据明朝《帝京景物略》载："采育东南二十里，有埠，高丈，广三四十尺，曰聚燕台。岁秋社，燕辞巢日，京畿城村，燕必各将其成雏数千百，聚此台，呢喃竟二日，然后乃能去之。"① 花沙纳一生广泛结交文人雅士，非常重视亲朋友谊。而该诗正是由京畿"聚燕台"盛事推演自身，抒发了自己对真挚友谊的期待和向往之情。除了都邑，城邑中也留下了蒙古文学家族诗人的足迹，托浑布常年在外，儿子金铠随仕，父子共同创作，金铠无传世别集，他的诗作多赖父亲存留。托浑布《瑞榴堂诗》卷二有诗《登杭州六和塔》，诗后附铠诗一首。杭州的烟光水色引动无数文人诗情，蒙古文学家族中写作最多的就是瑞常、瑞庆兄弟，瑞常吟咏杭州的有四五十首，吟咏杭州诗作三十余首。

蒙古家族文士把自己的人生碎片加入京师或者都邑之地的创作方法让这些地方的优美风物沐浴在朦胧的多重光线下，因其八旗身份及其民族属性，使得这些诗作较之中原汉族诗人的写作，拥有一种话里有话的独特魅力。他们隐约指涉的自身民族感情，使得写作空间因此而富有多层次性。

---

① 刘侗、于奕正：《帝京景物略》，北京古籍出版社1982年版，第143页。

京师或杭州、京口、江宁、开封等城市，在本地人的眼中没有多少视觉和心理上的冲击，而早期的蒙古家族成员却对这些地方拥有"陌生化"的视角，当他们进入这些空间中，便会与既往的生命体验产生对话，重新审视自身。比如盛名之下的西湖，就曾凝聚着众人的美好向往。但几代均定居于此后，他们便会视此城为故乡，去往祖先生活之所，反倒会觉得是异乡。他们的乡土情结较之中原汉族诗人，有更多的内蕴。文学家族是数代人努力而成，在家风家学传承中的他们，常常安享于都邑或者驻防城邑之文化遗产，浸润于家族文学写作，鲜少有人忆及高祖曾祖辈的来时路，家谱中的原乡更是不会提及，然而一旦因公务去往原乡后，他们就会产生关于故乡的思考，对此，因有专章讨论，不再赘述。

三 都邑社会里的"小隐"之地

乾隆朝后，以蒙古八旗为主体的蒙古文学家族汉化日久，崇文局面愈加明显，他们在效仿汉族士大夫诗文写作的同时，也开始学习优游地在都邑中生活，这样的生活范式中常常就有建构宅园。蒙古文学家族成员仅有京口驻防清瑞未曾入仕，其他都是有职务者。世事纷繁、宦海沉浮、红尘扰攘中，都邑社会中的庭园就成为暂时的身心休憩之所，所以他们小隐于此，反复吟咏。如法式善有"且园"、锡缜有"后园"、花沙纳有"沜园"、三多有"可园"等。

法式善撰有《且园记》云："园何以名且？我且得而园之也。前乎此，我不得而园之。后乎此，我不得而园之。当其适然得之，而名之以且，谁曰不宜？园中有山，积土为之。无奇峻之观，而阴阳向背分焉。有石大者如鬼物、如兽，小者如筐筥、如瓴甋。有花、有竹、有树、有楼、有轩、有室，所谓龛者、堂者、居者、庐者、涯者、约者，皆得假借而有焉。"法式善友人吴嵩梁是"且园"的常客，绘有《且园倡和图》，姚文田题诗云："枕簟清寒夜如水，隔寺疏钟惊鹤起。倡予和女耿不眠，尚有梧门老学士。"法式善在此著书立说，写下不少传世作品。《存素堂诗初集录存》中有《且园十二咏》，分咏小山、石笋峰、锡光楼、烟云室、存素堂、陶庐、诗龛、小西涯、约西书屋、有竹居、石鮂、来紫轩诸景。且园中的存素堂，法式善以之名《存素堂诗集》《存素堂文集》，且园中的陶庐，法式善以之名《陶庐杂录》，且园中的诗龛，法式善以之名《诗龛咏物诗》。诗龛虽仅为三间茅屋，但它是天下文士投赠诗作之地，也是法式善努力打造乾嘉诗坛盟主之所，其影响力前已述及。且园中的小西涯，是法式善遥想李东阳，召集"西涯雅集"的场所。法式善曾写有《西涯考》云："余居距李公桥不数武，门外即杨柳湾。西涯则屡至其地，且尝集客赋诗、绘图纪事，然未考其始末。偶过苏斋，见《西涯图》，借留展玩，因详辨之，并补招诸君子赋诗焉。始知古人遗迹之近在目前者，向皆忽而过之也。"① 法式善曾与翁方纲借《西涯图》，详辨李东阳昔年行迹，作《西涯诗》，征绘题画，并屡屡召集文士西涯雅集唱和诗作。一时文坛名士应者甚众。如《诗龛声闻集续编·诗第五》中收录的有：汪迁珍《题西涯图》、陈崇本《时帆先生属题〈西涯图〉复次韵见贻奉答》、翁方纲《梧门所作〈西涯图〉三诗》《西涯诗同梧门祭酒作》、沈琨《题西涯卷子》、李尧栋《西涯诗韵迭成四首》、刘大观《题时帆先生西涯诗卷》《戊午仲夏二十九日奉和时帆先生西涯诗》、冯培《奉和梧门先生大司成西涯诗》、盛本《奉和祭酒夫子西涯诗》、郑似锦《奉和祭酒夫子西涯诗》、赵怀玉《西涯诗为梧门先生同年作》、何易《祭酒师示西涯诗敬赋》、熊方受《时帆前辈以〈西涯图〉命题》、冯宬《大司成梧门先生见示西涯诗敬赋二律》、秦琦《西涯诗呈司成夫子》、秦瀛《西涯诗为时帆大司成作》、周春溶《和题西涯之作》、王绮书《西涯诗应司成夫子命》、史炳《时帆先生属和西涯诗勉成二章应命》等。每年六月九日西涯先生诞辰，法式善也会在此招朋雅集，以诗纪念。如嘉庆五年（1800），法式善写有《六月九日李西涯诞辰鲍雅堂汪杏村谢芗泉赵味辛张船山周西麋宗杭集诗龛》②。每到闲暇之日，法式善就会邀友来其"且园"游赏美景、聚会唱和，且园的烟光水色记忆了他们的精神悠游之所至。

扫叶亭也是法式善经常与友人游赏、集会的去处，叶绍本《梧门前辈招饮扫叶亭即事赋呈简庵同年》云："丈室清无尘，左右图与书。善气迎须糜，晻霭春风如。趋庭有令子，摛词俪琼琚。行将入集贤，继美夸唐夫……"杨锺羲《雪桥诗话》载："兰泉尚书福庆，钮祜禄氏，宏毅公裔孙，善绘事。尝为法梧门画《扫叶亭图》。"法式善孙来秀是道光进士，曾官山东曹州府知府。为了忆念祖父，来秀以"扫叶亭"名其集，其诗集名《扫叶亭咏史诗》《扫叶亭花木杂咏》。来秀曾有《望江南》词云："都门好，扫叶（亭名）煮佳肴。处士刘伶推酒圣（谓刘仲云布衣）。旧

---

① 法式善：《存素堂文集》卷1，嘉庆十二年（1807）扬州绩溪程邦瑞刻本。
② 法式善：《存素堂诗初集录存》卷9，嘉庆十二年（1807）湖北德安王塽刻本

臣来敏亦诗豪，同踏月轮高。"当蒙古文学家族士子隔着岁月瞻拜先辈时，这些风雅宅园不单单是曾经的诗意栖居之所，还是见证家风家学传承的重要文化空间。

家族宅园常常凝聚着祖风与昆弟情谊。当花沙纳写下《丙午四月移居汧园》《汧园对雨》《午日汧园池作》等一系列与汧园有关的诗作，或是中年因病致仕官场家居的谦福的《园中感旧》《斗室》诗作，他们在故园和老屋之中，回忆先人的谆谆教导，都会将家学自觉传承下去。

都邑地理景观是蒙古文学家族汉诗题材中最为常见的名物，京师也因之成为开拓文人情感趋于多层次化和立体化的文化地理空间。对于中国缘情传统而言，以法式善为核心的乾嘉京师文人交游圈和以花沙纳为代表的道咸同京师文人交游圈，以时代蒙古族文学主流导引者的身份亲历了这些游览活动，接受地理名物对游观者心智的触发，磨砺了敏锐的审美感知。在中国抒情传统的缘情理路中，由汉文学的浸润携带着抒情的基质，再与清代文学大盛的时代滋养结合，尽管是寻常的园林记游诗作，所抒发的情感内容还是有了闲适散淡之外的哀叹时运、凭吊古人、世事炎凉等新内容。而道咸至同光更是经历时代未有之大变局，因为时代变迁、人生艰难，诗人不得不将主体感知在内心中构画得更加细密。清代蒙古族诗人的体物记游诗歌内容，也正是在这样层累式的运动中得以扩充和发展的。

园林诗在清代蒙古文学家族汉诗范型转化作用在于对中国传统体物审美意识的开拓。携带敏锐的审美感知能力和立体的审美心智的文人们，从事包括诗龛、汧园以及其他无名的宴游在内的文学活动，既把心智映射到物象本身，自然也为物象分出更多的审美性质层面，物象的审美品格得以细化。赋家以各自的审美感知观照宴游中林林总总的物象，开掘了以前不被关注的崭新品格。其间，体物逐渐成为惯常之事，沉淀为审美主体心智中的意识层面的感性认知，在不知不觉中左右着审美主体的文学创作活动。体物与主体意识相结合，成为主体审美意识的构成要素。

蒙古文学家族诗人对咏物诗的喜好，是学界很少有人关注的问题。可触可感的实物，即对物象的观照，置于笔下则是"咏物诗"写作。清代试帖诗内容多样，"题之种类咏古、咏物、言景、言情、天文、地理、草木、虫鱼，无所不有"[1]。其中对咏物的偏重促进了清代蒙古文学家族的

---

[1] 商衍鎏：《清代科举考试述录》，故宫出版社2014年版，第278页。

咏物诗写作。而园林诗中的观景，就是对物象进行更深入的审美层面的观照，也是对物象的审美细化，两者叠合，咏物诗就成为蒙古文学家族写作中的常见题材。以法式善家族为例，法式善有单独的咏物诗集《存素堂诗稿》，列咏物诗 240 首，每首取一字为题，分咏天文、地理、器物、草木、禽鸟等，吴省钦赞曰："每从神解超旷中包括众有，能使读者掩题而诀为是题。"法式善嗣母端静闲人的《带绿草堂遗诗》靠他记诵而传，为七律《雁字三十首次韵》，七绝《咏盆中松树》，悉为咏物近体。法式善之孙来秀所传咏物七绝《扫叶亭花木杂咏》，录花木诗 40 首。

都邑社会图景中，我们能通过蒙古族汉诗创作识别出都邑及城邑的时空中曾经发生的文学动态。它们在这里交汇。与其他民族的创作一道，共同构成了一个新的分层和折叠的格局。而在都邑和其他城市文学动态彼此互动的所有环节中，我们始终能发现一个行动者——蒙古文学家族。它迁徙了成员、接受了制度规训、尝试了文化融合、培育了代际文人、生成了文学创作群体，在制度与思想、文化、地域的不断叠合中取消和生成的创作网格里，始终不变的是这位行动者的直观功能——一种空间化了的赓续的文学创作。在其主导体变化的同时，都邑社会文化也在不断变化，改变的城市景况也因之延绵不绝地影响着蒙古文学家族。

都邑，或者说城市，一如赵园《北京：城与人》所说的，是"由于深厚的历史原因，本身即拥有一种'精神品质'，能施加无形然而重大的影响于居住、一度居住以至过往的人们"，换言之，它是一座包含了过往经验的传统之城，一个属于传统人物的旧梦，是过往者的留恋之所，是居住者的记忆之城。

从都城社会的视角探讨清代蒙古族文学家族的生长时，在社交范围变迁、知识转型、故乡变化的互参之下，能够看到武将出身的这些家族在进入都城社会后的转换状况，也能发现清代蒙古文学家族不只是武职到文职意义上的改变，他们认定的世界观、价值观的改变决定了其家族有重科举、汉化的特征，而围绕这些改变带来的美学意趣、生活方式的转换导引了家族文化品格的改变与文学写作的生成。清代聚居蒙古八旗的都邑之所虽然仅是一城一地，然而它们往往都是一朝（如京师）一区域（如杭州、开封）的政治、军事、文化、经济中心，这里是四方思想汇聚之所、观念交融之地，随着人口播迁，晚近时期在观念上突破了以往的"华夷之辨",形成了"大一统"思想,即合"内外"华夷为一家,即"天下一家";合"内外"疆域为一国,即中国;合"内外"文化为一体,即中华文化;合"内外"之心为一心,即国家认同。[①] 成为对大一统思想之下文化认同的核心地区。因之,清代蒙古文学家族以都邑为背景,才能够生长、衍变,最终形成具有中华文化特色的清代文学史上的文化景观。

---

① 李金飞:《清代疆域"大一统"观念的变革——以〈大清一统志〉为中心》,《中国边疆史地研究》2020年第2期。

第十一章

草原丝绸之路诗歌思想质素与发展趋势

满洲和蒙古八旗是大清王朝建立之初的重要组成部分，他们起家于白山黑水和辽阔草原的游牧文化地区，当清廷定鼎北京后，清王朝东北和正北长城以外地区的族群没有改变，然而生活方式与中原有着巨大不同。这样的文化差异带来了王朝建设中关涉制度、思想等方面的一系列问题，本书也在前边几章陆续谈到了这些问题，疆域在战时要保持稳定可以为八旗将士带来"边功"，但更多的和平时代，就需要被建议来保持稳定。因此，对于作为重要经济贸易传导体存在的北疆草原丝绸之路，本章拟从疆域与文学的话题谈起。

在北纬40度至50度的欧亚大陆北方草原地带，从青铜时代至近代，草原丝绸之路对游牧民族的生活起着非常重要的作用。草原丝绸之路的主体线路是由中原地区向北越过古阴山（今大青山）、燕山一带的长城沿线，西北穿越蒙古高原、南俄草原、中亚西北部，直达地中海北陆的欧洲地区。[1] 这是沟通欧亚大陆的贸易、经济、军事、宗教、文化的交通要道。作为中国最后一个古代王朝，清代的草原丝路虽然已经由于自身的闭关锁国政策而有衰退，但是通过草原丝绸之路，东西方的丝茶贸易依旧繁荣。

草原丝绸之路是从中国内陆经行内蒙古草原的河套地区，向北越过阿尔泰山，沿额尔齐斯河穿过南西伯利亚草原，再往西到达欧洲的。因此，从清代边疆史地上来看，位于北部的内蒙古非常重要。17世纪初，满洲人从东北的白山黑水间崛起之时，漠南地区的科尔沁、察哈尔、土默特、鄂尔多斯等蒙古各部正处在相互争战的状态。努尔哈赤及其后的皇太极采

---

[1] 王大方：《论草原丝绸之路》，《前沿》2005年第9期。

取结盟联姻或武力征服等手段，打败了漠南蒙古部中最强大的林丹汗，将漠南蒙古各部置于自己的统治之下。1636年（崇祯九年、崇德元年），漠南蒙古16部49个封建主汇聚盛京（今沈阳），承认皇太极为可汗，并奉之为"博克达彻辰汗"（宽温仁圣皇帝）尊号。从此，漠南蒙古各部便正式成为清王朝的藩属。清廷统一全国的过程中，蒙古曾立下汗马功劳，因此，清廷优待蒙古族，但其对蒙古地区的管控始终非常严格。[①] 为了加强对蒙古地区的统治，清政府参照满族的八旗制，在重新调整大小封建领地的基础上，在蒙古地区实施了盟旗制度。清廷对蒙古各部编旗考量的最重要因素是其政治态度。是否自动率部归顺，抑或被劝降，还是战败被征服，以及归降或被征后有无叛变等情况，决定了被划分为外藩蒙古还是内属蒙古。外藩蒙古按照行政划分又有内札萨克[②]与外札萨克[③]之别。而按照其地域划分来看，"蒙古以瀚海为界画，其部落之大类有四：曰漠南内蒙古，曰漠北外蒙古，曰漠西厄鲁特蒙古，曰青海蒙古。清初，漠南蒙古臣服最先"[④]。

漠南蒙古地域即为本章所指之清代北疆，位于草原丝绸之路东段，大致为今中国内蒙古自治区和河北省西部，虽然这只是草原丝绸之路的一部分，但对其生态特征、发展态势的研究，可以管窥清代草原丝路的整体走向。

第一节 北疆草原丝绸之路的主题表达

明末清初之际连年征战，草原丝路北疆段"青草不生，牛羊倒毙殆尽"，牧民困苦不堪、难以存活。清廷定鼎后，诏谕"务必体恤属下蒙

---

① 清朝在漠南设有盛京将军、黑龙江将军、吉林将军直控今哲里木蒙古地区；设有定边左副将军、科布多参赞大臣、库伦办事大臣，其下又按需要设有多名都督、副将军和参事等职务控制喀尔喀蒙古地区；设有宁夏大臣直控阿拉善蒙古；设有陕甘总督直控额济纳蒙古。除此之外，还设有绥远城将军、热河都统、察哈尔都统、呼伦贝尔副都统、安北将军、左卫将军等。

② 漠南（内蒙古）科尔沁等24部在1636年（崇祯九年、崇德元年）至1736年（乾隆元年）的一百年里相继被编分为6盟49旗，为内札萨克，以会盟之地分别定名为哲里木盟、卓索图盟、昭乌达盟、锡林郭勒盟、乌兰察布盟、伊克昭盟。

③ 漠北喀尔喀（外蒙古）4部，分为4盟86旗，青海和硕特、土尼启特、绰罗斯、辉特等4部，共分29旗，以及阿拉善厄鲁特旗、乌兰乌苏厄鲁特二旗、额济纳土尔息特旗等，均列入外藩蒙古外札萨克。

④ 赵尔巽等：《清史稿》卷137，中华书局1976年版，第4077页。

古，除照例收纳所属之外，断不可恣意苦累及越旗侵扰"①，对内蒙古地区奉行轻徭薄赋的休养生息政策，北疆很快就变得生气蓬勃和睦安宁。牧业发展带来生机的同时，农耕文明的影响显露出来。随着清政府开发、建设北疆的步伐加大，北疆民物风景大为改观。毳幕穹庐而为农田板升，定居人口迅速增长，由军台而至小城，或由小城而至大城。通商互市，贸易往来，娱乐品类繁多，城市文化景象极为热闹。这些景象传达出了农耕与游牧二元文化交融荟萃的讯息，展示了清帝国经营下草原丝路北疆的安定富庶侧影，而由此产生并发展的城市生态则说明草原丝绸之路在此期间的面貌发生了变化：草原丝路在保有自身商贸流动性特色的同时，从事商贸活动者已经并不是纯然流动的状态了，而是开始建立自己的稳固的居住地，把马背、驼背上的家迁移到陆地上。诗作在有意无意间对于这个一统盛世下的北疆变迁做了忠实的记录。

一　农牧业发展景象

顺康间，游牧的土默特蒙古部已有开始从事农业生产者。康熙皇帝出行这里时，曾有"禾黍近来耕稼满，烟锄云插遍新畲"②之感喟。康熙五十八年（1719），为辟建漠北蒙古台站，范昭逵随兵部尚书范时崇，出杀虎口，经归化而至乌喇特，在其所著《从西纪略》中记载的沿途所见之自然、风物风情，社会人文场景，与康熙帝以诗语记述的"塞外谁知力亦勤，凿泉樵草猎成群。近来已有屯田处，也解青稞南亩耕"③，查慎行之"群牧牛羊量论谷，诸蕃庐帐列如麇"④，都展示了清初北疆地区如何从畜牧业为主的经济模式转变为农牧业交叉发展模式。雍乾时期，蒙民改牧从农者较之顺康时期更有大幅度增加。乾隆十五年（1751），高宗巡行热河地区，写下："蒙古佃贫民，种田得租多，即渐罢游牧，相将艺黍禾。"⑤是对禾苗盈野、蒙民锄禾场景的即兴吟咏。游牧民族在与中原汉

---

① 昆冈等：《大清会典事例》卷933。
② 爱新觉罗·玄烨：《巡历塞北杂咏四首》其三，《御制文集》卷38，《清代诗文集汇编》第191册，上海古籍出版社2010年版，第457页。
③ 王叔磐、孙玉溱选编：《历代塞外诗选》，内蒙古人民出版社1986年版，第512页。
④ 查慎行：《随驾行兴安岭上》，《敬业堂诗集》卷32，《清代诗文集汇编》第178册，第389页。
⑤ 弘历：《山田》，《钦定热河志》卷92，《景印文渊阁四库全书》第496册，台湾商务印书馆2008年版，第439页。

民的交往中，逐渐意识到凿井而饮、耕田而食的农耕生活对于安顿身心的好处，加之内地居民前往内蒙古地区耕种人员增长迅速，"王公卿尹咸赞襄，甸人千耦列雁行"①，农业有了较大的发展。阴山南包头海岱村一乾隆三十四年（1769）碑文上刻："至后使水，蒙古自种之地许先浇灌，下余水民人（汉族）地户等六家分使。"说明至迟在乾隆中期北疆蒙汉族都已开始农耕，部分蒙古族牧民变成了"然实废猎牧，斯亦忘其故""板升图安居，何异齐民趣"②的亦农亦牧的新型游牧民，甚而有以农业为主的农民出现。"板升"是在草原地区建立的农业或者半农业的聚落，是指城邑中的聚落和房屋，"北方游牧民族以中原地区的模式铸造城市，这是游牧文化变迁的重要标识"③。这样的变迁说明游牧民族逐水草而居、常常大规模迁徙的生活方式就此改变，游牧文明与农耕文明在草原丝路上有机结合，从而在一定程度上改写了草原丝路人口流动性的特色。曾经在丝路上游走的牧民向在不同时期迁徙并定居于此的汉族学习农耕，生活状态发生质的变化，更深层的蒙汉交融就此开始。生活在板升中的蒙古族迅速汉化，而相应地，生活在板升中的汉族也在迅速蒙化，多民族的杂居通婚所引发的血缘上的混同是这一变化的基础条件。

板升的大规模建立，推动了城市的发展。北疆的城市周围往往就是重要的粮食产区。脱脱城④是晚明战乱中荒芜的古城，在清初重又变得完整坚固。康熙帝看到变化的脱脱城后，曾发出"土墉四面筑何坚，地压长河尚屹然。国计思清荒服外，早将粮粟实穷边"（康熙《脱脱城》）的感慨。归化城"有城廓、土屋，屯垦之业，鸡、豚、麻、黍、豆、面、葱韭之物，外番贸易者络绎于此，而中外之货亦毕集"⑤。其经济模式显然已从仅耕种燕麦、糜子发展到集鸡豚麻黍豆麦葱韭于一体的半农半牧区。

---

① 胤禛：《皇帝耕耤三十六禾词一章》，赵尔巽等撰：《清史稿》卷97，中华书局1976年版，第2873页。
② 弘历：《蒙古田》，《御制诗文十全集》卷10，中国藏学出版社1993年版，第109页。
③ 邢莉等：《内蒙古区域游牧文化的变迁》，中国社会科学出版社2013年版，第104—105页。
④ 位于呼和浩特市托克托县新旧城之间，系明代修建的古城遗址。这座古城是在唐代"东受降城"的基础上扩建的。辽代；为"东胜州"治所，俗称"大皇城"。明正统十四年（1449）内迁山西，城遂空废。明嘉靖年间（1522后），俺达汗义子卡台吉，名脱脱（也有写成妥妥），率众长期驻牧于此，这座址城即称为"脱脱城"（今城圐圙）。城圐圙一名流传至今。
⑤ 张鹏翮：《奉使俄罗斯日记》，《小方壶舆地丛钞》第3帙，光绪十七年（1891）上海著易堂印行。

北疆土默川上的蒙古族游牧文化与从山西、河北等地"走西口"汉人带来的汉族农耕文化交融，形成西口二元文化。不过，虽然草原民族在不同历史时期融入农耕文化，但是他们又都保留自己的民族文化特点，有清一代的土默特蒙古族始终有自己的地域和风俗习惯，以及相应的民族心理。究其由，这一方面是由于草原文化有其生命力，另一方面是中原王朝历来主张"因俗而治，得其宜矣"①的结果。

二 商业贸易发展景象与城市变迁

蒙古政权归附大清后，在和中原汉族的贸易往来中不断学习、吸收汉族的生产方式和文化成果，使得本民族在经济生产和文学艺术等方面飞速发展，迅速缩小了自身与农耕民族的差距。内蒙古地区与内地的贸易往来是长期自然形成的，明隆庆和议之后，在明朝廷与蒙古族和平时期建立了库库和屯，即归化城。库库和屯建立初期商贸作用还没有显示出来，只是"作为政治和军事的据点而存在"②，但即便如此，俺答汗互市的要求和库库和屯的建立依旧预示着："蒙古社会不但已经真正迈入了城市贸易的时代，并且也迎向更多更大的社会变迁因素的挑战，其中不但包含了亘古以来即已存在的与中原民族、文化和政权的互动关系；更必须与中华民族及其他边疆民族共同面对近代西方文明在全世界造成的种种冲击。"③

明末清初的茶马互市是草原丝绸之路亮丽的风景，显示出了强大的生机："受降未拓三城旧，互市频开万帐新。茶布好从蒙古易，紫貂银鼠莫辞贫。"④ 随着贸易的发展，内蒙古地区的城镇也日益发展起来，其中归化城作为中心城市，极具代表性。归化城是内蒙古地区较早出现的商业城市，据《归绥县志》记载：归化城方圆二里，以砖砌之，城高三丈，有南北两门，城内是"生聚日繁，市廛拥挤"的繁华闹市。归化城因其重要的政治、军事地位，聚集了来自草原丝路和中原的各方人士，人口的增长，使得城市日趋扩大。当其在乾隆年间与绥远满城连接起来后，坐落在土默川平原上的这座城市，城外有已定居的农牧民，水草丰盛，六畜兴

---

① 脱脱等撰：《辽史》卷45，中华书局1974年版，第685页。
② 曹永年：《蒙古民族通史》卷3，内蒙古大学出版社2002年版，第299页。
③ 黄丽生：《由军事征掠到城市贸易：内蒙古归绥地区的社会经济变迁》，台湾师范大学历史研究所印行，1995年，第486页。
④ 屈大均：《送人之延绥》，《翁山诗外集》卷10，《清代诗文集汇编》第118册，上海古籍出版社2010年版，第631页。

旺，城内商铺林立，经济农牧结合，市场兴盛繁荣。

北疆古城在偃兵兴农政策下得到发展的同时，旧有的兵站也渐渐演化为贸易集市，继而发展为人口密集的城市。丰川（今丰镇市）是雍正十二年（1734）所设之丰川卫，卫驻地在今兴和县境内。王桢《丰川行》对清廷实行放垦以来带来的城郭变化，从畜牧业为主到"不见当年牧马人"，从争斗好胜到共享太平春，从人口稀少到"居民鳞密如棋布"，从蛮荒之地到"文教蒸蒸看日上"①的描述，是对丰川新貌的热情讴歌。

乾嘉后，北疆地区的商业贸易日趋兴旺发达，旅蒙商贾也由流动性经商改为在内蒙古地区开设固定性商号网点，并且建立了许多分号。在蒙古地区经商贸易的内地商贾们，渐渐与蒙人稔习，开始经营田宅、储畜牛马，改行商为坐贾，北疆贸易呈现新的生机和气象："墩夹边墙内外长，纷纷庐落绕牛羊。白貂缘马边头贵，争换红盆向市场。"②商人与蒙民时有语言不通情况，就用手势来表达："驱驼市马语哗然，乞布求茶列帐前。但得御寒兼止渴，生涯初不赖金钱。"③繁荣发展的北疆贸易景象在为诗人们提供丰富诗材的同时，也依赖诗作的传播得以向后人展示彼时的经济发展盛况。

在北疆城市的周围往往有农耕种植业，而在城中闹市进行的贸易则种类繁多，最可观的就是马市。草原丝路有流动性，北疆又以游牧民族为主体，自然，马匹贸易就成为迥异于中原市场的一道独特的风景线。汤贻汾作近五百字长诗《丰镇观马市歌》将商贾以内地茶叶布匹易马的场景活灵活现地写出。诗歌开篇就点明贸易具体地点"斗鸡台北盘羊西"，斗鸡台，今丰镇市区南四城洼村望城坡下，南距明长城10里，距山西大同40里，盘羊山位于斗鸡台东面。继以"碧眼赤髯环不离。黄皮靴阔毡裘肥，鞍鞯精铁玄熊皮。翻身上马作马嘶"写出贸易者的民族特点，笔墨点染之处少数民族的相貌、服饰及精美鞍具和娴熟马技如在目前。丰镇马市因参与马匹众多而形成热闹、壮观场面。马匹出场时，诗人惊叹"沙平草软十万蹄""万马飞逐云烟移""万炮轰击蹄声齐"，而驱马者"一人马前作奔敌，一人殿后长竿提"将"健儿入群马突惊，绳竿掣首施鞲羁"

---

① 王桢：《丰川行》，载丰镇市志编纂委员会编《丰镇市志》（上），内蒙古文化出版社2005年版，第758页。
② 屈大钧：《上都》其二，《翁山诗外集》卷13，《清代诗文集汇编》第118册，上海古籍出版社2010年版，第724页。
③ 钱良择：《竹枝词》，选自王叔磐、孙玉溱选编《历代塞外诗选》，第497—498页。

的紧张场面绘声绘色地写出。这首诗动静结合的笔法，造成跌宕起伏的艺术效果，读来极具感染力。丰镇的马市开设于明朝隆庆和议后，最初用茶叶和布匹与蒙古俺答汗部落交换马匹。似这样大规模的贸易集市参与者往往并不仅限于蒙汉民众，草原丝路上北疆各民族百姓都有介入，带来的货物最北来自中俄边境，所谓"戈壁苍茫万里途，盘车北上塞云孤。海龙江獭鱼油锦，贸易新通恰克图"①，诗中的恰克图就是中俄边境线上的小城。而纪昀"峨峉高毂驾龙媒，大贾多从北套来。省却官程三十驿，钱神能作五丁开"②一诗详细描绘了自归化去往西域贸易的商队的盛况。其"敕勒阴山雪乍开，斡汗队队过龙堆。殷勤译长稽名字，不比寻常估客来"③则描绘了冬雪融化春来之时，蒙古商队经由草原丝绸之路络绎不绝到达西域贸易的情景。

  贸易的繁荣驱动城市的兴旺发展，游居此地的诗人用诗歌记载了北疆兴起的城市景象。如康熙《边疆粮仓脱脱城》之脱脱城、曹一士《听弹塞上鸿》之受降城、顾光旭《五原》之五原、崇安《归化城偶成》之归化城、王錞《绥远城遇雨》之绥远、汤贻汾《丰镇观马市歌》之丰镇、王桢《丰川行》之丰川、斌良《商都杂兴》之商都、董玉书《集宁路访古》之集宁、宝鋆《早尖后赴沙拉木楞》之红格尔苏木、延清《暮抵青岱》之乌兰察布察右后旗、宋小濂《呼伦贝尔纪事》之呼伦贝尔，等等。当然，北疆游牧地区的这些城市与内地人口密集的通衢大邑相比尚且处于萌芽状态，因为内地的城市彼时已经历尽千年风雨而城市生态成熟。"龙争久识由三户，蚕食空教毕六王"（吴栻《咸阳怀古》）④、"嵩云西接三川雨，河水东流万古声"（查文经《汴城》）、"地枕长河周下邑，天开神府汉东京"（陶廷珍《洛阳》）、"六代江山谢车骑，千秋词赋鲍参军"（任端书《扬州怀古》），写出了城市不尽的历史沧桑；"贾舶连樯接粉闉，绮罗灯火照芳春"（任端书《天津》）、"画舫乘春破晓烟，满城丝

---

① 斌良：《商都杂兴》其一，《抱冲斋诗集》卷13，《清代诗文集汇编》第544册，上海古籍出版社2010年版，第497页。
② 纪昀：《乌鲁木齐杂诗》，《民俗》三十六，《纪文达公遗集》第14卷，清嘉庆十七年（1812）刻本。
③ 纪昀：《乌鲁木齐杂诗》，《民俗》三十六，《纪文达公遗集》第14卷，清嘉庆十七年（1812）刻本。
④ 徐世昌：《晚晴簃诗汇》，民国十八年（1929）退耕堂刊本。本段所引诗篇均出自此版本，仅随文标注作者及题目，不再另注。

管拂榆钱"(郑燮《扬州》),写出繁华都市的热闹景象;"梅雨满天花满岸"(熊象黻《舟抵苏州》)的苏州、"水榭云亭紫翠环"(周际华《扬州》)的扬州,是文人心中亘古美丽的所在;"云连橘柚秋光净,江转夔巫雨气昏"(陈宗起《荆州》)、"万重翠嶂横堤起,千里黄河抱郡流"(鄂恒《徐州》),又展示了城市的形胜。不过这些城市,都是农耕文明中产生的。而北疆的城市则是在农耕文明和游牧文明二重化育下诞生的。

由此看来,清代北部草原城市的兴起或草原游牧民族由单纯的游牧生活向半农半牧生活转型,其变迁有两个特点:一是从牧区乡村向城市的转变,是游牧民族选择定居生活的表征,如丰镇、商都、集宁等;二是从固有的生活形态向政治文化中心的转变,如五原、归化、绥远等。

三 多样的娱乐习俗

满蒙汉等多民族杂居,带来了北疆宗教信仰的多元化,喇嘛教本是蒙古各部固有的宗教信仰,清朝入住中原后,为了取得蒙古族的认同,保持和尊重蒙古族的社会风俗、宗教信仰,因此北疆地区建有多处喇嘛庙。与此同时,北疆城市的娱乐活动也丰富多元。正月时节,受到中原文化影响,北疆各城也沉浸在欢度汉民族春节的喜庆中。同光间诗人王定安曾因公来到北疆,他记录下了碰到的民众观看"报春官"、迎候春天到来的热闹场面,诗云:"麾旌前导拥乌纱,车马喧闹野客家。优孟衣冠同傩戏,春卿仪仗似官衙。秧歌几处鸣村鼓,茗椀逢人酌乳茶。新岁浑忘沦弃感,不须凄响问胡笳。"① 在各族民众的喜庆簇拥中,诗人暂时忘记了离家的苦闷。端午节,诗人惊喜地发现,北疆居民也"家家绑角黍",诗人因之感到忠爱诗人屈原的"忠信达戎蕃"②。

北疆城里的各类汉族节日活动兴盛,时人对此多有记载。而带有蒙古特色的娱乐活动,也受到各族群众的喜爱。"诈马"是蒙古族青壮年男子大多擅长的技艺,每每在大型宴会前将数群未经驯养的生马驹交由一众骑手,令善骑者持长竿,竿头有绳作圈络,突入驹队中。马驹不肯受,辄跳跃作人立,而骠骑者夹以双足,终不下。须臾以圈络套马首,驹即贴服。能在"诈马"戏中套中生马驹首者都被看作是令人尊敬的英雄。张之洞

---

① 王定安:《观演春官》,《塞垣集》卷1,《清代诗文集汇编》第727册,第357—358页。
② 王定安:《端午二首》其一,《塞垣集》卷2,《清代诗文集汇编》第727册,第363页。

曾称赞僧格林沁的骑射技艺："射雕羽箭二斤重,诈马绳竿九尺长。"① 诈马戏因其欢腾、紧张、惊险,深受草原民族推崇和各民族观者的喜爱。"名王诈马存遗风,献筵备陈表敬恭。廿里以外列骏骢,置邮传命听发踪。宜教施铳星火红,连声递令顷刻通。砰磕万雷忽落空,翩若惊鸿逸若龙……"② 这是颇通蒙古风俗的乾隆皇帝在观看诈马戏、享诈马宴后兴致勃勃地写下的诗行。

乾隆间诗人王昶因公来到北疆,发现另外一种娱乐活动,"教駣,《周礼》所载,今惟蒙古熟悉其法,谓之骑额尔敏达騳马,三岁以上曰达騳额尔敏,则未施鞍勒者也,每岁扎萨克驱生马至宴所散逸原野,诸王公子弟雄杰者,执长竿驰絷之,加以羁鞲,腾踔而上,始则怒驰逸骋,豨突人立,顷之乃调习焉"③。细味之,与赵翼《套驹》诗述同一。诗云:"儿驹三岁未受羁,不知身要为人骑;跳梁川谷龁原野,狂嘶憨走如骄儿。驱来营前不鞍辔,掉尾呼群共游戏;旁看他马困鞦鞘,自以萧闲矜得意。谁何健者番少年,手持长竿不持鞭;竿头有绳作圈套。可以络马使就牵。别乘一骑入其队,儿驹见之欲惊溃;一竿早系驹首来,舍所乘马跨其背。可怜此驹那肯絷,愕跳而起如人立;如人直立人转横,人骡而骑势真急。两足夹无又上钩,一身簸若箕前粒;左旋右折上下掀,短衣乱翻露袴褶。握鬃扶鬣何晏然,衔勒早向驹口穿;才穿便觉气降伏,弭帖随人为转旋。由来此物供人走,教駣非夸好身手;骤施不嫌令太速,利导贵因性固有。"④ 身手矫捷、英勇威武的蒙古族少年洒脱自如的套马身姿、灵活巧妙的骑马技术,被兴致益然的诗人用诗笔淋漓尽致地展示出来,读之,如看影像。

"相扑"是相沿至今的一项体育运动,起源是为筵宴时助兴,"谓之布库,蒙古语谓之布克,脱帽短褲,两两相角,以搏之仆地为分胜负。……一人突出张鹰拳,一人昂首森貙肩。欲搏未搏意飞动,广场占立分双甄。猛虎掉尾宿莽内,苍雕侧翅秋云巅。须臾忽合互角抵,挥霍掀举

---

① 张之洞:《五北将歌·科尔沁僧忠亲王》,《张之洞全集》第十二册,河北人民出版社1998年版,第10521页。
② 弘历:《塞宴四事·诈马》,《御制诗三集》卷8,《清代诗文集汇编》第322册,上海古籍出版社2010年版,第353—354页。
③ 王昶:《教駣》,《春融堂集》卷8,清光绪十八年(1892)刻本。
④ 赵翼:《行围即景·套驹》,《瓯北集》卷5,《清代诗文集汇编》第362册,上海古籍出版社2010年版,第48—49页。

思争先……"(《相扑》)① 在清代，此项运动还有练习健士之用。

音乐与舞蹈相伴而生，游牧民族的舞者与中原迥然不同，马匹是舞场上的主角。舞马作为清代边疆游牧民族生活地区独有的一种娱乐活动，令观众记忆深刻。王会汾《札克丹鄂佛浴营观蒙古骑生马歌》诗云："……曲终更呈舞马戏，奚官碧眼虬髭狞。鞭鞘一拂马齐纵，附尾缘鬘不施鞚。千夫疾跃万夫唱，雪花旋卷尘飞雾。注坡蓦涧走偾偾，舞袂交竿捷有神。忽然坠地势惊绝，双如健鹘翻轻身。举后蹶前双制拽，凌虚制变争尾发。马间出入马不知，逸态雄姿转相发。至尊一顾神冲融，人马咸资控驭工。……"② 舞马的恢宏雄豪、凌厉飘逸之姿态，从唐代起就初见端倪③，至清代，在北疆的舞动，更能见出舞马的灵动与欢腾之姿态。

如果说，明代蒙古社会的游牧文化变迁才只是初露端倪的话，至清代，蒙古游牧民族文化面对农耕文明的挑战与变迁，已经消弭对立，变冲突为交融，北疆蒙古社会在居室、饮食等各个方面受到农耕文化越来越多的影响，蒙古族和汉族这两个主体民族在其民族共同体的发展过程中，建立了认同意识，而这样的认同意识也最终在北疆文化中体现出了二元思维，即一方面保留本民族的文化传统，另一方面认同其他族群的文化。草原丝绸之路上北疆的城市就是这一二维文化集中体现之地。

第二节　北疆草原丝绸之路创作的身份认同

满清从开国皇帝起，就清醒地认识到政治成功最终取决于文化成功。因此，他们非常看重外在于政治一统的文化一统，因为这是参与政治一统的重要力量。有清一代的统治者，在追溯历史文化根源时，都不强调自己的异族身份，而是认为自己身处中原历史一脉中，中华一体。顺治九年（1644），"命满汉册文诰敕、兼书满汉字。外藩蒙古册文诰敕、兼书满洲蒙古字。著为令"。④ 康熙五十二年（1713）追述往事，认为"当吴三桂叛乱时，已失八省，势几危矣。朕灼知满汉蒙古之心，各加任用。励精图

---

① 王昶：《春融堂集》卷8，清光绪十八年（1892）刻本。
② 徐世昌：《晚晴簃诗汇》第74卷，民国十八年（1929）退耕堂刊本。
③ 台北历史博物馆、陕西博物馆等处皆有唐代舞马唐三彩塑像。
④ 《世宗宪皇帝实录》卷63，《清实录》第3册，中华书局1985年版，第492页。

治，转危为安。"① 雍正诏言："天之生人，满汉一理。其才质不齐，有善有不善者，乃人情之常。用人惟当辨其可否，不当论其为满为汉也。"②《大清高宗纯皇帝实录》记载，乾隆数次下诏强调各民族一律平等，一视同仁。③ 产生这种历史感受的主要原因之一，是满洲贵族早在入关前，就开始了对儒家文化的认同和学习，早在崇德元年（1636），皇太极改后金为清的当年八月，就曾"遣官祭孔子"④，崇德二年（1637）十月，"初颁满洲、蒙古、汉字历"⑤。顺治元年（1644）十月福临在北京登基后，即宣告"以孔子六十五代孙允植袭封衍圣公，其五经博士等官袭封如故"⑥。并下诏"文武制科，仍于辰戌丑未年举行会试，子午卯酉年举行乡试"⑦。因而在他们的诏告中不断出现的对于历史记忆的分享，一方面是为新的政权寻找政治依据，另一方面也是属于这个时期的文化诉求。

当满清的文化一统在时间和空间上展延开来，时间上要处理的是满清和朱明的文化承续问题，全盘汉化或者说全盘儒化是满清的国策。蒙古族与执政权的联姻有着悠久的传统。嘉靖十一年（1532），成吉思汗十七世孙阿勒坦汗驻牧丰州滩。隆庆五年（1571），明政府封阿勒坦汗为顺义王。阿勒坦汗奖励农耕，下令建板升，叫自己的子弟学习汉文，学《孝经》，言明"以大明律绳其下"。阿勒坦汗赠朝廷的贡马图卷不仅有自然风貌，还有宫廷乐表演管弦乐器和打击乐器的场面。阿勒坦汗妻子三娘子更是草原文化与汉文化交流的使者，她力主封贡互市，从小喜爱弹奏汉族琵琶，穿汉族服装，她还亲自为汉臣表演蒙古族舞蹈。因之，顺应满清皇权话语的导向的蒙汉交融，不仅是顺应皇权话语的导向，也是明代后期以来蒙古族自身发展的需求。蒙古族诗人开始大量从事汉语创作。有清一代，蒙古族文人留下89部诗文别集。即以乾嘉诗坛为例，蒙汉诗人文学

---

① 《圣祖仁皇帝实录》卷253，《清实录》第6册，中华书局1985年版，第504页。
② 《世宗宪皇帝实录》卷74，《清实录》第7册，中华书局1985年版，第1100页。
③ 《高宗纯皇帝实录》乾隆十一年（1746）（《清实录》第12册）、十二年（1747）（《清实录》第12册）、十三年（1748）（《清实录》第13册）、四十九年（1784）（《清实录》第24册）诏令。
④ 赵尔巽等撰：《清史稿》卷3，中华书局1976年版，第57页。
⑤ 赵尔巽等撰：《清史稿》卷3，中华书局1976年版，第62页。
⑥ 赵尔巽等撰：《清史稿》卷4，中华书局1976年版，第88页。
⑦ 赵尔巽等撰：《清史稿》卷4，中华书局1976年版，第90页。

交融共同推进了诗坛发展。①

空间上的文化一统并非要全国范围内均等，控弦边塞是始终的政策。因此，当来到北疆的诗人在称颂边塞城市的繁荣兴旺时，也不忘说明其地理位置的重要性及王朝政策的正确性。所谓"西北风雪连九徼，古今形势重三边。穹庐已绝单于域，牧地犹称土默川。小部梨园同上国，千家闹市入丰年。圣朝治化无中外，十万貔貅尚控弦"（王循《归化城》）②。"三边"古称幽州、并州、凉州，即今河北省北部、山西省北部、甘肃省西北部地区，自古以来就是军事要冲，但在诗人看来，归化的地理位置比三边还要重要，因此要派大军驻守，控弦蒙古。作为大清帝国军事的屏障，康熙三十五年（1696）冬，康熙皇帝第二次亲征噶尔丹时驻跸归化城，写下"一片孤城古塞西，霜寒木落驻旌霓。恩施域外心无倦，威慑荒遐化欲齐。归戍健儿欣日暇，放闲战马就风嘶。五原旧是烽烟地，亭障安恬静鼓鼙"（《驻跸归化城》）③的诗作。诗中描写了军驻塞北、亭障安恬的冬日场景，也抒发了恩威并施、绥靖荒遐的志得意满之情。雍正时，在明代建起的归化城东北筑起绥远城，派遣蒙古八旗和绿营八旗军驻守，绥远城是全国性八旗驻防满城中重要的一座，因与旧归化城相距无几，亦名新城。清乾隆二年（1737）设绥远将军府，将归化城与绥远城连接起来统一管理。自此，归化—绥远城就成为北疆草原丝绸之路上的军事、政治中心，当然也是文化中心。

有清一代，无论是西域抑或北疆，都以汉学为尊。就各族诗人而言，都以主动、自觉维护和称颂国家政策为己任。乾隆丁丑进士上海人曹锡宝，《秋塞杂咏》其一曰："雄关高与太清连，终古风云壮塞川。山自朔庭环九域，城联辽海控三边。牧羝沙暖空榛莽，饮马泉清绝瘴烟。盛代即今虚斥堠，秋光满目覆平田。"④乾隆壬戌进士桐城人姚范，诗作《塞下曲》谓："孤城迢递郁嵯峨，慷慨关山《出塞歌》。万里交河春草绿，十年明月戍楼多。胡儿驱马来青冢，羌女吹芦牧紫驼。五部名王归汉阙，白

---

① 详见米彦青《蒙汉交融视域下的乾嘉诗坛》，《民族文学研究》2016年第4期。
② 王叔磐、孙玉溱选编：《历代塞外诗选》，内蒙古人民出版社1986年版，第530页。
③ 玄烨：《御制文第二集》卷47，《清代诗文集汇编》第192册，上海古籍出版社2010年版，第563页。
④ 曹锡宝：《古雪斋诗》卷5，《清代诗文集汇编》第344册，上海古籍出版社2010年版，第610页。

头中夜几摩挲。"① 无论上海还是桐城，都是闻塞外而变色之地，但在上述并未亲历塞上风云的诗人诗作中，对北疆风光和皇朝一统都是众口一词的称颂。

与国家政治生活最密切相关者无疑是军事管理，而北疆的管控中边备是历代君王最为重视的，为此，清廷在蒙古地区设有大量台站来保证边疆管理及军情、民情上传下达。台站是军台与驿站的合称。清代北疆蒙古地区的驿递主要是为国防、军用服务的，因之常常被称为军台。军台负有"宣传命令，通达文移"②之职。《清史稿·地理》载："内蒙古驿凡五道：曰喜峰口，古北口，独石口，张家口，杀虎口。"③ 这五道的路段分别为：喜峰口至札赉特为一路，计千六百余里，设十六驿；古北口至乌珠穆沁为一路，计九百余里，设九驿；独石口至浩齐特为一路，计六百余里，设六驿；张家口至四子部落为一路，计五百余里，设五驿；杀虎口至乌喇特为一路，计九百余里，设九驿。归化城至鄂尔多斯，计八百余里，设八驿，仍为杀虎口一路。④ 清代北疆驿站的设置无疑是为国家防卫之用，诗人们在诗歌中表达的对北疆驿站的关注，一定程度上可以看出他们对于边疆建设的关注。清诗中有大量篇幅描述这些北疆军台，即以喜峰口、古北口、独石口为例。

喜峰口驿道共设16个驿站，经过包括哲里木盟十旗中的共20个旗。满族诗人敦敏《小雨天桥厂有怀二弟敬亭时住喜峰口》诗云："海风水气腥，山翠迫衣冷。潮蒸郁勃云，雾隔朦胧影。沟塍滑泥泞，马蹄不得骋。遥想塞上行，云乱松亭岭。"⑤ 描述了小雨中的喜峰口的情景。喜峰口是燕山山脉东段的隘口，古称卢龙塞，路通南北。海拔高度由南200余米，向北升高至1000余米，地形突兀，交通困难。风景因之多变，居停颇为困难。诗作所述雨后的喜峰口雾气蒸腾，草木葱郁，但险隘的山势使得马儿也无法前行，可算实情实境。

古北口驿道，自古北口至阿噜噶木尔，共设蒙汉台站16个。连接昭乌达、锡林郭勒二盟九旗（翁牛特左右二旗、扎鲁特左右二旗、巴林左

---

① 姚范：《援鹑堂诗集》卷2，《清代诗文集汇编》第298册，上海古籍出版社2010年版，第12页。
② 《清朝通典》卷26，浙江古籍出版社2000年版，第2176页。
③ 赵尔巽等撰：《清史稿》卷77，中华书局1976年版，第2420页。
④ 赵尔巽等撰：《清史稿》卷77，中华书局1976年版，第2420页。
⑤ 选自徐世昌《晚晴簃诗汇》第10卷，民国十八年（1929）退耕堂刊本。

右二旗，阿鲁科尔沁旗、乌珠穆沁左右二旗）。吴锡麒《古北口迤南一带群山秀峙松栝特盛》是较为有名的边塞驿站诗。诗云："我行趋而东，朝晖射我西。群峰对面出，云气高不低。其下覆松栝，寒重翠屡迷。残雪时一片，皎若孤鹤栖。茅屋四五家，樵汲相提携。风吹斧声堕，林约炊烟齐。不谓塞上山，有此物外蹊。冥冥若相系，迹往神为稽。"① 此诗首联点出作者行踪，接下来的五联写景由远至近，由大到小，都是目力听力所见所闻之景色，包括"残雪"若"孤鹤"的心感，"茅屋"与后句"炊烟"的映照，都体现了诗人以自然万物活泼的内在生命去绝虑凝神，以心接物，体味自然万物的气足神完的生命意蕴，体验自然山水生气激荡的生命韵律。

古北口驿道是清代北疆军台诗作中写作量最多的。顾炎武《古北口》、曹寅《古北口中秋》、张埙《古北口》、纳兰性德《古北口》、文榦《出古北口至狼窝泛却回射堂漫赋》、王翼孙《自竿涧岭鳌鱼沟至古北口作》、弘旿《月下过南天门至古北口》、永珹《出古北口》、永瑆《出古北口》、张鹏翮《古北口遇雨》、李如枚《古北口晓行》、陈兆仑《古北口题驿壁即赠吴提戎宜斋》、周大枢《寄家让谷古北口》、姜锡嘏《古北口》、赵翼《再出古北口》、曹锡宝《出古北口》、童槐《出古北口》、蒋曰豫《奉檄赴古北口军次祀馘有期书示同志》等都是清代漠南蒙古诗中写古北口的佳作。

独石口驿道，自独石口至胡鲁图，共有蒙汉台站6个。通达昭乌达、锡林郭勒二盟七旗（克什克腾旗、阿巴噶左右二旗、阿巴哈纳尔左右二旗、浩齐特左右二旗）及察哈尔地区。"独石城边暮霭封，马嘶犹识去时踪"② 是诗人行旅归来将这一驿站当作路标的记载。而纪迈宜长诗《登独石口边城远望作》则是登驿站而抚今追昔的代表性作品。诗云："两山如龙翔，蜿蟺百余里。长城亘其上，乱石相角犄。巍巍帝王都，有成斯有毁。何论穷荒地，千年泣残垒。筑城声犹悲，垣堞已倾圮。所嗟秦人愚，贾怨徒劳尔。新城屹金汤，盛代车同轨。筑不假民力，工费皆官庀。宽仁高百王，汪泽唐虞比。内外方一家，岂藉防奸宄。庶以壮观

---

① 吴锡麒：《有正味斋诗集》卷8，《清代诗文集汇编》第415册，上海古籍出版社2010年版，第69页。

② 吞珠：《凯旋入独石口》，选自马协弟主编《爱新觉罗家族全书·诗词撷英》，吉林人民出版社1997年版，第150页。

瞻，威灵震远迩。我登城上望，惊砂蔽天起。云黯孤日黄，霜严百卉死。一视但茫茫，峰峦势未已。百夷争效顺，驼马纷填委。河流荡山来，激迅齧城址。入塞折复出，汇作白河水。望洋趋巨壑，朝宗正如此。关吏招我饮，潼乳亦甘美。其长八十余，矍铄矜动履。自诉征战劳，回首逾三纪。曾逐八千卒，歼虏数倍蓰。裹粮常不继，酸风射眸子。疮痍犹在体，筋力嗟痹痿。幸蒙浩荡恩，月支太仓米。感此再三叹，上马仍徙倚。时平壮士老，临风徒抚髀。"① 这首诗作雄深格高，叙事写景有机融合，将独石口周围峰峦叠嶂、长城蜿蜒万里、乱石相犄的情景与塞外云暗日黄、河流荡山的肃杀、萧瑟的氛围，用白描手法不疾不徐地展示出来。老兵的自诉穿插其间，以当事人口吻将战争之冷酷、边塞之艰苦、将士之英勇、征战之无奈与对皇恩的感谢之情娓娓道来，既增加诗歌感染力，也增强诗作纪实性。读罢不禁让人慨叹边疆将士的忠君爱国之心。这首诗不仅让我们深刻感受清代诗人们对于驿站功能的了解，同时亦可明晰诗人们对于皇权话语本能的顺应。

军台大多建在烽火关隘，这些地方险要而人迹罕至，因此条件是艰苦的。陈法在《军台土屋落成》中描述了军台设置后的情景："客至休嫌屋打头，拮据夏屋等绸缪。材从雪窖枯余得，土是龙堆劫后留。岂有板升遗属国，何来蜗角峙蛮陬。穷荒野处由来惯，瀚海应惊见蜃楼。"② 军台土屋低矮，木材黄土皆是从身边残留物中辛苦觅得，读者在脑海中若能将其与大城广厦相比较，会愈发感觉到守边之不易。

清廷除了设置军台沟通京师与北部边疆蒙古地区，还设置由壕、堤、柳组成的柳条边加强对蒙古地区的管控。禁止流民入境。柳条边分新旧两条。老边是盛京与吉林、盛京与内蒙古的分界线。主要为标示盛京，因此称之为盛京边墙。新边的四边边墙畛域分明，即西北划分吉林与内蒙古，东南为满洲人居住地。故诗人谓为"柳分蒙古界"③。

清廷修柳条边的主要目的是清代北疆蒙古地区驿站、柳条边的设置将遥远的北疆与发达的内地联结起来，对于巩固清王朝在内蒙古地区的统

---

① 纪迈宜：《俭重堂诗》卷5，《清代诗文集汇编》第243册，上海古籍出版社2010年版，第522页。
② 陈法：《内心斋诗稿》卷10，《清代诗文集汇编》第272册，上海古籍出版社2010年版，第480页。
③ 屈大均：《送人出关》，《道援堂诗集》卷6，《清代诗文集汇编》第118册，上海古籍出版社2010年版，第127页。

治，维护国家的统一，促进内札萨克各旗经济的发展，均发挥了积极的作用。而诗人们对于国家政策和皇权话语的遵从，从清代文学自身的发展上看，也有着扩大诗歌写作视野、勾连政治与文学的重要意义。

第三节　草原丝绸之路的艺术生产方式

清代北疆诗人群可谓诗人辈出、尽显风流。这一方面是因为北疆地大物博，赋予来到这里的诗人以层出不穷的新鲜感受；另一方面也是因为诗人群体庞大，诗人们以创作为乐事，以诗歌创新为旨归。据不完全统计，清代漠南内蒙古区域（北疆）诗有三千多首，而作者民族成分以汉、蒙、满为主[1]，因此，北疆诗歌创作不仅有力地促进了清代边塞诗的发展，而且给清代文学的作者结构带来了显著的变化。这一作者结构的变化极有利地促进了多民族文学融合。

一　诗作表现多维化

作者构成的变化直接带来文学创作语言的多样性。蒙古族诗人杭州驻防三多，生长杭城，热爱江南，后至京师，诗作中表达的大抵是对都市生活的观感。晚清时他北上来到漠南蒙古地区任职，蒙古地域的语言与风俗赋予了他的诗作以新意。他在诗作中频频引满蒙俚语入诗，并且自注诗中所涉民俗、民族语言。如其《归绥得冬雪次尖义韵》二诗："白凤群飞坠羽纤，大青山上朔风严。精明积玉欺和璧，皎洁堆池夺塞盐（蒙盐产于池）。沙亥无尘即珠履（沙亥，蒙言鞋也），板申不夜况华檐（板申，蒙言房屋。《明史》作板升，此间作板申）。铁衣冷著犹东望，极目觚棱第几尖。""无垠一白莫涂鸦，大放光明簽庚车（簽庚车，佛经言边地也）。难得遐荒皆缟素，不分榆柳尽梨花。琼楼玉宇三千界，毛幕毯庐十万家。预兆春耕同颖瑞，陈平宰社饷乌义（满蒙以少牢祀神，馈饷其膊曰乌义）。"[2] 这两首诗虽然每首都引蒙语入诗，但是对于诗歌的整体韵律感毫无影响，展示了三多高超的创作技巧。同时诗人还在所引蒙语后加注释，不但说明他注意到了阅诗者的语言接受度，而且随着诗歌的传播，对于蒙

---

[1]　诗人、诗作据《晚晴簃诗汇》《清诗纪事》《清代诗文集汇编》统计。
[2]　三多：《可园诗钞》卷5，《清代诗文集汇编》第792册，上海古籍出版社2010年版，第624页。

古语言文化也起到了传播作用。陈衍对三多创作中的这一现象颇多关注，①汪辟疆、陈声聪、钱仲联等亦从陈衍论。不过值得注意的是，三多第一首诗中的注释"此间作板申"一语从语意上显示了诗人与蒙古地区情感上的疏离。

在归化城以及库伦任职期间所作的满蒙汉语连用的诗词，在三多总集中并不占有很大比重，然而呈现出的民族特色却是引人注目的。再如"尚嫌会面太星更（星更，绥远方言，稀也）"（《答怅别》）、"恪素易名菩萨白（蒙言雪曰恪素，有堆雪人者笑谓此真白菩萨也），垂金左道喇麻黄（黄金喇嘛，黄教谓能驯伏一切妖魅）"等，不仅声韵和谐，且读来使人耳目一新。同时期的词集中也有"扣肯胭脂山下过（蒙古姑娘曰扣肯）"（《长相思》）、"比乌剌奈（一名欧李，蒙古处处皆有），塞沙接子，红得尤殷"（《眼儿媚次和成容若〈红姑娘〉》）②，使整首词呈现出鲜明的地域风情。三多在诗词创作中引入民族语言，与京师文坛风貌有很大关联。彼时京城流行《竹枝词》，嘉庆二十二年（1817）满洲旗人得硕亭所作《草珠一串》刊行，内中就有将满蒙语嵌入竹枝词的做法，如"奶茶有铺独京华，乳酪（奶茶铺所卖，惟乳酪可食，其余为茶曰奶茶，以油面奶皮为茶曰面茶，熬茶曰喀拉茶）如冰浸齿牙。名唤喀拉颜色黑（拉读平声，蒙古语也），一文钱买一杯茶"③。同时期的"子弟书""牌子曲""岔曲儿"等广泛流行于民间的曲艺形式中，类似的用法也很多。三多在京中与八旗官员交往密切，接触到这些表演的机会非常多，所以创作中受到民歌的影响而将满蒙方言入诗词也是很自然的事情。

由于晚清汉族文人精通满蒙语者很少，同时满蒙八旗中诗词出众者较少，而三多自幼生长于文化繁盛的江南之地，诗书画皆精，又惯熟满蒙语言，所以他可以把蒙汉方言口语与文人诗词完美结合。三多可以算作北疆诗人群中随时代风尚灵活运用诗歌语言的典范。与三多同时期的蒙古族诗

---

① 陈衍：《石遗室诗话》："六桥尤熟于满蒙各地方言，凡故实稍雅驯者，多以入诗。可诵者，如'沙亥无尘即珠履，板申不夜况华檐'。沙亥，蒙言鞋也。板申，蒙言房屋也。又'尚嫌会面太星更，万里轺车我忽征'。星更，绥远方言稀也。又'蔬餐塞上回回白，楼比江南寺寺红'。盖蒙人不事耕种，六七等月，稍有蔬食。回回，白菜名，而庙宇穷极精华也。"此话被反复征引，最早见于陈衍《石遗室诗话》，但无后面的举例，此转引自郑逸梅《郑逸梅选集》第4卷，黑龙江人民出版社2001年版，第565页。
② 三多：《粉云庵词》，国家图书馆藏缩微胶卷。
③ 潘超、丘良任、孙忠铨等主编：《中华竹枝词全编》一，北京出版社2007年版，第146页。

人延清，在他的诗作中也能熟练丰富地运用蒙古族语言，创作中加入蒙语，使作品更为传神，也更为精彩。延清和三多在诗歌表现方法上，特别是语言形式上都吸取了民歌的长处，而且推陈出新，他们所创作出来的是民族形式的活的语言。

作者结构的变化带来文化内蕴的多元思考。似延清、三多这样的八旗驻防后裔，他们很难被看作是真正的蒙古族人，他们都不曾生长在蒙古地区，在最为本质的文化传统和日常生活层面上，他们都有无可弥补的匮乏。但他们那些熟练运用蒙古族语言的诗句，至少可以阐释了一个人的民族身份可以以另外一种形式蕴布在生命中。有清一代的蒙古族文人创作虽然多用汉语，描绘了汉族地域、社会生活、地理风貌，但他们的蒙古民族情结仍根深蒂固。女诗人那逊兰保虽然四岁就到北京居住，深受汉文化影响，但民族情结始终长存心间。晚清蒙古官员瑞洵、升允等人，用汉语创作了大量的诗歌，作品中都呈现出强烈的民族意念。

作者结构的变化带来描写对象的变化，而迥异中原的描写对象也丰富了作者的创作题材。"远衬孤城叠翠浮，大荒形胜此山留。半天高截来鸿路，万古寒凝战士愁。对面石欹蹲怪兽，荡胸云出奋潜虬。斜阳屏障苍茫里，有客披襟独倚楼。"[①] 这首七律诗是清康熙二十七年（1688），常熟人钱良择随内大臣索额图出使俄罗斯，经归化城所作之《登归化城纳凉望阴山》。沈德潜《清诗别裁集》称其"为诗感激豪宕，不主故常，而所选唐诗，又兢兢规格，如出二人，议论不可一律拘也"[②]。诗中的阴山是古老的断块山，其蒙古语名字为"达兰喀喇"，译为"七十个黑山头"，"阴山迤北三千里，直过阳山廿九台"[③]，横亘于内蒙古自治区中部，东西走向，自西向东包括狼山、乌拉山、大青山、灰腾梁山、凉城山、桦山、大马群山，[④] 是内蒙古境内最长的山脉，长达2400余里，最高峰"南天门"高1800米。元和人韩崶在其诗歌《南天门》中便描写了这一高大巍峨的山峰："一径缘秋毫，连山入太古。孤云欹松萝，长风啸豺虎。鞭镫惨不骄，瑟缩战两股。争此一握天，豁然开洞户。阔愁大荒落，低见众星舞。回视未登客，万蚁穿线缕。始知所历高，上界足官府。书生老蓬筚，壮观

---

① 王叔磐、孙玉溱选编：《历代塞外诗选》，内蒙古人民出版社1986年版，第494页。
② 沈德潜：《清诗别裁集》卷26，中华书局1975年版，第459页。
③ 卢崧：《秋塞吟》，铁保辑、赵志辉校点补：《熙朝雅颂集》，辽宁大学出版社1992年版，第1346页。
④ 戴均良等主编：《中国古今地名大词典》，上海辞书出版社2005年版，第1348页。

从今数。狂吟《敕勒篇》，浩气莽天宇。"① 北方风气刚劲，南国文人来此，诗作也渐多雄豪跌宕之气。无论是钱良择还是韩崶，他们笔下的阴山都已从唐人的苦寒象征一跃而为可以狂吟《敕勒篇》的载体了。

除了阴山，来到北疆的中原汉族文人，还看到了其他美丽的风景。他们用诗笔叙写了俗称"白塔"的辽代万部华严经塔的庄严典重："宝塔庄严接巨灵，尽梯独上览空冥。九重闾阖才寻尺，万里河山列画屏"（王嘉谟《白塔耸光》②）。叙写了因有喇嘛教僧人修行而得名的风景清幽的"喇嘛洞"："洞里人何在？寻来总未逢。石床高卧处，只有绿苔封"（范大元《喇嘛洞》）③。还有晚归的城市行路者："蹇驴破帽独冲风，路指阴山落日红。行客不须悲塞北，版图先已属辽东"（刘统勋《归化城晚行》）④。暮春雪后的灵动风景："花开无叶树，径糁未铺毡"（李调元《马厂大雪》）⑤。"马厂"，在今内蒙古昭乌达盟。《出口纪程》载李调元成诗缘由："四十五里至马厂，有茅屋一间，旁筑室三楹，为蒙古王出猎栖息之所，亦不堪托足。少憩，大雪寒风射人，得诗一首。"⑥ 无论是有意为诗，还是偶成一首，北疆诗作在写作题材的丰富性、写作体式的多样性，以及写作语言的创新性上，都有其特色。如汉族文人用《竹枝词》描述的美丽的草原姑娘："塞外谁知色自优，生成妩媚不容修。终身尘土羊脂白，笑杀铅华说粉头。"⑦ "塞北红颜亦自妍，宝环珠串锦妆鲜。怪来羞脱蒙茸帽，顶上浓云在两肩。"⑧ 轻灵流畅中不乏美的情蕴。

二 作者结构多样化

游走在北疆的诗人以蒙古族和汉族为主体，但也不乏满族文人的游踪。斌良《商都杂兴》其五诗云："鸳鸯城畔草萌芽，毳幕毡房著处家。

---

① 韩崶：《还读斋集》卷5，《清代诗文集汇编》第454册，第311—312页。
② 王叔磐、孙玉溱选编：《历代塞外诗选》，内蒙古人民出版社1986年版，第621页。
③ 王叔磐、孙玉溱选编：《历代塞外诗选》，内蒙古人民出版社1986年版，第625页。
④ 王叔磐、孙玉溱选编：《历代塞外诗选》，内蒙古人民出版社1986年版，第527页。
⑤ 李调元：《童山诗集》卷22，《清代诗文集汇编》第384册，上海古籍出版社2010年版，第315页。
⑥ 王叔磐、孙玉溱选编：《历代塞外诗选》，内蒙古人民出版社1986年版，第553页。
⑦ 范昭奎：《竹枝词》，王叔磐、孙玉溱选编：《历代塞外诗选》，内蒙古人民出版社1986年版，第512页。
⑧ 钱良择：《竹枝词》其三，王叔磐、孙玉溱选编：《历代塞外诗选》，内蒙古人民出版社1986年版，第497页。

风卷驼茸铺白氍，错疑边塞落杨花。"青草萌芽之时，春风卷着驼茸飞舞就像边塞之地飘飞起杨花一般，飘飘扬扬在空中，落在毳幕毡房上，适性、随心、任意、顺情，画面优美，生意盎然。而他的组诗中的另一首："有元拓跋旧宫廷，消尽头鹅诈马名。满目丘墟少禾黍，微茫草色接开平。"则发思古之幽情。元代上都开平遗址位于正蓝旗境内滦河上游的北岸，距离商都很近。乾隆曾在其《过蒙古诸部落》组诗中这样描述北疆蒙民日常游猎生活："猎罢归来父子围，露沾秋草鹿初肥。折杨共炙倾浑脱，醉趁孤鸿马上飞。"① 生活在草地上的孩童，自由自在，因此"小儿五岁会骑驼，乳饼为粮乐则那。忽落轻莎翻得意，挪揄学父舞天魔"。草原上的牛羊也是自由放养的，"识路牛羊不用牵，下来群饮碧溪泉。儿童骑马寻亡牡，只在东沟西谷边"。

归化城作为北疆商业中心，是多民族文人留下笔墨最多的地方。边城的夜月有温润蕴藉之美："清辉临玉帐，皎色耀金盘。烟野照逾阔，霜空夜未寒。"② 旷野的皎洁月光下，似霰寒气氤氲于霜空，月华如洗，凝结亘古自然与当下客子，塞外边城的夜月在满族皇帝的笔下也是极具艺术感染力的。辽宁铁岭人高其倬，隶汉军镶黄旗。其《青城怀古》诗雄奇中不乏苍郁。江苏常熟人徐兰《归化城杂咏》是归化诗中的名篇。康熙三十五年（1696）丙子，诗人随康熙帝亲征漠北噶尔丹，由居庸关至归化城，沿途作《出关》一诗："凭山俯海古边州，斾影风翻见戍楼。马后桃花马前雪，出关争得不回头？"③ 王应奎对其评价甚高，称"沈方舟尝与吾友汪西京论近日虞山诗人，以芬若为第一"④。朱庭珍称"徐芝仙塞外诸诗，境奇语奇，才力横绝，在昭代诗人中，另出一头地。其边塞诗，可谓独擅之技，实未易才"⑤。沈德潜称赞此诗说："眼前语便是奇绝语，几于万口流传。此唐人边塞诗未曾写到者。"⑥ 由于诗人有边塞生活的独特体验，故能于唐人边塞诗之外开拓出新的境界。吴县人王鄫，曾官定边知

---

① 弘历：《过蒙古诸部落》，《御制诗初集》卷17，《清代诗文集汇编》第319册，上海古籍出版社2010年版，第289页。
② 玄烨：《归化城夜月》，《御制文第二集》卷47，《清代诗文集汇编》第192册，上海古籍出版社2010年版，第564页。
③ 沈德潜：《清诗别裁集》卷25，中华书局1975年版，第444页。
④ 王应奎：《柳南随笔》卷1，《清代史料笔记丛刊》，中华书局1983年版，第2页。
⑤ 朱庭珍：《筱园诗话》卷2，郭绍虞编选：《清诗话续编》四，上海古籍出版社1983年版，第2372页。
⑥ 沈德潜：《清诗别裁集》卷25，中华书局1975年版，第444页。

县。其《绥远城遇雨》也是沉郁豪壮。蒙古族诗人三多诗歌《次和厚卿归化秋感八首》其五则云:"夺人真个要先声,策垦宽严似用兵。席卷八荒空绝塞,笔摇五岳况长城。增辉库克和屯色,占牧乌兰察布盟。怪底将军能决胜,运筹帷幄尽良平。"① 厚卿即方荣东,字厚卿。首联中"策垦"指安排屯田事宜,颔联主要赞赏方厚卿的诗文创作,颈联讲屯田事业为归化城增辉,占牧即在乌兰察布发展牧业。尾联中"良平"指汉刘邦的谋士和功臣张良、陈平,无疑,是赞美方厚卿之语。这首诗主要描写归化城及其邻近的乌兰察布盟的生产生活以及发展屯田和畜牧业给两地带来的重要影响。归化诗作诗人的民族属性与诗歌内容的多样性就可管窥北疆诗作之丰富性。

在北疆这个多民族融合的地方,草原丝路的流动性充分体现,来自五湖四海的诗人们在常见的律诗、绝句之外,试图用更多种的广宣流布的竹枝词或歌行体来表达见闻,也尝试在典雅的诗语中融入口语化的各民族语言,也许这样的变化是不完善和不成熟的,但毕竟带了时代的精神浸润和动力促进,在艺术生产方式上,有力地推动作者结构的多元化与诗歌表现方式的多维化。

清代诗歌是古代草原丝绸之路诗史上值得特别关注的创作阶段。此期诗作在中华多民族文学精神的辉映、浸润下,通过对汉文学传统的继承与扬弃,使古代草原丝绸之路文学产生了新的思想质素与发展趋势。在主题表达上,将北疆游牧文化的流动、新异、桀骜不驯精神与农耕文化的稳固、保守、沉潜精神相结合,城市文化也由此初见萌芽;在社会角色的身份认同上,以诗作方式主动、自觉地回应皇朝的中华一体、控弦边塞文化战略;在艺术生产方式上,有力推动作者结构的多元化与诗歌表现方式的多维化。这些新质素与趋势尽管不够完善,但为学界全面、深入认识和评估清代诗歌对于古代草原丝绸之路诗歌的作用与贡献,提供了一个不可忽视的角度,对于当下的中华多民族文学的发展也具有深刻的启示意义。

---

① 三多:《可园诗钞》卷5,《清代诗文集汇编》第792册,上海古籍出版社2010年版,第623页。

参考文献

一 文献史料

爱仁:《重修京口八旗志》,1927年钞本。

白衣保:《鹤亭诗稿》,清道光十六年(1836)刻本。

柏葰:《薜菻吟馆钞存》,《清代诗文集汇编》第622册,上海古籍出版社版2010年版。

璧昌:《星泉吟草》,中国人民大学图书馆藏清咸丰间稿本。

《边疆史地文献初编》编委会:《边疆史地文献初编·北部边疆》,中央编译出版社2011年版。

斌良:《抱冲斋诗集》,《清代诗文集汇编》第544册,上海古籍出版社2010年版。

博明:《西斋诗辑遗》,清嘉庆六年(1801)刻本。

博明:《西斋杂著二种》,清嘉庆六年(1801)刻本。

布彦:《听秋阁偶钞》,清同治九年(1870)刻本。

蔡尚思主编:《中国现代思想史资料简编》,浙江人民出版社1982年版。

曹锡宝:《古雪斋诗》,《清代诗文集汇编》第344册,上海古籍出版社2010年版。

查慎行:《敬业堂诗集》,《清代诗文集汇编》第178册,上海古籍出版社2010年版。

长善等纂,载马协弟、陆玉华点校注释:《驻粤八旗志》,辽宁大学出版社1992年版。

陈法:《内心斋诗稿》,《清代诗文集汇编》第272册,上海古籍出版社 2010 年版。

陈三立：《散原精舍诗文集》，上海古籍出版社 2014 年版。

陈衍著、钱仲联编校：《陈衍诗论合集》，福建人民出版社 1999 年版。

陈宗蕃：《燕都丛考》，北京古籍出版社 1991 版。

成多禄：《澹堪诗草》，民国间刻本。

崇彝：《选学斋诗存》，民国间刻本。

戴均良等主编：《中国古今地名大词典》，上海辞书出版社 2005 年版。

戴璐：《藤阴杂记》，北京古籍出版社 1982 年排印本。

第一历史档案馆编：《鸦片战争档案史料》，天津古籍出版社 1992 年版。

丁申、丁丙编：《国朝杭郡诗三辑》，光绪十九年（1893）刻本。

鄂尔泰等修，李洵、赵德贵点校：《八旗通志》，东北师范大学出版社 1985 年版。

恩成：《保心堂诗钞》，《清代诗文集汇编》第 658 册，上海古籍出版社 2010 年版。

恩泽：《守来山房橐鞬馀吟》，国家图书馆藏稿本。

法式善：《成均同学齿录序》，刘青山点校：《法式善诗文集》，人民文学出版社 2015 年版。

法式善：《存素堂诗初集录存》，清嘉庆十二年（1807）王埔刻本。

法式善：《存素堂诗续集录存》，嘉庆二十一年（1816）杭州阮元刻本。

法式善：《存素堂文集》，清嘉庆二年（1797）刻本。

法式善：《梧门诗话》，文海出版社影印稿本。

方东树：《昭昧詹言》，人民文学出版社 1961 年版。

方濬师：《蕉轩随录》，中华书局 1995 年版。

方宗诚：《柏堂集后编》，清光绪年间志学堂家藏版。

费行简：《慈禧传信录》，神州国光出版社 1953 年版。

丰镇市志编纂委员会编：《丰镇市志》，内蒙古文化出版社 2005 年版。

符葆森：《国朝正雅集》，清咸丰七年（1857）京师半亩园刻本。

葛立方：《韵语阳秋》，中华书局1985年版。

恭钊：《酒五经吟馆诗草》，《清代诗文集汇编》第701册，上海古籍出版社2010年版。

龚自珍：《定庵文集》，商务印书馆1935年版。

顾廷龙主编：《清代朱卷集成》，成文出版社1992年版。

贵成：《灵石山房诗草》，《清代诗文集汇编》第695册，上海古籍出版社2010年版。

郭麐：《灵芬馆诗话续》，清嘉庆二十一年（1816）孙均刻本。

郭绍虞编选、富寿荪校点：《清诗话续编》，上海古籍出版社1983年版。

郭绍虞主编：《万首论诗绝句》，人民文学出版社1991年版。

郭则沄：《十朝诗乘》，福建人民出版社2000年版。

郭曾炘：《匏庐诗存》，《清代诗文集汇编》第787册，上海古籍出版社2010年版。

国栋：《偶存诗抄》，清嘉庆二年（1797）刻本。

韩崶：《还读斋集》，《清代诗文集汇编》第454册，上海古籍出版社2010年版。

和琳、和宁：《卫藏和声集》，清钞本。

和瑛：《太庵诗稿》，中山大学图书馆藏稿本。

和瑛：《天山笔录》，台湾中央研究院历史语言研究所傅斯年图书馆藏稿本。

和瑛：《易简斋诗钞》，清道光初刻本。

衡瑞：《寿芝仙馆诗存》，国家图书馆藏稿本。

弘历：《御制诗初集》，《清代诗文集汇编》第319册，上海古籍出版社2010年版。

弘历：《御制诗二集》，景印文渊阁《四库全书》1304册，台湾商务印书馆1983年版。

洪亮吉：《北江诗话》，载王云五主编：《丛书集成初编》，商务印书馆1935年版。

花沙纳：《国学补植丁香花酬唱集》，清道光二十四年（1844）刊本。

花沙纳：《韵雪集》，中国科学院情报中心藏清道光间稿本。

黄遵宪著、钱仲联笺注：《人境庐诗草笺注》，上海古籍出版社 1981 年版。

纪迈宜：《俭重堂诗》，《清代诗文集汇编》第 243 册，上海古籍出版社 2010 年版。

纪昀：《纪文达公遗集》，清嘉庆十七年（1812）刻本。

金梁：《东庐吟草》，民国间铅印本。

金武祥：《粟香随笔》，扫叶山房石印本。

昆冈等修、刘启端等纂：《钦定大清会典事例》，《续修四库全书》第 813 册，上海古籍出版社 2002 年版。

李调元：《童山诗集》，《清代诗文集汇编》第 384 册，上海古籍出版社 2010 年版。

李调元著，詹杭伦、李时蓉校正：《雨村诗话校正》，巴蜀书社 2006 年版。

李昉等：《太平御览》，宋刊本。

李元度：《国朝先正事略》，岳麓书社 2008 年版。

梁启超著，郭绍虞、罗根泽主编：《饮冰室诗话》，人民文学出版社 1959 年版。

梁启超著、吴松等点校：《饮冰室文集点校》，云南教育出版社 2001 年版。

林昌彝：《海天琴思续录》，清同治三年（1864）林氏广州刊本。

林昌彝著，王镇远、林虞生标点：《射鹰楼诗话》，上海古籍出版社 1988 年版。

刘侗、于奕正：《帝京景物略》，北京古籍出版社 1982 年版。

刘国忠、黄振萍主编：《中国思想史参考资料集·隋唐至清卷》，清华大学出版社 2004 年版。

刘锦藻：《清朝文献通考》，浙江古籍出版社影印本 2000 年版。

卢见曾：《雅雨堂诗集》，《清代诗文集汇编》第 268 册，上海古籍出版社 2010 年版。

马积高、叶幼明主编，陈建华副主编：《历代词赋总汇·清代卷》，湖南文艺出版社 2014 年版。

马松源主编：《纪晓岚全书》，中国戏剧出版社 2000 年版。

马协弟、陆玉华点校：《杭州八旗驻防营志略、绥远旗志、京口八旗志、福州驻防志（附琴江志）》，辽宁大学出版社1994年版。

马协弟主编：《爱新觉罗家族全书·诗词撷英》，吉林人民出版社1997年版。

孟棨等：《本事诗·续本事诗·本事词》，上海古籍出版社1991年版。

梦麟：《大谷山堂集》，清乾隆刻辽东三家诗钞本。

梦麟：《梦喜堂诗》，乾隆刻本。

那逊兰保：《芸香馆遗诗》，《清代诗文集汇编》第719册，上海古籍出版社2010年版。

潘超、丘良任、孙忠铨等主编：《中华竹枝词全编》，北京出版社2007年版。

皮福生：《吉林碑刻考录》，吉林文史出版社2006年版。

平步青：《霞外攟屑》，上海古籍出版社1982年版。

齐思和等编：《中国近代史资料丛刊·鸦片战争》，上海人民出版社1957年版。

祁韵士著、李广洁整理：《万里行程记》（外五种），山西人民出版社1992年版。

谦福《桐华竹实之轩试贴诗钞》，清同治二年（1863）刻本。

钱楷：《绿天书舍存草》，清嘉庆二十三年（1818）阮元刻本。

钱庆曾续补：《中国近三百年学术史参考数据》，崇文书店1974年版。

《乾隆镇江府志》，江苏古籍出版社1991年版。

《钦定热河志》，《景印文渊阁四库全书》第496册，台湾商务印书馆2008年版。

秦国经：《中国第一历史档案馆藏·清代官员履历档案全编》，华东师范大学出版社1997年版。

《清朝通典》，浙江古籍出版社2000年版。

《清国史》，中华书局1993年版。

《清实录》，中华书局1985年版。

清瑞：《江上草堂诗集》，民国六年（1917）铅印本。

屈大均：《道援堂诗集》，《清代诗文集汇编》第118册，上海古籍出版社2010年版。

屈大均：《翁山诗外集》，《清代诗文集汇编》第118册，上海古籍出版社2010年版。

阮葵生著、王泽强点校：《阮葵生集》，陕西人民出版社2009年版。

瑞常：《如舟吟馆诗钞》，清光绪年间刻本。

瑞洵：《犬羊集》，《清代诗文集汇编》，上海古籍出版社2010年版，第787册。

瑞洵：《犬羊集续编》，《清代诗文集汇编》，上海古籍出版社2010年版，第787册。

三多：《粉云盦词》，国家图书馆文献缩微中心。

三多：《可园诗钞》，《清代诗文集汇编》，上海古籍出版社2010年，第792册。

沈德潜：《清诗别裁集》，中华书局1975年版。

沈德潜著、霍松林校注：《说诗晬语》，载郭绍虞主编：《原诗 一瓢诗话 说诗晬语》，人民文学出版社1979年版。

沈善洪主编：《黄宗羲全集》，浙江古籍出版社1993年版。

沈云龙主编：《近代中国史料丛刊》第一辑，台湾文海出版社1973年版。

沈云龙主编：《近代中国史料丛刊续编》，台湾文海出版社1976年版。

升允：《东海吟》，《清代诗文集汇编》第787册，上海古籍出版社2010年版。

盛昱编：《八旗文经》，清光绪刻本。

松筠：《丁巳秋阅吟》，清嘉庆道光间刻本。

松筠：《绥服纪略图诗》，清乾隆朝刻本。

松筠：《西藏巡边记》，小方壶斋舆地丛钞本。

松筠：《西招纪行诗》，清嘉庆道光间刻本。

素尔讷等纂修，霍有明、郭海文校注：《钦定学政全书校注》，武汉大学出版社2009年版。

孙谔：《在原诗集》，《清代诗文集汇编》，第293册，上海古籍出版社2010年版。

台湾"中央研究院"历史语言研究所校印：《明实录》，台湾"中央研究院"历史语言研究所1962年版。

谭嗣同：《谭嗣同全集》，中华书局1981年版。

田启霖、刘秀英编译：《明清会元状元科举文墨今译》，黑龙江大学出版社2017年版。

铁保：《惟清斋全集》，《清代诗文集汇编》第432册，上海古籍出版社2010年版。

铁保辑、赵志辉校点补：《熙朝雅颂集》，辽宁大学出版社1992年版。

《同治朝筹办夷务始末》，中华书局2008年版。

脱脱等：《辽史》，中华书局1974年版。

汪辟疆：《汪辟疆文集》，上海古籍出版社1988年版。

汪藻：《浮溪集》，中华书局1985年版。

王昶：《春融堂集》，清光绪十八年（1892）刻本。

王昶著、周维德校点：《蒲褐山房诗话新编》，齐鲁书社1988年版。

王定安：《塞垣集》，《清代诗文集汇编》第727册，上海古籍出版社2010年版。

王夫之：《明诗评选》，文化艺术出版社1997年版。

王叔磐、孙玉溱选编：《历代塞外诗选》，内蒙古人民出版社1986年版。

王廷鼎：《杭防营志》，清光绪十六年（1890）稿本。

王炜编校：《〈清实录〉科举史料汇编》，武汉大学出版社2009年版。

王先谦：《后汉书集解》，民国王氏虚受堂刻本。

王应奎：《柳南随笔》，中华书局1983年版。

王豫：《群雅集》，清嘉庆十二年（1807）刻本。

王锺翰点校：《清史列传》，《国朝耆献类征初编》，中华书局1987年版。

旺都特那木济勒：《如许斋集》，《清代诗文集汇编》第719册，上海古籍出版社2010年版。

魏源：《魏源全集》，岳麓书社2004年版。

文孚：《秋潭相国诗存》，《清代诗文集汇编》第468册，上海古籍出版社2010年版。

翁方纲：《复初斋文集》，《清代诗文集汇编》382册，上海古籍出版社2010年版。

倭仁：《倭文端公遗书》，清光绪元年（1875）六安求我斋刊本。

吴锡麒：《有正味斋诗集》，《清代诗文集汇编》第 415 册，上海古籍出版社 2010 年版。

希元、祥亨等纂，马协弟、陆玉华点校注释：《荆州驻防八旗志》，辽宁大学出版社 1990 年版。

夏征农、陈至立主编：《大辞海·中国地理卷》，上海辞书出版社 2012 年版。

夏之璜：《塞外橐中集》，清乾隆间刻本。

萧奭撰、朱南铣点校：《永宪录》，中华书局 1959 年版。

燮清：《养拙书屋诗选》，民国 25 年（1936）项氏晚香堂影印本。

邢其典、张景孔主编：《青州市志》，南开大学出版社 1989 年版。

徐炬：《新镌古今事物原始全书》，明万历刻本。

徐世昌：《晚晴簃诗汇》，民国十八年（1929）退耕堂刊本。

玄烨：《御制文第二集》，《清代诗文集汇编》第 192 册，上海古籍出版社 2010 年版。

玄烨：《御制文集》，《清代诗文集汇编》第 191 册，上海古籍出版社 2010 年版。

延清：《蝶仙小史汇编》，清光绪间刻本。

延清：《奉使车臣汗记程诗》，《清代诗文集汇编》第 765 册，上海古籍出版社 2010 年版。

延清：《庚子都门纪事诗》，《清代诗文集汇编》，第 765 册，上海古籍出版社 2010 年版。

延清：《锦官堂七十二候试律诗》，《清代诗文集汇编》，第 765 册，上海古籍出版社 2010 年版。

延清：《锦官堂诗续集》，《清代诗文集汇编》第 765 册，上海古籍出版社 2010 年版。

延清：《来蝶轩诗》，《清代诗文集汇编》第 765 册，上海古籍出版社 2010 年版。

延清：《前后三十六天诗合编》，《清代诗文集汇编》第 765 册，上海古籍出版社 2010 年版。

延清：《遗逸清音集》，北京商务印书馆民国 5 年（1916）铅印本。

严复著，孙应祥、皮后锋编：《〈严复集〉补编》，福建人民出版社

2004 年版。

杨家骆主编:《鸦片战争文献汇编》,鼎文书局 1973 年版。

杨棨:《蝶庵诗钞》,《清代诗文集汇编》,第 556 册,上海古籍出版社 2010 年版。

杨钟羲:《雪桥诗话》,北京古籍出版社 1989 年版。

姚范:《援鹑堂诗集》,《清代诗文集汇编》第 298 册,上海古籍出版社 2010 年版。

易宗夔:《新世说》,上海古籍书店 1982 年版。

裕贵:《铸庐诗剩》,清光绪年间石刻本。

裕谦:《勉益斋续存稿》,《清代诗文集汇编》第 579 册,上海古籍出版社 2010 年版。

袁枚著、王英志编纂校点:《袁枚全集新编》,浙江古籍出版社 2015 年版。

袁枚著、王英志校点:《随园诗话》,江苏古籍出版社 2000 年版。

袁枚著、王英志校点:《随园诗话补遗》,江苏古籍出版社 2000 年版。

袁枚著、周本淳标校:《小仓山房诗文集》,上海古籍出版社 1988 年版。

岳端:《玉池生稿》,天津古籍出版社 1990 年版。

云书:《汉隐庐诗钞》,复旦大学图书馆藏民国二十二年(1933)铅印本。

张鹏翮:《奉使俄罗斯日记》,《小方壶舆地丛钞》,清光绪十七年(1891)上海著易堂印行。

张维屏:《国朝诗人征略初编》,明文书局 1985 年版。

张维屏:《听松庐诗话》,《张南山全集》,广东高等教育出版社 1993 年版。

张寅彭、强迪艺编校:《梧门诗话合校》,凤凰出版社 2005 年版。

张英麟:《锦官堂续集》,《清代诗文集汇编》第 765 册,上海古籍出版社 2010 年版。

张之洞:《张之洞全集》,河北人民出版社 1998 年版。

章开沅:《清通鉴》(雍正朝、乾隆朝),岳麓书社 2000 年版。

赵尔巽等:《清史稿》,中华书局 1976 年版。

赵损之：《婳雅堂诗集》，清乾隆间刻本。

赵文哲：《娵隅集》，清乾隆间刻本。

赵相璧：《历代蒙古族著作家述略》，内蒙古人民出版社1990年版。

赵翼：《瓯北集》，《清代诗文集汇编》第362册，上海古籍出版社2010年版。

镇江市地方志编纂委员会：《镇江市志》，上海社会科学院出版社1993年版。

郑天挺、荣孟源主编：《中国历史大辞典·清史卷》，上海辞书出版社1992年版。

郑晓光、李俊义主编：《贡桑诺尔布史料拾遗》，内蒙古人民出版社2012年版。

政协赤峰市文史资料研究委员会编：《赤峰市文史资料选辑》，政协赤峰市委员会文史资料研究委员会1986年版。

钟嵘撰、曹旭集注：《诗品集注》，上海古籍出版社2011年版。

周济著、顾学颉校点：《介存斋论词杂著》，人民文学出版社1998年版。

周骏富辑：《清代传记丛刊传》，明文书局1993年版。

朱寿朋：《东华续录》（光绪朝），《续修四库全书》影印本第385册，上海古籍出版社2002年版。

朱庭珍：《筱园诗话》，郭绍虞编选：《清诗话续编》（四），上海古籍出版社1983年版。

宗懔：《荆楚岁时记》，民国景明宝颜堂秘笈本。

二 专著论文

[法]布罗代尔著，顾良、张慧君译：《资本主义论丛》，中央编译出版社1997年版。

蔡美彪主编：《蒙古史研究》，内蒙古大学出版社1989年版。

曹永年：《蒙古民族通史》，内蒙古大学出版社2002年版。

陈崇祖：《外蒙古近世史》，商务印书馆民国11年（1922）版。

邓之诚著、邓瑞整理：《邓之诚文史札记》，凤凰出版社2012年版。

杜家骥：《八旗与清朝政治论稿》，人民出版社2008年版。

方麟选编：《王国维文存》，江苏人民出版社2014年版。

费孝通：《中华民族多元一体格局》，中央民族学院出版社1989年版。

冯文坤：《文化记忆与国家认同研究——以中国传统文化教育为例》，《学术界》2017年第9期。

高玉：《晚清白话文与五四白话文的本质区别》，《文艺理论研究》2019年第5期。

［美］格尔茨：《文化的解释》，译林出版社2008年版。

龚鹏程：《近代思想史散论》，台北东大图书股份有限公司1991年版。

关纪新：《满族小说与中华文化》，社会科学文献出版社2014年版。

［德］哈拉尔德·韦尔策编，季斌等译：《社会记忆：历史、回忆、传承》，北京大学出版社2007年版。

何成洲：《何谓文学事件》，《南京师大学报》2019年第6期。

胡平生：《民国初期的复辟派》，台湾学生书局1985年版。

黄丽生：《由军事征掠到城市贸易：内蒙古归绥地区的社会经济变迁》，国立台湾师范大学历史研究所印行1995年版。

黄霖：《近代文学批评史》，上海古籍出版社1993年版。

［德］加达默尔著、洪汉鼎译：《真理与方法：哲学诠释学的基本特征》，上海译文出版社1999年版。

蒋寅：《法式善——乾嘉之际转型的典型个案》，《江汉论坛》2013年第8期。

［法］勒高夫等主编、姚蒙编译：《新史学》，上海译文出版社1989年版。

［苏］李福清作，田大畏译：《中国章回小说与话本的蒙文译本》，《文献》第14辑，第116页。

李大龙：《自然凝聚：多民族中国形成轨迹的理论解读》，《西北师大学报》2017年第3期。

李嘉瑜：《元代上京纪行诗的空间书写》，台湾里仁书局2014年版。

李金飞：《清代疆域"大一统"观念的变革——以〈大清一统志〉为中心》，《中国边疆史地研究》2020年第2期。

李立民：《论清代内务府官学——以景山官学、咸安宫官学为中心》，《中国史研究》，2017年第2期。

梁启超著、朱维铮校订：《清代学术概论》，中华书局2016年版。

林志宏：《民国乃敌国也：政治文化转型下的清遗民》，中华书局2013年版。

刘大先：《晚清民国旗人社会变迁与文学的互动》，《南京师大学报》2018年第5期。

刘辉：《认同理论》，知识产权出版社2017年版。

罗时进：《地域·家族·文学——清代江南诗文研究》，上海古籍出版社2010年版。

罗时进：《基于典型事件的清代诗史建构》，《江海学刊》2020年第6期。

罗时进：《家族文学研究的逻辑起点与问题视域》，《中国社会科学》2012年第1期。

马《克思恩格斯全集》，人民出版社1962年版。

［奥］迈克尔·A·豪格，多米尼克·阿布拉姆斯：《社会认同过程》，中国人民大学出版社2011年版。

茅海建：《天朝的崩溃》，生活·读书·新知三联书店1995年版。

孟允升：《北京的蒙古王府》，《满族研究》1989年第3期。

米彦青：《从〈梧门诗话〉看法式善的唐诗观》，《内蒙古大学学报》，2010年第2期。

米彦青：《接受与书写——唐诗对清代蒙古族汉语创作的影响》，中国社会科学出版社2014年版。

米彦青：《清代中期蒙古族家族文学与文学家族》，《内蒙古大学学报》（哲学社会科学版）2011年第2期。

娜琳高娃：《试论贡桑诺尔布与蒙古族近代教育》，《内蒙古师范大学学报》1989年第1期。

［日］内山精也著，朱刚等译：《传媒与真相——苏轼及其周围士大夫的文学》，上海古籍出版社2013年版。

《嫩科尔沁演变史》编委会编著：《嫩科尔沁演变史》，辽宁民族出版社2016年版。

［挪威］诺伯舒兹著，施植明译：《场所精神：迈向建筑现象学》，华中科技大学出版社2010年版。

潘光旦著，潘乃穆、潘乃和编：《潘光旦文集》，北京大学出版社

1999 年版。

潘洪钢:《八旗驻防族群土著化的标志》,《中南民族大学学报》2011年第5期。

[法] 皮埃尔·诺拉著、黄艳红等译:《记忆之场:法国国民意识的文化社会史》,南京大学出版社2020年版。

[斯洛文尼亚] 齐泽克著,王师译:《事件》,上海文艺出版社2016年版。

齐思和:《魏源与晚清学风》,《中国史探研》,河北教育出版社2000年版。

钱锺书:《七缀集》,生活·读书·新知三联书店2002年版。

[英] 芮克里夫布朗著、夏建中译:《社会人类学方法》,台湾桂冠图书股份有限公司1991年版。

商衍鎏:《清代科举考试述录》,故宫出版社2014年版。

水汶、刘文英:《乌江流域中下游地区古典诗歌之洪亮吉诗歌》,《教育观察》第28期,2014年10月。

苏联科学院、蒙古人民共和国科学委员会编:《蒙古人民共和国通史》,科学出版社1958年版。

苏云峰:《张之洞的经世思想》,《近世中国经世思想研讨会论文集》,台北中央研究院近代史研究所1984年版。

孙雄辑:《道咸同光四朝诗史》,上海古籍出版社2013年版。

汪荣祖:《史学九章》,生活·读书·新知三联书店2006年版。

王大方:《论草原丝绸之路》,《前沿》2005年第9期。

王汎森:《权力的毛细管作用——清代的思想、学术与心态》,北京大学出版社2015年版。

王凤雷《蒙古族全史·教育卷》,内蒙古大学出版社2013年版。

王国维:《王国维手定观堂集林》,浙江教育出版社2014年版。

王国维:《王国维文学论著三种》,商务印书馆2010年版。

王平:《清末民初的语言变革与现代文学雅俗观的生成》,四川大学2007年博士论文。

王桐龄:《中国民族史》,吉林人民出版社2013年版。

王锺翰主编:《中国民族史》,武汉大学出版社2012年版。

吴相湘:《从屈辱的马关条约到日本无条件投降》,唐德刚等著:《从甲午到抗战》，台海出版社 2016 年版。

武道房：《魏源今文经学影响下的古文新变及其历史意义》，《文学评论》2018 年第 3 期。

邢莉等著：《内蒙古区域游牧文化的变迁》，中国社会科学出版社 2013 年版。

徐苏：《京口旗营述略》，《镇江高专学报》，2012 年第 1 期。

徐雁平：《清代世家与文学传承》，生活·读书·新知三联书店 2012 年版。

严迪昌：《清诗史》，浙江古籍出版社 2002 年版。

[德] 扬·阿斯曼著、金寿福等译：《文化记忆——早期高级文化中的文字、回忆和政治身份》，北京大学出版社 2015 年版。

杨焄：《毕沅与乾嘉诗坛》，《古代文学理论研究（第三十四辑）——中国文论的思想与情境》，2012 年。

[英] 伊格尔顿著，阴志科译：《文学事件》，河南大学出版社 2015 年版。

余英时：《钱穆与中国文化》，上海远东出版社 1994 年版。

余英时：《中国思想传统及其现代变迁》，广西师范大学出版社 2004 年版。

云峰：《蒙汉文学关系史》，新疆人民出版社 1994 年版。

张杰：《清代科举家族》，社会科学文献出版社 2003 年版。

张京媛编：《新历史主义与文学批评》，北京大学出版社 1993 年版。

张永江：《民族认同还是政治认同：清朝覆亡前后升允政治活动考论》，《清史研究》2012 年第 2 期。

张玉法：《民国初年的政党》，岳麓书社 2004 年版。

赵杏根：《论江都诗人汪中》，《扬州大学学报》1998 年第 5 期。

赵宗福：《论杨揆的青藏高原诗》，《青海师范大学学报》1988 年第 3 期。

郑逸梅：《梅庵谈荟·小阳秋》，黑龙江人民出版社 1985 年版。

郑逸梅：《郑逸梅选集》，黑龙江人民出版社 2001 年版。

周剑之：《诗与史的互文：咏史诗事境的生成》，《文艺研究》2018 年第 12 期。

后 记

2016年，我获批国家社科基金重大招标项目"元明清蒙汉文学交融文献整理与研究"，在广泛搜集、整理相关文献的同时，将更多的精力投入到对民族文学交融视域下的元明清文学的研究与思考中。用什么样的方法做古代民族文学研究，用什么样的视角看时代变迁中的古代民族文学研究，用什么样的理论统摄古代民族文学研究，这些方面的思考成文于我最熟悉的清代文学研究领域。数年间构思了研究框架，也陆陆续续写出了系列文章，最终于2020年和中国社会科学出版社签订了出版合同，预计2021年出版《制度·思想·文化：历史视域下的清代文学研究》。初稿完成后还在打磨阶段，疫情到来，诸事纷繁，书稿的打磨期也被无限延长。其间，有数篇论文被作为参会论文使用，其后，或因约稿或因投稿而刊发出来。这时手头还有另外一本更早完稿的70万字的《中国古代蒙古族汉诗研究》，最终于2021年底在中国社会科学出版社出版，与这本书可以互为参酌。

编辑返给我书稿校对是春天，可是我拆开书稿已经是蔷薇盛放的夏季，坐在浓荫蔽日的宿舍里，白天听课，夜晚读书校对书稿，重新回到课堂的欣喜弥散在我的心间。做个学生的感觉是快慰的！正是燕山脚下的初夏时节，惠风和畅，鸟雀窥檐语。斑驳的日影在变动不居中暂时锁住了流光。

岁月偶尔静好便好！感谢我的编辑宫京蕾女士，数年间的合作中她无数次的包容我的拖沓。感谢我的家人，一如既往的支持我的任何选择。感谢我的学生们，书稿校对中资料查找不便时，他们能随时随地帮我查找资料。

民族文学中的汉语古代文学创作，或者古代文学里的不使用民族语言的民族文学创作，无论是文献整理，还是文学研究，尽管未能成为学术研究的主流与经典，但却因其是民族文化、文学之间的交流与互动的产物而成为富有价值和意义的新的学术畛域。学术赓续，积年成路，书山有路，行走在书山间的读书人虽然寂寥，但是心中安稳而澄明。这部书稿记录了行走者的思考历程。

2023.5.22 写于京郊学员楼 1103 舍